Federigo Tozzi

Eine Geliebte

SERIE PIPER
Band 1191

Zu diesem Buch

Tozzis *Novelle* spielen wie die Romane vorwiegend in seiner Heimatstadt Siena, deren Umgebung und in Rom. Obwohl stilistisch und sprachlich sehr stark vom Idiom der Toskana geprägt, entbehren die Erzählungen jeder idyllischen Verklärung im Stile der Heimatliteratur.

Fast ausnahmslos von ihren Instinkten gesteuert, werden die Protagonisten der *Novelle* zu Opfern ihrer eigenen dumpfen Impulse oder der ihrer Mitmenschen. Tozzis Figuren leben in einer scheinbar unveränderlichen ständisch gegliederten Welt. Ohne sichtbaren Anlaß und ohne rational erfaßbaren Übergang werden diese festgefügten Verhältnisse gestört und unwiderruflich verändert. Die plötzlich aus ihren Lebensgewohnheiten geworfenen kleinen Angestellten, Landarbeiter, Stadtstreicher, Prostituierten, Behinderten, Alkoholiker und Heranwachsenden versagen bei dem Versuch, der Fatalität ihrer gesellschaftlichen und charakterlichen Grenzen zu entkommen, und beenden diese unerträgliche Situation durch unvermittelte Anfälle von Raserei, durch Totschlag oder Selbstmord. Nicht zu Unrecht ist Tozzi mit Franz Kafka verglichen worden. Wie dessen Josef K. sind die Figuren des Sieneser Autors nicht imstande, die von außen an sie gestellten Forderungen zu erfüllen und zerbrechen an dieser Ohnmacht.

Federigo Tozzi, geboren 1883 in Siena, gestorben 1920 in Rom. Nach geringer Schulbildung Bahnbeamter, später Journalist in Rom. Schrieb Gedichte, Romane und Erzählungen. Gilt neben Pirandello und Svevo als Begründer der italienischen Moderne. Im Piper Verlag erschienen bisher: »Das Gehöft« (1985), »Drei Kreuze« (1986), »Mit geschlossenen Augen« (1988) und »Erinnerungen eines Angestellten« (1988).

Federigo Tozzi

Eine Geliebte

Erzählungen

Aus dem Italienischen von
Moshe Kahn und Ragni Maria Seidl-Gschwend

Mit einem Nachwort von Johannes Hösle

Piper
München Zürich

Die Originalausgabe erschien 1976 unter dem Titel
»Novelle« bei Vallecchi Editore, Florenz.

Die Erzählungen »Das Mittagessen« und »Eine Geliebte«
wurden von Ragni Maria Seidl-Gschwend übertragen,
die übrigen von Moshe Kahn.

ISBN 3-492-11191-2
Deutsche Erstausgabe
Juli 1990

Umschlag: Federico Luci,
unter Verwendung des Gemäldes »Bessie« (1939)
von Henry Varnum Poor
(The Whitney Museum of American Art, New York)
Gesamtherstellung: Clausen & Bosse, Leck
Printed in Germany

Inhalt

Das Eselsfüllen

In der Dämmrigkeit des Stalles, auf dem warmen Stroh, lag zu Füßen seiner Mutter das Eselsfüllen, das am selben Morgen geboren worden war.

»Rück schon rüber, du Dickschädel!« rief der alte Bauer, der einen Korb voll Heu und Stroh brachte.

Doch die Eselin ließ es nicht zu, daß jemand sich ihrem Jungen näherte. Sie schützte es mit ihrem noch blutverschmierten Bauch, indem sie sich quer in den Stall stellte. Um dem Mann, der hereinkam, den Weg zu versperren, verstrickte sie sich fast in dem Halfter und stieß mit den Beinen gegen das Füllen.

»Geh doch rüber. Du zertrittst es ja!«

Die Eselin war verängstigt und zitterte, und ihre Augen hatten einen beinahe roten Schimmer.

»Man muß sie kürzer anbinden«, sagte ein anderer Bauer, der auf der Türschwelle stehengeblieben war.

»Und wenn sie sich auf die Erde werfen will?« fragte der Alte.

»Das wird sie nicht. Bindet sie an.«

Er lehnte sich gegen die Türe und verschränkte die Arme. Die blauen Augen in seinem von Falten zerfurchten Gesicht waren wie zwei durchsichtige Steine. Und ein fast liebevolles Lächeln erfüllte es mit Herzlichkeit.

Der Alte stellte den Korb ab und näherte sich dem Tier, wobei er sich dicht am Futtertrog vorbeidrückte und über das unbenutzte Stroh in der Ecke ging.

Die Eselin bewegte die Beine.

»Paß auf, wenn du mich erwischst! Wenn du mich erwischst!« Und seine Stimme war freundlich.

»Nehmt einen Stecken, damit ihr sie euch vom Leib haltet.«

»Gib du ihn mir. Was stehst du da so steif herum?«

Andrea suchte unter dem Haufen von Spaten und Hacken hinter der Tür.

»Nimm einen aus dem Holzstoß!« rief der Alte und zeigte mit dem Kopf in Richtung Tenne, wo die Spätsommersonne ihr Licht auf ein fahles Stoppelfeld fallen ließ.

»Da, da!« – Andrea suchte in einem Haufen Holzscheite und kam mit einem riesigen Stecken zurück. Er richtete ihn gegen den Bauch des Tieres und ließ es ein paar Schritte rückwärts gehen. Der Alte ging mit ausgestreckten Armen zum Halfter.

»Keine Angst«, sagte Andrea.

»Ich hab keine, aber wenn sie ihrem Jungen einen Tritt versetzt?«

Und er wich dem Füllen vorsichtig aus, das sich noch immer nicht auf den Beinen hielt.

Die Eselin atmete schwer. Die hinteren Schenkel wirkten eingefallen, und ihr Bauch zitterte ein wenig vor Erregung.

»Komm schon, brav so, brav. Ich binde dich etwas kürzer an«, sagte der Alte, und sein Gesicht spiegelte diese Absicht wider.

Andrea drückte mit dem Ende des Steckens gegen das Tier, ohne ihm weh zu tun.

»So«, sagte der Alte, »jetzt hab ich's.« Mit den Fingernägeln machte er den Knoten auf und zog den Strick schnell durch das Loch des Futtertrogs. Die Eselin schob das Maul vor, tat aber keinen Schritt. Dann drehte sie sich nach ihrem Jungen um, und ihre Augen waren erfüllt von lebhaftem Mitgefühl und Liebe. Der Alte sagte jetzt mit sanfter Stimme: »Komm, komm... Laß es doch trinken.«

Andrea hatte den Stecken weggestellt und den Korb genommen.

»Nein, zuerst wollen wir sehen, ob sie ihm Milch geben will«, sagte der andere Bauer.

Sie packten das Eselsfüllen und versuchten, es aufzurichten. Es hatte ganz lange Beine, die mit dickem Fell bewachsen waren. Es sah aus, als hätte es Lust zu saugen. Das Junge bewegte sich auf die Beine der Mutter zu, verhedderte sich im lockeren Stroh und fiel auf ein Knie.

Die Bauern lachten. Sie hoben das Füllen wieder auf, aber es konnte sich nicht auf den Beinen halten. Mit dem schweren Kopf stürzte es nach vorn. Daraufhin führten sie es an die Zitzen der Mutter heran.

»Langsam, du Mistvieh!« sagte der Alte. Aber sofort scherte

die Eselin aus und preßte sich gegen die Stallmauer. Einer der Bauern öffnete das Maul des Füllens und führte es an eine Zitze.

»Trink.«

Als die Eselin an jener Stelle die Berührung verspürte, schüttelte sie sich wild und schlug aus. Das Füllen brach zusammen.

»Sie läßt es verhungern. Da brauchen wir uns nichts vorzumachen.«

Die Eselin hätte das eigene Junge niemals gesäugt. Zwar wollte sie nicht, daß man es aus dem Stall brachte, aber säugen wollte sie es auch nicht. Und wenn die Bauern es ihr nur einen Augenblick lang wegnahmen, gab sie einen schluchzenden Schrei von sich. Den ganzen Morgen über hatten sie sich vergeblich abgemüht.

»Und jetzt? Sie bringt es um, wenn wir es ihr nicht wegnehmen!«

»Bleib stehen, du Miststück!« Und Andrea schlug ihr mit dem Stock auf den Rücken.

»Hör auf, schlag sie nicht. Sie hat gerade erst gefohlt«, sagte der Alte.

Und die Eselin schien jetzt noch mehr zu leiden. Andrea richtete das Füllen auf und führte es hinaus. Es wurde von einem Sonnenstrahl getroffen und schloß die Augen.

»Ob sie es wohl verletzt hat?« fragte der Alte.

»Was wird der Herr dazu sagen?«

Die Bäuerinnen kamen auf die Tür zu. Ihre Schatten fielen auf das Füllen. Die älteste rief aus: »Ich könnte vor Mitleid heulen.«

Und eine andere: »Es ist kaum zu glauben, daß es auch unter Tieren so viel Gemeinheit gibt. Aber man kann sie nicht zwingen.«

»Und wie soll es am Leben bleiben?« fragte der Alte.

»Wir kaufen ein bißchen Milch und geben sie ihm zu trinken«, sagte eine der Bäuerinnen. Sie hielt in der Hand eine Schürze und eine Nähnadel, um sie zu flicken.

Die Eselin blickte voller Angst herüber.

»Woher hat sie das nur?« fragte der Alte wieder.

»Hat sie es auch getreten?« fragte die Alte.

»Hier, ans Bein, glaube ich.«

Die Frauen wurden laut. Man müsse dem Füllen mit einem

Löffel oder einer Tasse zu trinken geben, damit es nicht vor Hunger stürbe.

»Die da sollte sterben!« rief eine Bäuerin.

»Es tut mir so leid, als wäre ich die Herrin«, sagte die Alte. »Aber wo bekommt man denn um diese Uhrzeit noch Milch?« sagte der Alte.

»Wasser und Bohnenmehl. Das ist das gleiche«, antwortete Andrea und fügte hinzu: »Legen wir es aufs Stroh.«

Und er legte das Füllen wieder hin, das seinen Kopf senkte und die Beine an den Bauch zog.

Von Zeit zu Zeit sah die Eselin es an. Die Bauern gaben ihr zu fressen und machten die Stalltüre zu. Danach gingen sie auf die Felder. Eine der Frauen, Adele, holte eine kleine Terrakottaschüssel und füllte sie mit Wasser.

»Muß es warm sein?« fragte die Alte, die das Bohnenmehl hatte.

»Das ist gleich«, sagte die dritte Bäuerin, die Beppa hieß.

»Dann komm her.« Und die Alte, Caterina, gab eine Prise Bohnenmehl ins schwappende Wasser.

Beppa steckte die Nähnadel in die Schürze und legte sie weg.

»Ich halte ihm das Maul auf«, sagte sie.

»Was wird nur der Herr dazu sagen?« rief die Alte.

»Was soll er schon dazu sagen?« fragte Adele.

»Es wird ihm leid tun«, murmelte Beppa.

»Wenn er das von dem Tritt erfährt... Ich hab Angst, daß er meinen Mann ausschimpft«, sagte Adele.

»Aber der war ja gar nicht dabei!« erwiderte Beppa. »Meiner hat sich doch darum gekümmert.«

»Und meiner hat sich ja gerade nicht darum gekümmert.«

Und es gab eine kleine Streiterei. Caterina hatte das Bohnenmehl mit den Fingern verrührt. Der Sack stand an der Tür.

»Gehen wir«, sagte sie, »und versuchen wir unser Bestes.«

Als sie gerade die Stalltür aufmachten, lief der Hund plötzlich weg und bellte an der Straße. Sie hörten ihn bald hundert Schritt vom Gehöft entfernt.

»Das ist der Herr.«

»Tatsächlich«, sagte Adele.

Und sie hörten das Schellenhalsband seines Pferdes immer deutlicher. Der Hund kam hechelnd und außer Atem zur Tenne zurückgelaufen.

»Ich geh das Tor aufmachen«, sagte die Alte.

Die anderen beiden blieben mit der Schüssel in der Hand vor dem Stall stehen.

Der Gutsherr fuhr mit der Kalesche in den Hof ein bis zum überdachten Abstellplatz. Er war ein kräftiger alter Mann. Hochgewachsen. Ein Schlapphut mit abgewetzter Krempe schützte ihn vor der Sonne.

Der Hund richtete sich mit den Beinen an der Deichsel auf.

Die Alte sagte zum Gutsherrn: »Es ist da.«

»Ah, endlich! Ich komme sofort und sehe es mir an.«

»Aber... die Eselin will ihm keine Milch geben.«

»Wie ist das möglich?«

»Die Männer haben's vergeblich versucht.«

»Jetzt kümmere ich mich darum. Wir werden sie fesseln.«

Er stieg aus der Kalesche, band das Pferd fest und ging zum Stall.

»Was tut ihr mit dem Zeug da in der Hand?«

»Das haben wir für das Füllen zum Trinken gemacht, aber wir haben ihm noch nichts davon gegeben.«

»Außerdem wollten wir auf Sie warten«, sagte Adele.

»Auf mich? Ja, schafft ihr das nicht alleine? Ich sollte euch davonjagen, alle miteinander... Jetzt zeig ich euch, wie man das macht.«

Er öffnete den Stall. Die Eselin hatte sich, so weit es nur ging, dem Jungen genähert.

»Wer hat sie so kurz angebunden?«

»Giovanni«, sagte die Alte.

»Ist der denn auch verrückt geworden?«

»Aber... sie ist doch deshalb so angebunden worden, weil sie nach dem Füllen tritt.«

»Hat sie es getroffen?«

»Ja... hier am Bein.«

Der Gutsherr richtete das kleine Tier auf. Die Eselin schüttelte sich und hob die Hinterbeine. Der Gutsherr machte zuerst mit

Hilfe der Frauen einen Versuch, das Füllen von der Mutter säugen zu lassen. Dann versetzte er ihr einen Faustschlag aufs Maul.

»Gebt mir die Nasenklemme.«

Caterina reichte sie ihm.

Er verdrehte die Oberlippe der Eselin und zog die Klemme mit beiden Händen fest.

Die Bäuerinnen sahen zu.

»Ich reiß dir das Maul auf!« brüllte er.

Die Eselin hatte die Kiefer gebleckt, und ihre großen Zähne sahen aus wie weiße Bohnen.

»Schiebt ihr das Füllen unter.«

Die Frauen führten das Junge an die Zitze.

»Haltet ihr die Beine fest.«

Aber das Tier befreite sich aus der Umklammerung ihrer Hände und trat das Junge.

Der Gutsherr blieb wie angewurzelt stehen, und die Frauen machten einen Satz nach hinten.

»Ihr habt ja keine Kraft... Ruft die Männer.«

Adele stürzte hinaus und lief aufs Feld. Man sah ihre Jacke zwischen den Bäumen hinter der Strohscheune verschwinden.

»Nehmt das Füllen, wir geben ihm so zu trinken.«

Er war wütend. Seine Arme schienen anzuschwellen. Er nahm das kleine Tier und führte es aus dem Stall. Caterina nahm wieder die Schüssel und zeigte sie dem Gutsherrn.

»Was für ein Zeug ist das?«

»Wasser mit Bohnenmehl.«

»Ich breche euch noch alle Knochen. Das erzeugt doch Hitze. Was wir brauchen, ist Milch. Ziegenmilch, Kuhmilch... Wißt ihr das denn nicht?«

Beppa nickte. Dann stellte sie das Füllen, das ganz benommen schien, wieder auf die Beine.

Nach kurzer Zeit kamen alle drei Männer vom Feld zurück.

»Guten Abend, gnädiger Herr«, sagten sie fast gleichzeitig.

»Du geh die Eselin gut abwaschen«, sagte der Gutsherr. »Und ihr kommt hierher. Wer hat versucht, das Füllen trinken zu lassen?«

»Wir alle«, antwortete der Alte.

»Und es ist euch nicht geglückt?«

»Überhaupt nicht«, antwortete Andrea.

»Holt die Eselin heraus, und dann fesseln wir sie.«

Andrea ging zum Stall, den Enrico geöffnet hatte. Dieser sagte: »Wollte er sie denn nicht waschen?«

»Nein, er hat gesagt, du sollst sie hinausbringen.«

»Um so besser.«

Giovanni sagte: »Aber haben wir denn überhaupt Stricke? Caterina, weißt du, wo die hingekommen sind?«

»Ich hab sie noch nie gesehen«, sagte seine betagte Frau.

»Und was jetzt?«

»Sucht sie, sie müssen da sein«, sagte der Gutsherr ungeduldig.

Die beiden Frauen gingen in die Remise, die mit Leitern, in Kübeln gepflanzten Zitronenbäumen und Karren vollgestellt war.

Inzwischen war Adele zurückgekommen. Sie war hinter den Männern hergegangen.

Die Eselin wurde herausgeführt. Sie wollte neben ihrem Jungen stehenbleiben.

»Bringt sie hierher, in die Sonne«, sagte der Gutsherr. Enrico hielt das Halfterseil, und Andrea schlug das Tier mit der Hand.

»Sind die Stricke jetzt da?« rief der Gutsherr.

Eine der beiden Frauen antwortete aus der Remise, daß sie sie nicht finden könne. Aber der Gutsherr hörte sie nicht. Da ging Adele an die Tür und sagte: »Der Herr will wissen, ob ihr sie gefunden habt.«

»Nein, nein, wir finden sie nicht. Vielleicht sind sie doch nicht hier.«

Adele wiederholte dem Gutsherrn die Worte. Dann kamen die beiden Frauen heraus, wobei sie gegen einen Karren stießen, der umfiel.

In der Sonne, auf dem Gras, beruhigte sich die Eselin ein wenig. Ihre Ohren wurden vom Licht rot durchschienen, und sie wirkte inmitten all dieser Menschen, die um sie herumstanden und sie ansahen, fast gelangweilt.

»Bindet die Eselin da fest, wo das Pferd steht, und geben wir dem Füllen zu trinken. Schnell.«

Andrea führte das Pferd unter ein Schutzdach und band es an einer Wagendeichsel fest. Enrico fesselte die Eselin. Dann nahm der Gutsherr wieder das Eselsfüllen und führte es zu ihr.

Beppa holte wieder die Schüssel mit dem Bohnenmehl.

»Eigentlich bräuchten wir Milch«, sagte der Gutsherr, » aber ich will es mit diesem Zeug hier versuchen.«

Giovanni versicherte, es würde dem Füllen nicht schaden; dagegen war Andrea der Meinung, daß es zu starke Hitze hervorrufen würde.

»Lassen Sie doch den Tierarzt rufen«, sagte Caterina.

»Der versteht noch weniger davon als wir von diesem Wasser«, rief der Gutsherr.

Zwei Frauen öffneten das Maul des kleinen Tieres.

»Paßt auf, daß ihr ihm nicht die Haut vom Gaumen aufreißt«, mahnte Giovanni.

»Vorsicht, ihr... Adele!« schrie der Gutsherr.

»Ich bin ganz vorsichtig...«

»Ihr habt zu lange Fingernägel. Seid vorsichtig, sag ich euch.«

Caterina nahm die Schüssel und schob sie zwischen die bereits halb geöffneten Lippen. Und die Flüssigkeit ergoß sich über das Gras und den Hals des Tieres.

»Her damit!« Der Gutsherr nahm die Schüssel. »Richtet seinen Hals nach oben, los.«

Das vom Bohnenmehl milchig gewordene Wasser floß in das Maul, und Giovanni schüttelte den Hals des Füllens, damit das Wasser durch seine Kehle rinnen konnte.

»Es läuft nicht richtig runter.«

»Haltet es noch ein Weilchen so.«

Es schien, als wäre das Füllen erschöpft. Die Augen fielen ihm zu, und es klappte mit den Hinterbeinen zusammen.

»Laßt es los!«

Da ergoß sich die ganze Flüssigkeit auf die Erde und verschmierte seine schwärzlichen Lippen.

»So wird es verhungern«, sagte einer der Bauern.

»Und wo hat die Eselin es getroffen?«

»Hier ... hier ...«

Enrico sagte: »Gnädiger Herr, wir gehen wieder zurück aufs Feld und hacken die Erde auf. Was sollen wir hier noch?«

»Geht nur«, antwortete der Gutsherr.

Zwei der Frauen gingen ins Haus zurück. Beppa blieb. Auch der Gutsherr wußte nicht, was er jetzt noch tun konnte. Der Bäuerin sagte er, sie solle das Junge da liegen lassen, und ging dann mit den Bauern fort. Sie setzte sich in der Nähe auf einen Stapel von Dachziegeln und nähte.

Es war die Stunde vor Sonnenuntergang. Der Himmel war dunkler geworden und schien sich über den Hügeln herabzusenken.

Die Bäuerin arbeitete und sah von Zeit zu Zeit zu den beiden Tieren hinüber. Sie sah sehr hart aus. All die ausgedörrten Falten ihres Gesichts liefen an ihrem häßlichen runden Mund zusammen. Die kastanienbraunen, verschwitzten Haare hingen ihr zerzaust in die Stirn, die rund war wie ein Apfel. Und die Nadel stach nur ungern durch die ausgeblichene türkisfarbene Schürze. Die Näharbeiten wurden mit weißem Garn ausgeführt.

Die beiden anderen Frauen blieben eine Weile in ihren Häusern, um das Abendessen vorzubereiten.

Die Alte erschien auf der Schwelle ihres Hauses und fragte: »Hat es gesaugt?«

»Wie sollte es denn?« gab Beppa zur Antwort.

Aus dem Kamin des anderen Hauses stieg weißlicher Rauch auf, der, wo er dichter herausquoll, gegen das orangefarbene Licht der Sonne zu violetten Farbtönen hinüberwechselte. Zwei Schwalben flogen unter dem Schutzdach her, und das Pferd stampfte mit den Hufen auf. Beppa seufzte. Sie stand auf und berührte das Eselsfüllen. Sie fühlte, daß es kalt war. Und jetzt lag es noch stiller auf dem Gras. Sein Kopf ruhte auf einem Stein.

Die Frau sagte: »Siehst du, das kommt davon.« Sie setzte sich wieder hin und nähte weiter.

Adele kam auf den Hofplatz und fragte: »Sollten wir nicht lieber den Herrn zurückrufen?«

»Ja, richtig. Dem Kleinen geht es schlechter. Es bewegt sich nicht mehr, und es atmet auch nicht. Ich habe große Angst.«

»Ich geh ihn rufen.«

Caterina rief von der Haustüre her: »Bringt doch gleich zwei oder drei Rüben mit.«

»Rüben? Wenn der Herr sieht, daß ich mich nicht um das Füllen kümmere, jagt er mich fort.«

»Ach was!« sagte Beppa. »Auf diese Weise braucht Ihr nur einmal zu laufen!«

»Dann geht doch Ihr!«

»Ich bleibe hier und paß auf das Füllen auf.«

»Dann essen wir eben keine Rüben.«

»Brot reicht auch. Beeilt Euch.«

Adeles Gesicht war ziemlich blaß und schmal. Und die Lider über ihren blauen Augen sahen aus wie die Blütenblätter einer weißen Rose. Auch Caterinas Augen hatten die gleiche Farbe, gingen aber mehr ins Türkise über und hatten eine ganz eigene, unveränderliche Leuchtkraft. Ihr Mund war beinahe schön unter der ausgetrockneten alten Haut. Und ihre Zähne, die zum Vorschein kamen, wenn sie sprach, waren gelb. Sie war sehr krumm, und ihre Hände waren steif. Sie hatte weißes Haar und einen mageren Hals.

Adele ging auf die Straße, um den Gutsherrn zu suchen. Der Straßenstaub leuchtete in der Sonne, die bereits am Horizont unterging. Und der Schatten der Frau war fast grün.

Da tauchte plötzlich ein Tierkastrierer auf.

Er war ein großer junger Mann mit schwarzem Schnurrbart und braunen Augen. Er trug einen braunen Hut auf seinem kurzgeschnittenen Haar. Vom Tor aus schaute er herein und kam dann näher. Mit einem frisch geschnittenen Holzstöckchen berührte er das Füllen, das nicht einmal mehr die Augen aufschlug. Dann beugte er sich darüber und befühlte es mit den Händen.

»Es ist schon kalt«, sagte er.

Beppa, die ihn beobachtet hatte, erzählte ihm, was sie alles angestellt hatten, damit die Eselin dem Jungen Milch gäbe.

Der Kastrierer sagte: »Alles zwecklos. Solche Tiere kriegt man nicht wieder hin.«

»Außerdem hat es einen Tritt abbekommen.«

»Morgen früh ist es tot. Das sehe ich. Wo ist der Gutsherr?«

»Er muß jeden Augenblick hier sein«, sagte Beppa. »Wir haben ihn rufen lassen.«

»Sagt ihm, was ich Euch gesagt habe.« Und auf der Abkürzung über die Felder ging er fort, in Richtung Stadt.

Caterina kam mit einem Stück Brot heraus, von dem sie abbiß. In den Teigkrumen blieb der Abdruck ihrer Schneidezähne deutlich sichtbar zurück.

Auch zwei Mönche gingen auf der Straße vorüber, blieben aber nicht stehen.

Im Westen hatte der Himmel einen blaugrünen Schimmer.

Und der beinahe durchsichtige Mond war dort stehengeblieben.

Der Gutsherr kam wegen der Hitze mit dem Hut in der Hand zurück. Schweiß bedeckte seine fast weiße Stirn, über der nur wenige blonde Haare lagen.

Er gab dem Hund einen Tritt, der ihm an den Beinen hochgesprungen war, und während er Beppa fragte: »Wie geht's ihm?«, trat er auf den Hofplatz.

»Auch der, der die Ochsen kastrierte, hat gesagt, daß es sterben wird.«

»Seit wann ist er weg?«

»Seit einer halben Stunde ungefähr.«

Der Gutsherr wußte nicht, was er tun sollte. Das Füllen kam nicht mehr auf die Beine. Es schien zu erstarren. Auch die Eselin, die dort angebunden war, hatte gelitten.

Caterina steckte das restliche Brot in die Schürzentasche und sagte: »Versuchen wir noch einmal, ihm dieses Zeug zu trinken zu geben?«

»Ihr habt es vorhin am Zahnfleisch verletzt...«

Die beiden Frauen zuckten die Achseln, und die Alte sagte: »Aber was soll das denn heißen?«

Der Gutsherr wußte keine Antwort und schwieg. Dann ging er zum Pferd hinüber, band es los und führte es in die Mitte des Hofplatzes. Inzwischen kamen die Männer von der Arbeit zurück. Ihre Hemden leuchteten hell in der hereingebrochenen Dunkelheit, und die Hacken blitzten auf. Alle drei gingen zu dem Tier, das ausgestreckt auf der Erde lag. Sie betrachteten es lange und gingen dann schweigend in die Remise, um ihre Geräte abzustellen. An der Tür blieben sie unschlüssig stehen.

Der Gutsherr blickte sie scharf an. Da sagte Andrea: »Das arme Tier! Wo schaffen wir es heute nacht hin?«

»Und die Mutter?«

»Ich... ich würde sie hier draußen lassen, bei dem Jungen«, sagte der Gutsherr bedächtig.

»Hier draußen?« rief Enrico.

»Es ist kalt«, sagte Giovanni. »Aber tun Sie nur, was Sie für richtig halten.«

»Ich würde sie in ihren Stall bringen und das Kleine in einen anderen, wo es sterben kann. Denn sterben wird es!« sagte Andrea.

»Heilige Madonna!« seufzte Beppa.

»Seid doch still.«

»Es tut mir eben weh... ich leide darunter...«, murmelte die Alte.

»Was wollt ihr also mit ihm machen?« fing die andere wieder an.

»Es war vom Schicksal bestimmt, daß der gnädige Herr es nicht haben sollte. Gott hat es so gewollt.«

Und die Alte legte ihr Gesicht in die Handfläche und verharrte in dieser Stellung.

Der Gutsherr war äußerst besorgt. Er stieg in die Kalesche, dann stieg er wieder heraus, denn er war sich selbst unsicher.

Dann sagte er: »Bringt ihr Futter.«

»Hierher?« fragte Andrea.

»In einem Korb. Aber... nur Heu.«

»Wie Sie wollen.«

Und Andreas Holzschuhe klapperten auf der Holztreppe, die auf den Heuboden führte. Die Sonne war untergegangen. Vor ihnen lag der noch unberührte Strohhaufen, an dessen Stützpfahl ein kleines Holzkreuz angebracht war. Im weichen Dunkel einer Pergola verflochten sich die Zweige der Rebstöcke. Und der Mond erstrahlte in vollem Gelb.

Der Gutsherr sagte: »Laßt es dort liegen. Deckt es mit einer Wachsleinwand zu. Habt ihr eine?«

»Giovanni, geht und holt sie«, sagte Enrico.

»Geh du, du hast bessere Beine. Sie ist in meinem Haus, auf der Kiste mit der Kleie.« Und der Alte stemmte seine Fäuste in die Seiten. In der Dunkelheit erschienen seine Hände wie zwei unförmige Gebilde.

Der Abendwind rauschte durch eine große Pinie. Andrea kam wieder herunter mit einem Korb voll Heu und stellte ihn vor dem Kopf der Eselin ab.

Das Füllen schien sich selbst zu zerquetschen. Es hatte seine vier Beine unter dem Bauch zusammengezogen.

Enrico brachte eine große gelbe Wachsleinwand. Der Gutsherr faltete sie zweimal zusammen und bedeckte das sterbende Tier.

»Aber der Nachtfrost wird es vorher töten!« rief Giovanni.

»Nein, die frische Luft wird ihm guttun«, beharrte der Gutsherr.

»Heute nacht wird es kalt«, sagte Andrea.

Der Gutsherr schüttelte den Kopf und bestieg die Kalesche. Das Pferd ging zum Tor.

»Laßt es da.«

»Die Eselin auch, haben Sie gesagt?«

»Die auch«, sagte er und fuhr los.

Die Bauern standen um die beiden Tiere herum. Sie besprachen, was der Gutsherr angeordnet hatte. Doch keiner wagte es, etwas dagegen zu sagen, aus Angst vor den anderen. Jeder fürchtete nämlich, daß der Gutsherr erfahren würde, was er gesagt hatte. Die Frauen stellten sich abseits zusammen und gingen dann in die Häuser.

»Gute Nacht, Caterina.«

»Gute Nacht, Beppa.«

»Gute Nacht, Adele.«

Die Männer verschwanden, um noch die letzten Arbeiten zu verrichten. Giovanni zündete eine Laterne an und ging in den Stall. Andrea trällerte vor sich hin und ging aufs Feld, um die Rüben für das Abendessen zu holen, und Enrico räumte die Geräte in der Remise auf.

Zwei Stunden später, als es auf dem Hof still war, beschien der

Mond den Kadaver des Füllens, den die Wachsleinwand, die sich über ihm bauschte, wie aufgebläht aussehen ließ.

Und die Eselin mahlte.

Eine einfache Geschichte

Barbara sagte zu Amedeo: »Ich kenne keine schönere Straße für unseren Spaziergang. Wollen wir dort spazierengehen?«

Und in seinen Gedanken erschien diese Straße wie ein Liebeslied. Die Bäume neigten und wiegten sich zu der Melodie, und die Wolken waren wie die Arme von Liebenden.

Aber Amedeo beherrschte sich und sagte: »Morgen früh gehen wir. Ich möchte einen leuchtenderen Tag.«

Barbara hatte eine hohe Stirn unter ihren schwarzen Haaren, und wegen der großen Lippen wirkte ihr Mund sinnlich.

Sie sagte wieder: »Gehen wir doch heute.«

Und Amedeo gab dem Traum ihrer Stimme nach. Sie gingen durch eines der Stadttore hinaus auf eine von Akazien gesäumte Straße.

Dort begegneten sie Ciuccia, einer Stummen, die ein Ziegengesicht und eine über den Backenknochen gespannte Haut hatte. Sie lächelte schal.

»Wolltest du zu mir?« fragte Barbara.

Ciuccia nickte.

»Bringst du mir selbstgebackenes Brot?«

Ciuccia schlug ein türkisfarbenes Tuch zurück, das an allen vier Ecken miteinander verknotet war, und betastete die Kruste eines Brotes.

»Dann geh. Ich komme etwas später nach.«

Ciuccia lachte und ging.

Unten in der Ebene, in der die Straße verlief, sang eine Nachtigall.

Sie kamen an ein Bauernhaus, wo ein paar Hühner Maiskörner aufpickten. An einem kleinen Fenster stand eine Frau, die ihren Kopf heraussteckte.

Doch die Straße führte noch weiter und verlief abschüssig zwischen dichtem Buschwerk.

»Wirst du mich immer so lieben?« fragte Barbara und kam ihm mit ihrem Gesicht näher.

»Auch noch mehr.«

»Und Luisa?« Barbara wurde rot.

»Ich habe sie verlassen, sag ich dir. Ich habe sie niemals geliebt.«

»Ist sie schön?«

»Nicht so schön wie du.«

»Ist sie jünger?«

»Sie ist drei Jahre älter.«

Und sie lächelten sich an.

Sie hatten sich auf einem Tanzfest kennengelernt, auf das Amedeo gegangen war, während seine frühere Geliebte, Luisa, krank im Bett lag. Vor allem Barbaras Mund hatte gesiegt, so als habe er auf Amedeos Seele einen Abdruck hinterlassen.

Luisa war blond, hatte ein rosiges Gesicht und unter langen Wimpern Augen von einem faden Blau. Vor zwei Wochen hatte sie sich wegen einer Darmentzündung ins Bett gelegt, und ihre ohnehin nur geringe Schönheit war verblaßt. Ihre Haarfarbe schien für ihr bleiches, abgemagertes Gesicht viel zu kräftig. Der Mund war über dem starken Gebiß nahezu verschwunden. Ihr Hals war unförmig. Anfangs ging Amedeo sie besuchen, ja er brachte ihr sogar Medikamente mit. Aber dann ödete ihn dieses dunkle Zimmer an. Er setzte sich nicht mehr. Er lehnte mit den Knien gegen das Bettende und schaute lustlos umher. Durch das Fenster, das vier rechteckige, ungeputzte Scheiben hatte, sah man ein Stückchen Land: einen Weinberg.

An zwei Tagen erlaubte der Arzt Luisa aufzustehen. Und sie, so schwach sie auch war, ging zu dem Ort, wo sie sich gewöhnlich mit Amedeo traf.

Die Straße war voll Staub, den der Sommer über sie auszubreiten begann.

In einem Bauernhaus hörte sie eine Frau trällern, und in der Nähe ein Huhn scharren, das durch ein noch niedriges Maisfeld lief. Diese Geräusche verursachten in ihr einen stechenden Schmerz. Und auch die schöne Erinnerung an diesen Ort rief Verwunderung in ihr hervor. So war ihr ganzes Gemüt von einer Niedergeschlagenheit erfüllt, zumal sie spürte, daß Amedeo nicht kommen würde, um mit ihr zu sprechen. Seine Liebe war mittlerweile nur mehr eine Empfindung längst vergangener

Freuden. Sie war innerlich so bewegt, daß sie anfing zu weinen. Ihre blaßgoldenen Haare waren im Nacken ein wenig zerzaust, und ihre Hände schienen ihren Seelenzustand auszudrücken.

Sie wußte, daß sie auch dieses Mal vergebens wartete. Doch die Beständigkeit ihrer Empfindung verleitete sie zum Träumen. Da die Sonne aber herunterbrannte, ging sie zurück nach Hause.

Ihre Kleider hatten sich in dem starken Sonnenlicht aufgeheizt und von der Stirn tropfte ihr der Schweiß.

Ihre Seele aber war berauscht. Sie glaubte, seine Stimme an ihrem Ohr zu vernehmen, und empfand erneut jenes unauslöschliche Gefühl, das in einem einzigen Augenblick ihr ganzes Wesen durchdrungen hatte. Luisa dachte: »Wenn er in dieser Sekunde käme, würde ich alles vergessen, was ich wegen seiner momentanen Abkehr durchlitten habe. Ich würde seiner Stimme noch immer Glauben schenken. Warum nur ist er nicht gekommen?« Doch dann schnürte ihr die Angst das Herz ab. Sie litt auch physisch. »Wozu soll ich nach Hause gehen? Bei meiner Familie kann ich meinem Herzen ja doch keine Luft machen.«

Luisa blieb im Schatten einer Steineiche stehen, und plötzlich wurden alle ihre früheren Empfindungen zärtlicher: »Ich leide, weil ich jetzt anders empfinde. Ich möchte noch so leben, als wäre es ein Traum. Das ist ein Schmerz, der niemals aufhören wird.« Und sie kehrte um und ging auf der Straße spazieren. Sie konnte nicht genug bekommen von der Erinnerung. Ihr ganzes Wesen zehrte davon. Es war, als hätte ihr Leben keine andere Nährwurzel.

Alles lebte nur in der Bedeutung dieser Liebe. Die Blumen hatten nur für Luisa geblüht. Sie dachte mit tiefer Rührung an den Frühling zurück und an den türkisblauen Himmel. Sie fühlte nicht die sommerliche Gluthitze über den Feldern. Sie hörte nicht mehr die sich wie Halluzinationen in der unendlichen Ebene verlierenden Stimmen der Leute, die auf derselben Straße vorbeikamen. Die abgemähten Wiesen lagen verlassen da, außer hier und da einem Ochsen, der an einem leicht ansteigenden Hügel stehengeblieben war. Die rötlichen Tennen schimmerten. Alle zwischen den vereinzelten Bäumen verstreut liegenden Häuser schienen von Sinnen zu sein. Eine gewisse Freundlichkeit wurde von einer blaßgrünen Hecke verbreitet, die eine Straße säumte.

Ein Krüppel mit einem weißen Taschentuch um den Hals ging dicht an Luisa vorüber und sah sie an. Er trug nur am Kinn und an den Backenknochen einen Bart. Seine Nase schien geschwollen.

Und Luisa wartete nicht länger.

Am dritten Tag mußte sie sich wieder ins Bett legen. Das Fieber war zurückgekehrt.

Daraufhin kam Amedeo sie ein paarmal besuchen und machte ihr auf diese Weise Hoffnungen. Da er sich aber nicht mehr an ihre Seite setzte und ihre Hände nahm, die auf den Bettüchern lagen, hatte Luisa keinen Zweifel mehr über den eingetretenen Wandel. Ihre tiefliegenden Augen sahen ihn unruhig an, seine aber waren fröhlich und gleichgültig.

»Wohin gehst du jetzt?« fragte sie ihn.

»Wenn ich von hier weggehe?«

»Ja. Wohin gehst du dann?«

»Ich weiß noch nicht. Vielleicht ins Kaffeehaus, mit Freunden.«

»Den ganzen Abend?«

»Nein, ich geh dann bald wieder heim.«

»Und morgen, kommst du mich da besuchen?«

»Morgen nicht.«

»Warum? Wo gehst du hin?«

»Ich muß mich um eine Angelegenheit weit weg von zu Hause kümmern.«

»Gehst du zu Fuß?«

»Nein, ich fahre mit der Kalesche.«

»Liebst du mich?«

Er antwortete nichts.

»Liebst du mich?«

Er lachte und sagte: »Ich habe eine andere gefunden, eine dunkle...«

Über ihre Augen senkte sich ein Schleier.

»Sagst du das zum Spaß?«

»Vielleicht. Addio.«

»Wo gehst du hin? Sag es mir.«

»Zu einem Abendessen mit Freunden.«

»Gehst du zum Tanzen?«

»Nein.«

»Ist das die Wahrheit?«

»Ich geh zu einem Abendessen, sag ich dir. Addio. Ich komme sonst zu spät.«

»Wie spät ist es?«

»Acht Uhr.«

»Wann kehrst du nach Hause zurück?«

»Vielleicht um zehn.«

»Du gehst nicht zum Tanzen? Man hat es mir erzählt.«

Er lachte noch mehr. Luisa richtete sich ein wenig auf.

»Mit wem gehst du zum Tanzen?«

»Ich gehe ja nicht. Ich gehe zu einem Abendessen.«

Luisa legte sich wieder hin. Ihre Augen füllten sich plötzlich mit Tränen. Sie legte die Stirn aufs Kissen.

Und Amedeo hatte das Zimmer bereits verlassen.

Am selben Abend besuchten Luisa zwei Freundinnen. Sie erzählten ihr zögernd, daß sie Amedeo begegnet wären.

»Allein?« fragte sie.

»Es kam mir so vor.«

Luisa fühlte, wie Hohn und Angst über sie herfielen.

»Wer ist die, die bei ihm war?«

Sie weinte wieder leise und sah die beiden Freundinnen an. Die Tränen stürzten ihr aus den Augen und liefen ihr über das Gesicht.

»Es war... Barbara.«

Sie bemühte sich, sich an sie zu erinnern, wobei sie die Finger an die Stirn legte.

»Ich kenne sie nicht.«

Die Freundinnen nannten ihr ein paar Einzelheiten und beruhigten sie. Als sie weggingen, war Luisas Stimme belegt.

»Kommt doch morgen wieder und erzählt mir mehr.«

Ihre Mutter sagte: »Nimm's dir nicht zu Herzen. Er war kein Mann für dich.« Und richtete ihr die Kopfkissen unter den kurzen aufgelösten Haaren.

»Ich liebe ihn, Mutter! Ist es möglich, daß er mich verläßt?«

»Du darfst dem Geschwätz keinen Glauben schenken. Werde gesund, und dann verläßt du ihn… wenn irgend etwas Wahres daran sein sollte.«

»Laß mir die Lampe hier, ich bin noch nicht müde.«

»Du bist noch nicht müde? Ich leiste dir Gesellschaft und stricke derweil am Strumpf.«

»Aber geh nicht fort, wenn ich einschlafen sollte.«

»Ich bleib hier bis in die Nacht.«

Und die alte Mutter setzte sich zu ihr. Sie drehte das Licht zu sich hin und begann zu arbeiten. Im schwachen Schein der Lampe hatten ihre kräftigen Hände eine schöne Form. Ihre fette Nase bog sich zum Mund hinunter.

Luisa verbarg ihr Gesicht im Schatten, aber sie konnte nicht schlafen. Die Knochen taten ihr weh, und es war ihr, als würden ihre Schläfen zerspringen.

»Schläfst du, Luisa?«

»Nein, Mutter.«

»Schlaf jetzt.«

Luisa begann wieder zu weinen und benäßte das Kissen, das wiederum ihre Wangen befeuchtete. Gegen Mitternacht kehrte der Vater heim. Sie hörte seine Schritte und das Geräusch der Tür zu seinem Zimmer. Die Mutter erhob sich leise, nahm die Lampe und ging.

Und Luisa begann erneut zu schluchzen. In ihren Pupillen zuckten kleine leuchtendrote Flammen auf. Ihr ganzer Körper lag ermattet unter der Bettdecke. Ihr kam es vor, als wäre sie in einem Traum. Und so erwartete sie den hellen, vom Gezwitscher der vielen Spatzen erfüllten Morgen, die über das Dach des Hauses hin und her flatterten.

Eine große Hitze überkam sie mit Tagesbeginn. In ihren müden Augen schien sich das Zimmer verkleinert zu haben, und sie glaubte zu ersticken. Aus der Nachttischschublade nahm sie ein paar Briefe Amedeos und frischte auf diese Weise ihre Liebe wieder auf, was eine süße Wehmut in ihr hervorrief. Es war, als wäre diese Liebe ein Traum, der sich an einem einzigen Tag aufgelöst hatte, eine Erinnerung, die noch fest an ihr Gemüt und an ihr Fleisch gebunden war; eine Art Wärme, von der lange, müde Gedanken ausgingen. Und sie lächelte sich selbst zu, weil sie erneut vom fröhlichen Blut der Jugend angezogen wurde.

Die Spatzen machten einen Höllenlärm, ein Flügelrauschen mit kurzen Rufen.

Jetzt hörte sie aufmerksamer zu. Vom Tal her drang eine Melodie herauf, die sich gedämpft unter die Geräusche aus der Nähe mischte. Sie wurde von einem Verrückten gesungen, dessen sonderbare Stimme ein Gefühl von Mitleid hervorrief.

Und Luisa begann wieder zu weinen, ohne daß es ihr wirklich bewußt geworden wäre.

Nach den ersten beiden Stunden hatte sie für sich beschlossen, daß sie Amedeo nicht mehr wiedersehen wollte. »Warum kommt er und macht mir etwas vor?«

Sie legte die Briefe weg und hatte nicht die Kraft, sie zu zerreißen; denn in ihr verweilte die teure Erinnerung an seine Zuneigung. Doch als sie an ihre Freundinnen dachte und an ihre Nachbarinnen, empfand sie eine Scham, die ihr die Röte ins Gesicht schießen ließ. Vor allem war da das Gesicht einer älteren Frau, das ihr über den Bettüchern erschien und sie betrachtete. Und auch Luisa betrachtete sie für fast zwei Viertelstunden ohne einen genau faßbaren Gedanken; nur mit einer großen Leere in jeder Schläfe. Und manchmal glaubte sie zu spüren, wie es in ihren Venen stockte. Mehr noch, in solchen Augenblicken fühlte sie, wie der Puls durch ihre ganze Hand pochte. Dann kam es ihr vor, als würde sie am Kopf weggeschleift.

In diesen Momenten gewann sie die gedämpfte Stimme der Mutter noch lieber. Jedes Wort hatte für Luisa einen tiefen Sinn. Und sie entdeckte in sich Empfindungen, die sie bisher nicht gekannt hatte. Diese wurden von ein paar nebelhaften Bildern begleitet. Und die Zuneigung, die sie für ihre Mutter empfand, schien plötzlich größer geworden zu sein. Sie fühlte einen tiefen Frieden, wenn sie die Stimme ihrer Mutter vernahm, die ihr ganzes Gemüt zu erforschen suchte.

»Wie fühlst du dich heute?«
»Besser.«
»In wenigen Tagen wirst du aufstehen.«
»Wirklich?«
»Das Wetter ist nicht gut. Du bleibst besser im Haus.«
»Bald ist es März.«
»Heute abend wird es wahrscheinlich regnen.«
»Hast du viel zu tun?«
»Nein, ich arbeite in der Küche.«
»Komm von Zeit zu Zeit zu mir.«
»Ja, du brauchst nicht zu rufen.«
»Komm öfter.«
»Sei gewiß...«

Und die Stille kehrte wieder in das Zimmer ein, in dem Luisa schwach atmete.

Kurz vor Mittag kamen die beiden Freundinnen zurück, gefolgt von Ciuccia. Diese Stumme, die eine Magd war, kannte auch Luisa. Sobald die beiden die Kranke begrüßt hatten, kam Ciuccia lachend näher und überreichte einen Brief. Luisa gab sich einen Ruck und fragte: »Ist er von ihm?«

Die Stumme nickte.

»Öffne ihn«, sagte Luisa zu einer der Freundinnen. »Was steht drin?«

»Es ist aus...«

»Er verläßt mich?«

»Und beleidigt dich.«

Luisa begann plötzlich, hemmungslos zu weinen. Die Freundinnen wandten ihre Gesichter ab, und die Stumme bemühte sich, ihr mechanisches Lächeln verschwinden zu lassen.

»Was hab ich ihm nur getan?«

Und ihre weit geöffneten Pupillen bekamen einen anderen Farbschimmer inmitten der blutunterlaufenen Augäpfel. Es war, als wollten ihre Hände nach einer Erscheinung greifen. Und sie richtete sich auf und setzte sich aufs Bett. Da legten die Freundinnen sie wieder hin und deckten sie zu.

Es schien, daß die Stumme darum bat, gehen zu dürfen.

»Geh«, sagte ihr flüsternd eines der Mädchen. Ciuccia ging

mit einem Lächeln hinaus, bei dem die Oberlippe das Zahnfleisch entblößte.

Danach gingen auch die Freundinnen.

In der Nähe des Hauses gingen Amedeo und Barbara vorüber, und sie waren erfüllt von Liebe.

Das Mittagessen

Um in größerer Bequemlichkeit essen zu können, hatten sich Enrico und Gastone die Jacken ausgezogen. Die Frau und die Stiefmutter Enricos hatten drei Knöpfe an ihren Blusen geöffnet; die Frau und die Schwester Gastones wagten, als Eingeladene, nicht soviel, aber sie schnauften und schwitzten auch mehr als die andern.

Tatsächlich war es fast unerträglich heiß. Durch die halbgeschlossenen Läden, durch die ein bißchen Luft hätte hereinkommen sollen, sah man die Landschaft als einen farblosen, zitternden Streifen.

Über den Herdlöchern, in denen die Kohlen glühten, kochten die Hühner und die Nudeln vor sich hin. Unter dem Rauchfang drehte sich ein Spieß, schwerfällig und mit einer Reihe von Lendenstücken beladen.

Und der widerliche Küchengeruch drang von überall herein, zusammen mit dem bläulichen Qualm des Gebratenen.

Die Nudeln in Buttersoße machten einen guten Eindruck, und alle nahmen sich ein zweites Mal. Die gekochten Hühner verschwanden im Nu. Erst das Gebratene mit dem Salat begann den Appetit zu stillen. Enrico und Gastone knöpften sich unter der Serviette, die sie in den Kragen gesteckt hatten, die Westen auf.

Die Frauen redeten beim Essen und lachten, wenn sie nicht gerade einen Hühnerflügel abnagten oder bedachtsam an ihrem Stück Lende herumschnitten.

Giovacchina, Gastones Frau, rief von Zeit zu Zeit: »Die vielen guten Sachen, die Sie an uns verschwenden! Sie hätten doch nicht so viele Umstände machen sollen...«

Und Gemma, Enricos Frau, erwiderte beharrlich: »Im Gegenteil, Sie müssen entschuldigen, daß es so wenig ist. Aber wir haben nicht die Zeit gehabt, mehr zu kochen.«

Darauf versetzte Gastone: »Wenn Sie zu uns kommen, werden wir versuchen, uns zu revanchieren.«

Er war ungemein fett, mit einem enormen Schmerbauch. Das

Gesicht rot und rund, die Augen schwarz, die Lippen wulstig. Er hatte überhaupt keinen Hals. Seine Frau war klein, aber zierlich, fast schmächtig; seine Schwester, Ersilia, mager und mit vorstehenden Augen.

»Essen Sie, soviel Sie wollen!« forderte Enrico unter fröhlichem Lachen auf, denn auch ihn hatte jene Heiterkeit erfaßt, die ihren Ursprung im Wohlstand hat und in der Befriedigung der materiellen Instinkte.

»Und trinken Sie!« Damit griff er zur Flasche und füllte erneut die Gläser.

Der Wein funkelte und verschwand zwischen den Lippen.

Gastone schlug vor: »Trinken wir um die Wette?«

»Warum nicht?« erwiderte der Hausherr, der sich in der Stimmung fühlte, zu gewinnen und lustig zu sein.

In der Tat, nichts ist köstlicher, als wenn das Bewußtsein anfängt umzuschlagen. Oh, die Lustigkeit!

Und der Wettkampf begann, ohne Rücksicht darauf, daß Gemma und die Stiefmutter Gastone gesagt hatten, er würde verlieren.

Vielmehr meinte er: »Ihr habt wohl Angst, daß es mir nicht bekommt?«

Aber Gemma war besorgt, und die Stiefmutter bekundete durch ihre mürrische und stumme Miene deutlich ihr Mißfallen.

Die Unterhaltung hörte mit einem Schlag auf.

Enrico lief rot an und ergriff das volle Glas: »Ich trinke. Los, trinkt auch. Alle.«

Und auch der Gast leerte sein Glas auf einen Zug.

Die Bratenplatte wurde in die Küche zurückgetragen. Nun kam eine Pastete aus gemahlenen Mandeln.

»Oh, das sieht ja köstlich aus!«

Sie wurde in Stücke geschnitten, und jeder begann davon zu essen. Gemma, die sie gebacken hatte, erntete eine Menge Lob.

»Bringt den besten Wein!«

Die Magd kam mit einer Flasche herein, die mit Lack versiegelt und voller Spinnweben und Erde war.

»Sie hat ganz hinten im Keller gelegen.«

Mit großer Anstrengung wurde sie entkorkt. Aber der Mühe folgte süßer Lohn. Dieser alte Wein ließ einen wirklich in Verzückung geraten. Und die Zigaretten wurden angezündet.

Enrico sagte: »Signor Gastone, jetzt können Sie es sagen, ob dieses Mädchen, das bei Ihrer Frau genäht hat, wirklich in mich verliebt war!«

Keiner antwortete ihm.

»Erinnern Sie sich denn nicht? Ich bin doch mindestens fünfmal in Ihr Haus gekommen...«

»Ach, jetzt erinnere ich mich!« Und zu seiner Frau gewandt, erklärte Gastone: »Der Signor Enrico meint Anita.«

Gemma war deswegen weder eingeschnappt noch eifersüchtig, sondern erkundigte sich lachend: »War sie wirklich schön?«

»Ja, sie war schön«, erwiderte Enrico.

»Sie war nicht übel«, meinte Gastone.

»Ganz nett«, sagte Signora Giovacchina.

»Sie hat sich vor einem Jahr umgebracht!«

»Warum?«

»Weil sie die Schwindsucht hatte.«

Doch Gastone wechselte sofort das Thema. Und sagte: »Sobald ich in Pension bin, kaufe ich mir einen kleinen Esel; und Sie werden mir eine Bleibe vermieten. Das müssen Sie mir versprechen. Oh, wie wohl fühlt man sich doch auf dem Land! Geht dir das nicht so, Giovacchina? In Rom ist es zu heiß, und außerdem komme ich gerade dann aus dem Büro, wenn die Sonne am stärksten sticht. Oh, die Toskana ist wunderbar! Hier ist auch noch das kleinste Stückchen Erde bebaut!«

»Wie lange müssen Sie noch warten?«

»Noch fünf Jahre. Das ist lang, zu lang. Und ich fühle mich jetzt schon müde.«

Plötzlich unterbrach Signora Ersilia das Gespräch: »Auch noch Kaffee?«

»Das wäre doch nicht nötig gewesen.«

»Der hilft verdauen!« erwiderte heiter Signora Gemma. Sie war im vierten Monat schwanger und litt an Magenbeschwerden und Schwindelgefühlen; doch an diesem Tag, der soviel Befriedigung mit sich brachte, fühlte sie sich wohl.

»Wieviel müßte ich Ihnen für die Wohnung zahlen?«

»Wenig – weiß ich jetzt noch nicht.«

»Wir sprechen wieder darüber.«

»Aber würden Sie wirklich hierherziehen und das ganze Jahr dableiben?«

»Bestimmt. Die Ausgaben sind geringer. Ich würde Hühner halten, Kaninchen, mindestens eine Ziege... Wenn jemand zu Besuch käme, bräuchte ich mir nicht den Kopf zu zerbrechen, was ich ihm anbieten könnte. Ich würde eine Scheibe Schinken abschneiden, ich würde einem Hähnchen den Hals umdrehen... und hinein damit in den Kochtopf! Am Morgen, wenn es kühl ist, würde ich mein Eselchen anspannen und spazierenfahren, diese Hügel hinauf, von denen einer schöner ist als der andere.«

»Aber ich wäre dafür nicht zu haben«, warf Signora Giovacchina ein.

»Wohin möchtest du denn? Besser kann man es doch gar nicht haben! Siehst du nicht, wie gut es dem Signor Enrico geht? Ich beneide ihn.«

Enrico fühlte sich ziemlich schwer, und wenn das Gespräch länger so weitergegangen wäre, hätte es ihn verstimmt. Doch Signora Ersilia, die das bemerkte, fing an, über Mode zu reden.

Daraufhin erzählte Signora Giovacchina, die eine sehr tüchtige Schneiderin war, von all den ausgefallenen Wünschen ihrer Kundinnen.

»Madonna mia! Die sind aber auch nie zufrieden. Was die sich alles einbilden!«

Gastone rieb sich die Haut des kahlgeschorenen Schädels, und er war so fett, daß diese Haut bei ihm Falten warf.

Enrico erdreistete sich, unschickliche Fragen bezüglich der Kundinnen zu stellen. Aber aus Angst vor seiner Frau antwortete Giovacchina nicht darauf und wurde rot.

Nach dem Kaffee mit vielen Kognaks senkte Gastone den Kopf und fing an, mit dem Messer langsam auf einem Glas herumzuklopfen. Man wußte nicht, ob er müde war oder ob er nachdachte. Enrico schmerzten die Schläfen, und er bekam kaum mehr Luft.

Gemma wartete ungeduldig darauf, daß alle aufstünden. Nur die Stiefmutter saß gleichmütig da.

Die beiden eingeladenen Frauen wurden von jenem Gefühl der Öde erfaßt, das einen nach einem schweren und allzu üppigen Mahl befällt – besonders, wenn die Freundschaft mit dem Gastgeber nicht sehr eng ist und die Unterhaltung aus Gelegenheitsphrasen besteht.

»Jetzt«, denkt man, »würde ich gern noch ein Glas von dem Weißwein trinken! Aber ich kann nicht darum bitten. Wenn man es mir doch anbieten würde! Vielleicht ist die Flasche aber schon leer, und es sind keine anderen mehr da.«

Oder man hat das Verlangen nach einem halben Glas Wasser und sagt nichts, um zu vermeiden, daß sich sämtliche Arme der Gastgeber ausstrecken, um das Glas mit purem Wein zu füllen, und man insgeheim als gierig bezeichnet wird.

Jeder fühlt, daß die Unterhaltung albern und zäh ist, überflüssig; fühlt, daß man lügen muß, wenn man nichts zu antworten weiß; fühlt, daß er bei sich zu Hause eigentlich gern auf ein solches Mahl verzichten würde. Und doch ist jeder zufriedengestellt, mit dem vollen Bauch und dem Zahnstocher im Mund.

Und dann diese Hitze! Wenn man nicht ständig den Kopf bewegte oder auf dem Stuhl hin und her rutschte, schlief man ein, ohne es zu merken. Gastone war müde, und mehrmals sank sein dicker Kopf über den Teller. Die Serviette war ihm heruntergefallen, und seine Weste sprang über der keuchenden Brust auf. Und er schwitzte! Die Brille rutschte ihm von der Nase; das Gesicht wirkte noch aufgedunsener und röter.

Alle Augenblicke öffnete er den Mund und wiederholte: »Oh, welche Seligkeit! Einen kleinen Esel, einen schönen Schinken an der Decke – und dann auf sämtliche Büros und alles andere pfeifen! Und du, Frau, wärst nicht einverstanden?«

Sie antwortete mit leichtem Spott: »Nach einem Monat würde es dir langweilig.«

»Wir werden es ausprobieren.«

Und sein Kopf senkte sich wieder, und die Augen fielen ihm zu. Da weckte ihn Signora Giovacchina mit einem Schlag ihres Fächers aufs Ohr.

»He, du Schlafmütze!«

Energisch schlug Gastone vor: »Gehen wir ins Freie. Gibt es auf dem Feld nicht einen schattigen Platz? Signor Enrico, Sie müssen es wissen.«

»Den gibt es«, erwiderte Signora Gemma.

Ersilia rief: »Aber kommen Sie auch alle gern mit?«

»Oh, ich schon«, antwortete Enrico, räkelte sich und stand auf, steif vom Sitzen.

Gastone rückte sich die Brille zurecht und versuchte vergeblich, sich die Weste wieder zuzuknöpfen. Die Stiefmutter blieb im Haus. In Wirklichkeit wäre jeder am liebsten seiner eigenen Wege gegangen. Enrico hatte das Bedürfnis, sein gewohntes Mittagsschläfchen auf dem Bett zu halten.

Gastone hätte gern zwei oder drei Stunden geschlafen. Aber niemand konnte sich nach seinen eigenen Wünschen richten. So hielt man es für das Beste, sich unter eine Reihe von Kastanien am Feldrain zu begeben, wo es genügend kühlen Schatten gab. Auch die Landarbeiter schliefen, hinter den Strohschobern ausgestreckt, wo die Hühner scharrten.

Die ganze Gesellschaft ging, einer hinter dem andern, den schmalen Pfad am Rain entlang hinunter.

Enrico drehte sich um und fragte Gastone: »Wollen Sie sich hier hinsetzen?«

»Nein, weiter unten. Sehen Sie nicht, was für ein schöner Platz da ist, mit dem frischen Gras?«

Gastone hatte Mühe, auf den dicken Erdschollen zu gehen, und taumelte. Doch seine Frau hinter ihm war rechtzeitig da, um ihn zu stützen – lachend. Gemma mit ihrem gewölbten Bauch kam langsam nach.

Endlich ließ man sich nieder. Gastone breitete sein großes rotes Taschentuch unter sich aus und zündete sich die zehnte Zigarette an.

»Ah, hier ist gut sein! Ich hab's ja gesagt. Sobald ich pensioniert bin, komme ich jeden Tag hierher...«

Er saß mit gespreizten Beinen da und stützte beim Reden beide Hände auf die Knie.

Signora Giovacchina pflichtete ihrem Gatten jetzt bei. Enrico und Gemma hörten zu und amüsierten sich über die unaufhörlichen Entzückensrufe.

Man hatte sich nichts zu sagen, aber der Tag war, alles in allem, nicht schlecht verlaufen. Es schien ihnen, daß das Mittagessen gut aufgenommen und genossen worden sei. Allerdings war die Signora Gemma betrübt, daß sie eine ihrer köstlichen Spezialitäten aus dem Rohr nicht hatte backen können. Zum Ausgleich dafür schwärmte sie den drei Gästen mit viel Lobesworten und Zungenschnalzen davon vor. Signora Ersilia war inzwischen schweigsam geworden und lauschte ihrem Bruder. Sie wirkte beinahe verlegen und hörte nicht auf, über die lange Goldkette zu streichen, die ihr vom Hals bis auf den Bauch hing.

Ein paar Hummeln mit ihrem gelbroten Pelz summten.

Da fragte Signora Giovacchina: »Mein Gott, hier gibt es doch hoffentlich keine Spinnen!«

Enrico erwiderte: »Schon möglich. Aber die sind harmlos.«

»Was für ein Angsthase du doch bist«, fuhr ihr Mann sie mit erhobener Stimme an. »Die Spinnen spazieren doch nicht hier herum, bloß weil *du* da sitzt! Die spannen ihre Netze zwischen den Zweigen, und da bleiben sie auch. Vielleicht, daß es dort unten im Graben einige gibt. Siehst du, da wo die Brombeeren und das Gestrüpp sind? Ich will versuchen, mich auszustrekken.«

Und er streckte sich aus. Seine Frau schaute weiter um sich und nach oben, lächelnd zwar, aber alles andere als beruhigt. Mit einem Mal piepste ganz in der Nähe ein Vogel. Enrico spitzte die Ohren.

Das Piepsen wiederholte sich mehrmals, mit einer gewissen Hartnäckigkeit.

Gemma sagte: »Das muß da drin sein!«

»Was gibt's? Was gibt's?« fragte Gastone und richtete sich auf.

»Hörst du nicht? Ein Vogel«, antwortete seine Frau.

»Tatsächlich, ein Vogel. Der muß da drin sein, wie die Signora Gemma gesagt hat. Wenn ich aufstehen könnte, würde ich gern nachsehen, ob es ein Spatz ist oder ein Zaunkönig.«

Inzwischen stieg Enrico, einige Brombeerranken beiseite schiebend, in den Graben hinunter. Die Signora Giovacchina sprang behende auf und half dann ihrem Mann, der allein nicht mehr hochkam. Er befühlte seinen Bauch und sagte: »Haben die mich vollgestopft!«

Dann kletterte er in den Graben, der breit und tief war. Der Vogel piepste immer noch, drei- oder viermal.

»Da ist er, unter den Blättern. Verflixter Kerl, dich erwisch ich noch! Aber ich kann nicht erkennen, was es ist. Er läßt sich nicht sehen!«

»Warum wollen Sie ihn fangen? Lassen wir ihn doch in Ruhe«, sagte Enrico.

»Aber das wäre ein guter Bissen. Wissen Sie das nicht?«

»Doch, aber mir liegt nichts daran.«

»Wie poetisch der Signor Enrico ist!« rief Giovacchina.

»Mein Mann ist immer so«, erklärte Gemma.

»Wirklich?«

»Aber diesmal soll es anders zugehen«, sagte Gastone.

Der Vogel, der aus irgendeinem Nest gefallen war, verhielt sich regungslos. Bis sie schließlich seine grauen Flügel und seine schwarzen, zur Seite der Gefahr hin gerichteten Augen entdeckten.

»Gehen Sie weiter hinauf, Signor Enrico.«

Auch Enrico gab nun der Versuchung nach. Und er lachte mit den andern.

Gastone schlich sich mit kleinen Schritten im Graben heran, wobei er vorsichtig die langen Brombeerranken aus dem Weg räumte. Enrico lauerte von oben.

Doch der Vogel flüchtete sich mit einem Satz weiter ins Dikkicht. Gastone bückte sich zu dem Gestrüpp hinunter, auf das die Frauen von beiden Seiten mit Stecken einschlugen. Enrico sagte: »Gemma, du stellst dich weiter oben hin; Sie, Signor Gastone, machen Sie schnell – aber ohne soviel Lärm.«

Und Gastone hielt sogar den Atem an.

Ein Vogel, vielleicht die Mutter, sang auf einem Baum. Darauf piepste der im Versteck zweimal.

»Ha, da steckst du also! Wart nur, dich stöbern wir schon noch auf. Und wenn ich noch einmal ins Schwitzen komme.«

Schon begannen auch die beiden Frauen, die Jagd ernst zu nehmen und ihr Vergnügen daran zu finden.

»Nein, dort muß er sein. Hast du nicht gehört, Enrico, daß er näher bei dir gepiepst hat?«

»Ich hab nicht den Eindruck.«

»Nein, er hat hier gepiepst. *Ich* werde ihn kriegen.« Und auch die Signora Giovacchina bückte sich und hob mit den Händen die Zweige unter den Brombeerranken hoch.

Aber er war nicht wieder zu entdecken. Da fing die Signora Gemma damit an, daß man ihn nie fangen würde.

Gastone stieg aus dem Graben, rückte sich die Brille zurecht und fragte: »Meinen Sie das im Ernst? Und dabei dürfte es doch gar nicht so schwer sein.«

»Man möchte nicht glauben, daß ein Wesen, das soviel kleiner ist als wir...«

»Oh, nur ein bißchen Geduld! Wollen wir wetten, Signora Gemma?«

Einstweilen ruhten sich alle aus.

Der Vogel antwortete nun nicht mehr auf die Rufe, die von dem Baum kamen. Vielleicht versuchte er, nach der anderen Seite wegzuhüpfen. Gastone, an einen Baum gelehnt, ließ das Versteck nicht aus den Augen. Signora Gemma wirkte zerstreut: offensichtlich gab sie sich so, weil sie ohnehin nicht hätte weggehen können. Die Signora Ersilia freute sich, daß ihr Bruder den Ferientag genoß. Enrico dachte über den Stumpfsinn dieses Mannes nach, und es schien ihm absurd, daß man keinen anderen Zeitvertreib finden konnte. Aber hatte nicht auch er ein seltsames Prickeln verspürt, als sich die Möglichkeit abzeichnete, den Vogel zu fangen? Hatte ihn dessen Schlauheit nicht geärgert? Und wollte nicht auch er ihm den Eigensinn heimzahlen?

Der Mensch vergibt demjenigen nicht, der gezwungen ist, ungehorsam zu sein. Wäre der Vogel der Signora Giovacchina in den Schoß gehüpft, hätte er sich streicheln lassen und hätte er gesungen, um soviel Liebesbezeugung zu erwidern, und schließlich noch um Erlaubnis gebeten, nur um sie alle herumflattern zu dürfen – dann wäre vielleicht niemand auf den Gedanken gekommen, ihn umzubringen.

Gastone fing an zu lachen. Er schlug sich mit beiden Händen auf den Bauch.

»War das ein gutes Essen! Zur rechten Verdauung hat mir wirklich nur dieser Vogel gefehlt. Die Bewegung tut gut. Aber wo mag er hin sein?«

Enrico ging erneut zum Angriff über. Und schließlich entdeckte man den Vogel in einer Mulde, die das Wasser geschaffen hatte, als der Graben im Winter voll war.

»Er darf uns nicht entkommen! Alle drum herum!«

Gastones Hand war bereits im Begriff, sich ihm zu nähern; sie wollte sich schon schließen, da flatterte der Vogel in die Brombeeren weiter oben.

»Jetzt entwischt er da hinauf.«

»Da stehen wir.«

»Schlagt mit dem Stecken.«

Der Vogel mußte heraus, und er versuchte, nach der Seite zu fliehen, von der die Lockrufe herkamen. Aber seine Flügel trugen ihn nicht; sie stießen gegen einen Ast, und er fiel wieder herunter. Nun begann er über die Schollen zu hüpfen. Alle standen um ihn herum. Er wußte nicht, wohin er sich wenden sollte. Schließlich stieß er gegen die Signora Gemma, die jedoch nicht flink genug war, ihn mit den Händen festzuhalten.

Doch dafür legte Signor Gastone die seinen auf ihn – und der Vogel war gefangen. Er streckte den Kopf aus der zum Käfig geschlossenen Faust; er konnte nicht mit den Flügeln schlagen. Und die Frauen schauten ihn an.

»Was machen wir mit ihm?« fragte Enrico.

»Nichts«, erwiderte seine Frau.

»Also, dann lassen wir ihn fliegen, wohin er will.«

»Irrtum«, antwortete Gastone. »Um ihn zu töten, braucht man nur so zu machen; sehen Sie? Es ist ganz leicht.«

Und er zerquetschte den Vogelkopf zwischen Daumen und Zeigefinger.

Die Anatomieschule

Seit vielen Monaten aß ich nun schon in derselben Trattoria. Es wäre mir nicht möglich gewesen zu wechseln, weil ich außergewöhnlich schüchtern bin und nie sicher, ob man mich in einem Lokal gern oder ungern bedient. Mitunter war ich dermaßen verlegen, daß ich ein zusätzliches Gericht bestellte, nur damit der Kellner mir zulächelte oder die Wirtin hinter dem Tresen mir einen Blick zuwarf, was ich für ein Zeichen von Sympathie und Wohlwollen hielt. Oftmals habe ich Getränke nicht nach meinem eigenen Geschmack ausgewählt, sondern nach dem, der meiner Meinung nach von mir erwartet wurde. Nach dem Essen steigt mir immer das Blut in den Kopf, und ich fühle mich verwirrt. Wenn ich allzu lange sitzen bleibe, habe ich die Befürchtung, beobachtet und als lächerlich angesehen zu werden oder als jemand, der nichts mit sich anzufangen weiß. Und es kommt mir vor, daß man mich verwundert, ja eindringlich beobachtet, was mich in Unruhe versetzt und die Eile beschleunigt, mit der ich weggehen will, wenn es mir nur gelingen würde, zwischen den allzu dicht stehenden Tischen durchzugehen, ohne anzustoßen. Wenn ich wenig esse, sehe ich mich veranlaßt, dem Kellner zu sagen: »Heute fühle ich mich ein wenig unwohl. Ich habe einen vollen Magen. Heute muß ich weniger essen.« Und dabei verziehe ich meinen Mund so, als täte es mir unendlich leid, fast als wollte ich ihm für den nächsten Besuch eine stattlichere Rechnung in Aussicht stellen; zugleich aber bin ich aufgewühlt, ja, beinahe von Mitleid bewegt und überzeugt davon, dieses Versprechen halten zu müssen und so die Sorge loszuwerden.

Häufig kehre ich tags darauf zur gleichen Stunde dort ein, nicht, weil ich wieder den gleichen Appetit verspüren würde, sondern weil ich mir denke, daß man mich erwartet. Ich bringe es einfach nicht fertig, in eine andere Trattoria zu gehen. So ungefähr ist mein Naturell, das heißt, es handelt sich um eine Schwäche, von der ich genesen möchte, was mir aber nicht gelingt.

Wie ich also bereits sagte, ging ich seit vielen Monaten schon in dieselbe Trattoria. Zunächst hatte ich, wie gewöhnlich, die gleiche abweisende und argwöhnische Haltung hinnehmen müssen. Dann aber, nachdem ich mich davon überzeugt hatte, daß ich auch weiterhin zurückkommen konnte, suchte ich mir einen kleinen Tisch in einer Ecke des Lokals aus, weder direkt an der Tür noch mittendrin. Auf der einen Seite befand sich der Bogenpfeiler, und ich konnte von der Tischreihe aus nicht gesehen werden, die auf den Tresen zulief, wo man Käse schnitt und Wein in die Krüge füllte.

Zwei Kellner gab es dort, aber mich bediente immer der ältere. Glücklicherweise wußte er es so einzurichten, daß ich nicht gezwungen war, etwas zu bestellen, das ich nicht selbst ausgewählt hatte. Doch nach den ersten Tagen erlaubte man mir sogar, ihn warten zu lassen, bis ich mich für etwas entschieden hatte. Kurz gesagt, ich fühlte, daß auch ich wie alle anderen geworden war, und es gab keinerlei Anlaß, über meine Verlegenheit zu lächeln. Nachdem ich die ersten Male gesagt hatte, was ich wünschte, fühlte ich mich derart rot werden, daß mir der Kopf schmerzte. Ich blickte verstohlen umher, allerdings so verschämt, daß ich darum flehte, niemand möge mich ansehen. Und wenn mich dann noch der Weinschenk hinter seiner Theke gedankenverloren ansah! Sofort dachte ich, ich hätte irgend etwas angestellt, und fühlte, wie sich mir das Herz zusammenschnürte; mir kamen sogar die Tränen.

Aber die Wirtin sagte dann zu ihm: »Mach endlich den Krug voll!«

Ich fühlte mich zwar sofort wohler, aber immer noch beleidigt. Daraufhin drehte ich mich zur Türe. Für meinen Kellner begann ich, eine Art von Dankbarkeit zu empfinden, wobei ich auf alle Färbungen seiner Stimme achtete, um sie mir gut einzuprägen. Manchmal kam es mir vor, als hätte er mir in einem vorwurfsvollen oder verärgerten Ton geantwortet. Ich flehte ihn an, mich in Frieden zu lassen. Aber er machte weiter, und wenn er mir den Teller wortlos vorsetzte, hatte ich nicht einmal mehr den Mut, ihn zurückzurufen. Und außerdem hatte ich den Eindruck, daß er sich meiner erst nach allen anderen erinnerte! Warum wechselte er meinen Teller nicht sofort? Warum bemerkte er es nicht, wenn ich kein Brot mehr hatte? Die anderen bediente er gern und mich nicht. Was hatte ich ihm getan? Hielt er mich etwa für anspruchsvoll? Und trotzdem zitterten mir die Hände, wenn ich das Trinkgeld auf den Tisch legte. Er tat dann auch noch so, als sähe er es nicht, und nahm es erst, wenn ich im Weggehen begriffen war. Es schien mir auch, als freute er sich, daß ich ging.

Und die Wirtin erst, die niemals ein Wort mit mir sprach, ja, es sogar vermied, mich anzusehen oder sich mit mir zu befassen, warum verhielt sie sich so? Und dennoch empfand ich für sie oftmals, wenn ich aß, eine schwärmerische Freundschaft und stellte sie mir gern als reiche Frau vor. Es war dann, als würde ich zu ihr sagen: »Ich komme hierher zum Essen, weil auch ich einer Ihrer Kunden sein möchte.« Aber warum schenkte sie mir dann, wenn ich eintrat, niemals ein Lächeln, und warum machte sie den Kellner nicht auf mich aufmerksam, wenn er in der Küche beschäftigt war? Sie hatte einen Zahnstocher im Mund, und wer weiß, was sie dachte. Sie war keineswegs unansehnlich! Aber ich wußte keine Erklärung für ihre Fähigkeit, einfach hinter dem Tresen stehenzubleiben und all die Teller zu betrachten, die aus der Küche kamen! Dabei hatte ich niemals eine Beanstandung gemacht und immer bereitwillig bezahlt. Ich hatte mir einen Tisch ausgesucht, an den unmöglich zwei Personen gleichzeitig gepaßt hätten. Die Wirtin hatte eine Art zu blicken, die einer stillschweigenden Musterung gleichkam und doch zugleich derart selbstverständlich war, daß sie sich gewiß niemals irren konnte. Mir wäre es unmöglich gewesen, ihr irgend etwas vorzumachen. Und es kam mir so vor, als würde die ganze Trattoria ihr gehorchen. Von Anfang an gelang es meinem Kellner (ich weiß, daß er Modesto hieß, aber ich habe nie mehr über ihn erfahren), mich das bestellen zu lassen, was er wollte. Er hatte eine besondere Art – oder wenigstens schien es mir so – irgendein Gericht zu nennen, und sofort beeilte ich mich, ihm zu sagen: »Bringen Sie es mir, bringen sie mir das nur!« Manchmal fuhr er fort, auch alle anderen zu nennen, aber dann bedeutete ich ihm mit einem Zeichen meiner Hand innezuhalten und wiederholte das Gericht, was ich vorher bereits genannt hatte. Diese seine ihm nicht bewußte Art, sich durchzusetzen, erschien mir wie eine herzliche Intimität zwischen ihm und mir. Anderen Kellnern hätte ich nicht soviel erlaubt, aber ihm gegenüber konnte ich mittlerweile nicht mehr anders. Wenn er allerdings den Namen überhaupt keines Gerichts in diesem Tonfall nannte, welcher ihm erst die angemessene Bedeutung verlieh, fragte ich mich nach dem Grund und hatte die Befürchtung, daß er nicht mehr mein Freund sein wollte. Doch schließlich wurde ich es müde, nicht in der Lage zu sein, mehr von ihm zu erhalten, ich, der beim Eintreten den Wunsch verspürte, ihm ein freundliches Wort zu sagen, während er die Augenbrauen zusammenzog, als ob er statt dessen eine Beleidigung erwartete.

Ich glaubte sogar, daß er sich keinen Vorwurf von der Besitzerin einhandeln wollte, weil er mit mir sprach!

Ah, ich habe vergessen zu erwähnen, daß ich Maler bin und damals an der Kunstakademie in der Piazza San Marco studierte. Oft bin ich eingetreten und hatte meinen Malkasten bei mir, und in der Nase steckte mir noch der Geruch von Farben, was bei mir immer ein zeitweiliges Wohlbehagen hervorgerufen hat, ähnlich wie bei anderen ein stark duftendes Parfum. Sogar der Kasten erschien mir voller Träume, wie ich selbst, und wenn ich ihn auf einen Stuhl abstellte, dann warf ich ihn nicht darauf, eben dieser Träume wegen. Eigentlich erwartete ich, daß Modesto sich für ihn interessieren würde, aber er schien die ersten Male nur besorgt, daß ich ihn auf das Tischtuch legen könnte. Und ich hatte, unter Erröten, ganz und gar zuvorkommend gesagt: »Ich mache schon nichts schmutzig. Auch mir würde es leid tun!« Ich besaß nicht viel Geld, das heißt, ich hatte sogar sehr wenig. Mein Vater und meine Mutter schickten mir, was sie erübrigen konnten, doch gegen Monatsende mußten sie durch eine Postanweisung immer noch etwas dazutun. Wenn ich sagte, daß ich meinen Malkasten mit dem gleichen Schauer liebte, den ich auch bei einer hinreißenden Frau empfunden hätte, wäre das nicht übertrieben. Wenn ich ihn bei mir trug, fühlte ich mich erregt. Das Knarzen des Tragegriffs beim Gehen gefiel mir. Es war eine jener Stimmen, die man schließlich versteht. Wenn er mir gegen die Knie schlug, schien es mir, als würde ich die Knie eines Freundes berühren. Wenn ich ihn öffnete, fühlte ich, daß er mich ansah, und wenn er dann so offenstand, leistete er mir Gesellschaft. Oft traf ich eine Entscheidung, indem ich die Augen auf ihn gerichtet hielt. Und wenn ich ihn wieder zumachte, um wegzugehen, war es, als würde eine Stimme zu mir sagen: »Auf Wiedersehen.«

Wer lange Zeit alleine gelebt hat, sei es aus eigenem Willen oder aus Notwendigkeit, weiß sehr wohl, daß man schließlich solche Halluzinationen bekommt, die sich von den realen Dingen nicht abtrennen lassen. Mit anderen zusammen zu arbeiten oder zu studieren, kostete mich unsägliche Mühe. Es erstickte mich und verhinderte, daß ich mich stark fühlte. Wenn ich morgens zur Akademie ging, sah ich mich vor die Notwendigkeit gestellt, wieder von neuem zu beginnen. Nie bin ich dort vor einem weiblichen Modell ohne den Wunsch gestanden, es mit mir zu nehmen. Am liebsten wäre ich mit geschlossenen Augen eingetreten, um nicht sehen zu müssen, was sich auf den Kartons und auf den Staffeleien der anderen befand: alle diese Zeichnungen und Farben lenkten mich ab und hinderten mich daran, das Modell so zu betrachten, wie ich es gewollt hätte. Zwischen mir und dem Modell stand eine Art Trennwand, die es mir verhüllte. Ich konnte es für mich allein nicht gut erfassen, und so kam es, daß ich mich auch um das kümmerte, was die anderen machten. Trotzdem hoffte ich, Fortschritte zu machen, und zwar in kurzer Zeit. Im übrigen wiegte mich meine eigene Sensibilität, wenn sie mir auch böse Streiche spielte, in der Hoffnung, vieles vollbringen zu können und immer besser zu werden. Damals wurde Modesto mein stummer Freund, dem ich mit einem Blick meine Ängste anvertraute, und er gab mir mit seinen Augen, die nicht einmal einen Bruchteil davon erahnen konnten, ein Gefühl von Sicherheit. Seine Augen unterschieden sich in keiner Weise von denen der anderen, doch sie waren voller Traurigkeit und Sanftheit zugleich, allerdings von einer Traurigkeit, die den Eindruck von Elend und Stille erweckte: ein seit vielen Jahren hingenommenes Elend und eine Stille von Ehrlichkeit und Reinheit. In dieser Traurigkeit war die ganze Liebe, die man für die eigene Familie empfindet. Wenn ich seine Augen ansah, stellte ich mir, womöglich sogar der Wahrheit entsprechend, die Atmosphäre in seiner Familie vor und den Ton, in dem sie miteinander sprachen. Aber hatte Modesto überhaupt eine Familie? Davon war ich so fest überzeugt, daß ich ihn niemals danach gefragt habe. Mir war, als habe er es durchscheinen lassen.

Am Ende war es, als habe er etwas von mir verstanden. Wenn ich ihn ansah, fühlte er, daß ich ebenso gutmütig war wie er selbst. Manchmal erinnerte er sich daran, mir so freundschaftlich zuzulächeln, daß ich richtig zufrieden war. Das tat mir wohl. Wenn ich in der Akademie war, hatte ich das Gefühl, als würde er mich begleiten. Damals ging ich abends in den Anatomiekurs, und innerhalb kurzer Zeit lernte ich eine ganze Menge.

Beim Abendessen, wenn nur wenige Leute da waren, begann ich, Modesto meine Zeichnungen zu zeigen. Er interessierte sich vor allem für die anatomischen, die mit Rötelstift ausgeführt worden waren. Er sagte: »Das hier entspräche also dem Muskel, den wir hier haben?« Und er berührte die Stelle, deren Namen er nicht wußte.

»Ja, das ist der Unterarmmuskel von oben gesehen.«

»Und man zeichnet wirklich die Leichen von uns Menschen?«

»Natürlich! Dafür werden sie ja eigens gehäutet.«

Er wurde ein wenig nachdenklich und konnte nicht darüber lachen.

Ich bemerkte, daß er in der Küche erzählte, was ich ihm gezeigt hatte, aber er wurde unzufrieden und traurig, das entging mir nicht. Einmal sagte er zu mir: »Das hätte ich nie geglaubt! Aber ich habe auch den jungen Doktor gefragt, der immer an dem Tisch da drüben ißt, und er hat mir gesagt, daß die im Krankenhaus gestorbenen Kranken wirklich gehäutet werden.«

Ich antwortete ihm nicht, weil sein Mangel an Vertrauen mich tief getroffen hatte. Warum hatte er mir nicht geglaubt? Ich bat ihn über viele Tage um eine Erklärung, wobei ich ihn fest ansah. Aber es war, als ob er mich für schlecht hielt, nachdem er erfahren hatte, daß das mit den Leichen stimmte, und nun auch mir gegenüber mißtrauisch geworden war.

Wenn er in seine Kammer ging, die hinter der großen Anrichte mit der Marmorplatte voller Salami und Schinken lag, deren Düfte mir so gefielen, wartete ich immer darauf, daß er mich noch einmal ansehen würde wie früher. Doch als wäre ich plötzlich bedeutend geworden, behandelte er mich weniger zwanglos. Der Raum mit den Tischen wurde, vor allem im Winter, auch mittags mit Gaslampen beleuchtet, weil das Licht, das die Laterne mit dem grünen Glas abgab, sehr schwach war. Nur im ersten Raum sah man gut: all die an der Decke hängenden Schinken schienen Fett auszuschwitzen. Die kleinen Käseräder waren übereinander gestapelt und befanden sich neben den riesigen Ölkrügen, jenen Krügen, die aussehen, als wären sie aus Fleisch. Aus meiner Ecke sah ich, wie Salami geschnitten und abgewogen wurde.

Aber schließlich gewöhnte ich mich an Modestos neues Verhalten, ja, es bereitete mir sogar ein gewisses Vergnügen, weil es mich all der Vertraulichkeiten enthob, die ich mir vorgenommen hatte, als ob sie sozusagen notwendig gewesen wären, um ihm zu beweisen, daß ich wirklich sein Freund war. Aber er war für mich längst unentbehrlich geworden: seine Gegenwart setzte allen meinen täglichen Ablenkungen ein Ende, und ich war sicher, daß er mich, zumindest teilweise, von meiner Schüchternheit geheilt hatte.

Wenn er guter Dinge war, empfand ich Neid auf die, denen er sich zuwandte. Es wurde mir klar, daß er mit allen anderen über mich gesprochen hatte und daß er mich mit besonderer Sorgfalt bediente, ohne dies allerdings allzu offensichtlich werden zu lassen; möglicherweise ahnte er, daß er mich damit in Verlegenheit gebracht hätte. Nach einem Jahr merkte ich, daß er mich allen anderen vorzog, auch wenn er von einem Tisch zum nächsten und danach in die Küche laufen mußte, und mir dankbar war, daß ich ihm mit einem anderen Respekt begegnete als anderen. Eines Tages war ich krank. Als ich wieder in die Trattoria kam, kam er mir entgegen und fragte mich besorgt: »Warum sind Sie gestern nicht gekommen? Sind Sie unzufrieden mit mir?«

»Ganz im Gegenteil. Ich war krank.«

Da sah ich, daß es ihm leid tat, eine solche Vermutung geäußert zu haben. Er wurde rot und sagte mit großer Herzlichkeit: »Sie müssen gut auf sich achtgeben.«

Ich war also nicht mehr nur Gast, sondern eine Art zuverlässiger Freund, und vielleicht sprach er über mich auch bei sich zu Hause. Ich war sicher, daß eine Zuneigung zwischen uns bestand. Gleichzeitig wußte ich aber auch, daß unsere Beziehung viele Jahre lang nicht darüber hinausgehen würde. Aber war es denn notwendig, über andere Dinge zu sprechen? Wenn ich ihm das Trinkgeld daließ, hatte ich ein angenehmes Gefühl, und er hielt das Geld zwischen Daumen und Zeigefinger, so als drückte er mir die Hand.

Auf den Winter zu fragte er mich: »Gehen Sie immer noch Tote zeichnen?«

»Ich muß noch viel lernen.«

Ich hätte gern gewußt, weshalb er mich das gefragt hatte. Doch dann dachte ich, daß es ihm zufällig eingefallen sei, einfach so. Auch ohne miteinander zu sprechen, sah er mich damals in einer Weise an, die mich immer wieder an seine Frage erinnerte, und ich empfand so etwas wie ein bohrendes Unbehagen. Ich fühlte, daß zwischen ihm und mir etwas Trauriges stand, das uns verlegen machte. Ich begann damals, die Toten so zu sehen, wie er sie sich möglicherweise vorstellte, und empfand ein gewisses Mitgefühl. Aber warum nur hatte er zuerst die anatomischen Zeichnungen sehen wollen? Wenn ich abends eintrat, schien er zu sagen: »Sie haben vor Leichen gestanden!«

Zwischen ihm und mir gab es ein undefinierbares Schweigen, das oft ganze Wochen zu dauern schien, ein Schweigen, das an Leichen erinnerte.

In den ersten Märztagen fuhr ich für einige Zeit in mein Dorf nach Mugello und dachte mir, daß ich nach meiner Rückkehr Modesto, von dem ich aus Schüchternheit nicht einmal Abschied genommen hatte, viele schöne Dinge erzählen müßte.

Ich trat also in das Lokal ein, glücklich, wieder zurück zu sein, und erwartete mir eine herzliche Begrüßung durch Modesto. Aber er war nicht da. Was für ein Schreck! Die Trattoria schien mir nicht mehr dieselbe zu sein. Dennoch fragte ich die Wirtin nicht, weshalb ein neuer Kellner da wäre: ich nahm mir vor, noch zwei Tage zu warten, weil Modesto sich ja auch einen oder zwei Tage freigenommen haben konnte. Und meine Besorgnis um ihn hätte sie zumindest überrascht. Unterdessen hatte ich mein Studium an der Kunstakademie wieder aufgenommen, und am dritten Tag nach meiner Rückkehr ging ich auch in die Anatomieschule.

Die Dämmerstunde war ziemlich kühl, und es nieselte. Ich weiß nicht warum, aber irgendwie mißfiel mir die Vorstellung, in den Anatomieunterricht zurückzukehren. Ich dachte, daß Modesto im Grund genommen recht hatte, und empfand einen undefinierbaren Schrecken und Abscheu, wenn ich mir vorstellte, daß ich in vier Minuten vor einem Arm oder einem Bein stehen würde. Aber ich wollte mich überwinden. Meine Traurigkeit war groß; ich bewegte mich nur widerwillig vorwärts und ließ mich in der Menge treiben. Die Abendluft war so fahl, daß mir alle Menschen unzufrieden vorkamen. Ich ging hinein. Als ich jedoch mit der Stirn gegen die zweite Tür am oberen Treppenende stieß, befiel mich eine Art Panik.

Ich hörte meine Freunde auf der anderen Seite mit den Schülerinnen schwatzen und lachen. Ich hatte Lust, etwas Albernes zu sagen, und ging auf den Tisch zu, um den alle herumstanden. Einige machten mir Platz. Da nahm ich irgendwie blitzartig Modestos Kopf wahr. Ein entsetzliches Grauen zwang mich dazu, ihn anzustarren. Ich war unfähig, die Augen von den freigelegten zarten Halsmuskeln abzuwenden, und fing an zu weinen.

Zwei Tage lang konnte ich nichts essen.

Eine Hosteria

Mein Freund Giulio Grandi und ich waren mit dem Fahrrad von Florenz aufgebrochen und fuhren seit nunmehr zehn Tagen durch die Emilia. Da er jedoch am nächsten Morgen wieder in seinem Büro bei der Post sein mußte, machten wir uns bei strömendem Regen von Faenza auf, um rechtzeitig zurück zu sein. Es war bereits November, und der Himmel war vollkommen grau, die Straßen aufgeweicht und voller Pfützen. Die Bäume hatten nur noch ein paar gelbe Blätter, und die ersten Ausläufer des Appenins längs der langen Steigung waren von Nebelschwaden verhangen.

Wir sprachen fast nie miteinander, er vorne, ich hinter ihm oder ich vorne und er hinten, während wir an den wenigen vereinzelt liegenden Häusern vorbeifuhren, ohne daß einem von uns beiden der Wunsch gekommen wäre anzuhalten. Von Zeit zu Zeit stiegen wir bei einer Hosteria ab und lehnten unsere Fahrräder draußen an die Hauswand.

»Zwei Cognac.«

Wenn wir sie wortlos getrunken hatten, fragte einer von uns: »Wieviel?«

Giulio ging hinaus, noch bevor ich bezahlt hatte.

Nach ein paar Kilometern, mit Schlammspritzern am Mund und in den brennenden Augen: »Bist du müde?«

»Ein bißchen.«

»Versuchen wir trotzdem, nicht langsamer zu werden.«

Wir begegneten lediglich ein paar Fuhrwerken, und der Fuhrmann, der mit einem großen grünen Schirm und einem kläffenden Hund oben ausgestreckt auf der Ladung lag, schaute uns an, ohne jedoch die Zugtiere auf die Seite zu treiben.

»Was wird das wohl für ein Dorf sein?«

»Ist mir doch egal!«

Hinter den Ladenfenstern sah man Leute stehen, und die Steigung hörte und hörte nicht auf, im Gegenteil, sie wurde immer steiler.

»Mir tut alles weh.«

»Mir auch!«

»Sing etwas!«

»Dazu ist mir die Lust vergangen.«

»Du mußt singen! Wir müssen fröhlich sein, dann spüren wir die Müdigkeit nicht.«

»Laß mich verdammt noch mal in Ruh!« Mit ein paar kräftigen Pedaltritten fuhr ich dicht an ihn heran.

»Was hast du? Bist du nervös?«

»Ein bißchen.«

Und da fühlte auch ich mich unzufrieden.

Ich sah nur sein ausgeblichenes Trikot und seine schlammverschmierten Haare unter einer inzwischen ebenfalls farblos gewordenen Kappe. Manchmal warf ich ihm ein Wort zu, damit er sich umdrehte. Seine schwarzen Augen sahen dann kurz hoch, senkten sich aber gleich wieder auf das Vorderrad. Er lachte zu mir herüber. Er war ungewöhnlich kräftig und hatte genauso dunkle und behaarte Arme, wie es seine Schenkel waren. Ich mochte ihn so gern wie einen Bruder. Wir kannten uns aus unserer Schulzeit, aber ich hatte ihn nie wieder vergessen. Er sprach kaum ein Wort, wenigstens mit mir, und deshalb gefiel er mir.

Ich war beleibt, aber nicht weniger kräftig als er, und wir schafften die gleichen Anstrengungen.

Zum Essen hielten wir an, aber ich weiß nicht mehr, wo, und da man uns gesagt hatte, wir sollten warten, weil es bald aufhören würde zu regnen, kamen wir abends nicht weiter als bis Crespino, ungefähr auf halbem Weg zwischen Faenza und Florenz. Der Nebel hatte sich zwar gelichtet, aber so richtig klarte es nicht auf. Unterdessen wurde es auch frühzeitig kalt und dunkel, und wir mußten die Fahrräder schieben. Man konnte keine zwanzig Schritt weit sehen, so daß wir, um nicht unter ein Fuhrwerk zu kommen, anhalten mußten, um herauszufinden, von woher das Geräusch kam; doch wenn man nicht mehr als einmal rief, konnte man niemanden dazu bringen, an die Seite zu fahren. Ringsherum war alles stockfinster, und man konnte die Berge nicht mehr vom Himmel unterscheiden. Als wir die ersten Häuser von Crespino erreicht hatten, fragten wir, wo wir etwas essen könnten. Man antwortete uns: »Ein Stückchen weiter findet ihr eine Hosteria.«

An einer Türe hinter einer Biegung war eine kleine rote Laterne angebracht, die aber derart verrußt war, daß sie nicht das geringste Licht gab. Hinter den Fenstern hingen Gardinen, die uns schwarz vorkamen.

Ich trat zuerst ein. Der kleine Raum war vollgestopft mit Leuten, die in alle Richtungen durcheinanderliefen. Auf einer Seite befand sich ein großer, brennender Kamin. Von der Decke hing eine Petroleumlampe, die mehr Gestank als Licht verbreitete. Das Stimmengewirr war ohrenbetäubend, und ein paar Jungen, drei schienen es mir zu sein, brüllten herum.

»Können wir zu Abend essen?«

Anfangs konnten sie mich nicht einmal hören, und ich mußte beinahe schreien. Dann erst antwortete mir einer der Männer, der sich beim Polentarühren nicht unterbrechen ließ, fast zerstreut: »Etwas haben wir.«

»Fleisch?«

Jetzt antwortete mir mißmutig eine Frau: »Eier... Salami...«

Und mit der Hand deutete sie auf irgend etwas, das von der Wand hing.

»Und Brot«, setzte ein anderer hinzu, als wolle er sagen: »Wenn du Hunger hast, dann iß das, und komm nicht mit ungelegenen Wünschen.«

Ich rief Giulio mit einem Pfiff herbei. Wir schoben unsere Fahrräder hinein und lehnten sie an eine Reihe vollgefüllter Mehlsäcke. Die Jungen wurden still und kamen heran, um sie sich zu betrachten und zu berühren, so als hätten sie noch nie eins zu sehen bekommen. Die Männer taten das gleiche, ohne ein Wort an uns zu richten. Nachdem sie sich auf eine handbreite Bank gesetzt hatten, bückten sie sich, um unsere Räder besser betrachten zu können.

Giulio stieß mich mit dem Ellbogen an und sagte leise: »Frag, ob es auch Schlafplätze gibt.«

Aber da die Frau von vorhin das mitgehört hatte, sagte sie: »Ja.«

Sie hatte sich kein bißchen bewegt und starrte immer nur die Wand vor sich an. Sie hatte ein farbiges Tuch um ihren Kopf gebunden. Ihre Augen funkelten. Ich dachte: »Ist sie vielleicht verrückt?« Und ich konnte nicht umhin, mich nach ihr umzudrehen. Nachdem wir uns die Hände gewaschen hatten, setzten wir uns hin. Auf dem Tisch standen bereits die Teller, schlecht emailliert und klein, vielleicht sogar schmutzig. Einige der Männer setzten sich an ihren angestammten Platz, andere gingen mit einem Gruß weg. Die, die geblieben waren, waren Verladearbeiter vom Bahnhof, die anderen Köhler und Fuhrleute.

Neben uns war ein Platz frei. Und ich, nur um etwas zu sagen, fragte: »Und wer ißt hier auf dem Platz? Wenn kein anderer mehr erwartet wird, brauchen wir nicht so eingezwängt zu sitzen.«

Einer, der ein Glas Wein getrunken und während des Trinkens seinen Blick nicht von mir abgewandt hatte, antwortete: »Der ist für die Lehrerin.«

Alle lachten, aber dann begannen sie, miteinander über ihre Angelegenheiten zu sprechen.

Giulio rief: »Die Lehrerin? Hoffentlich ist sie hübsch!«

»Hoffen wir's«, antwortete ich lächelnd. Ich war ein wenig gereizt. »Wann ist die Suppe denn fertig?«

Niemand antwortete. Aber nach zehn Minuten gossen sie sie uns in den Teller. Und die Frau stand noch immer bewegungslos da!

»Warum wirfst du ihr nicht ein Glas an den Kopf, damit sie sich bewegt?«

»Das Brot fehlt!« rief Giulio daraufhin aus und betrachtete sie aufmerksam. Der Wirt hatte sich zusammen mit den feixenden Jungen auf eine kleine Bank an das schwache Feuer gesetzt und gegessen.

»Bringen Sie es uns?«

Er war noch nicht wieder von seiner Bank aufgestanden, als die Lehrerin eintrat. Bevor sie uns erblickte, blieb sie stehen und grüßte. Doch niemand antwortete, man sah sie nicht einmal an. Ihre Stimme machte auf uns den Eindruck, als ob jemand vom hinteren Ende einer Grotte her spräche. Als sie neben uns Platz nehmen mußte, errötete und erblaßte sie, bis sie fast umfiel; sie zitterte und wandte sich sofort von uns ab.

Wir grüßten sie so angemessen wie nur möglich und hofften, es wäre ihr angenehm. Sie warf einen Blick auf die am anderen Tisch und antwortete, indem sie ihr Gesicht auf ihren Teller gewandt hielt: »Guten Abend!« Und sie streifte weiter ihren Rock glatt, der etwas zerknittert war.

Neben die Gabel hatte sie den *Boten für Frauen im Lehramt* gelegt, der noch in der Banderole eingewickelt war; da jedoch auf einem kleinen roten Streifen ihre Anschrift aufgedruckt war, drehte sie die Zeitschrift auf die andere Seite.

Sie war nicht häßlich: sie hatte feines, weiches Haar, aber kaum eine Frisur, einen langen, weißen, ziemlich mageren Hals, und auf ihrem Handrücken sah man, wie sich die Sehnen unter der noch frischen, hellen Haut bewegten. Sie hatte blaue Augen, die so traurig waren, daß sie dunkel erschienen, mit großen, zarten Lidern. Sie trug eine kleine Schürze, wie sie Schülerinnen tragen, und begann, die Brotkrumen mit ihren Fingern zu zerbröseln und auf dem Tischtuch zu kleinen Kugeln zu rollen.

Giulio sagte flüsternd zu mir: »Belästige sie nicht.«

»Natürlich nicht! Aber man muß doch mit ihr sprechen. Siehst du nicht, von was für Leuten sie hier umgeben ist?«

»Warte noch ein bißchen.«

Die Suppe war nicht gut, hatte uns aber trotzdem wohlgetan, und nicht nur dem Magen; auch die Kopfschmerzen waren verschwunden. Da konnte ich es nicht mehr aushalten und sagte zu ihr: »Sie unterrichten in diesem Dorf?«

Bevor sie antwortete, schien sie die anderen erst um Erlaubnis zu fragen. Dann sagte sie fast schmerzlich und besorgt wegen der anderen Männer: »Seit drei Monaten.«

Sie hatte ihre Suppe gegessen und tat so, als würde sie gespannt auf das Fleischgericht warten.

»Sie fühlen sich hier nicht wohl, nicht wahr?«

Hätte sie geweint, hätte ihre Stimme nicht weniger sanft klingen können, als sie jetzt, ohne zu zögern, log: »Es geht ganz gut!«

»Gibt es hier auch Angestellte?«

»Außer sieben oder acht gehen alle als Köhler in die Berge.«

Sie antwortete in einer Weise, als wären wir aufdringlich und hätten sie gezwungen, zu antworten, und als verstünde sie unser Interesse nicht. Warum sprachen wir mit ihr? Ich hatte große Lust aufzuhören, um sie nicht noch mehr zu quälen oder gar zu beleidigen. Aber wenn ich aufgehört hätte, hätte sie sich dann nicht noch mehr gedemütigt gefühlt? Sie traute unserem Gespräch nicht ganz, aber es gefiel ihr. Möglicherweise zuckte sie jetzt zum ersten Mal zusammen, als sie diese stillen Leute betrachtete, die sich ihr gegenüber auf so boshafte Art abweisend verhielten. »Dabei«, dachte ich, »müssen das die Eltern ihrer Schüler sein!«

Giulio, nun ebenfalls nicht mehr spöttisch, fragte sie: »Kommen Sie von weither?«

»Von Faenza.«

»Leben Ihre Eltern dort?«

»Nur meine Mutter noch.«

Ob das wohl stimmte? Wir hatten den Eindruck, daß sie nichts verraten wollte, aus jener unsympathischen und ohnmächtigen Listigkeit heraus, die den Frauen so beigebracht wird. Ich stellte sie mir vor, wie sie zur Schule ging: hübsch und fleißig, aber auch ein wenig ungeschliffen und bauernschlau.

Sie begann zu essen, immer ängstlich besorgt, wenn sie den Eindruck hatte, daß man über sie sprach oder sie belustigt ansah.

Also schwiegen wir.

Ein Zug fuhr über die Brücke, gewissermaßen über unsere Köpfe hinweg, und der ganze Raum bebte. Danach war es wieder still.

»Regnet es noch?« fragte ich den Wirt. Er öffnete die kleine Türe und sagte, indem er sich allerdings an die Verladearbeiter wandte und nicht an mich: »Es gibt Schnee.«

»Schnee?«

»Es wird bis morgen früh schneien.«

Ich gab Giulio zum Spaß einen Schlag auf die Schulter und sagte: »Morgen früh wird es frieren.«

Die Lehrerin zog das Mitteilungsblatt aus der Banderole heraus und begann zu lesen. Da endlich konnte ich ihren Abonnentennamen erfahren.

Und ich sagte zu meinem Freund: »Sie heißt Assunta.«

Er lachte. Dann fragte ich sie: »Ist das eine Zeitschrift für Didaktik?«

Sie blickte sie an und drehte sie in den Händen, als sähe sie die Zeitschrift zum ersten Mal; dann sagte sie: »Jawohl.«

»Und lesen Sie auch Bücher?«

Sie lächelte: »Ein paar. Ich habe sie aus Faenza mitgebracht.«

»Romane?«

»Jawohl.«

Ihre Stimme war wie ein Rauschen, und sie begann wieder zu lesen, obgleich man ihr einen kleinen Teller mit einer Scheibe Parmesankäse gebracht hatte. Danach begann sie zu essen. Ich bemerkte, daß ihre Zähne das Brot mit Blut färbten. Ich sagte zu Giulio: »Sie will mir nicht sagen, was sie liest.«

»Was kümmert dich das denn?«

Ich merkte, wie ich seinetwegen zornig wurde, aber ich fragte ihn: »Worüber willst du denn sonst mit ihr reden?«

»Laß sie doch in Frieden.«

Sie war im Begriff, aufzustehen und wegzugehen, doch dann schien sie sich wegen ihrer Eile zu schämen und fragte die Frau, die immer noch unbeweglich dastand: »Ist das Bett angewärmt?«

»Es ist wohl noch zu früh.«

Ich fragte sie leise: »Wer ist das?«

»Die Besitzerin. Sie ist blind. Jetzt geben sie ihr zu essen.« Tatsächlich setzte ihr Mann ihr jetzt einen Suppentopf auf die Knie und gab ihr einen Messinglöffel, den sie jedesmal, wenn sie ihn mit Suppe gefüllt hatte, mit dem Mund umschloß, als wolle sie ihn aussaugen, bevor sie ihn wieder herauszog.

Einer der Bahnhofsarbeiter fragte uns, um sich über uns lustig zu machen und uns wissen zu lassen, was sie die ganze Zeit über gedacht hatten: »Sind Sie müde?«

Obwohl ich ihre Absicht durchschaut hatte, antwortete ich: »Wir fallen um vor Schlaf.«

»Das glaub ich gern!« Und zu seinen Kameraden gewandt, mit einem verschmitzten Lächeln: »Man muß schon ziemlich verrückt sein, um sich bei so einem Wetter aufzumachen!«

Und jetzt lachten sie alle, und zwar mit einer derart brutalen Unverschämtheit, daß es schon wieder naiv war.

Aber Giulio rief: »Was geht das euch denn an?«

Niemand antwortete. Sie blickten nur verbissen zu uns herüber, und dann war Schluß; wer immer noch lachen mußte, tat es mit gesenktem Kopf.

»Bringen Sie uns Zigaretten!«

»Welche?« fragte der Wirt mit größerer Freundlichkeit als zuvor, als ob er uns damit ein Zugeständnis machen und die anderen zurechtweisen wollte.

Aber wenn Giulio einmal gereizt war, dann ging das nicht so schnell wieder vorüber, im Gegenteil, dann wurde er auch mit mir ungeduldig und mit jedem anderen, der ihm in die Quere kam. Und er antwortete: »Die für feine Herren.«

Die Lehrerin wandte ihm ihren Kopf mit einem versteckten Lächeln zu, ohne ihn aber anzusehen.

Der Wirt beeilte sich jetzt und brachte sie uns.

In diesem Lokal verkaufte man alles, was man in einem kleinen Dorf brauchte; andere Läden gab es nicht. Die Lehrerin schüttelte sich, als wäre ein Schauder über sie gekommen. Wir fingen an zu rauchen und boten auch ihr eine Zigarette an. Dieses Mal aber wagte sie es, uns, bevor sie antwortete, anzusehen, und zwar mit einem scheuen, aber derart resoluten Blick, daß es unmöglich gewesen wäre, ihr eine Lüge aufzutischen oder sich einen Scherz mit ihr zu erlauben. Allerdings war es einer von jenen glasklaren Blicken, die nichts verraten. Dann antwortete sie: »Ich rauche nicht.«

Das bedauerten wir aufrichtig. In ihrer Stimme lag ein Ton, der sofort verriet, daß sie eigentlich jene Männer meinte, jedoch war nicht klar, ob sie das zornig oder resignierend gemeint hatte. Aus der Art aber, wie sie jetzt das Gesicht hielt, konnte man vermuten, daß ihr der Rauch angenehm war, der ihr den Kopf ein wenig benebelte. Allerdings bemühte sie sich zugleich, ruhig zu bleiben und sich nichts anmerken zu lassen.

Als sie uns wieder einmal aus irgendeinem Grund ihren Blick zuwandte, vielleicht weil Giulio durch einen Faustschlag den Teller zum Scheppern gebracht hatte, waren ihre Augen heiterer und wacher, mit irgendwelchen Träumen beschäftigt. Um ihren Mund spielte so etwas wie ein Lächeln, das erstarb, noch bevor es sich zeigte. Ein leichter Flaum lag auf ihrer Oberlippe, der im Gegenlicht beinahe weiß aussah. Ich begann, jenes Gefühl von Behaglichkeit und Ruhe, ja, von Vertrauen zu verspüren, das aufkommt, wenn man ohne Hintergedanken neben einer einigermaßen schönen Frau sitzt und sich träumend seinen Gefühlen hingeben kann.

Als sie einen Knoten in ihre Serviette machte und diese durch einen Metallring zog, in den ihre verschlungenen Initialen eingraviert waren, sah ich, daß ihre hell glänzenden Fingernägel im Vergleich zu ihren Händen ein allzu großes Gewicht zu haben schienen. Da sie nicht wußte, unter welchem Vorwand sie noch länger bleiben konnte, stand sie auf und grüßte uns kaum, als wolle sie die Unterhaltung wieder zunichte machen, die sie mit uns geführt hatte.

Die Blinde stöhnte und seufzte.

Eine halbe Stunde später, nachdem das Päckchen mit den Zigaretten aufgeraucht und die Verladearbeiter gegangen waren, gingen auch wir schlafen. Giulio sagte: »Für eine, die in einem Nest wie dem hier als Lehrerin arbeiten soll, müßten sie eine nehmen, die hier geboren ist, und nicht eine von weit her schikken, eine aus der Stadt. Das gilt auch für alle anderen Orte. Wie soll sie denn hier leben? Wozu einen Menschen opfern, der so ganz anders ist als die, die seit je hier wohnen? Eine Frau, die hier geboren ist, so eine braucht man! Gibt es hier denn keine Frauen? Können die hier denn nur Söhne zeugen?«

»Tja, so müßte es sein. Aber so denken wir... heute abend. Morgen, in Florenz, werden wir uns schon gar nicht mehr daran erinnern!«

Das Zimmer war niedrig und einfach weiß angestrichen, in der Mitte der Zimmerdecke waren ein paar mit Schablonen aufgemalte Rosetten.

Nachdem wir das Licht gelöscht hatten, bemerkten wir durch einen Lichtschimmer, daß im Nebenraum jemand schlief.

Schnell standen wir auf und näherten uns, den Atem anhaltend, mucksmäuschenstill.

Es war das Zimmer der Lehrerin!

Durch die Türritzen sahen wir sie weinen, während sie in einem Buch blätterte, ohne darin zu lesen. Dann begann sie sich auszuziehen, wobei sie mit den Knöpfen hinter dem Hals begann.

Ein Rausch

Jetzt, wo ich bereits vierzig Jahre alt bin, habe ich Lust bekommen, mir eine Frau zu nehmen. Es stimmt, ich habe oft ans Heiraten gedacht, aber ich habe nie geglaubt, daß ich mich jemals ernsthaft dazu entschließen könnte. Ich bin bei der Eisenbahn angestellt und seit langer Zeit schon Stationsvorsteher. Meine Laufbahn habe ich in einem kleinen Ort in den Marken begonnen, später wurde ich in die Toskana versetzt, danach in die Nähe von Bologna. Jetzt lebe ich in Florenz.

Heute abend werde ich meiner früheren Vermieterin hier in der Toskana schreiben und sie fragen, ob sie bereit wäre, mich zu heiraten. Das frage ich sie nach sechs Jahren, die ich inzwischen hier bin, und ich habe ihr niemals vorher etwas in dieser Richtung angedeutet. Ich hatte ja selbst nicht im entferntesten daran gedacht!

Sie ist verwitwet und bezieht eine Rente von der Eisenbahn. Ich glaube, ich bin ihr nicht unsympathisch. Sie ist nicht schön: sie ist füllig, hat große Zahnlücken und schlechte Zähne und eine Nase, die aussieht, als wäre sie geschwollen. Aber ihre Wohnung war blitzsauber, und mir gegenüber hat sie sich sehr freundlich verhalten. Von ihrem Küchenfenster aus konnte sie mein Fenster sehen, weil alle beide auf einen weißgetünchten engen Innenhof hinausgingen. Immer miaute irgendwo eine Katze und sah herauf. Vor den anderen Fenstern, die allesamt klein waren, hingen Bretter, mit einer Reihe blühender Pflanzen, hauptsächlich Geranien. Dort hingen wir die Wäsche zum Trocknen auf. Signora Costanza, so heißt die Frau, die ich heiraten möchte, wusch viel, und viele Male habe ich meine Zeit damit verbracht, am Fenster zu stehen und zu sehen, wie ihre Strümpfe und Blusen im Wind flatterten, ihre roten Strümpfe und ihre schweren, mit Spitzenkragen besetzten Leinenblusen. Wenn sie dann am Küchenfenster erschien und mich sah, wurde sie rot.

Doch jetzt verstehe ich vielleicht, weshalb ich nie zu ihr von Liebe gesprochen habe. So ist es mir auch schon andere Male ergangen: erst nach langer Zeit, als ich schon nicht mehr in der

Nähe war, hatte ich mich verliebt. Aber diesmal meine ich es wirklich ernst, und ich wundere mich, warum ich nie ein Wort davon gesagt habe. Wenn ich nach Hause kam, traf ich sie immer beim Lesen an, sofern es noch nicht zu dunkel war. Seit Jahren las sie immer wieder dasselbe Buch: die *Drei Musketiere*. Ein paar Seiten waren gelb von Fett, das Buch selbst war in Zeitungspapier eingebunden. Wenn sie mich erblickte, legte sie das Buch zur Seite und streichelte die dösende Katze auf ihren Knien.

»Guten Abend!«

»Willkommen daheim. Sind Sie müde?«

»Ziemlich.«

»Wollen Sie nicht die Lampe anzünden?«

»Danke, Streichhölzer habe ich.«

Ich durchwühlte meine Hosentaschen, kramte ein Streichholz hervor und entzündete es auf dem Fußboden, weil die Wand gerade erst neu gestrichen worden war, als ich dort eingezogen war. In meinem Zimmer fand ich die Öllampe. Ach, ich mußte immer an das elektrische Licht meines Bahnhofs denken! Ich zog mir eine andere Weste an, wusch mir die Hände und ging ins Wohnzimmer zum Essen. Signora Costanza war pünktlich und hatte den Tisch schon gedeckt, manchmal wartete sie sogar auf mich, bevor sie sich hinsetzte. Die Katze hatte sich bereits zwischen unsere Stühle gekauert, und wir fingen an. Wenn ich, um keine Zeit zu verlieren, in der Trattoria aß, dachte ich ständig an dieses Wohnzimmer; und Signora Costanza fühlte sich dermaßen einsam, daß sie, hätte es nicht Klatsch und Tratsch in Bewegung gesetzt, am liebsten zu mir in den Bahnhof gekommen wäre, um mich zu sehen, bevor mein Dienst zu Ende war.

Und doch haben wir uns niemals über etwas Besonderes unterhalten, ich glaubte nicht einmal, daß sie mich als Freund betrachtete. Ich glaube, daß sie, zumindest am Anfang, mir gegenüber ein gewisses Mißtrauen hegte und auch Enttäuschung empfand. Ich sah, daß sie oft traurig war, und es kam mir vor, als würde sie alt werden. Aber es lag nicht in meiner Absicht, sie in ihrem melancholischen Lächeln zu bestärken, das schlimmer war als Elend und Krankheit. Mitten im Wohnzimmer stand ein kleiner ovaler Tisch mit einer viereckigen, rot und grün bestickten Wolltischdecke mit Fransen. Auf ihm stand eine Glasglocke mit einem einbalsamierten Spatz. Die beiden Gardinen waren fast vergilbt. Um noch einen Schritt weiter zurückzugehen, muß ich sagen, daß Signora Costanza ein besonderes Herz für Tiere hatte, und auch eine wendige und zutrauliche Taube besaß, die jeden Morgen auf ihr Bett hüpfte und sie auf den Mund pickte; eine Taube, die ihr überall in der Wohnung folgte. Signora Costanza nahm sie hoch und streichelte sie: die Taube zitterte dann in ihren Händen und sah sie oder vielleicht auch das Zimmer mit ganz sanften Augen an. Signora Costanza hatte auch noch einen jungen Hahn, dem kein Gefieder wachsen wollte, der zwischen den Beinen der Katze schlief, und jedesmal, wenn wir uns zu Tisch setzten, kläglich piepste.

Manchmal rauchte ich meine halbe Zigarre, ohne von meinem Stuhl aufzustehen, und las dabei die Zeitung. Während sie den Tisch abräumte, fragte mich Signora Costanza: »Ist es wahr, daß ein Mädchen mit fünfzehn Messerstichen getötet worden ist? Ist es wahr, daß es wieder Krieg geben wird?«

Doch wenn die Taube ihr auf die Schulter hüpfte, dann sprach sie nur mit ihr. Das hatte eine merkwürdige und nicht genauer zu beschreibende Wirkung auf mich: ich war so sehr an diese Dinge gewöhnt, daß ich, wenn sie sich nicht einstellten, stets böse Vorahnungen bekam, obwohl ich nicht abergläubisch bin.

Es ist ziemlich lächerlich: ich habe wieder die Briefe und Postkarten hervorgekramt, die ich von ihr erhalten habe. Ihre Briefe bringen mir, auch ohne sie wiederzulesen, die Erinnerung an sie in vollkommenster Weise zurück. Von jedem dieser Briefe erinnere ich mich dunkel an seinen Inhalt, und jetzt rufen sie in mir ein angenehmes Gefühl hervor. Ja, da steht sie vor mir, mit ihrem grünen, kelchförmigen Trinkglas, mit der Weinflasche, den Apfelschalen, dem langsamen Kauen, das sie mir wärmstens ans Herz gelegt hatte, weil ich an Verdauungsstörungen litt.

Jetzt aber bin ich sicher, daß sie mich immer geliebt hat! Das ist ganz offensichtlich! Warum hat sie mir denn nie gekündigt? Warum sagte sie mir, daß sie niemals einen anderen Untermieter aufgenommen hätte? Doch nein, andererseits scheint mir das unmöglich, es kann nicht stimmen. Was soll man in ihrem Dorf davon halten? Ob dort immer noch dieselben Kollegen sind, die ich damals zurückließ? Aber nein, jetzt ist alles viel zu spät, es wäre zwecklos, ihr zu schreiben.

Und dennoch sind mir die fünf bei ihr verbrachten Jahre unvergeßlich, und ich werde sie irgendwann besuchen. Und wenn sie tot ist oder krank? Wieviel Staub würde sich dann auf der Glasglocke mit dem ausgestopften und schon halb eingefallenen Spatz ansammeln, der mit seinen kleinen Füßen auf einer Astgabel saß, und dem schwarzen, runden Untersatz! Ob die Taube wohl verhungern würde? Und die Katze in den Innenhof hinuntergehen? Schon früher hatte dieses Wohnzimmer in mir ein bedrückendes Gefühl hervorgerufen, das über lange Zeit hin anhielt: es herrschte dort eine Art Friedhofsstimmung und auch eine irgendwie unheilvolle Atmosphäre, und durch die Gardinen fiel ein schmerzdurchtränktes Licht. Ich öffnete immer sofort die Fenster, damit frische Luft hereinkam, doch das Wohnzimmer blieb immer gleich. Ich habe mich dort immer unruhig gefühlt, obwohl ich Signora Costanza in den anderen Zimmern hörte. Doch manchmal vermittelte es mir auch ein wohltuendes Gefühl von Frieden, und ich hatte Lust, dort einzuschlafen.

Und dennoch gingen wir, wenn ich meine Miete bezahlte, in dieses Wohnzimmer, und darüber, daß ich so pünktlich bezahlt habe, habe ich immer lustvollen Stolz empfunden. Hinterher pfiff ich vor mich hin und war guter Dinge.

Aber warum ging Signora Costanza manchmal ins Wohnzimmer und weinte? Oh, diese von Tränen durchnäßten Seiten der *Drei Musketiere*! Es war, als ob sich sogar d'Artagnans Gesicht vor Rührung bewegte: genau so sah es aus! Und ich habe sie niemals gefragt, warum sie so unglücklich war! Ich begnügte mich mit der Erklärung, die mir alle anderen eilfertig gegeben hatten: daß sie den Tod ihres armen Mannes nicht verwinden konnte.

Statt dessen erinnerten mich ihre Tränen daran, daß auch ich schnell alterte und bald sterben würde. Bei diesem Gedanken fühlte ich ein Prickeln in meinen Armen, wie die Funken eines Telegraphenapparates bei Gewitter. Nur meine rote, ein bißchen speckige Mütze war da, mit den drei goldenen Tressen, meine

Zeugnisse: Oh, all diese Dinge erinnerten sich meiner! Ich öffnete eine Schublade und betrachtete diese Papiere, dann nahm ich die Photos meines Bruders und meiner Schwester heraus, und ich hatte das Gefühl, daß sie ungeheuer lebendig waren, und mit einer derartigen Intensität, daß ich neidisch wurde, ja, sie deswegen beinahe haßte, weil mir etwas Ähnliches niemals möglich sein würde. Im Vergleich mit ihnen war ich nur so etwas wie ein Anhängsel. Aber ich liebte sie, ich liebte sie sogar so sehr, daß ich mein Herz schneller schlagen fühlte. Mir war nach Weinen zumute. Doch als ich daran dachte, daß drüben, im anderen Zimmer, Signora Costanza die gleichen Gefühle für einen Toten empfand, sagte ich mir, daß ich nicht weinen dürfe, damit ich kein Unheil auf mich ziehe. Ich selber dachte bereits, die Ursache für das Unglück von Signora Costanza zu sein. Doch ich konnte nicht lachen, und so blieb eine unendliche, dunkle Trostlosigkeit in mir zurück, und mich überkam der Wunsch, sofort zum Dienst zurückzugehen. Ich nahm meinen Hut und ging. Das Dorf, Poggibonsi, war abends ziemlich belebt; die Café-Bars füllten sich. Der Bach, der in der Nähe des Bahnhofs unter einer Brücke dahinfloß, rauschte zwischen den Steinen. Die jungen Mädchen gingen eingehakt und streiften mich mit ihren Ellbogen; die Burschen rempelten mich an. Irgendwer rief mich aus einem Laden herbei, ich solle mit ihm trinken. Ich antwortete mit einem Lächeln und zog unter Umständen den Hut und verspürte ein leichtes Prickeln, wenn es sich um einen angesehenen Mann handelte. Als ich die Straße zur Hälfte hinuntergegangen war, sah ich das Küchenfenster, hinter dem sich gewiß Signora Costanza aufhielt, und dann kehrte ich um. Aber während ich an sie dachte, machte ich mich manchmal über sie lustig und stellte mir vor, wie ihr hageres, kantiges Gesicht plump wurde und sich aufblähte. Oh, nein, ich hätte gar nicht zum Dienst zurückkehren können, dazu war ich viel zu müde; mir brummte der Kopf! Und wie hätte ich es im übrigen auch anstellen sollen, wo doch mein Kollege die Schicht versah? Ich hatte alles in bester Ordnung zurückgelassen, besondere Vorkommnisse hatte es nicht gegeben, und während der Inspektor mir die Hand schüttelte, hatte ich mich wie berauscht gefühlt unter den Blicken meiner

Untergebenen, die ich aus den Augenwinkeln nervös und finster ansah, als hätte sich die Haut um meine Augen von selbst zusammengezogen.

Ich ging dann durch unbelebtere Straßen, wo man nur Frauen miteinander sprechen hörte oder die Schreie eines Kindes, das noch in den Windeln lag. In einer Hosteria, deren rotes Licht die Gäste erwartete, spielte unentwegt ein Harmonium. Im Vorübergehen konnte man hören, wie sich die Flüche mit dem heiteren, schneidenden Klang vermischten, der sich wie das Lachen eines Rabauken anhörte. Ich ging zum Dorf hinaus, nicht weit, und begegnete Bauern, die mit ihren Ochsen heimkamen. Hier eine Frau an einem Fenster, dort ein schweigsamer Mann, der, an der Tür seines Hauses lehnend, rauchte. Auf die Felder, die um ein beträchtliches höher lagen als die Straße, die zwischen zwei Einfassungsmauern gebaut worden war, legten sich die Schatten, Hunde bellten, der Lärm der Menschen nahm ab. Ich kehrte um. Ich stieg in meine Wohnung hinauf und hoffte, daß Signora Costanza zu Bett gegangen sei, aber sie war noch auf und las in einem an das Wohnzimmer grenzenden Raum im *Buch der Träume*, während die *Drei Musketiere* zugeklappt mitten auf dem Tisch lagen, mit einer Stricknadel als Lesezeichen zwischen den Seiten.

Ich tat so, als wollte ich sie nicht stören und ging an ihr vorüber; sie hob den Kopf, als wollte sie mich einladen, Platz zu nehmen, doch sie wagte es nicht. Ich empfand ein grausames Vergnügen über ihr Verhalten, und selbst wenn ich vorher noch Lust gehabt hätte, mit ihr zu plaudern, wäre ich jetzt nicht stehengeblieben; es befriedigte mich mehr, mich so zu verhalten und sie so zu behandeln. Vor dem Einschlafen bildete ich mir noch ein, daß sie mir auf die Nerven ginge, weil sie las, und dabei flüsterte sie nicht einmal! Aber das hat keine Bedeutung: es handelte sich um einen Vorwand, mit dem ich jede freundschaftliche Regung ersticken wollte, die zu diesem Zeitpunkt schon nicht mehr zu leugnen war. Zwischen ihr und mir war etwas entstanden, obwohl sie immer noch die gleiche war wie am ersten Tag.

Manchmal hatte ich richtig Lust, mich über sie lustig zu machen wegen all dieser Tiere, die sie in ihrer Wohnung hielt, und ich dachte mir, daß sie für mich ähnliche Gefühle hegte wie für ihre Tiere. In solchen Augenblicken sah ich sie voller Wut an.

»Was ist heute morgen nur mit Ihnen los, Signor Vincenzo?« Da wurde mir klar, daß ich mich geirrt hatte, und ich wurde wieder froh und lächelte sie an.

Doch warum ist mir nur die Idee gekommen, sie zu heiraten? Und was wird sie von mir denken? Jetzt wird sie alles, was ich je zu ihr gesagt habe, für den Beginn meiner Liebe zu ihr halten, und das täte mir leid. Ich gehe jede Wette ein, daß sie sich genau an mich erinnert und glaubt, ich wolle sie zum Narren halten. Wie stelle ich es also an, daß sie mir auf der Stelle glaubt? Nein, ich kann niemanden als Mittelsmann beauftragen; also werde ich selbst gehen. Das ist besser als schreiben: ich wette, daß der Postbote den Brief öffnen würde. Ein Brief an Signora Costanza! Wir aber werden glücklich sein, das weiß ich bestimmt. Du lieber Himmel, warum habe ich nicht schon früher daran gedacht? Und die Taube, die ganz alt geworden sein muß? Und die Katze? Das alles hier, in meiner Wohnung, bei mir zu Hause. Und wenn wir erst ein Kind haben, dann werden wir uns noch mehr lieben. Auch ich werde mich photographieren lassen und das Bild an meine Geschwister schicken. Oh, wie sehr werde ich Costanza lieben! Mit all der Liebe, die ich niemals bekommen habe. Wie bewegt werde ich sein, wenn ich zu ihr sage: »Signora Costanza, wollen Sie meine Frau werden?« Und sie wird antworten... tja, was wird sie nur antworten? Ich kann es mir nicht vorstellen. Aber wir werden beide unendlich glücklich sein! Ja, ich werde tief bewegt sein, wenn ich zu ihr sage: »Ich konnte es nicht mehr aushalten, nicht in dieses Haus zurückzukehren!« Und sie wird dann weinen, ich wette, daß sie dann weinen wird. Ich werde sie zum Weinen bringen.

Costanza war gestorben, aber ihre Verwandten haben das Wohnzimmer so belassen, wie es war. Die Taube lahmte, ich habe sie gesehen.

Bevor ich wieder in den Zug stieg, hatten mich meine früheren Kollegen zum Saufen mitgenommen, und da ich mich genierte, ihnen den eigentlichen Grund meines Besuchs zu nennen – ich hatte ihnen sogar zu verstehen gegeben, daß ich nur gekommen war, um sie wiederzusehen – haben sie mich zur Feier des Tages besoffen gemacht, so besoffen, daß man noch heute darüber spricht. Ich weiß nicht, wie es passiert ist: es war mein erster Rausch, und ich habe den Wein literweise in mich hineingeschüttet.

Das Weihnachtsschwein

Bis zum Weihnachtsfest fehlten nur noch zwei Tage. Der Himmel war grau verhangen, und es konnte durchaus sein, daß es regnen würde. So dachte auch Gano, und er wußte nicht, ob er das Schwein unter der Remise oder auf der Tenne schlachten sollte, wo es mehr Platz gab.

Doch Gesualda, seine Schwägerin, die auf die Rückkehr ihres Mannes Fiore aus dem Bezirkskrankenhaus wartete, überzeugte ihn, auf die Tenne zu gehen. Sie hätte ihm nicht helfen können, weil sie das Kind stillen mußte, aber vom Nachbarhof waren eigens zwei Männer herübergekommen.

Gano öffnete das Tor des Pferchs, und das Schwein kam heraus im Glauben, daß man ihm noch einen Eimer mit Weizenkleie zu fressen geben wollte. Es war so fett, daß es sich kaum bewegen konnte, ja, man mußte es sogar mit der Peitsche schlagen, damit es sich auf den Beinen hielt: bei jedem Schritt fiel es hin. Die beiden Männer fesselten es an den Füßen. Um das nicht mit ansehen zu müssen, ging Gesualda weiter weg; aber dennoch hörte sie das Grunzen und sie empfand Mitleid.

Einer der Männer nahm eine Schüssel, um das Blut aufzufangen, und Gano nahm das geschliffene Messer.

Ein wenig später hörte das Grunzen auf, und das Schwein, dessen Füße nun wieder frei waren, lag ausgestreckt auf der Tenne. Die Mischlingshündin hatte jetzt keine Angst mehr, näher zu kommen und beschnupperte es bellend.

Die Männer nahmen einen anderen Strick und hängten das Schwein zwischen zwei Zypressenstämmen mit dem Kopf nach unten auf. Danach begannen sie, seine Borsten zu entfernen: einer von ihnen schüttete kochendes Wasser über das Schwein, und die anderen schabten es schnell ab. Die Haut wurde rosig und dampfte. Danach weideten sie es vermittels eines geraden Schnitts aus.

Die Hunde der anderen Bauern wurden vom Geruch des Fleisches angelockt und kamen aus allen Richtungen herbeigelaufen. Die Hündin biß auf sie ein, weil sie die Blutlachen allein auflecken wollte; jetzt, wo das Blut erkaltet war, troff es in Fäden zwischen den Zähnen des Schweinerüssels herunter. Gesualda sah sich das im Eimer aufgefangene Blut an. Es war gut, beinahe schwarz.

Auch die Bauern waren davon bespritzt worden, und es gelang ihnen nicht, die Hunde fortzujagen, die auch sie ablecken wollten. Nachdem die Männer den Schnitt mit den Händen geweitet hatten, fielen die Innereien von selbst heraus und Gano breitete sie auf einem Brett aus, um sie anschließend zu waschen.

Sie lösten die Leber und die Lungen heraus und banden sie mit einem Stück Schnur an eine andere Zypresse. Dann trennten sie den Kopf ab. Jetzt mußte das Schwein nur noch gevierteilt werden, doch Gesualda wollte, daß sie damit auf Fiore warteten.

Er hätte schon längst da sein müssen! Sie schaute die Straße hinunter, indem sie sich mitten in die Sträucher drängte, um so von dort aus bis zur Biegung sehen zu können. Fiore mußte mit dem Postwagen von Monteroni eintreffen oder möglicherweise auch zu Fuß.

Aber zu sehen war nur der Mann von der Straßenmeisterei, der Steine aufsammelte, um sie dann auf den Schlamm zu legen. Und wenn es anfing zu regnen? Gano wollte nicht länger warten. Als er zu seiner Schwägerin hinüber sah, schüttelte er den Kopf. Aber bei ihr konnte man sowieso niemals recht behalten!

Auch die beiden Männer hatten es eilig und waren gespannt darauf herauszufinden, wieviel Fleisch und Fett das Schwein erbrachte. Sie hatten nämlich eine Wette abgeschlossen, wer die richtige Menge erraten würde. Sie befühlten das Fleisch und strichen mit ihren Händen darüber, sie steckten ihre Finger in den Schnitt, um die Rippen zu betasten, sie nahmen den Schweinskopf in ihre Hände und besahen die roten Lungen, die an der frischen Luft zu trocknen begannen. Gesualda wollte, daß Fiore alles Weitere übernahm, weil er sich besser darauf verstand und weil sie wußte, wieviel Freude es ihm machen würde. Doch auch ihr kam es jetzt so vor, als müßte sie noch tausend Jahre auf die Verkostung des Fleisches warten, und die Gier bemächtigte sich ihrer immer stärker. Hätte sie nicht das Kind an ihrer Brust getragen, wäre sie Fiore entgegengelaufen!

»Was sollen wir tun, Gano?«

»Es wäre natürlich besser gewesen, wenn wir auf meinen Bruder gewartet hätten, aber da wir sowieso nicht auf ihn gewartet haben, ist es besser, daß wir die Sache zu Ende bringen. Sonst sind wir am Mittag noch immer hier. Wenigstens die Schinken hätten wir schon einsalzen können! Das mußt du zugeben, Gesualda!«

Die beiden Männer wollten nichts sagen und blieben stumm, fluchten aber gleichwohl im stillen.

Da fing die Frau an zu weinen. Darüber geriet Gano in Zorn und sprach kein Wort mehr mit ihr, um nicht grob zu werden. Gesualda sah sein Gesicht und hatte Angst.

Gano sagte: »Und wenn es zu regnen anfängt?«

Er ließ seine Wut an den Hunden aus und warf mit Steinen und zerbrochenen Ziegeln nach ihnen.

Der Wind brachte die Zypressen zum Ächzen, an denen das Schwein aufgehängt war, das ganz leicht hin und her schaukelte.

Schließlich sah auch die Frau ein, daß man mit der Arbeit weitermachen müsse; und nachdem sie das Kind in ein Strohkörbchen gelegt hatte, ging sie den Männern zur Hand.

Sie brachte die prächtigen Fleischbrocken in ihrer Schürze ins Haus und verschloß augenblicklich die Türe, damit keine Katzen hereinkommen konnten. Sie geriet ins Schwitzen, als sie die Treppen hinauf und herunter stieg, doch das Fleisch war dermaßen viel, daß sie den ganzen Tag hätte weitermachen können, ohne Müdigkeit zu spüren.

Die Männer priesen das Schwein: es hatte wirklich gewaltige Schenkel und war durch und durch gesund. Gesualda hatte ihren Mann fast vergessen!

Fetter Speck und mageres Fleisch: die ganze Küche war voll damit. Doch als sie die Arbeit hinter sich gebracht hatten und Gesualda ihr Kind wieder auf den Arm nahm, schlug sie sich mit der Hand an den Kopf: »Und mein Fiore?«

Und wieder begann sie, ihn mit einer solchen Ungeduld zu erwarten, daß sie wie betäubt war. Sie konnte keine Minute ruhig bleiben und hätte sich am liebsten auf die Tenne gestürzt.

Dann blieb sie stehen, stellte sich auf ihre Zehenspitzen,

reckte den Hals und horchte, ob kein Wagen kam. Nichts, gar nichts! Die Straße war im Nebel wie ausgestorben. Fiore war in den Krieg gezogen, bevor das Mädchen geboren war, und wer weiß, wie er reagieren würde, wenn er es zum ersten Mal sah. Es war ein schönes, rundliches Mädchen, dem unter der kleinen Mütze schon ein feiner Haarschopf hervorquoll. Es versuchte auch schon zu sprechen, brachte jedoch nur Speichel hervor.

Gesualda mußte ihr den Mund mit dem Taschentuch abwischen, damit nicht auch das Lätzchen und das saubere Kleidchen durchnäßt würden.

»Der Papa kommt! Der Papa kommt! Jolanda! Weißt du's noch nicht, daß der Papa kommt? Kennst du ihn noch nicht, deinen Papa? Du wirst sehen, wie schön er ist! Du mußt den Papa anlächeln! So, ja so! Du Goldschatz!«

Und das kleine Mädchen bewegte sich lebhaft in seinen Windeln, bis es dann mit offenem Mund ein Lächeln hervorbrachte, das tief innen in der Kehle begann.

Endlich hört man ein dumpfes Geräusch: gewiß ein Wagen. Ob er darin sein wird?

Gesualda zwängt sich durch die Sträucher und weiter auf die Straße. Der Wagen hält an: zwischen den beiden Planen des Wagens hat eine Hand dem Fahrer ein Zeichen gegeben, der mit dem Kopf andeutet, daß er verstanden hat. Der Wagen steht still. Gesualda läuft mit stockendem Herzen hinüber.

»Fiore!«

Er weiß nicht, ob er zuerst seine Frau umarmen oder das Kind nehmen soll, und so umarmt er sie alle beide. Aus dem Wagen schaut man ihnen zu und grüßt.

Fiore aber hat ein Bein, das nicht zu dem anderen zu passen scheint.

Seine Frau bemerkt das und wird bleich, ohne aber wirklich zu begreifen. Da klopft Fiore mit einem Stock, den er in seiner Hand hält, dagegen und sagt mit unsicherem Lächeln: »Das hier ist aus Holz!«

Seine Frau wird noch bleicher, und das Kind entgleitet beinahe ihren Armen.

»Ich hab dir nichts davon geschrieben, weil du dir sonst wer weiß was vorgestellt hättest!«

»Heilige Madonna, und was soll jetzt werden?«

»Ich kann trotzdem gut laufen, ich kann sogar damit arbeiten.« Gesualda war davon nicht sonderlich überzeugt. Und als der erste Schrecken vorüber war, fing sie an zu weinen.

»So beruhige dich doch! Sieht so etwa der Empfang aus, den du mir bereitest?« fragte er sie lächelnd.

Da umarmte ihn seine Frau noch einmal und wollte ihn nicht mehr loslassen. Sie sagte: »Siehst du, wie deine Jolanda aussieht?«

»Wird sie noch gestillt?«

»Ja, aber sie fängt auch schon an, Brei zu essen.«

Fiore kitzelte Jolanda am Kinn, doch sie lächelte nicht.

»Das ist der Papa, verstehst du?«

Er sah ihr in die Augen und war glücklich. Da nahm er sie und küßte sie überallhin. Aber er wollte gleich sehen, wie sie beschaffen war. Gesualda nahm dem Kind das Mützchen ab, da küßte Fiore ihm die Haare. Danach löste sie dem Kind auch die Windeln, und er betrachtete es im ganzen.

Er nahm die Füßchen, legte seine Hand auf den Nabel, und das Kind begann zu strampeln.

»Sie friert! Du kannst sie nachher noch sehen; im Haus ist der Herd angezündet.«

»Du hast recht: deck sie wieder zu.«

Jetzt lachte das Kind und strampelte in alle Richtungen, so als wolle es sich aus den Windeln befreien.

»Halt! Du tust dir weh!«

Und Fiore sagte: »Sie ist kräftig wie ein junges Kälbchen! Und dir ist es immer gut ergangen?«

»Gott sei Dank, ja. Aber ich habe mir deinetwegen solche Sorgen gemacht, daß ich lieber selbst krank geworden wäre!«

Gano hatte die Stimme seines Bruders gehört und kam, laut mit den Holzgaloschen klappernd, die Treppe herunter. Sie schüttelten sich die Hände und umarmten sich. Die beiden anderen Männer grüßten Fiore mit hochgekrempelten Hemdsärmeln oben von der Loggia herunter.

Gano sagte: »Bist du wieder ganz gesund?«

»Ich bin zufrieden.«

»Von wegen gesund!« rief Gesualda.

Da erzählte Fiore alles: er war von einer Handgranate verwundet worden, und so hatte man ihm das Bein abnehmen müssen. Doch ein außerordentlich tüchtiger Professor in Rom hatte ihm ein Holzbein gemacht und ihm beigebracht, wie man damit umgeht, als wäre es das eigene. Dort waren auch Gräfinnen und Baroninnen, die brachten Blumen und halfen den Soldaten beim Gehen, solange diese noch kein Holzbein hatten. Fiore erzählte dies alles mit einer Dankbarkeit, die ihn zufrieden stimmte. Und dann sagte er: »Übrigens muß ich an eine von ihnen schreiben, um ihr zu sagen, wie es mir geht. Sie hat mir ihre Adresse gegeben.«

Und er zog aus seiner Tasche eine Visitenkarte hervor, die ganz zerknittert war.

Als er aber sah, daß seine Frau und sein Bruder noch immer nichts sagten, fügte er hinzu: »Außerdem werde ich trotzdem arbeiten wie zuvor. Das ist das wichtigste für uns und unseren Hof. In Rom, wo sie mir dieses Bein verpaßt haben, habe ich auch gelernt, Gartenarbeit zu verrichten. Hier, ums Haus herum, ist die Erde frisch und gut, auch für die Blumenzucht. Und außerdem ist es eine Südlage. Glaubt ihr etwa nicht, daß ich arbeiten kann? Jetzt seht erst einmal, wie ich gehe!«

Er warf den Stock weg und ging durch die ganze Tenne. Dann kam er zurück.

Seine Frau traute sich nicht, zu lächeln.

Fiore sagte: »Nun verärgert mich bloß nicht! Ich sage euch, das Bein funktioniert prächtig!«

Und Gano antwortete: »Dann wollen wir auch nicht mehr darüber sprechen!«

Fiore fragte: »Was tun die beiden Männer hier?«

Gesualda verbarg ihr Gesicht hinter dem kleinen Kind und hätte nicht den Mut gehabt, ihm zu antworten. Doch Gano, obwohl auch er sich innerlich nicht ruhig fühlte, antwortete: »Vorhin haben wir das Schwein geschlachtet!«

Fiore drehte sich abrupt herum und streckte seinen Arm aus: »Ohne daß ich gesehen habe, wie es lebendig aussah!«

»Ich hatte die Männer bereits rufen lassen, daß sie helfen sollten! Und dein Wagen hatte Verspätung.«

»Das stimmt, aber ich hätte es gerne selber geschlachtet. Und warum hast du, Gesualda, ihnen nicht gesagt, daß sie warten sollten?«

Seine Frau zitterte und hielt den Blick gesenkt.

Da sagte Gano: »Sie hat keine Schuld, sondern ich. Aber warum kommst du denn nicht ins Haus und siehst dir an, wieviel Fleisch es gebracht hat?«

Fiore stieg vor den anderen hinauf: eigentlich wollte er schimpfen, doch dann berührte er mit zitternden Händen all die Fleischklumpen und dachte bereits an die Mengen von Bratwürsten und Salami, die dabei herauskommen würden.

Gesualda stand hinter ihm. Die drei Männer sahen ihn an und erwarteten, daß er ein paar Flüche ausstoßen würde.

Doch die große Fleischmenge hatte Fiore besänftigt, und, zu seiner Frau gewandt, sagte er: »Heute brätst du für jeden von uns hier ein Kotelett. Dieses Jahr werden wir ein fettes Weihnachtsfest haben.«

Und auch er weinte gerührt.

Ein Junge

Am liebsten würde ich weinen, so aufgewühlt bin ich. Mein Herz ist dermaßen niedergeschlagen und müde, daß ich nicht einmal weiß, wieso ich eigentlich noch am Leben bin.

Normalerweise, das weiß ich schon, graben sich die Sonntage in mein Herz wie Pflugscharen. Aber heute ist es noch schlimmer!

Sonst bin ich es immer selbst, der versucht, mir zumindest irgendeinen Rat zu geben, doch alles ist durch die Wucht eines Frühlings zerstört worden, der anstelle von Blumen das Gift längst vergangener und das noch stärkere Gift gegenwärtiger Ereignisse mit sich bringt.

Doch das alles ist wahrscheinlich nichts im Vergleich zu der Traurigkeit jenes bleichen, hageren Jungen (bin ich das?), den ich mitten in einem Hause sehe, wo sich niemand um ihn kümmert.

Dabei macht es ihm soviel Freude, wenn ihn jemand nach seinem Namen fragt! Er spricht seinen Namen so aus, als wäre er ein Teil seiner Seele: er bietet ihn sozusagen dar, mit einer naiven und doch zugleich fast wollüstigen Zärtlichkeit. Ohne es auszusprechen, rechnet er damit, daß ihr es bemerkt, und dabei sieht er euch an, als wolle er fragen: Kann ich denn überhaupt böse sein?

Aber genau diese Gutmütigkeit, die ihm stets unzureichend vorkommt, ist derart deutlich, daß sich viele seinetwegen entmutigt fühlen: Was soll nur aus ihm werden, wenn er so weitermacht?

Sein Vater hält ihn nicht einmal für fähig, irgendeinen Beruf zu erlernen. Seine Mutter ist tot. Und die Magd, die Geliebte des Vaters, haßt ihn auf eine tückische Art, mit einem Haß, der wie Zuneigung aussieht. Er, Cesare, fühlt das, doch hat er nicht den Mut, daran zu glauben. Die Beweise entgleiten ihm; mehr noch, wenn ihm einer in den Sinn kommt, macht er sich auf der Stelle Vorhaltungen. Und er wäre außerdem der erste, der darunter zu leiden hätte, denn Giulia, die Magd, würde das genaue Gegenteil beweisen: und sein Vater würde ihn mit Faustschlägen und herabhängendem Kopf in eine Zimmerecke feuern.

Aus diesem Grund hält er sich mitunter für einen Idioten. Dann bleiben ihm nur seine Träume. Aber inzwischen langweilen die ihn auch, und er nimmt sie nicht mehr ernst. Ja, mehr noch, er ist sich ihrer schon gar nicht mehr bewußt. Oder er mißtraut ihnen ebenfalls. Aber hat er denn überhaupt das Recht, ihnen den ganzen Tag über nachzuhängen? Nein. Cesare macht sich auch darüber Vorwürfe, aber es gelingt ihm nicht, sie abzustellen. Er fühlt sich zu Dingen und Tieren hingezogen: in ihnen erkennt er ein Leben, das sein Ziel werden könnte. Und er stellt sich vor, wie er aus dem Blickfeld des Vaters und dieser Giulia verschwindet. Wenn sie ihn von hinten am Genick packen, zuckt er zusammen: doch dann erkennt er seinen Vater und lächelt ihn an. Aber gerade für dieses Lächeln fängt er sich eine Ohrfeige genau auf den Mund ein. Dann sieht er seinen Vater und die Magd im Nebenzimmer miteinander tuscheln. Der Junge atmet auf.

Nach und nach gewöhnt er sich daran, nicht mehr zu den anderen zu gehören: möglich auch, daß er weglaufen will. Dann lehnt er sich mit seiner Stirn ans Fenster (sein Vater wird ihm auf Giulias Anweisung hin, die sauber machen muß, eins überziehen, weil die Stirn die Scheibe verschmiert!), und während er die Straße vor sich sieht, kommt es ihm vor, als ginge er selbst dort entlang, ohne daß ihn jemand fragt, warum er denn von zu Hause weggeht. Aber dann gewinnt sein Gewissen die Oberhand über ihn: »Du darfst nicht weggehen!« Doch er weint nicht, im Gegenteil, seine Augen sind sogar in der Lage, alle seine Tränen zu trocknen: sie bleiben drinnen, und niemand merkt etwas. Doch auch dieses Versteckspiel kommt ihm gemein vor.

Dennoch fühlt er nur allzu deutlich, daß er Giulia niemals gern haben kann. Er fragt sich nicht einmal nach dem Grund. Es reicht, daß es unmöglich ist, und damit basta.

Während er so in Gedanken versunken am Fenster steht, werden seine Kehle und seine Zunge trocken. Er fragt sich: »Warum trocknet mein Mund aus, wenn ich nachdenke?«

Da hört er den Vater: »Schreib diese Quittung.«

Cesare lächelt ihn sanft und freundlich an. Doch der Vater, Giacobbe, versetzt ihm einen Fausthieb auf die Schulter und brüllt ihn an: »Nimm Tinte und Feder!«

»Wo sind sie?«

»Das fragst du mich, du Schuft?«

Tinte und Feder standen tatsächlich genau vor seiner Nase, und Cesare hatte es nicht bemerkt! Ihm zittern die Hände, und er fühlt, wie seine Gedanken wirr durcheinander gehen. Er sieht Giulia an, die wie aus Neugier stehengeblieben war. Doch auch sie muß eine ernste Miene machen, wie ihr Herr. Da überfällt ihn die Lust, alle beide anzusehen. Gegen ihren Willen wird Giulias Gesicht rot, doch dann hilft ihr ihr Haß, sich zu beherrschen. Giacobbe wird jetzt noch gröber: er drückt Cesares Kopf auf das Blatt Papier, auf das er schreiben soll. Das Blatt zerknittert, und der Speichel, der ihm aus dem Mund tropft, durchnäßt es. Nicht einmal den Mund kann er ordentlich zuhalten!

»Sogar ein Blatt Papier hast du versaut.«

Und dann wendet er sich freundlich an Giulia, als könne nur sie die Sache wiedergutmachen: »Giulia, hol noch ein Blatt!«

Giulia gehorcht und lächelt über Cesares entsetztes Gesicht, was er merkt. Aber aus Gutmütigkeit will er trotzdem lächeln. Sie sagt: »Hier, und machen Sie es ordentlich.«

Er säubert sich die Hände, nimmt den Federhalter und wartet.

»Schreib!«

Er schweigt: er wagt nicht zu sagen, daß er nichts weiß.

»Schreib! Bist du nun ungehorsam oder nicht?«

»Was soll ich schreiben?«

»Und dazu hab ich dich auf die Schule geschickt! Woher soll ich das denn wissen?«

Als die Schule erwähnt wird, fühlt Cesare sich geschmeichelt, denn es kommt ihm wie ein Kompliment vor. Er rückt den Stuhl näher an den Tisch und setzt sich ordentlich hin.

»Bist du soweit?«

»Ja.«

Schließlich gelingt es Giacobbe, sich verständlich zu machen: es handelt sich darum, eine Quittung für jemanden auszuschreiben, der zwanzig Sack Weizen gekauft hat, die aber in Scheffel umgerechnet werden müssen, wie es bei Vertragsabschluß vereinbart worden war.

»In der Schule ist mir nicht beigebracht worden, wieviel Sack auf einen Scheffel gehen!«

»Ach, das hat man dir also nicht beigebracht! Was hast du denn dann gelernt?«

Und Giulia: »Außerdem, auch wenn man in der Schule nicht darüber spricht, hier wird doch andauernd von Scheffeln geredet. Wenn Sie Ihrem Vater zugehört hätten, wenn er mit den Bauern redet, würden Sie ihn jetzt nicht dazu zwingen, sich andauernd über Sie zu ärgern.«

Cesare hebt nicht einmal den Kopf, sondern legt den Federhalter hin und geht. Er ist noch nicht an der Türe, da fühlt er, wie er am Jackenkragen gepackt wird: sein Vater schleudert ihn auf den Stuhl, dann preßt er Cesares Schläfen zwischen seine Fäuste und sagt ihm, daß er ihn eigentlich umbringen müßte. Doch Cesare hat sich inzwischen so sehr an diese Drohungen gewöhnt, daß er immer darauf wartet, getötet zu werden. Manchmal macht er sich ein Vergnügen daraus, darüber nachzudenken, wie lange es noch dauern wird.

Giulia sagt zu ihm: »Ärgern Sie Ihren Vater doch nicht so.«

Der Junge ist nicht in der Lage zu entscheiden, ob sie recht oder unrecht hat. Doch in seinem Inneren empfiehlt er sich sogar ihr an. Nein, nicht Gott, denn er glaubt nicht mehr an ihn: es bereitet ihm sogar geradezu Vergnügen, nicht mehr an ihn zu glauben. Es kommt ihm vor wie seine persönliche Art von Stärke.

»Schreib! Ich diktiere dir!«

Jedes Wort wird kontrolliert: Giacobbe zieht ihm das Papier unter den Händen weg und hebt es hoch, um es aus der Nähe und am Fenster lesen zu können. Als Cesare einmal die Feder nicht rechtzeitig wegnimmt, fällt ein Klecks auf das Blatt. Die Handschrift ist miserabel, geradezu unleserlich, überall Schnörkel, die ihm jedoch nicht so gut gelingen, wie er es gerne hätte. Und darüber hinaus enthalten manche Wörter, ganz ohne jede Absicht, grobe Schnitzer: fast immer fehlt ein Vokal mittendrin.

Am Ende wird die Quittung vier- oder fünfmal durchgelesen, immer langsamer. Zuerst ist Cesare an der Reihe, dann der Vater selbst. Die Steuermarke fehlt noch und die Unterschrift quer darüber.

»Lerne du, sie aufzukleben!«

Giulia, die ihn jetzt ansieht, wie sie es immer macht, schüttelt den Kopf. Dennoch gelingt es Cesare, obwohl die Steuermarke völlig durchgeweicht ist.

»Und wie soll ich jetzt noch unterschreiben?«

Zwischen Vater und Sohn findet ein Wettkampf statt, wer die Marke zuerst und besser trocknen kann. Und Giulia, die sich damit vergnügt herauszufinden, ob sie die Marke auch wirklich gut getrocknet haben, preßt ihr Taschentuch darauf, als wäre es Löschpapier. Giacobbe läßt sich den schon in die Tinte getauchten Federhalter reichen. Zuerst betrachtet er ihn genau, dann schreibt er. Seine Unterschrift ist völlig krumm, er drückt zu fest auf. Cesare macht ihn darauf aufmerksam, doch Giacobbe schüttelt den Kopf und sagt: »Wenn du einmal so viel Verstand besitzt wie ich, kannst du mir Anweisungen geben. Und du kannst sicher sein, wenn ich in die Schule gegangen wäre wie du, dann stünd ich anders da.«

Cesare hält sich für einen ausgesprochenen Idioten, daran besteht nun kein Zweifel mehr.

Er würde sich mit Giulia gerne weiter unterhalten, doch sie nimmt ihn überhaupt nicht zur Kenntnis und geht hinter ihrem Herrn her. Dann hört er sie beide unten in der Kornkammer irgend etwas aufräumen, vielleicht landwirtschaftliche Geräte.

Zwei oder drei Stunden lang sieht er keinen von ihnen mehr: er weiß jedoch, daß sie tagsüber arbeiten und der Vater sie nur morgens besuchen geht, wenn sie noch im Bett liegt. Diese Zeit, die er alleine verbringt, reicht aus, die beiden zu vergessen. Er blickt zum Tisch hinüber, wo er die Quittung hat schreiben müssen, und dann auf dessen Schatten, der wie eine durchsichtige Tischdecke aussieht. Sonst denkt er an nichts. Aber der Tisch und sein Schatten leisten ihm in gewisser Weise Gesellschaft, einfach so, ganz in der Stille, und schließlich bekommt er Lust, mit ihnen zu reden. Er berührt den Tisch, als wolle er sich vernehmen lassen, und betrachtet den entfliehenden Schatten, den er beinahe küßt.

Diese Stille läßt sein Herz viel wagen: er spürt es überall im Zimmer. Es kommt ihm so vor, als berühre es alle Gegenstände, verweile bei ihnen und es gelänge ihm, Antwort zu erhalten. Die emaillierten Töpfe, die Petroleumlampe mit den roten Fransen, das offene Fenster und die Fensterläden, die mit den Spitzen ihrer Messingriegel die Wände berühren. Er denkt: »Weiter als dahin können sie nicht gehen! Das Petroleum läuft nicht aus, weil die Kugel der Lampe noch nie kaputtgegangen ist.« Doch kommt ihn die Lust an, sie mit einer Hand hochzuheben: er tut es nicht, weil ihm der Antrieb fehlt, von da aufzustehen, wo er ist. Und dann: »Am Ende werde ich alleine hier bleiben. Ich weiß nicht, warum, aber ich werde alleine hier bleiben. Und was soll ich dann tun?« Er rechnet bereits damit, daß sein Vater verstorben und Giulia wer weiß wohin gegangen ist. Es kommt ihm vor, als wäre viel Zeit verflossen, vielleicht ein Jahr, und es gelingt ihm nicht, sich davon zu überzeugen, daß sein Vater und Giulia vor der Dunkelheit zurück sein werden. »Aber warum nur kommen sie zurück?« Er bohrt sich mit einem Finger in die Nase, antwortet aber nicht auf seine Frage. Da denkt er, daß ein anderer Gott kommen, ihm sogleich recht geben und helfen wird.

Er ist so stolz darauf, sich demütig und von nichts und niemand geachtet zu fühlen! Im übrigen kommt es ihm vor wie ein Narrenstreich, der von wer weiß wem ausgeheckt worden ist: von einer Macht, die sich mit seinem Gewissen verwickelt, von der er sich aber unaufhörlich fortgezogen fühlt: wie ein Netz, das ihn mit allen anderen Dingen fortzieht! Ein tragischer Narrenstreich allerdings, und er befürchtet, unversehens sterben zu müssen, an plötzlich gebrochenem Herzen, wie eine seiner Tanten, deren Name ihm jetzt nicht einfällt. Eine Tante, die er sehr liebt, mehr noch als seine Mutter, eben weil sie auf diese Weise gestorben ist. Seine Mutter dagegen war viele Monate krank gewesen, und wenn er darüber nachdenkt, mehr als sich erinnert, kommt auch in ihm ein Gefühl der Belästigung auf. Es ist unerträglich!

Doch wie war denn ein Herz nur beschaffen? Doch wohl nicht wie das auf den Spielkarten! Hätte er es doch bloß mit seinen Händen fassen können! Es fühlen, es sehen!

Aber allein die Vorstellung, ein Herz zu haben, rief in ihm eine unendliche Freude hervor.

Unterdessen war der Schatten des Tischchens immer kürzer geworden und schließlich verschwunden und die Sonne wahrscheinlich schon untergegangen. Der Himmel war jetzt von türkisfarbenem Violett. Cesare betrachtete ihn und streckte dabei die Zunge heraus.

Es schien, als wolle das Fenster sagen: »Es ist Zeit, mich zu schließen. Mach mit mir, was du immer machst.«

Doch Cesare wagte es nicht, und dies um so weniger, als er das Licht hätte anzünden müssen.

»Wo bist du?«

Er antwortete nicht, doch Giacobbe stand schon in der weit offenen Türe.

»Warum hast du unserem Nachbarn die beiden Hanfbüschel geklaut, die er gerade eingeweicht hatte?«

Der Schreck durchfuhr Cesare wie ein Blitz und schlimmer. Der Vater zog ihn bei den Haaren und brachte ihn hinunter auf die Tenne.

»Jetzt nimmst du sie und bringst sie zurück. Und entschuldige dich dafür.«

»Was hab ich denn Schlimmes getan? Ich wollte mir doch bloß etwas die Zeit vertreiben.«

Sein Vater kam immer näher, ohne ein weiteres Wort zu verlieren.

»Ich soll sie zurückbringen? Warum denn?«

Da nahm Giacobbe von seinem Ochsenkarren die Peitsche und begann, auf ihn einzuschlagen. Die Peitschenhiebe trafen ihn überall. Er sah nichts mehr, hob aber die Büschel auf und lief aufs Feld. Sein Vater lief ihm hinterher und peitschte weiter auf ihn ein. Als sie am Gemüsegarten am Ende des Gutes angekommen waren, wo die Wannen mit den eingeweichten Hanfbüscheln standen, sah er, wie Giulia Salat stach, wobei sie ununterbrochen sang. Ja, sie blickte ihn sogar voller Verachtung an. Da lief der Junge, dessen Herz schlimmer geschunden war als seine Beine, auf sie zu und spuckte ihr ins Gesicht, dann begann er zu weinen. Sein Vater war müde und sagte nichts, er ließ sogar die Peitsche sinken. Doch am nächsten Tag wurde Giulia nach allen Regeln des Gesetzes und vor einem Notar die Erbin fast des gesamten Vermögens, außer dem Teil, der dem Gesetz nach dem Sohn nicht genommen werden konnte.

Heute ist mir dieser Junge, der jetzt vielleicht selbst schon Vater ist, wieder in den Sinn gekommen, mit einem Durcheinander von Gehörtem und Vorgestelltem. Aber dennoch schaudert es mich, und ich möchte ihm sagen, er soll seinen Kopf ruhig auf meine Traurigkeit legen. Niemand wird ihm ein böses Wort sagen.

Die Worte

Studienrat Giustino Santi gab Geographieunterricht.

Der Morgen war grau und feucht. Im Klassenzimmer war es kalt, und beinahe alle Schüler verspürten jene lastende Beklemmung, die aufkommt, wenn es seit vielen Tagen regnet und man nicht viel sieht. Die meisten Schüler waren aufmerksam, aber eine gewisse Nervosität machte sich, wenn auch schwach und lustlos, in den wenigen gut sichtbaren Bänken durch gelegentliches Gezischel oder Gescharre bemerkbar.

Santi war hochgewachsen und hatte einen scherenförmigen Bart, der, wie seine Haarsträhnen, leicht ergraut war, einen Bart der über seinem immer hochgeschlossenen und immer frischen Hemdkragen bauschig hervorquoll. Santi war streng und anspruchsvoll; wenn ein Schüler nicht antworten konnte, wurde er blaß und brüllte mit einer Schärfe, die so manchen zum Weinen brachte. Seine hellen, harten Augen hatten einen starren Blick; sie waren voller Zorn.

Auch an diesem Morgen war er, wie gewöhnlich, kurz abgeschweift. Er legte seine Hände offen auf das Klassenbuch und schloß, indem er sich dem Fenster zukehrte, um den immer trüber und dunkler werdenden Himmel anzusehen: »Wer Typhus gehabt hat, dessen Gehirn bleibt für immer davon gezeichnet. Außerdem ist er unzurechnungsfähig.«

Er hob eine Hand vom Klassenbuch auf und stopfte sich die beiden Bartenden in den Mund; dann stieß er einen Seufzer aus, lehnte sich mit der gestärkten Hemdbrust gegen das Pult und fuhr mit seinem Geographieunterricht fort.

Guglielmo Susini, einer der schlampigsten und faulsten Schüler, der ihm mit den Händen in den Hosentaschen und mit einer zur Seite geneigten Schulter zugehört hatte, richtete sich blitzartig auf und sah ihn mit weit aufgerissenen Augen an. Als Kind hatte er Typhus gehabt, und diese Worte nun hatten eine schmerzhafte Neugier in ihm geweckt. Er blickte seine Mitschüler verstohlen an, um herauszufinden, ob noch einer von ihnen dieselbe Krankheit gehabt haben könnte, aber es kam ihm so vor, als wäre er der einzige. Er wurde ganz still und vermied es, den Studienrat anzusehen, weil er sich nicht mit ihm anlegen wollte.

Immer schon hatte er davon geträumt, sich unter die Türe eines jungen Mädchens zu schleichen, in das er verliebt zu sein glaubte und auf deren Fensterbrett er Geranienstöcke sah. Sanftestes Licht lächelte ihm entgegen; er aber schlich sich wieder davon, ohne je auch nur ein einziges der Worte ausgesprochen zu haben, die er sich vorher zurechtgelegt hatte. Trotzdem war er zufrieden, weil der Frühling die Geranien voll erblühen ließ.

Während der folgenden Unterrichtsstunden kehrten ihm die Worte mit einer derartigen Wucht in die Erinnerung zurück, daß es ihm unmöglich war, ihnen auszuweichen. Er glaubte, er könne sie in der Luft geschrieben vor sich sehen und las sie, indem er tausendmal von neuem begann.

Studienrat Santi stand inmitten der leicht verblichenen Landkarten, auf denen keine Namen standen, weil er wollte, daß die Schüler die Städte und Flüsse auswendig hersagten, nach und nach, wie er mit dem Zeigestock über die Landkarten fuhr. Doch Guglielmo Susini sah mehr auf ihn als auf die geographischen Orte, und in seinem Inneren stellte er sich andere Landkarten vor, auf denen die Kontinente und Meere von Typhus verfärbt waren: eine abstoßende, widerliche Färbung.

Da er sich aber letzten Endes von einer wissenschaftlichen Bemerkung erbarmungslos verurteilt fühlte, begann er, sich selbst für wichtig zu nehmen, und er kam sich besser vor als die anderen. Sein Kopf verlor eben keine Zeit, und die Auswirkungen der Krankheit bereiteten sich von selber vor. Er glaubte, ein weiches, fiebrig heißes Gehirn zu haben, und wenn er bei aufgestütztem Ellbogen seine Hand in den Nacken preßte, fühlte er dort ein Pochen, das Entsetzen in ihm hervorrief.

Mithin konnte er also gewissermaßen die Bewegungen seines Gehirns fühlen! Und hatte er dann etwa nicht auch das Recht, sie zum Stillstand zu bringen? Weshalb sollte der Typhus ihn zu einem Unzurechnungsfähigen machen? Gab es nicht schon Anzeichen, wenn er die Spiele mit seinen Freunden unterbrach, weil ihn plötzlich ein dunkler Schmerz überkam, der immer deutlicher erkennbar wurde? Manchmal, wenn der Studienrat merkte, daß er mit glänzenden Augen angesehen wurde, aus denen argwöhnische Angst sprach, zwang er Susini durch einen kraftvollen, unbezwingbaren Blick, den Kopf zu senken. Dann dachte Susini: »Du weißt nicht, daß du mich durch deine Worte nicht mehr loswerden kannst, ich habe nämlich sofort an sie geglaubt.«

Und es fiel ihm schwer, Santi nicht mehr anzublicken.

Seiner Meinung nach war Santi für alles verantwortlich, was ihm zustoßen konnte, und er glaubte sogar, fähig zu sein, es ihm zu sagen, wenigstens nach den Abschlußprüfungen, ganz freundlich, ganz ohne Verbitterung, sozusagen aus Gefälligkeit und aus dem Bedürfnis heraus, sich ihm anzuvertrauen.

Monate verstrichen, ohne daß die Erinnerung an Santis Worte wiederkam. Aber dann reichte schon irgendein Unwohlsein aus, auch wenn es nur ein Fieber war. Ganz allmählich, so als würde sich sein Bewußtsein daran gewöhnen, begann ihn die Vorstellung zu faszinieren, in einigen Jahren schon als unzurechnungsfähig zu gelten, und er wagte es nicht, sich dieser Faszination zu entziehen. Mehr als einmal dachte er daran, auch wenn er mit seiner Familie beisammen war, und da er nicht besonders mitteilsam war, wurde das Geheimnis seines Privilegs immer deutlicher und immer bestimmender.

Er träumte, in eine unterirdische, niedrige, enge Kapelle einzutreten, wo ihn die dicht gedrängt stehenden Menschen und die brennenden Kerzen erstickten. Am Altar befand sich hinter einem Gitter aus reinem Gold ein riesiges Bein aus rotem, bluttriefendem Wachs: eine Votivgabe. Er konnte nicht weglaufen, und am Ende stand er dort allein und begann zu weinen, weil er sterben mußte.

Nachdem er das Realgymnasium abgeschlossen hatte, trat er in die Abteilung für Rechnungswesen einer Bank ein. Von da an sah er seine früheren Mitschüler nur noch selten, und seinen Kollegen gegenüber blieb er verschlossen und unzugänglich. Er wurde dick und mußte eine Brille tragen, weil er angefangen hatte, an Kurzsichtigkeit zu leiden. Sein schwarzer Schnauzbart wuchs nicht länger als bis zu den Lippen.

Aber Studienrat Santi blieb ihm in lebhafter Erinnerung, und er ging dort spazieren, wo er ihm begegnen würde, wobei er ihn immer in einer Weise grüßte, die es ihm früher oder später erlaubt hätte, ihn aufzuhalten und mit ihm zu sprechen.

Manchmal folgte er ihm fast gegen seinen eigenen Willen, und er kehrte nur deshalb um, damit der Studienrat ihn nicht bemerkte. Jene Worte von damals zwangen Susini dazu, allzuviel über sich nachzudenken. Er wollte aber nicht allzuviel nachdenken! Und niemand sollte glauben, daß diese Worte ihn nicht manchmal entmutigten!

Da begann er, auf Santi wütend zu werden: er wollte ihn verfolgen oder zumindest dazu zwingen, noch einmal mit ihm zu reden, doch nicht mehr als dessen Schüler, sondern als jemand, der ihm zeigen würde, daß er nicht mehr derselbe kleine Junge war. Er brannte darauf, diese Art von Experiment durchzuführen.

Wer weiß schon, ob der Studienrat ihn nicht umarmen und ihn auf diese Weise augenblicklich von den Auswirkungen des Typhus heilen würde! Warum sollte er denn nicht genesen! Ein schmutziges Glas Wasser kann man auskippen und frisches nehmen, und das Gehirn sollte nicht erneuert werden können?

Da nun Santi zwei Töchter hatte, dachte er daran, um die Hand der jüngeren anzuhalten, die die hübschere von den beiden war. Santis Schwiegersohn zu werden, wäre seine Rettung und würde ihm den wunderbarsten Seelenfrieden geben. Sie würden zu einer einzigen Familie werden, und die Male des Typhus würden verschwinden. Sie war zwar nicht die junge Frau, von der er in den vergangenen Jahren immer wieder geträumt hatte, aber ihm blieb jetzt keine andere Wahl mehr. Er dachte fast zwei Monate lang darüber nach, dann stand sein Entschluß fest.

Nach Dienstschluß ging er in die Straße, wo seine Schule stand, und sprach den Studienrat an. Schon bei den ersten Worten wurde ihm die Absurdität seines Vorhabens bewußt. Und so begann er wieder zu stottern, genau wie früher, wenn er ausgefragt wurde, obgleich er davon schon längst geheilt war.

Santi, die Spitze seines Gehstocks, den er mit der Hand fest umschlossen hielt, auf und nieder schwingend, wurde so bleich wie in den Augenblicken, wo er in der Schule in Zorn geriet; Susini lächelte ein wenig und wurde rot. Santi antwortete im übrigen genau so, wie es der junge Mann sofort erwartet hatte, nämlich mit Hohn; er ging gar nicht erst auf das Thema ein. Genau wie früher, wenn er ihn bestrafte!

Die Schüler verließen das Schulgebäude und zogen im Vorübergehen ihren Hut. Susini betrachtete sie aus den Augenwinkeln und war derart von Scham erfüllt, daß ihm die Wangen glühten. Wie schnell erinnerte er sich in diesem Augenblick an die Zeit, als auch er noch die Bücher unter dem Arm trug! Es kam ihm gerade so vor, als hätte er den Unterrichtsstoff gelernt und sich dann beim Hersagen vertan! Auch das Gefühl einer feindseligen Freundschaft, das in ihm entstanden war, schwand, und er hatte nicht mehr den Mut, seinen Mund aufzumachen, genau wie bei den Prüfungen, wenn er nicht wußte, was er sagen sollte. Ihn streifte nicht einmal der Gedanke, es weiter zu versuchen, und er wünschte nur noch, der Studienrat würde ihn grüßen, damit er weitergehen könne. Das alles war völliger Wahnsinn, und Santi, der vor Zorn und Empörung bebte, blieb auch noch so aufgepflanzt vor ihm stehen, als wäre man wirklich und wahrhaftig über ihn hergefallen. Da zog der junge Mann mit demselben Respekt von einst seinen Hut und sagte, obgleich sein Inneres völlig aufgewühlt war, geradezu unterwürfig zu ihm: »Verzeihen Sie mir! Ich begreife, daß ich einen Fehler begangen habe!«

Santi biß sich bei dieser Äußerung auf die Lippen, als ob er ihn zum Schweigen bringen und maßregeln wollte, wie er es früher getan hatte, wenn Susini sich schlecht benahm. Zugleich wollte er ihm die Schande ersparen, so vor ihm zu stehen und brummte: »In dieser Stadt wissen die Leute nicht, wie man sich benimmt!«

Nach dieser Verabschiedung ging Susini weiter, aber er fühlte sich ziemlich elend, und ihm wackelten die Knie. Der Studienrat dagegen drehte sich nach etwa zwanzig Schritten noch einmal um und sagte kopfschüttelnd, während er Susini nachsah: »Ein schöner Kerl ist mir das! Immer noch der gleiche Nichtsnutz!«

Und jedesmal, wenn er Susini begegnete, runzelte er die Stirn und blickte rasch vor sich hin, weil dieser unsicher wurde und den Schritt verlangsamte. Seiner Frau und seinen Töchtern erzählte er nichts, fast als wolle er ihnen damit eine Peinlichkeit ersparen.

Susini konnte sich im nachhinein, obwohl ihm im Moment alles klar und offensichtlich erschienen war, dieses Verhalten nicht erklären. Und obwohl er nicht im entferntesten daran dachte, das Mädchen zu heiraten, und zugleich damit auch den Grund vergaß, der ihn zu dem Entschluß getrieben hatte, Santi überhaupt anzusprechen, ließ ihm die Sache keine Ruhe, und er fühlte sich beleidigt und gedemütigt.

Er verglich Santis Haltung mit der Art, wie ihn seine Kollegen behandelten, und verspürte dabei eine fast mißgünstige Traurigkeit. Er war doch ein anständiger, guter Mensch! Was hatte er den Schlimmes getan? Er glaubte immer noch, daß er geheilt worden wäre, wenn ihn der Studienrat nur verstanden hätte. Doch ihn noch einmal ansprechen, um ihm die Sache auf freundliche Art beizubringen, das wäre nun wirklich der Gipfel der Demütigung gewesen, und im Grunde: warum sollte er sich eigentlich so feinfühlig verhalten? Er begann, Santi wirklich zu hassen, und wenn er ihm begegnete, empfand er ein hinterhältiges, grausames Vergnügen. Sicher würde ein Messer bis zum Griff in seinen fleischigen Nacken versinken! Zwar blickte er Santi lächelnd an, aber mit aschfahlem Gesicht und unter ruckartigen Bewegungen, die ihm die Arm- und Rückenknochen ausrenkten. Er stellte sich vor, wie Santi zu Boden stürzte, wobei er mit dem Kopf zuerst gegen eine Mauer schlagen und gleichzeitig vielleicht versuchen würde, das Messer aus sich herauszuziehen.

Hatte er denn nicht gesagt, Typhus mache unzurechnungsfähig? Aber wenn er, Susini, unzurechnungsfähig war, warum schlug ihm dann das Herz so mächtig? Warum wollte er ihn dann doch nicht umbringen?

Er begann zu trinken, und abends war er immer wie von Sinnen. Die Trunkenheit machte ihn mutiger und weniger traurig, deshalb trank er weiter. In solchen Augenblicken dachte er, er hätte Wein und Cognac statt Blut in den Adern. Und ihm gefiel die Vorstellung, daß sein Fleisch mit Alkohol durchtränkt wäre. Er glaubte, daß seine Seele existiere, weil es das Licht gab und all die Dinge, die ihn erfreuten, und unter diesen auch seine Trunkenheit.

Er litt sehr und wußte nicht, warum: Zustände von dunkler, verzweifelter Verlorenheit, die sein Blut zum Wallen brachten und möglicherweise gar die Farbe seines Blutes veränderten und es schwarz werden ließen. Wenn er lächelte, kam es ihm vor, als würden ihn diese Zustände nachher noch wochenlang heimsuchen. Er hatte Wutausbrüche, die ihn hätten ersticken und seine Adern zum Platzen bringen können; ekstatische Zustände, die ihn bei lebendigem Leib verbrannten und seinen Mund mit Staub und Wind vollstopften; Blitze, die nicht sichtbar wurden, weil sie zuerst in sein Herz einschlugen! Er stellte sich auch vor, irgendwelche furchtbaren Krankheiten zu haben, die nie jemand vor ihm gehabt hatte. Und er vergaß nie mehr das Entsetzen, das ihn überkommen hatte, als eines Abends ein Blatt von einem Baum auf ihn herabfiel.

Er glaubte, der Tod würde einst über ihn kommen, während er an einem Fenster stand und hinausblickte. Doch inzwischen liebte er den Wein über alles, und es kam ihm vor, als würde er irgendeine außergewöhnliche Liebschaft hinunterschlucken. Wenn er fluchte, war es für ihn, als müsse er einen Boxkampf bestehen, und eine unbändige Qual bemächtigte sich seiner, wenn er mit einer Frau sprechen mußte.

Niemand hatte so wie er gelitten, wenn er auf der Straße gar den Häuserecken Fußtritte versetzte. Doch niemand glaubte an seine Traurigkeit, niemand konnte sich den Eindruck vorstellen, den elektrische Straßenlaternen auf ihn machten, wenn er unter ihnen spazierenging: dieses Licht ging ihm auf die Nerven und drang in seine Muskeln ein. Es schnürte ihm die Kehle zu, wenn er jemanden zu einer Gitarre wie einen Besoffenen singen hörte. Alles um ihn herum hatte die Farbe des Todes, und es hätte ihn nicht verwundert, wenn ihm jemand erklärt hätte, er sei ein berauschter Toter. Da aber das Böse, wenn es unterdrückt wird, immer quälender zu bohren beginnt, wollte er sich davon befreien. Wenn er das bewußte Messer erst in den Nacken gestoßen hätte, würde er von Grund auf gut werden und niemanden jemals wieder um etwas bitten. Warum mußte er, bevor er gut wurde, erst jemanden umbringen? Manchmal bemitleidete er sich, weil er gezwungen war, sich auf diese Weise zu rächen, nur weil er um die Hand eines Mädchens angehalten hatte; manchmal erschien es ihm wie eine schicksalhafte Fügung, und er war davon überzeugt, gar nicht anders handeln zu können. Ihm kam es vor, als wäre er wieder zu einem Jungen geworden und würde zu allen seinen Kameraden sagen: »Wer Typhus gehabt hat, dessen Gehirn bleibt für immer davon gezeichnet. Außerdem ist er unzurechnungsfähig. Deshalb sollt ihr euch über das Experiment freuen, das ich an mir ausführe. Das wird euch mehr gefallen als der Unterricht.«

Seine Kameraden wandten sich zu ihm und sahen ihn an, wie zu der Zeit, als der Lehrer ihn abfragte, ohne ihn aus der Bank heraustreten zu lassen, und er zwinkerte ihnen allen zu, damit sie verstünden, daß er sein Versprechen schon bald mit erstaunlicher Genauigkeit einlösen würde.

Lange Zeit hatte er über diesen Mord nachgedacht: eigentlich schon seit seiner Geburt. Ihn auszuführen war das geringste. Alles war darauf ausgerichtet, und er fühlte sich zu nichts anderem fähig. Sein Gesicht und seine Hände waren für das Gefängnis gemacht: die Hände, um die Wasserschüssel hochzuhalten, und das Gesicht, um die in Schach zu halten, die ihm Vorwürfe hätten machen können.

Er erinnerte sich, wie er einmal stehengeblieben war, um zwei mit Handschellen gefesselte Gefangene anzusehen, die aus einem Zug stiegen, und wie er ihnen fast instinktiv gefolgt war, bis man sie in einen verschlossenen Wagen steigen ließ. Schließlich war es an der Zeit, das er dieselbe Kleidung trug wie sie! Vielleicht würden sie seine Freunde!

Und an einem Morgen, der genauso war wie der, an dem er voller Entmutigung jene Worte gehört hatte, an einem Morgen, den er sich eigens dazu ausersehen zu haben schien, brachte er den um, der diese Worte gesagt hatte.

Kollegen

Costanzo Berretti glaubte an gar nichts mehr; er war nicht einmal mehr sicher, ob er überhaupt existierte. Er hatte zwar noch eine Erinnerung an vergangene Zeiten, aber sie waren bedeutungslos geworden, und die Erinnerung daran wurde ständig schwächer, wie etwas, das keine Daseinsberechtigung mehr hat.

Er war verrückt, ganz zweifellos, aber das merkte niemand; denn er versah auch weiterhin seinen Dienst als Angestellter bei der Bezirksdirektion der Eisenbahn, und seine Freunde trafen ihn auch weiterhin beim Mittagstisch. Sie sprachen mit ihm, und er antwortete ihnen wie eh und je. Seine Freunde, das waren fünf Kollegen aus anderen Büros derselben Verwaltung, allesamt unverheiratet und auf die Vierzig zugehend, allesamt ergraut zwischen Schläfe und Stirn. Wenn sie, nachdem sie zum Nachtisch Obst gegessen hatten, zu rauchen anfingen, wobei sie ihre Zigaretten mit einem Wachsstreichholz anzündeten, das sie schnell herumreichten, um sich nicht die Finger zu verbrennen, füllte sich der kleine Raum gleichmäßig mit Rauch, als ob es sich um eine einzige Zigarre handelte. Niemand von ihnen hatte je die ziemlich einmalige Physiognomie Berrettis bemerkt: ein breites Gesicht, das in jeder Lebenslage unbeweglich blieb; ein Mund, der niemals lächelte und immer so aussah wie im Büro; ein spekkig glänzender Kopf und Hände, die bis zu den Fingernägeln von blonden Härchen bedeckt waren. Er trug einen hochgeschlossenen, sauberen Hemdkragen, der im Licht der Glühbirnen erstrahlte, und eine kleine Krawatte, die immer dieselbe zu sein schien. Vielleicht hätten seine Augen irgend etwas verraten können; doch wenn die anderen ihn ansahen, senkte er seinen Blick oder schaute in eine andere Richtung, und da er sich schon immer so verhalten hatte, fanden die anderen dies weder unsympathisch noch sonst etwas. Er sprach nicht viel und stotterte etwas, doch schien es, daß er mit seinen regelmäßigen, starken Zähnen in der Lage war, sein Stottern unter Kontrolle zu halten, auch wenn seine Aussprache den Eindruck erweckte, als würde er zubeißen. Er aß in einer kleinen Trattoria in der Via Valfonda, in einem Hinterzimmer, das durch ein vergittertes Fenster erhellt wurde, durch welches man die Baumwipfel eines Gartens sehen konnte. In diesem Garten gab es eine Familie mit vielen Töchtern, die man manchmal schreien oder auch singen hörte. In dem Raum standen drei kleine Tische, und wenn ein Gast hereinkam, der in den anderen Räumen keinen Platz gefunden hatte, mußte man hier, so gut es eben ging, zusammenrücken, damit er sich setzen konnte, indem man die Stühle eng nebeneinander rückte und jeder sein Viertel Wein und sein Glas dicht neben seinen Teller stellte.

Wenn die Mädchen im Garten sangen oder schrien, drangen ihre Stimmen in den kleinen Raum herein und gellten den Gästen in den Ohren. Dann mußten sie lauter sprechen, um sich miteinander zu verständigen. Irgendeiner stand daraufhin auf, stellte sich auf die Zehenspitzen und hielt sich an dem hohen Fenster fest, um zu sehen, wer diese Mädchen waren. Aber nie sah man jemand, nicht einmal, wenn man auf einen Stuhl stieg. Daraufhin fingen die Gäste an zu wettern und machten die Besitzerin der Trattoria dafür verantwortlich, weil sie nicht für Ruhe sorgte. Doch die Wirtin versuchte, sie davon zu überzeugen, daß dies unmöglich wäre, und blieb mit ein paar Tellern in der Hand bei ihnen stehen, um zwei, drei freundliche Worte zu sagen, damit die Sache nicht allzu ernst genommen würde, so lange, bis sie wieder in die Küche gerufen wurde, weil das Roastbeef aufgeschnitten oder Frittiertes aus der Pfanne genommen werden mußte. Die Wirtin, Concettina, war ein hinkendes, schielendes Weiblein mit spärlichem Haarwuchs und immer etwas schmierig. Im Sommer schwitzte sie ständig und zog, sobald sie Zeit dafür fand, unterm Reden ein Taschentuch aus der Schürzentasche, um sich den Schweiß abzuwischen. Mit Berretti sprach sie nicht sehr gerne, weil er ihr selten Antwort gab und ihr keine Fragen stellte, die nicht mit der Küche in Zusammenhang standen. Doch da sie wußte, daß er äußerst gern gut aß, ohne auf einen Soldo mehr oder weniger zu achten, war sie immer bemüht, ihn zufriedenzustellen. Eines seiner Lieblingsgerichte war Rostbraten mit Endiviensalat als Beilage, den er sich in einer kleinen Schüssel anrichten ließ. Bevor er ihn aß, wendete er jedes

Blatt mit der Messerspitze um, und wenn sich darunter ein allzu grünes Blatt befand, ließ er es entfernen. Auch Nudelsuppe mochte er gern, vorausgesetzt, daß die Nudeln wirklich klein und fein waren: entweder Faden- oder Ringnudeln. Er wartete, bis sie abgekühlt war, und schöpfte inzwischen mit dem Löffel vorsichtig die Fettaugen ab, die obenauf schwammen. Sofern jemand das Tischtuch vollbröselte, drehte er sich geradezu angewidert um und sprach kein Wort mehr mit ihm, ja, er wurde beim Anblick der Brösel sogar rot.

Alle wußten, daß er aus Turin stammte, aber mehr hatte er ihnen nie erzählt. Mit zwanzig hatte er sich um eine Beamtenstelle in Florenz beworben und diese erhalten, und seitdem war er hier. Seine Eltern waren verstorben, eine Schwester in Alessandria verheiratet. Aber das alles hatte für ihn keinerlei Bedeutung mehr, und die Namen seiner Eltern hatte er mehr als einmal mit denen verwechselt, die er auf Papieren in seinem Büro gefunden hatte. Jetzt hatte er nur noch die eine Gewißheit: sein Leben enthielt nichts Lebendiges mehr. Doch an manchen Tagen hatte er den Eindruck, einem Traum nachzuhängen, der schon viel zu lange dauerte; einem Traum, der ihn nun gar nichts mehr begreifen ließ.

Unter den anderen fünf Tischgenossen waren nur zwei, mit denen Berretti sprach: mit Gigli und mit Squarti. Gigli war sehr groß und seine Hautfarbe war so, als hätte er Gelbsucht; diese Färbung schien sich auch in seinem blonden Bart fortzusetzen. Squarti war der älteste von allen, mit einem gutmütigen, intelligenten Affengesicht und einem von einem Leberleiden aufgeschwollenen Bauch, das er aber in keiner Weise kurieren wollte: nicht, weil er sich keine Sorgen darum machte, sondern weil er gut essen und trinken wollte, solange er es konnte. Und je stärker er die Krankheit fortschreiten fühlte, um so mehr wollte er es sich gutgehen lassen. Wenn er aß, bewegte er den Mund in alle Richtungen, und seine Zunge kam zum Vorschein. Aber keiner der beiden wäre in der Lage gewesen, hinter den Charakter ihres Freundes zu kommen, obwohl sie über Jahre und Jahre fast den ganzen Tag zusammen waren; sie wunderten sich zwar manchmal darüber, daß er nicht den gleichen Geschmack hatte wie sie und auch niemals verriet, was er dachte, doch sie schrieben dies seiner Intelligenz zu, die sie für höher hielten als ihre eigene, und seinem feineren Wesen, was, wie sie sagten, von seiner Erziehung und seinen Gewohnheiten herrührte. Gigli hielt sich zudem immer abseits, und es gab so etwas wie eine stille Übereinkunft, daß er immer hinter die anderen zurücktrat, während Squarti das Recht hatte, die üblichen anzüglichen Bemerkungen zu machen, sofern sie über jemand anderen sprachen. Das waren ihre drei Charaktere von denen sie wünschten, daß sie immer so blieben, und die sich aufgrund ihrer tiefsitzenden geistigen Gewohnheiten gegenseitig anzogen. Sie wollten ihre Existenz nicht verändern, sondern sie immer genauer bestimmen und umschreiben, so daß sie sie allein durch das Denken problemlos verstehen konnten. Im Grunde aber bestand keine Freundschaft unter ihnen: im Gegenteil, bei der ersten sich bietenden Gelegenheit waren sie bereit, übereinander herzufallen. Auf diese Weise waren sie dazu gelangt, daß keiner von ihnen ein weiteres Gericht bestellt hätte, ohne dies zuvor den anderen mitzuteilen. Auch wäre keiner allein aus der Trattoria weggegangen, ohne sich vorher mit aller Weltläufigkeit dazu herbeizulassen, sämtliche gewichtigen Gründe dafür anzugeben. Wenn es einem von ihnen jedoch gelang, sich ohne Rücksicht auf die anderen besser bedienen zu lassen, dann wurde ihm das zugestanden. Einmal gab es nur noch eine einzige Portion gedünsteten Fisch, den sie alle drei mochten. Gut: Squarti ließ ihn sich bringen, ohne vorher auch nur gefragt zu haben, ob einer der anderen ihn wollte. Nur hatten die anderen ihm dann beim Essen mit soviel hartnäkkiger und offensichtlicher Mißgunst zugesehen, daß Squarti befürchtete, sie sich für immer zu erbitterten Feinden gemacht zu haben. Und bis er dann wieder ein gutes Gewissen hatte wie früher, mußten erst einige Tage vergehen. Während dieser Zeit trat Squarti mit gesenktem Kopf herein, als wolle er um Entschuldigung bitten, und wenn die anderen dann mit ihm sprachen, war er bemüht, ihnen mit besonderer Aufmerksamkeit zu antworten.

Eines Tages wurde Berretti krank und lag fast einen Monat lang im Bett. Am ersten Tag wunderten sie sich darüber, daß er krank geworden war; am zweiten Tag bereits waren sie darüber froh, weil sie mit größerer Offenheit über ihn reden konnten und einer nach dem anderen zu sagen wagte, was er wirklich von ihm hielt; am dritten Tag wünschten sie, er möge nie wieder zurückkommen; am vierten hatten sie ihn schon vergessen; und am Ende jener Woche waren sie allesamt davon überzeugt, niemals je mit ihm befreundet gewesen zu sein und recht zu haben, wenn sie ihn nicht mochten. Einer von ihnen dachte bereits daran, in eine andere Trattoria zu gehen, um ihn nicht mehr sehen zu müssen. Diese Absicht, die allen bewußt war, hüteten sie sich jedoch auszusprechen; obwohl sie die Schuld an all den übrigen wenig freundlichen Reden aus unerfindlichen Gründen ausgerechnet Berretti selbst zuschrieben. Zum Schluß waren sie vollkommen davon überzeugt, Tag für Tag mit einem ganz offenkundig bösartigen Menschen zusammen gegessen zu haben, auch wenn sie sich vor seiner vermeintlichen Intelligenz fürchteten.

Als sie von der hocherfreuten Concettina erfuhren, daß Berretti wieder völlig genesen war und nach einer Sondererlaubnis von drei Tagen, die er auf dem Land verbrachte, wieder zurückkommen würde, wunderten sich alle, daß sie ihn so gerne mochten und ihn mit Ungeduld erwarteten.

Als er den kleinen Raum betrat, abgemagert und bleich, auf einen Gehstock mit Elfenbeinknauf gestützt, standen sie alle auf und schüttelten ihm die Hand. Als er sich setzte, verspürten sie bereits eine unbändige Abneigung gegen ihn und schämten sich, ihm mit so viel Herzlichkeit entgegengekommen zu sein. Um dieses unerträgliche Gefühl loszuwerden, machten sie ein paar witzige Bemerkungen und lachten. Berretti war ziemlich nervös geworden und ließ das Fenster wegen des Lärms, den die Mädchen verursachten, schließen. Seine Stimme war geschwächt und zitterte, und er hatte jenes unbeschreibbare, wohlige Gefühl, das ein Genesener empfindet, der sicher ist, inzwischen wieder ganz gesundet zu sein. Er betrachtete das funkelnde Wasser in der Flasche, polierte sein Besteck kräftig mit seiner Serviette und lächelte, statt etwas zu sagen. Aber er fühlte sich noch schwach und wunderte sich über alles, was ihn umgab, wie über einen Traum, der in genau der gleichen Art und mit derselben Bedeutung wiederkehrt. Und doch fühlte er in seiner Zufriedenheit irgend etwas Bitteres und Unerträgliches; und auch ihm wurde klar, keinerlei freundschaftliches Gefühl für seine Kollegen zu hegen.

Da fühlte er, daß er sich selbst mehr lieben und mehr auf sich selbst hören müsse, als das in der Vergangenheit der Fall gewesen war.

Aber er war ein viel zu schwacher Mensch, als das er sich hätte ändern können. Und darüber hinaus überzeugte er sich immer mehr, daß er träume, und empfand dabei ein unendliches Behagen.

Doch welcher von den anderen konnte sein wirklicher Feind sein? Gewiß Squarti. Er sah diesen Mund, der jedesmal, wenn er sich bewegte, irgend etwas Spöttisches an sich hatte, was es denn auch so schwer machte, an Squartis Aufrichtigkeit zu glauben. War es also möglich, daß er sich während der Zeit, in der Berretti nicht in die Trattoria gekommen war, nicht irgendeinen Witz oder einen Streich hatte einfallen lassen?

Squarti kaute und blickte ihn auch weiterhin ganz ruhig an. Berretti, der sich schämte, krank gewesen zu sein, fühlte sich innerlich noch nicht stark genug, ihm zu verstehen zu geben, daß er keinerlei Spott und Hohn hinnehmen würde.

.....

Bauern

Angelo Luzzi stand aufrecht in der Stalltüre, mit den Händen in den Hosentaschen. Seinen Hut hatte er bis zu den Augen heruntergezogen, denn er weinte.

Vor dem Haus seines Gutes verlief ein Abkürzungsweg, den die Bauern der benachbarten Gehöfte benutzen durften; jeder andere dagegen mußte um Erlaubnis bitten.

Luzzi stand dort bereits den ganzen Morgen, und nur gelegentlich drehte er sich um, wenn ein Ochse mit dem Geschirr rasselte. Dann warf er einen Blick auf die Forke, die in einem Misthaufen steckte, um ihn damit auf den Schädel zu schlagen; aber er weinte viel zu sehr und hätte sich um keinen Preis von der Stelle bewegt.

Das Tal war breit und stieg in der Nähe der Berge etwas an, während es sich da, wo der Arbia durch die grünen Weidewiesen floß, ein wenig absenkte: man hatte den Eindruck, als hätte es sich noch nicht richtig eingeebnet und befände sich nach wie vor in einem Zustand der Unentschiedenheit. Der Wind blies von einem Ende des Horizonts zum anderen.

Als Luzzi Schritte hörte, die sich dem Haus näherten, zog er sich rasch hinter die Stalltür zurück, um nicht gesehen zu werden. Doch dann erkannte er, daß es sich um einen befreundeten Bauern handelte, und steckte den Kopf wieder hervor. Adorno Chiarantini ging dort vorbei, weil man ihn für den Kauf zweier Kälber erwartete. Er fragte Luzzi: »Warum weinst du? Ist dir ein Ochse eingegangen?«

Und da er begriff, daß sein Gesicht einen allzu heiteren Eindruck machte, weil er beim Gehen immer nur an angenehme Dinge dachte, runzelte er die Stirn und kniff den Mund zusammen.

Luzzi zog die Krempe seines Huts noch tiefer ins Gesicht: »Meine Frau ist krank. Sie ist oben in ihrem Zimmer.«

»Hast du denn niemanden, der sich um sie kümmert?«

»Wen sollte ich schon haben? Meine Tochter ist zu Hause bei ihrem Mann, und mein Sohn ist noch immer bei den Soldaten.«

»Ist es denn schlimm?«

»Ich glaube nicht, daß sie noch einmal gesund wird; und deshalb weine ich. Als sie das erste Mal krank war, habe ich sie ins Hospital gebracht. Dort hatte man ihr den ganzen Oberschenkel vom Knie an aufgeschnitten, weil sich dort ein Tumor gebildet hatte. Jetzt müßte sie wieder ins Hospital, aber sie läßt sich nicht hinbringen. Lieber stirbt sie. Sie zieht es vor zu sterben.«

Und seine Augen streiften unbewußt hinunter in die Ebene, wo der Friedhof lag wie in einem viereckigen Loch, das sich im Winter mit Wasser anfüllte. Die Zypressen wiegten sich im Wind und lehnten gegen die Friedhofsmauer.

»Darf ich sie mir einmal ansehen?«

»Wenn du meinst, daß es nützt. Verstehst du was davon?«

»Ich hab gesehen, wie es eine Schwiegertochter von mir machte, wieder gesund zu werden. Es muß sich um dieselbe Krankheit handeln. Und der Amtsarzt, was sagt er dazu?«

»Er sagt, daß es unumgänglich wäre, sie noch einmal ins Hospital zu bringen, wo man dieselbe Operation wiederholen muß, weil die erste nicht genügte. Und daß sie, wenn sie dorthin zurückginge, ganz gewiß gesund werden würde.«

»Also, dann gibt es auch kein anderes Heilmittel.«

Luzzi zerknautschte mit beiden Händen die Hutkrempe oberhalb der Ohren, und bleich werdend antwortete er: »Ins Hospital müßte sie, aber sie geht nicht.«

»Und warum?«

»Sie hat Angst.«

Chiarantini, der zunächst immer an das glaubte, was er selbst dachte, aber dann gleich bereit war, die Meinung der anderen zu übernehmen, wenn man ihm nur beistimmte und tat, was er für richtig hielt, sagte: »Laß mich mit ihr reden.«

»Sie geht nicht, sie geht nicht! Es ist sinnlos, sie zu überreden! Sie hat gesagt, daß sie lieber sterben würde.«

Chiarantini sah auf die Uhr, und da er noch Zeit hatte, drängte er Luzzi zur Stalltüre hinaus und sagte, um ihn zu trösten: »Du wirst schon sehen, es handelt sich um keine gefährliche Sache! Bring mich hinauf zu Giustina, und laß mich sie sehen. Du tust mir wirklich leid, wenn ich dich so sehe.«

Luzzi steckte sich die Daumen unter die Achseln und stieg, nachdem er sich die Holzgaloschen abgetreten hatte, die Stufen zur Loggia hinauf. Chiarantini hätte sich gerne ein bißchen beeilt, aber er ging hinter ihm, und als er verstand, wie besorgt sein Freund war, tat es ihm leid, daß er nicht schon längst beim Kauf der Kälber war.

Sie waren beide um die Fünfundvierzig und hatten beide in derselben Kirche geheiratet.

Luzzi blieb an der Zimmertür stehen und sagte: »Giustina! Adorno ist da. Kann er hereinkommen? Er ist gekommen, um dich zu besuchen.«

Das Zimmer war verdunkelt, die Fensterläden geschlossen. Man hörte die Maisblätter in den Matratzensäcken rascheln, und die Frau antwortete, als wäre ihr Mund mit den Bettüchern verstopft: »Laß ihn hereinkommen.«

Ihr Mann tappte im Dunkeln herum und stieß gegen die Kommode, als er das Fenster öffnete.

Giustina war hochgewachsen und stämmig, mit rosafarbenem Gesicht, das noch runder erschien, als es war, wegen all der kleinen und dicht bei dicht geflochtenen Zöpfe, die dann einfach zusammengebunden waren, ähnlich wie die Strohzöpfe der Hüte. Sie hatte hohes Fieber, und in ihren blauen Augen flakkerte eine wilde, wenn auch freundliche und gutherzige Lebhaftigkeit. Sie versuchte, ihren Rücken ein wenig aufzurichten und zu lächeln, doch gelang es ihr nicht. Sie sagte, noch bevor Chiarantini daran dachte, sie zu begrüßen: »Angelo wird Euch erzählt haben, wie's um mich steht. Doch wie sehr ich leide, das weiß nur ich allein. Es tut mir seinetwegen leid, aber mehr auch nicht. Denn hört nur, was sie im Hospital mit mir gemacht haben, diese Mörder von Ärzten, die mich doch hätten heilen sollen! Einmal, als ich wegen der Schmerzen stöhnte, die sie mir mit den Operationsmessern verursacht haben, als sie mich ausschabten, kam die Ordensschwester, ein freundliches junges Ding, obwohl sie nichts zählte, und ließ mir von meinem Chirurgen ausrichten, daß man mich in den Operationssaal bringen müsse, wo alle Studenten versammelt waren und auf mich warteten; denn an diesem Tag wollte der Chirurg eine Vorlesung über meinen inzwischen völlig offenen Turmor halten. Zuerst maß ich dem keine Bedeutung bei, weil ich so verwirrt war; als ich dann aber begriff, worum es sich handelte, ließ ich die Ordensschwester rufen, damit sie dem Professor sagte, daß ich nicht dorthin gebracht werden wollte. Die Schwester streichelte mich, fing an zu lachen und ging dahin zurück, wo sie eine Unmenge desinfizierter Verbände aufwickeln mußte. Immer lag da ein großer Berg von Verbänden herum, von morgens bis abends, ihre Zeit reichte einfach nicht aus, sie aufzuwickeln. Während ich noch zu ihr hingewandt dalag, kamen zwei Pfleger, und ohne mich auch nur zu fragen, ob ich überhaupt in der Lage wäre, das zu tun, was man von mir erwartete, hoben sie mich mitsamt dem Bettlaken auf und legten mich auf eine Krankenbahre. Ich fing an, um mich zu schlagen und zu weinen. Ich machte sogar den Versuch, mich von der Bahre fallen zu lassen, doch da packte mich der eine bei den Händen, der andere bei den Füßen, und dann machten sie mit mir, was sie wollten.«

Ihr Mann stieß einen Fluch aus, und Chiarantini blickte ihm ins Gesicht, denn er gab Giustina in seinem Inneren bereits Recht, die mit noch röteren Wangen fortfuhr zu erzählen: »Ich konnte nicht einmal mehr weinen, denn ich hatte so sehr geschrien, während ich durch die Krankensäle der anderen Patienten gerollt wurde, daß ich keine Stimme mehr hatte. Ich sah nichts mehr und begriff auch nichts mehr. Dennoch versuchte ich, meine Augen offen zu halten, um wenigstens darum bitten zu können, daß man mich nicht nackt vor all diesen Leuten zeigte! Ich fühlte, wie man meine Beine hochhob und mich umdrehte. Als ich es jedoch selbst tun wollte, packten sie mich, und ich konnte mich nicht mehr bewegen. Ich hörte den Chirurgen sprechen, konnte aber kein Wort verstehen. Ich versuchte ständig, mich aufzurichten, fühlte aber, wie man meinen Kopf faßte und mich hinunterdrückte. Dann band man mich an den Hüften fest. Doch nach und nach begann ich wieder zu sehen. Der Professor stand neben mir, der Klasse zugewandt, und während er sprach, fuchtelte er über meinen Beinen herum. Daraufhin machte ich eine gewaltige Anstrengung, um meinen Kopf ein wenig aufzurichten, obwohl sie ihn mir mit offener Hand, die nach Karbolsäure stank, ruhig hielten. Und als ob sie weit von mir entfernt wären und nicht mehr zu mir gehörten, erkannte ich die Spitzen meiner Knie. Mein Nachthemd mußte wohl oberhalb meines Bauchnabels liegen, weil ich dort einen Druck verspürte. Aber ich wußte nicht, ob es nicht vielleicht nur der Gürtel war. In der Richtung, in der meine Knie lagen, erkannte ich Gesichter, die auf mich starrten. Ich wollte schreien, doch ich jammerte nur. Ich hatte keine Stimme mehr, und obwohl mein Schmerz wieder stärker geworden war, fühlte ich ganz genau die Schande, so als wäre ich verrückt geworden. Ich atmete schwer, und weil die Krankenpfleger dachten, ich wollte wieder eine plötzliche Bewegung machen, hielten sie mich in einer Weise, die mir Schmerzen im Brustkasten verursachte. Da tut's mir noch jetzt weh.«

Luzzi sagte: »Wenn man arm ist, schinden sie einen, wie's ihnen paßt!«

Doch die Frau sprach weiter, als hätte sie nichts gehört: »Als sie mich in den Krankensaal zurückbrachten, merkte ich es nicht einmal mehr. Doch tags darauf wollte ich nicht mehr dort bleiben und ließ mich vom Krankenwagen nach Hause zurückbringen. Jetzt geht es mir schlechter, das fühle ich selbst. Aber ins Krankenhaus gehe ich nicht zurück. Die sind so hinterhältig gewesen, und ich habe zu viel aushalten müssen. Außerdem sagte mir der Arzt, der dem Chirurgen assistierte, furchtbare Schimpfwörter, und das schmerzt noch viel mehr als alles andere.«

Da fühlte Chiarantini sich tief betroffen und hatte nicht den Mut, ihr zu sagen, daß sie ins Hospital zurückkehren müsse. Er sah sie an, ohne ein Wort zu sagen, und war in seinem Inneren vor Empörung aufgewühlt. Luzzi richtete, so gut es ging, die Bettdecken, die auf einer Seite heruntergerutscht waren, und seufzte und richtete die Augen nach oben.

Die Frau sagte, nachdem ein stechender Schmerz durch ihr Bein geschossen war: »Eine derartige Schande werden sie mir nicht noch einmal antun. Wenn Gott mich von dieser Welt nehmen will, füge ich mich darein. Was liegt mir schon daran, gesund zu werden.«

»Ich«, sagte Luzzi zu Chiarantini, »kann ihr das nicht übelnehmen.«

»Nein, sie hat recht. Aber auf diese Weise wird die Krankheit ihren ungehemmten Verlauf nehmen.«

Die Frau antwortete: »Besser die Krankheit als die Schande.«

Während der nächsten Tage kamen alle ihre Bekannten sie besuchen, da Chiarantini sie hatte wissen lassen, daß sie schwer krank war. Und jedesmal, wenn sie wieder erzählte, wie sie im Hospital behandelt worden war, schüttelten alle den Kopf und sagten: »Was für eine Schandtat! Ihr tut recht daran, nicht mehr dorthin zurückzugehen!«

Das Gefühl dieser Schande hatte sich in ihr festgesetzt wie das eines Unrechts, das man nicht verwinden kann. Sie hatte sich so sehr darauf versteift, daß sie die absurdesten Dinge sagte. Aber aus ihrem Bett brachte sie niemand heraus. Es genügte schon, wenn der Amtsarzt oder der Pfarrer nur das Wort Hospital erwähnten, daß sie sich auf der Stelle ersticken fühlte und keine Luft mehr bekam. Ihr Mann hätte sie überreden sollen, doch wenn er sie so leiden sah, brach er mitten im Satz ab und ging weinend aus dem Zimmer, die Hutkrempe tief im Gesicht.

Und aufrecht in der Tür seines Stalles stehend, blickte er über seinen Landbesitz hin, über die Erde, die einmal Mutter genannt wurde, in die hinein er seine Frau legen mußte. Und der Weizen keimte wie in all den vorherigen Jahren, so, als ob er den Regen herbeirufen wollte, daß er in die Furchen prassele.

Eine Sinnestäuschung

Die ganze Nacht über das Plätschern des Brunnens im Hof, wie die Schritte von jemandem, der gerade ankommt und den man doch niemals sieht. Und jeden Morgen weckte ihn dieselbe Dienstmagd, die nach dem Hausmeister rief. Danach hörte er eine Frau singen. Und dann noch die geöffneten Fenster!

Er war immer müde vom vorherigen Tag und hätte gerne noch weiter geschlafen. Aber das war unmöglich, nicht nur wegen der Stimmen und des Lärms, die inzwischen aus allen Fenstern in den Hof drangen, sondern auch weil sein Inneres sich dagegen sperrte.

In ihm war ein heilloses Durcheinander von Gefühlen und Wünschen, und er versuchte, die Bedeutung herauszufinden, die die Ereignisse annahmen. Stets verblieb ihm so etwas wie ein geistiger Rest, den er ihnen nicht zugestanden hatte, doch bisweilen hatte er auch das entgegengesetzte Gefühl, mit seiner Seele an allen Dingen eines Tages teilgenommen zu haben.

Das Licht im Innenhof war niemals hell, und Luft gab es auch nur wenig. Bald darauf setzten auch die Geräusche von der Straße her ein. Dann kam es ihm vor, als würde der ganze Häuserblock ihnen lauschen, mit absichtlich geöffneten Fenstern.

Er stand gähnend auf. Dabei hatte er durchaus nicht im Sinn, irgend etwas zu tun oder gar auszugehen, sondern wollte herausfinden, ob er in der Lage wäre, das Übelkeitsgefühl im Magen und die Schwermut in seinem Herzen zu vergessen.

Doch war alles vergebens. Er fühlte sich bereits gelangweilt und ermüdet von dem Bewußtsein, niemals etwas zuwege gebracht zu haben.

Seine Frau war noch in Siena, und er schrieb ihr, ihrem Wunsch entsprechend, einen über den anderen Tag: nervöse Briefe, ohne jede Lust zu ausführlichen Berichten, etwas, das er sonst gerne tat, wenn er mit ihr sprach.

Im Grunde seines Herzens fühlte er, daß er gerne eine andere lieben würde, und das war fast immer gerade die Frau, die ihm am vorhergehenden Tag als letzte gefallen hatte. Und wenn er dann an seine Frau schrieb, fühlte er sich trotzdem frei in seinem Inneren, so als würde es sich dabei bloß um eine momentane Affäre handeln.

Er litt darunter, am Leben der anderen nicht so teilzunehmen, wie er es gerne gewollt hätte; er spürte, daß die Zuneigung, die er für seine Frau empfand, eine Art Naivität war, die ihn gefangenhielt, wie ein eigens für ihn errichtetes Internat. Doch gleichzeitig lag darin auch eine Gelassenheit, die ihn sogar neidisch werden ließ, wenn der Hauch des Tages sich ihm auf die Seele legte und ihm einflüsterte, er solle sich ihm nur ruhig hingeben; so, als müßten seine Augen auch das Abstoßende und das Böse bis auf den Grund erschauen.

Warum hatte er keine Geliebte? Warum war er kein Spieler? Warum waren alle darauf aus, ihm Achtung entgegenzubringen? Warum schenkte man ihm Glauben?

Es gab also etwas, das er noch nicht kennengelernt hatte. Es war aber notwendig, daß auch sein Gesicht alle Zeichen der Straße trug: er mußte alles sehen, vor allem das Böse, um auf diese Weise eine größere Sehnsucht nach den Dingen von einst zu empfinden, die ihm dann wieder zusagen würden; um zu spüren, wie seine eigene Naivität angeregt und bestärkt würde. Er wollte, daß seine Vergangenheit eine Art Klausurseminar sein sollte, an dessen Pforte er sich fürchtete anzuklopfen. Wenn man ihm aber geöffnet hätte, wer würde dann antworten? Vielleicht sein Gewissen. Daher war es besser, ihm von vornherein einen Streich zu spielen, indem er ihm versprach zu kommen, dann aber das Versprechen nicht halten würde.

War denn statt dessen seine gegenwärtige Traurigkeit nicht besser? Eine Traurigkeit wie das Wasser, mit dem man sich gewaschen hat. Es tat ihm leid, es wegzuschütten. Allerdings war es notwendig, es Tag für Tag zu erneuern. Tag für Tag mußte er für seine Traurigkeit Worte finden, ihr das ihre zukommen, sie glauben lassen, daß seine ganze Existenz jetzt ausschließlich ihr gehöre. Aber es gelang ihm nicht. Und wenn ein wenig Sonne in Form eines Dreiecks auf die obersten Fenster fiel und der Innenhof sich ganz erhellte, dann träumte sein Herz davon, das Leben wieder ganz von vorne zu beginnen, vielleicht gar noch diesen

Tag. Aber das war eine Illusion, nur eine Illusion! Ihm fehlte dazu die Kraft. Auch das Licht des Innenhofs verschwand in einem Nu! Was blieb, war Stimmengewirr und innere Ratlosigkeit.

Durch sein langes Alleinsein hatte er begonnen, eine Phantasiegestalt seines Herzens liebzugewinnen: eine junge Frau. Er hatte es sich in den Kopf gesetzt, daß er ihr wirklich begegnen würde, und er war mit jedem Tag überzeugter davon, da diese Sinnestäuschung sich nicht verflüchtigte, ja, ganz im Gegenteil, immer klarer und schärfer hervortrat, bis sie sich schließlich von ganz allein einstellte, ohne daß er sie heraufbeschwor.

Jedoch, man weiß nicht, wie es kam: eines Tages war er davon überzeugt, daß die junge Frau gestorben und das Bild, welches er auch weiterhin von ihr sah, nur die Erinnerung an eine Wirklichkeit oder zumindest an eine nicht mehr existierende Möglichkeit war.

Er ging sogar soweit, einmal während eines Spaziergangs Blumen auf einer Wiese zu sammeln für einen Blumenkranz, der für sie bestimmt war: er hängte ihn auch wirklich an einem Wandhaken in seinem Schlafzimmer unter einem leeren Bilderrahmen auf, den er dort beließ, während er den anderen sagte, er vergäße ständig, das Bild zu kaufen, das er gerne dort hätte. Auf dem weißen Hintergrund des Rahmens, einem Bogen Briefpapier, erschien ihm das Bildnis jener Frau. Und so geschah es seit nunmehr schon zwei Jahren.

Inzwischen war in ihm etwas gealtert, doch das Bildnis blieb sich immer gleich. Er dachte an sie wie an einen Spiegel seiner eigenen Jugend, von der sich nur in diesem Symbol etwas erhalten hatte. Mehr als einmal schien es ihm, als hätten die Hände dieser Unbekannten ihn sanft gestreichelt, und in den Augenblicken seiner Traurigkeit kam es ihm oft vor, daß ihre Stimme ihn rief.

Sofern seine Frau etwas gemerkt hätte, würde er ihr gesagt haben, daß es sich bloß um eine seiner Schwestern handelte, weil schon allein der Gedanke, daß seine Frau ihm diese Tröstung hätte verbieten können, ihn quälte und eine heftige Niedergeschlagenheit in ihm hervorrief.

Doch an jenem Morgen war ihm das Bild nicht erschienen,

und er glaubte, daß auch die junge Frau ihn bereits verlassen hätte oder es jedenfalls nicht mehr möglich wäre, sie wiederzusehen. Doch hing der Rahmen immer noch an derselben Stelle und unter ihm der längst verwelkte und ausgedörrte Blumenkranz!

Er seufzte und begab sich ans Fenster, um in den rechteckigen Innenhof zu blicken: das Haus hatte sechs Stockwerke, und jede der Mauern hatte dreißig gleich große Fenster. Hier und da ein paar Geranien, Wäsche zum Trocknen, an kleinen Schnüren befestigt und aufgehängt, die von Stöcken, deren Enden forkenartig auseinanderliefen, an einem Loch unter dem Fensterbrett befestigt waren. Im vierten Stock ein Käfig mit Kanarienvögeln.

Der immerwährend fließende Brunnen leitete Wasser zu einer Waschküche, die man aber nicht sah.

Der viereckige Himmelsausschnitt war wie der blaue Deckel einer Schachtel.

In eben dieser Luft des Innenhofs war die junge Frau gestorben! Der Geruch dieses Hofs war der eines Grabes.

Sie war tot, tot, obwohl sie in seiner Erinnerung Tag für Tag neu entstand! Tot wie der Staub und der Schatten des Hofs, ohne ein Wort zu sagen und vielleicht unter diesen Ziegelsteinen verscharrt, mit einem ganzen Haus voll lebendiger Menschen darüber.

Er begann zu weinen: früher hatte er nie geweint.

Mieterinnen

Martas und Gertrudes Wohnungstüren befanden sich auf demselben Stockwerk, und die Leute verwechselten sie ständig.

Marta war seit zehn Jahren verwitwet und Gertrude eine alte, ergraute Jungfer. Sie wohnten dort fast seit ihrer Mädchenzeit, besuchten sich aber nur zu den wichtigen Feiertagen, und dabei betrat keine von ihnen die Wohnung der anderen. Zudem waren diese Besuche zeitlich so knapp bemessen, daß es gerade ausreichte, um über das Wetter und über die Gesundheit zu sprechen. Sie fanden vormittags statt, nach der Messe und vor der Zubereitung des Mittagessens.

Marta sagte: »Ich habe mir diese Schnürsenkel gekauft.«

»Ich brauchte einen weniger verschmutzten Rock.«

»Hoffen wir, daß das neue Jahr besser wird!«

»Ja, das wollen wir hoffen!«

»Auf Wiedersehen, ich will Sie nicht länger stören.«

»Ich bringe nur schnell das Gebetbuch hinein, dann komme ich Sie besuchen.«

»Sie werden sehen, meine Wohnung ist noch völlig unaufgeräumt.«

Und so gingen sie auseinander.

Nach einer Viertelstunde klingelte Gertrude bei Marta, die sie wie etwas Lästiges erwartete und sofort zur Tür eilte, um zu öffnen: »Kommen Sie herein.«

»Nein, nein. Wir sollten lieber keine Zeit verschwenden. Wir haben alle beide zu tun.«

»Da haben Sie recht. Wie geht es Ihnen gesundheitlich?«

»Die üblichen Schmerzen in den Kniegelenken, vor allem abends. Und Sie?«

»Ich warte voller Ungeduld auf den Tod. Mehr kann ich nicht sagen.«

»Gott wird uns beistehn, wie er's immer getan hat.«

»Ja, das wollen wir hoffen.«

»Auf Wiedersehen, Signora Marta. Ich hab mich bei Ihnen ja länger aufgehalten als Sie bei mir.«

»Das macht nichts, ganz und gar nichts! Im Gegenteil, es war mir ein Vergnügen.«

Und auch dieses Mal gaben sie sich nicht die Hand, lächelten sich aber fröhlich zu.

Ihre Schlafzimmer hatten eine gemeinsame Wand. Wenn nun die eine hörte, was die andere tat, bemühte sie sich, sich besonders leise zu bewegen, damit die andere sie nicht hören konnte. Manchmal kam es vor, daß sie beide, wenn sie einen Stuhl oder das Bett zur Seite rückten, gleichzeitig und fast an der gleichen Stelle gegen die Wand stießen. Dann hielten sie beide inne und warteten ein Weilchen.

Nur eines Nachts, in all den Jahren, riefen sie sich, nachdem sie von einem Erdbebenstoß aufgewacht waren, standen aber nicht auf: »Signora Marta!«

»Ja, Signora Gertrude!«

»Hatten Sie Angst?«

»Ziemlich!«

»Ich auch.«

Doch wollten sie sich nichts weiter sagen. Am nächsten Morgen vermieden sie es, sich auf der Treppe zu begegnen.

Aber dennoch dachte Gertrude immerzu an Marta und umgekehrt: wenn eine die andere bis Mittag nicht gehört hatte, ging sie an die Schlafzimmerwand und lauschte.

Gertrude hatte eine schöne weiße Katze mit hellblauen Augen, die sie an ihren eigenen Rosenkranz aus Glas erinnerten. Wenn Marta nun die Katze auf dem Stockwerk traf, die darauf wartete, daß ihre Herrin ihr die Türe öffnete, ging sie, ohne ein Geräusch zu verursachen, in ihre Wohnung und ließ auch die Katze hereinkommen. Dann brachte sie ihr ein Stückchen Brot oder Käse, weil sie nämlich Mäuse in der Wohnung hatte. Aber sie wollte nicht, daß Gertrude es bemerkte, sonst wäre sie rot geworden. Die Katze aber verspürte keinerlei Lust, Martas Mäuse zu fangen, und begann zu miauen, damit Marta sie hinausließ. Und Marta mußte die Türe wieder öffnen.

Marta hatte statt dessen eine Türklingel, die nicht so gut schellte wie die von Gertrude, und auch ihre Wohnungstür mußte man zweimal kräftig andrücken, um den Riegel von innen vorzuschieben. Außerdem hatte sie einen Fußboden, der, wenn man darüber ging, bebte, während der von Gertrude das nicht tat. Jede von ihnen glaubte, die gleiche Anzahl von Räumen zu haben, doch trotz der unbändigen Neugier, dies gerne gewußt zu haben, hatten sie einander niemals danach gefragt.

Ganz im Gegenteil, diese Neugier fing an, ein Gefühl der Abneigung in ihnen hervorzurufen. Sie taten jedoch alles, sich zu beherrschen, aus Anstand. Marta war klein und hatte blaue, stechende Augen, sie kleidete sich immer dunkel mit einer großen, hellen Rose am Hut. Gertrude dagegen hatte ein glattes Gesicht, dessen Ausdruck irgendwo zwischen schwachsinnig und gefährlich lag; sie war groß und hatte eine Augenfarbe, die man grün nennen mußte, und gelbe Haare. Aber böse war auch sie nicht. Aus ihrer beider Vergangenheit überlebten lediglich ein paar Bruchstücke in ihrer Erinnerung; selbst das Grab von Martas Mann war zunehmend unsichtbar geworden, mit einem Grabstein darauf, den niemand mehr entziffern konnte, da er unter fetten, glänzenden Grasbüscheln verschwand. Und wenn es regnete, schwemmte das Wasser die Blätter der Zypressen darüber.

Die Vergangenheit hatte sich vollkommen von ihnen abgelöst, und sie waren dahingewelkt, als hätten sie keinen Lebenssaft mehr daraus ziehen können. Vergebens hätten sie versucht, sich ihr noch einmal zuzuwenden.

Jetzt verliefen ihre Jahre immer gleichförmig, und die eine wie die andere lebte ausschließlich von den Ereignissen des Tages. Sie waren zufrieden, daß die gleichen Dinge sich immer wiederholten und sie immer die gleichen Gespräche führten, als hätten sie sie auswendig lernen müssen. Hätten sie auch nur einen zusätzlichen Gedanken zum Ausdruck bringen sollen, wären sie dazu nicht in der Lage gewesen. Das war auch der Grund dafür, weshalb sich sogar ihre Wohnungstüren immer mehr ähnelten.

Doch schließlich wurde Gertrude krank. Sie fühlte, daß sie sterben mußte, und sie wollte sterben. Sie wäre nur mehr widerwillig aus ihrem Bett aufgestanden. Die Krankheit gab ihr das Gefühl angenehmen Müßiggangs, auf das man schließlich nicht mehr verzichten kann. Zu allen sagte sie, als handelte es sich um irgendeine beliebige Reise: »Endlich werde ich sterben!«

Dabei lächtelte sie breit und versuchte, auch die anderen zu einem Lächeln zu bewegen. Aber der Tod stellte sich nicht ein. Da dachte sie, daß sie ihn nur mit dem tiefen Todeswunsch, der in ihr war, herbeirufen könne. Wenn Marta ihr einfiel, dachte sie: »Sie wird weiterleben. Ich bin froh, daß sie am Leben bleibt.«

Darin lag eine Art Rache, die sie nehmen konnte, ähnlich wie jemand, der, reicher und reicher werdend, sagt: »Ich bin nicht reich, sondern der andere ist arm.« Im übrigen aber empfand sie eine tiefe Rührung für die Dinge, die sie sah, und für die Personen, die sie besuchen kamen. Sie hatte sich auch angewöhnt, allen Geschenke zu machen, und sagte immer: »Dir schenke ich meinen Ring. Warum sollte ich ihn mir an den Finger stecken lassen, wenn ich tot bin? Du bekommst mein silbernes Besteck. Nur mußt du mir versprechen, es niemals zu verkaufen. Marta aber, auch wenn sie mich besuchen kommt, gebe ich meine Katze nicht, weil sie mir ihretwegen immer mißgünstig war!«

Doch wurde sie es müde, ihre Schlafzimmerwände anzusehen, und so nahm ihre Ungeduld zu wie ein Fieber. Am Ende stellte sich der Tod wirklich ein, und zwar in einem Augenblick, als sich Gertrude dessen überhaupt nicht bewußt war.

Und Marta, die es niemals gewagt hatte, Gertrudes Wohnung zu betreten! Manchmal wartete sie an der Treppe auf die Leute, die aus der Wohnung der Nachbarin kamen, um zu fragen, wie es der Kranken gehe. Doch legte sie ihnen ans Herz, Gertrude nur ja nichts davon zu sagen.

Sie schlief nicht mehr: sie wußte, daß auf der anderen Seite der Wand, in einem Zimmer wie dem ihren, die Öllampe die ganze Nacht über brannte.

Sie verspürte sogar große Lust, über sie zu sprechen und sie zu bemitleiden, ihr eine Menge schöner und freundlicher Dinge zu sagen und für sie zu beten: sie wollte, daß Gertrude ins Paradies käme.

Jetzt rief sie auch die Katze zu sich herein, nicht damit sie Mäuse finge, sondern weil sie sich an Gertrudes Stelle um sie kümmern wollte. Das gab das Gefühl, sie ihr weggenommen zu haben und selbst die Herrin der Katze zu werden.

Doch eines Nachts träumte sie, daß Gertrude wieder gesund

geworden wäre, und sah sie schnell und leicht an sich vorüber gehen, ohne die Beine zu bewegen. Wohin ging sie? Marta versuchte, dasselbe zu tun, aber es gelang ihr nicht.

Dieser Traum erfüllte sie mit großem Neid. Sie verspürte inzwischen gar keine freundliche Regung mehr, und sie gab auch der Katze nichts mehr zu fressen, aus Angst, Gertrude würde nun doch nicht mehr sterben. Was aber, wenn Gertrude sie ihr geschenkt hätte?

Wie sehr mißfiel es ihr jetzt, so lange schon im selben Haus mit ihr zusammen gewohnt zu haben! Warum hatte sie sie nur kennengelernt? Dann ärgerte sie sich darüber, daß sie Gertrudes Türklingel sechs- oder siebenmal am Tag schellen hörte.

Ihr Küchenfenster lenkte sie ein wenig ab, ließ sie Gertrude aber keineswegs vergessen. Von der Torre del Mangia läuteten die Glocken durch die Stille von Siena, und ein Echo, gerade wie von einer anderen Turmuhr, wiederholte sie mit ruhiger Deutlichkeit bis aufs Land hinaus. Die Bäume hinter dem Hospital verbargen die großen Fenster der Krankensäle, und die runden Brunnen in den Gemüsegärten unterhalb der Stadtmauer glitzerten wie stumpfe Spiegel. Die Hügelketten waren von unbeweglicher Sanftheit in der klaren Luft, und die Kathedrale leuchtete so hell, daß einem, wenn die Sonne stark schien, die Augen weh taten.

Schwärme von Rauchschwalben erfüllten den Himmel unablässig mit ihrem Geschrei und schossen hinter Martas Haus vorbei; dann kamen sie näher und ganz dicht heran, so daß man ihr Rauschen hören konnte; andere Schwärme kamen von der Torre del Mangia herüber, schwenkten dann zur Seite ab und kehrten wieder um. Eine vereinzelte Schwalbe schoß von einem anderen Turm mit flinken, unregelmäßigen Bewegungen vorüber. Ein anderer Schwarm, der kleiner und weniger dicht war, kreiste Stunden um Stunden immer um den gleichen Punkt. Eine Glocke läutete, und Marta erkannte, welche Kirche es war.

Von ihrem Fenster dort oben sah sie über viele Dächer hin, die in der Luft zu hängen schienen. Schwalben nisteten auch unter ihrer Regenrinne und kamen von den grünen Gemüsegärten herauf, in denen blühende Pfirsichbäume standen und immer gleich aussehende Zypressen. Die Frühlingsluft brachte ihr zwar keinerlei Erinnerungen zurück, aber sie fühlte sich wohler, und das um so mehr, als sie wußte, daß Gertrude krank war und nicht das sehen konnte, was sie sah. Jetzt aber begriff sie, ohne sich den Grund erklären zu können, weshalb man leben mußte: sie öffnete das Fenster und brockte sich Brot in die heiße Milch, wobei sie die Schale auf die Fensterbank stellte, damit sie diese heitere Stille vor ihren Augen hatte. Sie kaute sehr langsam, da sie sich nicht zu sehr beeilen wollte, und dabei dachte sie mit Freude daran, daß auch ihr Mann verstorben war. Und das war nun allerdings nicht mehr erklärbar, denn sie hatte ihn immer geliebt.

Aber sie fühlte sich glücklich bei diesen Gedanken. Sie dachte: »Ich kann in Ruhe essen, denn niemand wird kommen und mich auf der Totenbahre forttragen.«

Dennoch empfand auch sie eine ungewöhnliche Traurigkeit, die sie an andere Zeiten erinnerte, und vor ihrem Auge tauchten Dinge aus ferner Vergangenheit mit solcher Klarheit auf, daß sie ihr wie gemalte Bilder vorkamen: es gibt Augenblicke, in denen man auch künstliche Blumen für echt hält.

Marta hörte ein früheres Herz, das an ihrer Stelle sprach, und sie konnte es nicht daran hindern, denn ihre Erinnerungen hatten ein unabhängiges künstliches Leben.

Sie starrte herausfordernd und ein wenig furchtsam auf die Wand, hinter der Gertrude lag. Vielleicht war diese Wand nicht dick genug, und vielleicht konnte man sie von der anderen Seite aus sehen. Wütend ballte sie ihre Fäuste und streckte sie drohend aus. Warum nur war es nicht möglich zu leben, ohne immer wieder an Gertrude denken zu müssen? Als man sie dann forttrug, verließ Marta ihre Wohnung und ging zur Lizza-Promenade und setzte sich dort auf einen Stuhl. Aber sie weinte, und es kam ihr vor, als trüge man die Totenbahre an ihr vorüber.

Da begann sie ein Gespräch mit einem Kinderfräulein, und sie empfand große Dankbarkeit, über etwas anderes sprechen zu können.

Und obwohl sie sich schämte, ihre Wohnung verlassen zu haben, kehrte sie erst abends nach Hause zurück.

Auf der Treppe, im Dunkeln, bekam sie Angst: während sie

den Schlüssel im Türschloß umdrehte, strich die Katze, ohne zu miauen, um ihre Beine. Marta stieß einen Schrei aus.

Da sie niemals die Fensterläden schloß, weil sie wollte, daß der Mondschein in ihr Zimmer fiel, betrachtete sie vor dem Einschlafen die Wand noch lange Zeit und wartete darauf, daß die Tote ein paarmal mit den Fingerknöcheln dagegen klopfe.

Zwei Tage darauf, als sie wieder einmal die Treppe hochstieg, kam die Katze ihr miauend entgegen. Sie schloß sich ein und schlug die Tür dabei so fest zu, daß die ganze Wohnung dröhnte.

Es brauchte nicht viel, bis sie begriff, daß sie nun nicht mehr in diese Wohnung gehörte: ein Gefühl, das einen überkommt, wenn ein Dieb in die Wohnung eingebrochen ist. Es schien ihr, als mangele es dort an allem, sogar an Luft. Und so begann sie, fast den ganzen Tag draußen zu verbringen, und setzte sich auf die nächstbeste leere Bank unter den Zweigen der Bäume im öffentlichen Park. Dort blieb sie Stunden und Stunden und betrachtete die vorübergehenden Menschen; sogar dem Summen einer Fliege lauschte sie. Sie hörte jetzt sogar auf, Blumen auf das Grab ihres Mannes zu legen, damit sie sich nicht veranlaßt fühlte, auch am Grab Gertrudes niederzuknien. Es war unumgänglich, Gertrude zu vergessen, so als hätte sie sie nie gekannt! Statt dessen war die Tote lebendiger denn je, und zwischen den beiden entwickelten sich Gespräche von entnervender Länge, die Marta am Ende zum Gähnen brachten.

Und abends begegnete sie stets Gertrudes Katze, die nun immer magerer und elender aussah und auch schmutzig, weil sie wahrscheinlich in den Müllhaufen herumwühlte. Ihr Körper war hager und dürr und ihre Nase nicht mehr rosig und niedlich, sondern gelb und krank. An den Ohren verlor sie das Fell. Sie wollte um jeden Preis hinter Marta in die Wohnung schlüpfen und miaute auch dann noch, wenn die Türe verschlossen war, und das die ganze Nacht hindurch. Aber schließlich war die Katze immer noch die von Gertrude!

Darauf ging Marta zu einem Apotheker und bat ihn flüsternd, weil sie sich schämte, ihr ein Giftmittel zu verkaufen. Sie, die sich nicht hätte einfallen lassen, jemandem auch nur einen Heller zu geben, kaufte für eine halbe Lira ein! Aber sie war mit sich durchaus zufrieden. Das arme Tier! So würde es wenigstens nicht vor Hunger sterben!

Sie schnitt vom Suppenfleisch die fette Schicht herunter, die sie für gewöhnlich wegwarf, und wickelte das weiße Pulver darin ein. Dann rief sie mit vor Angst und Freude bebendem Herzen die Katze herbei. Diese schnappte es sich, kaute schnurrend darauf herum und verschlang es schließlich zur Gänze.

Der Müllmann, der sie am Fuß der Treppe hingestreckt fand, warf sie auf seinen Karren.

Und Marta lebte noch weitere fünf Jahre.

Die Verrückte

Ich hatte einen Freund auf den Friedhof begleitet, wo er einen Strauß Blumen an das Grab seiner Verlobten brachte, die vor einem Jahr verstorben war.

Auf dem Rückweg hakte ich mich bei ihm ein, und als wir in der Nähe des großen Ausgangstors waren, las ich zufällig auf einem der vielen Grabsteine den Namen einer Frau: Anna Franchi. Ich verspürte einen leichten Kälteschauer und wollte – ich weiß nicht, warum – gerne wissen, wer sie war. Doch war nur ihr Geburts- und Todestag eingemeißelt, sonst nichts.

Da jedoch der Totengräber mit seiner Schaufel auf der Schulter an uns vorüberging, wandte ich mich an ihn. Verwundert über meine Neugier, sah er mich an und antwortete, indem er seine Schaufel abstellte: »Die ist auch von mir beerdigt worden!«

Und er fing an zu lachen. Da sagte ich, um ihn zum Sprechen zu bringen: »Ich glaube, ich habe sie gekannt.«

»Sicherlich, aber ich hätte nicht gedacht, daß Sie auch ihren Namen kannten. Ich weiß nicht, ob Sie es wissen: sie wurde von allen ›die Verrückte‹ genannt...«

Da er nicht merken sollte, daß ich ihm eine sinnlose Frage gestellt hatte, wollte ich schon weitergehen, zumal mein Freund mich am Arm zog, doch der Totengräber sprach weiter: »Vielleicht war sie ja auch wirklich verrückt, jedenfalls war sie unglücklich. Sie werden ihr in den Straßen von Siena begegnet sein, mit einem zweirädrigen Karren, mit dem sie Obst verkaufte.«

Jetzt hatte ich wirklich verstanden, was ich gar nicht erwartet hatte, und ich dankte ihm.

In Siena kannte sie in der Tat jeder, und ich brachte sie meinem Freund wieder in Erinnerung, der mich fragte: »Aber was geht sie dich denn an?«

Ich wußte nicht, was ich ihm antworten sollte, und nachdem wir ein paar Schritte getan hatten, sprach ich gerne über etwas anderes.

Zum ersten Mal sah ich die Verrückte, als ich am Ende der Steigung der Via dei Termini, in Richtung der Lizza, angekommen war. Sie dagegen kam herunter. Um den Karren besser unter Kontrolle zu halten, stemmte sie ihre Beine in den Boden und neigte sich zurück, wobei sie die Holme mit ausgestreckten Armen fest im Griff hielt. Das Kopftuch war ihr in den Nacken gerutscht, und ihr schon graues Haar war völlig zerzaust. Man konnte sehen, daß der Weg sie viel Mühe und Anstrengung kostete. Aber zwei Jungen, die so taten, als würden sie Fangen spielen, gaben ihr einen kräftigen Stoß von hinten und rissen ihr die Holme aus den Händen.

Der Karren kam am Ende der Rampe quer vor einer Türe zum Stehen. Das vorher schon heruntergefallene Obst purzelte noch weiter hinunter bis ans Ende einer zweiten abschüssigen Straße, der Via delle Belle Arti.

Auch die Verrückte war gestürzt, stand aber mit einem nicht enden wollenden Schrei wieder auf. Es war, als würden sogar ihre weit aufgerissenen Augen schreien. Dann fing sie an zu heulen, und zwar so laut, daß man überall aus den Fenstern sah. Aus einem Weinladen kamen fünf oder sechs Lastenträger heraus, die noch ihre Gläser in der Hand hatten.

Ich betrachtete die Leute, die stehengeblieben waren.

Sie alle lachten, und ein Lastenträger, der sich durch das Gelächter ermuntert fühlte, schüttete den Rest seines Weinglases über sie; von allen Seiten rief man: »He, du Verrückte! He, du Verrückte! Wie willst du denn jetzt deine Ware wiederfinden? Du solltest sie lieber denen lassen, die schneller sind als du!«

Jeder sagte etwas, was die anderen noch mehr zum Lachen brachte. Da setzte sich die Frau, als ob niemand anwesend wäre, auf die Stufen der Lottoannahmestelle und riß sich, während sie weiter heulte, ganze Haarbüschel aus.

Ein Mann, der den Laden verlassen wollte, ließ sie aufstehen, und ein anderer sagte fast vorwurfsvoll: »Schieb den Karren zur Seite, er stört da. Warum heulst du eigentlich? Siehst du nicht, daß die anderen alle lachen?«

Einer begann, sie auszupfeifen, während ein paar Jungen das weniger angeschlagene und verdreckte Obst aufsammelten und begannen, es direkt vor ihren Augen zu essen. Da stieß sie einen neuen Schrei aus und stürzte sich auf den erstbesten.

Aber sie bekam ihn nicht zu packen. Die Jungen stoben auseinander.

Jetzt fing die Verrückte an zu brummeln, aber ich konnte nicht verstehen, was sie sagte. Von Zeit zu Zeit ging sie auf den Karren zu, und dann blieb sie stehen, schlug die Hände vors Gesicht und richtete den Kopf in die Höhe: vielleicht dachte sie an Gott.

Es kostete sie viel Mühe, den Karren wieder herauszuziehen, der sich mit einem Rad zwischen Tür und Häuserwand eingeklemmt hatte; dann hob sie die leeren Körbe auf und sammelte ein, was noch übriggeblieben war. Sie wischte das Obst an ihrem Rock in der Höhe des Knies ab oder pustete den Schmutz weg und rieb es dann mit ihren Ellbogen sauber.

Sie ging die andere Rampe hinunter, und als sie die Körbe, so gut es ging, wieder ordentlich zusammengestellt hatte, setzte sie sich erschöpft auf die Stufen einer Kirche und beugte ihren Kopf auf die Knie herunter.

Ihr Gesicht bestand aus einem Gewirr von Adern und Runzeln, und von ihren Augen konnte man fast nur das Weiße erkennen. Doch ihr Gesicht war gerötet, und sie weinte nicht mehr. Ich stand in einiger Entfernung von ihr, und doch hörte ich sie schnaufen.

Nachdem sie sich ein wenig ausgeruht hatte, nahm sie wieder ihren Karren und zog durch andere Straßen.

In ihrer Jugend hatte diese Frau gewissermaßen als reich gegolten: sie hatte zwei Ländereien geerbt. Doch nachdem ihr Mann durch den Tritt eines Rindes gestorben war, fand sie sich innerhalb weniger Jahre im größten Elend wieder. Eigentlich wäre sie auch schön gewesen, wenn sie nicht eine so kleine Nase gehabt hätte, die wie ein Eulenschnabel gekrümmt war, und einen geraden Schnitt an der Oberlippe. Ihr Kinn zeigte deutlich die Form des Knochens, ihr Gesicht jedoch war rund, und ihre Ohren waren klein. Wenn sie den Karren schob, hielt sie die Unterlippe mit den Zähnen fest, wobei sich die Haut um ihr Kinn noch mehr spannte. Sie war verkrüppelt und hielt ihren Kopf aufrecht nach vorne gestreckt: ihr Hals war in dieser Form gekrümmt.

Um leben zu können, hatte sie begonnen, Obst zu verkaufen, und am Ende wurde sie von niemandem mehr erkannt; nicht einmal die Frauen sprachen noch mit ihr, die ihr von den Fenstern zuriefen, daß sie warten sollte, weil sie herunterkommen und bei ihr einkaufen wollten.

Zudem begriff sie selbst sehr gut, daß sie besser daran tat, nicht mit ihnen zu sprechen, und sie weigerte sich, überhaupt irgendein Gespräch zu beginnen.

»Wieviel kosten die Tomaten?«

»Vier Soldi das Kilo.«

»Das ist zuviel.«

»Drei Soldi.«

Und schon nahm sie die Holme wieder in die Hand.

»Dann gebt mir davon für zwei Soldi.«

Jetzt ließ sie die Holme wieder los, befriedigt nahm sie die Laufwaage von einem Haken unter dem Karren und wog ohne ein weiteres Wort ab. Wenn die Leute das Obst auf der Waagschale auswechseln wollten, fing sie an zu murren. Nicht selten wollten sie sie übers Ohr hauen, und dann schob die Verrückte sie beiseite und zog den Karren weiter, auch wenn die Leute versuchten, ihn festzuhalten.

Wenn sie dann ein paar Schritte gegangen war, fing sie wieder an zu rufen, ohne dabei den Kopf zu heben: »Schöne Trauben! Schöne Pfirsiche!«

Sie konnte so durch die ganze Stadt ziehen, immer in Eile, wobei sie den Karren ein wenig schräg stellte, so daß er manchmal die Räder einer Kutsche rammte.

Selten habe ich erlebt, daß sie nicht belästigt wurde oder daß nicht jemand über sie lachte. Merkte sie das? Vielleicht schon. Aber wer weiß, was in ihrem bedauernswerten Hirn vorging. Manchmal jammerte sie mit sich selbst darüber, mit lauter Stimme, ohne stehenzubleiben, im Gegenteil, sie ging dann noch schneller, um zu entkommen.

»Gauner! Schurken! Ich laß euch doch auch in Ruhe! Schöne Trauben! Schöne Pfirsiche!«

Ihre Stimme erstickte, und statt ihre Worte zu Ende zu sprechen, bekam sie einen Hustenanfall.

Eine Gemüsebäuerin, mit der sie befreundet war, brachte ihr jeden Morgen Ware zum Verkaufen, aber dabei handelte es sich um die schlechteste, die die anderen übriggelassen hatten.

Die Franchi wohnte in einer der schmutzigsten Straßen von Siena: sie bewohnte ein einziges Zimmer, das zwei Treppenstufen unterhalb des Bürgersteigs lag. Dort stellte sie ihren Karren ab, in einer Ecke stand ihr Bett, in einer anderen hatte sie einen alten Eisenherd, der auf vier Ziegelsteinen stand. Aber sie konnte ihn nicht anzünden, denn der Rauch ging auf die Straße hinaus und stieg an den Fenstern empor, und dann warf man ihr von allen Stockwerken her Schimpfwörter zu. Sie machte das Feuer sofort aus und begnügte sich damit, Brot zu essen.

Dann zog sie den Karren wieder heraus, und wenn sich zufällig ein Junge in der Nähe befand, so half er ihr dabei; sie aber wagte es nicht, ihm zu danken, aus Angst, er könnte anfangen, sie zu belästigen. Statt dessen gab sie ihm wortlos irgend etwas aus ihren Körben. Sie lief um den Karren herum, um die Türe abzuschließen, danach band sie den Schlüssel an einem Stück Kordel fest, um ihn nicht zu verlieren, steckte sich ihn in die Tasche und kam bis zum Abend nicht mehr zurück. Sie aß nur, wenn sie vor Hunger und Müdigkeit nicht mehr anders konnte, und setzte sich dabei immer auf die Stufen von Kirchen, ohne den Karren dabei auch nur einen Augenblick lang unbeobachtet zu lassen. Gewöhnlich kaufte sie das Brot, das ihr für den ganzen Tag hinreichen mußte, morgens beim Bäcker, dessen Geschäft ihrem Zimmer gegenüber lag und steckte es zwischen zwei Körbe, damit sich keiner den Scherz erlaubte, es ihr wegzunehmen. Zum Brot aß sie das Obst, das faul geworden war und das sie deshalb nicht mehr verkaufen konnte. Und wenn sie fertig gegessen hatte, ging sie ein Glas Wein trinken. Doch kein einziger Weinverkäufer behandelte sie freundlich, weil die Gäste sagten, sie wäre zu dreckig und stänke aus dem Mund. Daher gaben sie ihr gesprungene Gläser, damit sie nur ja nicht wiederkam, und ließen sie nicht einmal mehr in ihren Laden. Ich selbst habe gesehen, wie man sie mit Ellbogenstößen hinausbeförderte.

Wenn der Bäcker sah, daß der Karren bereitstand, schnitt er ihr das Brot bereits auf. Sie stellte einen Fuß auf die Stufe, mit dem anderen blieb sie auf der Straße. Sie streckte den Arm aus, und der Bäcker reichte ihr das Brot, aber er wollte das Geld nicht aus ihrer Hand nehmen. Die Verrückte legte es ihm in einem kleinen Haufen an den Rand der Marmortheke, und wenn sie gegangen war, sah er auf das Geld, wobei er den Mund verzog und sagte: »Wer traut sich, das in die Hand zu nehmen?«

Dann lachte er und warf es rasch in die Schublade, die er mit der anderen Hand geöffnet hatte.

Die Verrückte war auch voller Läuse; ich erinnere mich, daß sie sich ständig kratzte.

Mit sechzig erkrankte sie an Zungenkrebs. Man brachte sie ins Krankenhaus, und ihr Todeskampf dauerte zwei Wochen. Sie hatte ganz aufgehört zu sprechen, und der Arzt mußte denken, daß er irgendein armseliges Stück Vieh behandelte. Zwei Wochen lang blieb sie unverändert in derselben Lage. Sie mußte auf dem Rücken liegen und wurde bis zu den Ohren zugedeckt.

Ihr Gesicht war entsetzlich entstellt, und man wußte nicht, wohin ihre Pupillen verschwunden waren. Von ihrem Bett ging ein ekelerregender Geruch aus, der die anderen Kranken belästigte.

Sie beklagte sich nie. Sie atmete stets gleichmäßig, ob sie nun schlief oder wach war. Daß sie gestorben war, wurde erst am darauffolgenden Tag bemerkt, denn man hatte sie nicht einmal mehr atmen gehört.

Als sie weggebracht wurde, sagten die anderen Kranken zur Schwester: »Oh, jetzt sind wir aber erleichtert!«

Mit zwanzig war Anna Franchi eine Braut gewesen.

Ein junger Mann

Alfonso Donati war siebzehn Jahre alt.

Er ging dahin, als würde das Land sich mit jedem seiner Schritte weiter ausdehnen. Siena wurde immer kleiner, und seine Häuser rückten immer enger zusammen. Kein Hügel glich dem anderen, und jeder lief zwischen zwei Pappelreihen in eine verborgene Schlucht hinab. Alle Hänge waren mit Weinstöcken bepflanzt. Gruppen von Zypressen drängten sich an den Steilhängen dicht aneinander, und die Klarheit der Luft hing über allem wie Tau. Die Pappeln leuchteten hell.

Doch Alfonso durchlebte einen jener Augenblicke, in denen die Jugend von einer Schwermut durchzogen wird, die einen deshalb so erschreckt, weil sie fast eine Art Todesgeruch an sich hat. Er glaubte, überhaupt keinen Grund für seine Traurigkeit zu haben, und wollte stark sein, auch innerlich. Manchmal fühlte er sich noch wie ein Junge, und dann ging er schneller, um diesen Jungen, der ein Teil seiner selbst war, hinter sich zu lassen. Er wollte ihn um jeden Preis loswerden und dachte, daß dieser Spaziergang ihn endgültig den Sinn seines Heranwachsens erfassen ließe, dessen er sich noch nicht ausreichend sicher war. Doch hoffte er darauf, daß ihm unterwegs etwas begegnete, das ihm den Beweis liefern würde, sich nun ganz auf seinen eigenen Mut verlassen zu können. Und tatsächlich, als er ganz nah an einigen Quellen der Schlucht vorüberging, wurde es ihm immer bewußter, daß er nicht mehr jene Neugier von einst verspürte, die ihn innehalten und sie sich ganz aus der Nähe anschauen ließ; jetzt kam es ihm vor, als würde er alles kennen, was er sah, und er würdigte die Dinge kaum noch eines Blickes und achtete nur noch auf seinen Weg. Manchmal allerdings hatte er Angst, dann nämlich, wenn das Gras unter seinen Füßen raschelte.

Als er auf eine kleine, fast runde Wiese gekommen war, die im Schatten von Eichen lag, streckte er sich aufs Gras aus. Er hatte ein schlechtes Gewissen, weil er nicht noch ein Stück lief, aber vielleicht würde ihm, wenn er so auf der Wiese lag, ein Gedanke kommen, der ihn begeistern würde. Einstweilen aber fragte er sich, warum ihm jemand gesagt hatte, daß Rosen schön wären. Er selbst brachte es sogar fertig, die Luft anzuhalten, sobald ihm jemand eine unter die Nase hielt, um nur ja den Geruch nicht einzuatmen! Ihm gefielen die Pappeln viel mehr, und er begann, das Gras zu streicheln, und es hätte nicht viel gefehlt, dann hätte er es geküßt, weil es so schweigsam war und, wie er selbst, nicht reden konnte.

Erst als es schon Abend geworden war und er nach Hause zurückkehrte, erinnerte er sich, daß er Streit mit seinem Vater gehabt hatte, und sie sich seit nun schon zwei Tagen nicht einmal grüßten. Zunächst dachte er daran, als ob ihn das selbst gar nichts anginge: es kam ihm vor wie eine Geschichte, die man ihm erzählt hatte, aber dann überkam ihn wieder das Gefühl eines Schreckens aus heiterem Himmel, und er wurde ganz verzagt, weil er nicht wußte, ob er richtig oder falsch handelte, wenn er sich weiterhin so verhielt, und das Bewußtsein zu leben brachte ihn zur Verzweiflung. Allzuoft nämlich hatten sie schon miteinander gestritten, ohne daß es möglich gewesen wäre, eine Form der Verständigung zu finden!

Sein Vater, Filiberto, war von Beruf Steinmetz: mit rotem Käppchen auf dem Kopf, hellblauer, mit schwarzen Lappen umwickelter Brille auf der Nase, einer Schürze und einem Hemd, das ständig voller Staub war. Er war schlank, aber stark und kräftig. Er arbeitete von morgens bis abends und aß gewöhnlich auf einem Grabstein zu Mittag, den er auf seine Arbeitsfläche gelegt und gerade in Arbeit hatte. Wenn er sich dann den Mund mit den Hemdsärmeln abgewischt hatte, griff er wieder zu Hammer und Meißel.

Im hinteren Teil der Werkstatt befand sich Alfonsos Arbeitsplatz. Die Geschäfte gingen verhältnismäßig gut, und das vor allem deshalb, weil Filiberto hervorragend arbeitete und sehr bekannt war.

Als Alfonso die Treppen hochstieg, fühlte er sich vollkommen anders als an anderen Tagen. Er verharrte vor der Türe, bevor er den Schlüssel ins Schloß steckte und herumdrehte: er hatte die Stimme des Vaters gehört, der von einem Zimmer ins andere ging. Da überkam ihn eine schmerzliche Niedergeschlagenheit und er merkte, wie seine Augen feucht wurden. Dennoch trat er ein. Der Steinmetz blieb stehen, um ihn anzusehen, sagte aber kein Wort. Er knurrte nur etwas und ließ sich bis zum Abendessen nicht mehr blicken, indes er Nägel in einen Verschlag einschlug, in dem er Kaninchen halten wollte. Alfonso begriff, daß er das Ungute, das nun zwischen beide treten mußte, nicht mehr verhindern konnte. Und es wäre ihm auch unmöglich gewesen, nach irgendeinem Ausweg zu suchen. Sie setzten sich beide zu Tisch, einer dem anderen gegenüber.

Filiberto sagte zu ihm: »Zum Essen zu kommen, hast du Zeit, aber in der Werkstatt zu stehen, dafür hast du keine!«

Alfonso dachte: »Wieso sollte ich denn nicht hierher zum Essen kommen? Er hätte Grund, mir das zu sagen, wenn ich auswärts hätte essen können.« Und deshalb gab er keine Antwort.

Nur er und der Vater waren zugegen. Eine alte Frau brachte die Teller herein. Sie war dick und hinkte und verschwand im Dunkeln, sobald sie aus dem Lichtkegel getreten war, der von der Lampe herabfiel. Alfonso drehte sich immer um, wenn sie verschwand, weil er sehen wollte, wie sie immer auf dieselbe Weise verschwand. Während er aß, wartete er schon wieder darauf, daß sie zurückkäme. Wenn sie die Teller auf den Tisch stellte, sah man nur einen Teil ihrer Arme, das übrige war ein ungewisser Schatten, der sich bewegte und beinahe keuchend atmete.

Alfonso sehnte die Worte seines Vaters herbei, gleichgültig welche, weil er allem, was ihn umgab, nicht so fern und fremd gegenüberstehen wollte. Aber es kostete ihn einige Anstrengung, sich daran zu erinnern, daß da vor ihm sein Vater saß: nur das Bewußtsein von Angst ließ ihn seine Gegenwart fühlen.

Filiberto, der sich ärgerte, daß Alfonso ihn nicht einmal anblickte, stand von seinem Stuhl auf, nahm ihm den Teller weg und stellte ihn ans andere Ende des Tisches. Alfonso ließ ihn gewähren, doch kurz darauf holte er den Teller wortlos wieder an seinen Platz und aß weiter.

Da nahm der Vater, als handle es sich um irgendeine beliebige Angelegenheit, die Brille ab und fing an zu schreien: »Du denkst wohl, ich merke nichts!... Am liebsten würde ich dir den Schädel aufbrechen und sehen, was du eigentlich da drin hast!...

Brei!... Brei hast du im Hirn!... Hör auf zu essen!... Du frißt den Schweiß meines Angesichts auf!...«

Alfonso bekam aus Gewohnheit immer nur die ersten drei oder vier Worte mit. Das hatte der Vater bemerkt und schlug ihm mit den Fäusten auf den Kopf, bis ihm die Hände wehtaten. Dann biß er sich in die rot angelaufenen Hände und setzte sich wieder hin.

Der Junge, der fast unbeweglich geblieben war, legte das Besteck wieder so hin, wie die alte Frau es hingelegt hatte. Dann sagte er widerwillig: »Laß mich tun, was ich will. Schlag mich nicht.«

Aber seine eigene Stimme brachte ihn zum Weinen, und seine Tränen fielen auf das Brot und in den Teller, während er versuchte weiterzuessen, als ob nichts vorgefallen wäre. Und er dachte: »Genügt es ihm denn nicht, daß ich weine? Sieht er nicht, daß ich weine?«

Dann stand er voller Angst auf, um sich in sein Zimmer einzuschließen. Er war erschöpft und mußte sich irgendwo hinwerfen, und sei es auch auf den Boden. Aber kaum hatte er sich umgedreht, da packte ihn der Vater an Hals und Arm und brachte ihn zurück. Er wolle ihn ansehen, sagte er, und zwar in die Augen! Doch Alfonso hielt seinen Kopf gesenkt. Da versetzte ihm der Vater einen Schlag unter das Kinn, damit er den Kopf hob. Alfonso dachte: »Ist es wirklich er, der mich jetzt wieder schlägt!« Er konnte sich nicht mehr aufrecht halten und hätte am liebsten geweint und seinen Vater mit einer Liebe umarmt, die in solchen Augenblicken ein ungeheures Ausmaß annahm: ja, nur in solchen Augenblicken empfand er für den Vater wirkliche Zuneigung.

»Du verläßt dieses Zimmer nicht, bis du mir erklärt hast, warum du heute von zu Hause weggelaufen bist? Wo bist du gewesen?«

Alfonso machte sich bereit zu antworten und fühlte eine große Zärtlichkeit. Aber er brachte kein Wort über die Lippen, sein Mund war wie zugenäht.

»Antwortest du mir nicht?«

»Ich werde es dir sagen, wenn du mich nicht mehr schlägst.«

»Ich geb dir bloß, was du verdienst. Glaubst du etwa, ein anderer Sohn würde sich so verhalten wie du?«

Da dachte Alfonso: »Warum hat er keinen zweiten Sohn? Warum ist hier kein zweiter Sohn?« Und er schaute sich um, als würde er nach ihm suchen, und der sonnenhelle und sonnenwarme Spaziergang fiel ihm wieder ein.

Da ballte auch er plötzlich seine Fäuste, doch der Vater packte ihn am Hals und drückte ihn gegen die Wand. Jetzt aber verteidigte Alfonso sich, ohne das Zimmer noch den Vater wahrzunehmen, während er zugleich an den türkisfarbenen Himmel mit all den wunderbaren Dingen dachte. Die alte Frau trat, weil sie sich nicht einmischen wollte, ohne ein Wort zwischen sie und trennte die beiden.

Der Steinmetz, der dabei war, den Sohn in Stücke zu reißen, ließ von ihm ab, doch um recht zu behalten, beschimpfte er den Sohn, daß er sich gegen ihn, den Vater, aufgelehnt hätte. Alfonso fühlte sich derart gedemütigt, daß er in sein Zimmer lief, ohne noch etwas zu antworten, und den Atem anhielt, um erst wieder zu atmen, wenn er weit weg wäre. Aber dem Vater reichte das noch nicht! Er warf sich mit beiden Armen gegen die verschlossene Türe: »Ich bring dich um! Ich hab dich gemacht und ich kann dich auch wieder kaputtmachen!«

Der Junge war außer sich und nahm ein Messer von der Kommode; mit klopfendem Herzen hielt er sich bereit für den Fall, daß die Türe nachgeben oder bersten würde. Eins war sicher: wäre der Vater hereingekommen, der Sohn hätte ihn umgebracht! Und doch konnte er die Schönheit des Morgens nicht vergessen, die ihm immer lieblicher vorkam, und mit dem Messer in der Hand dachte er an die Dinge, die ihn glücklich machten. Er war sich im klaren darüber, daß nicht er allein, sondern auch seine Jugend sich hinter die verschlossene Türe stemmte, gegen die er eine Schulter preßte, weil das Schloß allein nicht stark genug gewesen wäre.

Er war wie von einem Rausch benommen, und er dachte an ferne Tage und an Zärtlichkeiten, von denen nicht einmal er wußte, wie sie aussähen.

Schließlich spürte der Alte seine Kräfte schwinden und ließ die

Türe los. Bevor er zu Bett ging, rauchte er am Tisch sitzend noch zwei Pfeifen, mit den Händen in den Hosentaschen. Unterdessen räumte die alte Frau die letzten Reste vom Tisch, ohne auch nur ein Wort zu sagen. Dann stieß er noch einen Fluch aus, als wäre es ein Seufzer, und zog sich aus.

Alfonso hatte hinter der Türe verharrt. Das Messer fiel ihm aus der Hand, und er schlief in seinen Kleidern ein. Sein Schlaf war tief und verschlossen, und sein Kopf lehnte an der Wand. Am nächsten Morgen fand er sich am Bettrand ausgestreckt liegen, ohne daß er nachts aufgewacht wäre.

Bevor er sein Zimmer verließ, wartete er so lange, bis er sicher sein konnte, daß sein Vater schon in der Werkstatt war. Und er ging heiteren Herzens aus dem Haus, als ginge er zu einem großen Fest, zu dem nur er eingeladen war. Er war fröhlich und guter Dinge. Doch als er sich an den vergangenen Abend erinnerte, schlugen ihm die Zähne aufeinander und er bekam Angst.

Er kehrte zu der verborgenen Schlucht unten zwischen den beiden Pappelreihen zurück. Er litt Qualen, weil die Pappeln noch da standen und die Vögel hin und her flatterten. Er blieb stehen, um das alles zu betrachten, und fühlte sich von feindseliger Bosheit umgeben. Daher wandte er sich sofort verstört ab.

Und jedesmal, wenn ihm jemand begegnete, hoffte er, daß man ihn nicht sehen würde, denn er litt allzu sehr.

Elend

Lorenzo Fondi betrachtete den Hut seiner Frau, der auf der Truhe lag: Er war häßlich und hatte verblichene Bänder, und doch hatte er Lust, ihn zu küssen. Indessen schien sich die Luft draußen mit ihrem gleißenden Licht jeden Augenblick in Brand setzen zu wollen, und auch das Zimmer war von einer Helligkeit, daß man beinahe die Augen schließen mußte. In der Nähe des Fensters stand ein verstaubter Tisch mit nie mehr angerührten Büchern, die vor vielen Jahren, gleich nach der Schulzeit, angeschafft worden waren. Jetzt klebten sie voll Fliegendreck, und auf ihnen lagen seit dem letzten Winter durchlöcherte, verschlissene Handschuhe. Am Kleiderhaken hingen alte Kleidungsstücke.

Aber er liebte seine Frau nicht mehr und wollte weggehen: mit dem Geld für die beiden Rinder könnte er es, möglicherweise sogar bis ins Ausland. Er war das Leben als kleiner Landbesitzer leid, den ständigen Kampf mit Wechseln, Steuern und Jahresabschlußrechnungen! Die Bauern stahlen, soviel sie nur konnten, und die Geschäfte gingen schlecht. Er dachte nicht darüber nach, welchen Beruf er ausüben könnte, um geruhsamer zu leben, aber fest stand, daß irgend etwas geschehen mußte. Sein Vater war noch ein tüchtiger Landwirt gewesen und hatte ein bißchen Geld zur Seite gelegt.

Voller Zorn knöpfte er sich den Kragen zu und warf einen irgendwie angstvollen Blick auf den neuen Anzug, den er mitnehmen würde.

Plötzlich hielt er lauschend inne, während er sich im Spiegel betrachtete: die Bauern fingen an, den Mais zu dreschen. Schnell verschwinden, noch mit dem Abendzug: es gab keine andere Wahl, es war unbedingt notwendig! Er sah sich noch einmal an, nachdem er sich den Schal umgebunden hatte. Als er die am wenigsten abgenutzten Schuhe heraussuchte, trat seine Frau Corrada ins Zimmer. Seine Angst steigerte sich.

»Hast du das Geld für die beiden Weinfässer von Signora Viola kassiert?«

Er antwortete brüllend: »Nein, das hab ich nicht!«

»Wann hast du vor, es endlich zu tun? Wir müssen die Rechnung beim Fleischer bezahlen, die ist seit mehr als einem Monat offen.«

Er kniff zornig die Lippen zusammen und schrie dann wieder: »Du wirst sie noch früh genug bezahlen!«

»Aber ich schäme mich.«

Und der Frau liefen zwei, drei Tränen die Wangen herunter.

»Wenn ich an seinem Geschäft vorübergehe, sieht er mich an, als wollte er sagen: Wann zahlt sie endlich?«

Corrada konnte kaum sprechen, so schmerzlich war ihr Mund verzogen.

»Das bildest du dir nur ein, du Schwachsinnige! Er hält uns wie jeder andere für reiche Leute.«

Und fügte schnell und beinahe flüsternd hinzu: »Und da er uns für wirklich reiche Leute hält, hat er Vertrauen. Mach dir keine Sorgen!«

Corrada hörte auf zu weinen und legte ihre Hände zusammen.

»Wohin gehst du jetzt, mit dem guten Anzug?«

»Nach Siena. Ich muß den Mann sehen, der auch im letzten Jahr schon unser Heu gekauft hat.«

Seine Frau, Tochter eines Angestellten, war zierlich und blaß, mit bläulichen und beinahe durchsichtigen Ringen um die Augen. Seufzend legte sie ihre Hände auf seine Schultern und sagte: »Du sprichst nicht gerne über Geld. Aber was sollen wir denn tun?«

Er zog die Schultern hoch, so daß sie ihre Hände herunternehmen mußte. Dann sagte er lachend: »Nicht darüber sprechen.«

Da wurde Corrada noch bleicher: »Das sagst du immer. Du bist kein guter Mensch.«

»Was soll ich denn sonst sagen? Ich kann dir nichts anderes sagen. Bin ich etwa dafür verantwortlich?«

Sie schwieg und rang die Hände; er blickte sie beinahe verachtungsvoll an, merkte aber, wie er vor Scham rot anlief. Er konnte es nicht ertragen, so vor ihr zu stehen, fast wie ein Schuldiger, denn ohne den Grund dafür zu wissen, machte er sich im Grunde selbst für ihr Unglück verantwortlich.

Sie trat ans Fenster und lehnte ihren Kopf an die Scheiben, ohne sich noch einmal umzudrehen, während ihr Mann sich fertig anzog. Doch als sie die Zimmertüre öffnete, fragte er sie: »Wo gehst du hin?«

»Morgen früh werde ich zwei Hühner verkaufen lassen.«

Um irgend etwas zu antworten, sagte Lorenzo: »Ach so, du hast Hühner zu verkaufen?«

»Ja! Wenn ich nicht wäre, dann würden wir vor Hunger krepieren. Ich muß auch Vittoria das Geld zurückgeben, das sie für die Sardellen ausgegeben hat.«

»Sprich doch leiser, sonst können uns die Bauern hören.«

»Ich weiß, ich weiß, du brauchst dich nicht zu bemühen, es mir klarzumachen: du alleine willst brüllen, und die anderen sollen kuschen.«

»Ich brülle, aber ich rede nicht von Geld.«

Und er stampfte mit dem Fuß auf.

Wieder wurde sie rot und war den Tränen nahe, doch dann trocknete sie ihre Augen und lief ins andere Zimmer.

»Ach, endlich bist du weg!«

Aber warum sollte er seine Wut an ihr auslassen? Da begriff er, daß er einen Fehler begangen hatte, und fühlte, wie er sie liebte, wie ungeheuer und unvorstellbar er sie liebte. Doch warum begriff sie das nicht? Sie wußte es ganz einfach nicht! Und warum lachte sie nicht, statt zu weinen?

Inzwischen war er nicht mehr so entschlossen, für immer wegzugehen! Er setzte sich, kalter Schweiß trat auf seine Stirn, wie man ihn hat, bevor man sich übergeben muß. Bei dem Gedanken an Wechsel und Schulden litt er unsagbar, er fühlte, wie seine Seele sich von unten nach oben kehrte. Wie oft hätte er es vorgezogen, tot umzufallen, gesund und kräftig und eben erst siebenundzwanzig, als einen neuen Wechsel zu unterschreiben!

Corrada jedoch hatte sich hingesetzt, um ein paar Strümpfe zu stopfen: nach und nach hörte sie auf zu weinen, obwohl sich hier und da noch eine Spur von ihren Tränen auf ihrem Rock fand. Sie war ihrem Mann nicht böse, im Gegenteil, es tat ihr leid, so mit ihm gesprochen zu haben! Und sie lenkte sich ab, indem sie an ihre Hühner und ihre Tauben dachte.

Ihm war zudem die Vorstellung ausgesprochen unerträglich, daß sie unzufrieden sein könnte! Wenn er sie beispielsweise Teller abwaschen oder große Wäsche machen sah, ging er weg; allerdings kam es ihm nie in den Sinn, ihr zu helfen!

Sie hatte sich inzwischen erholt, ihre Aufregung war so gut wie verraucht. Die tiefe Liebe für dieses Hauswesen rief in ihr ein wohltuendes Gefühl hervor.

Warum nur gingen die Geschäfte nicht gut? Sie mußten doch einfach gut gehen! Jetzt würde sie die Angelegenheiten in die Hand nehmen. Schnell legte sie die Strümpfe in den Korb voller Wollknäuel und stand auf. Sie fuhr sich mit dem Taschentuch übers Gesicht und blickte steif und unbeweglich aus dem Fenster.

Dann hörte sie ihren Mann hin und her gehen und ging zu ihm hinüber.

»Wieviel bekommst du für das Heu?«

»Weiß nicht.«

»Warum weißt du es nicht?«

»Ich kenne die derzeitigen Preise nicht.«

»Dann erkundige dich genau nach ihnen, bevor du verhandelst.«

Obgleich sie von Geschäften sprach, hatte ihre Stimme etwas Sanftes und Zärtliches. Da blickte er Corrada an und schluckte seinen Zorn hinunter. Hatte er sie vorhin nicht erwürgen wollen? Jetzt dagegen stimmte er ihr zu. Da er aber inzwischen vollkommen unfähig war, wegzugehen, antwortete er ihr mit keinem Wort. In diesem Augenblick klopfte es an der Türe.

»Wer ist da?« fragte sie.

Er spürte die übliche Unruhe in sich aufkommen, die ihn geradezu erstickte.

»Ich bin's.«

Es war ein kleines Mädchen, Lorenzos Kusine zweiten Grades.

Corrada gab ihr mit einem Zeichen zu verstehen, sie solle nur hereinkommen, doch Lorenzo fragte sie beinahe brutal: »Was willst du?«

»Ich hab einen Brief.«

Corrada nahm ihn an sich. Das kleine Mädchen fügte hinzu: »Sie warten auf Antwort«, und ging weg. Corrada wurde blaß wie ein Leichentuch, als sie den Brief öffnete. Er vermied es, auf ihre zitternden Hände zu sehen.

»Die Rechnung vom Tischler.«

»Wie oft hat er sie schon geschickt?«

»Das hier ist das vierte Mal.«

»Sag ihm, ich werde ihn bezahlen, sobald ich den Mais verkauft habe. Heute wird er gedroschen, in einer Woche können wir ihn verkaufen.«

»Und wann denkst du an die anderen Sachen? Sieh dir nur an, was ich für ein Kleid anhabe.«

Er wurde rot und biß sich lange auf die Unterlippe. Da wollte ihn seine Frau umarmen, er aber legte eine Hand auf ihre Brust und schob sie von sich weg.

»Geh und sag ihm, was ich dir gesagt habe.«

Ihr kamen wieder die Tränen.

»Warum gehst du nicht? Muß ich denn wirklich alles Unangenehme für dich erledigen?«

Da schrie er: »Mir ist nichts unangenehm.« Und vor Wut schäumend, fügte er hinzu: »Jetzt muß ich meinen Hut abbürsten. Sag ihm, er soll warten. Warum heulst du? Du brauchst nicht zu heulen. Ich ärgere mich dann nur noch mehr. Und jetzt reicht's mir.«

Sie rannte aus dem Zimmer und schlug die Türe zu. Lorenzo öffnete sie fluchend und brüllend mit einem Tritt: »Warum stirbst du eigentlich nicht?«

Cesira, seine Stiefmutter, die in diesem Augenblick aus ihrem Zimmer kam, fragte ihn: »Was bist du nur für ein Mensch?«

»Was geht das Sie schon an? Warum zahlen denn nicht Sie die Rechnungen für mich?«

Sie wurde zuerst blaß und dann rot: »Man muß alles mit der nötigen Ruhe erledigen.«

Sie war eine Frau um die Vierzig, klein, und die Haut ihres Gesichts war immer rot: eine typische Bäuerin.

Er zerdrückte den Hut und spuckte auf die Bücher. Und da er gegen den Tisch gestoßen war, schleuderte er ihn gegen die Wand. Alle Bücher fielen herunter.

In seiner Wut lag etwas Wollüstiges. Das Haus! Und immer

wieder das Haus! Wenn doch nur ein Blitz hineinführe und es zerreißen und zugleich seine Frau, seine Stiefmutter und seine Kusine erschlagen könnte! Einfach alles! Sein Herz schlug so laut wie die Dreschflegel der Bauern, vielleicht sogar noch lauter. Aus der Schublade nahm er die tausend Lira, die er für die Rinder erhalten hatte, es war eine ganze Handvoll. Er horchte.

Seine Frau schrie die Stiefmutter an. Ihre Stimme war herb, aber noch schmerzlicher als Tränen. Er hörte ihr noch weiter zu. Wie lange sollte das noch dauern? Man mußte sie zum Schweigen bringen. Und die Stiefmutter, sollte sie nicht in der Lage sein, sie zurechtzuweisen?

Er hörte, daß sie nicht ihn beschuldigten, sondern über Geschäfte sprachen, und es schien, als wären sie einer Meinung. Er dachte voller Ironie: »Ja, tut euch nur zusammen, ihr beide. Ihr werdet es besser machen.«

Die Stiefmutter sagte: »Wir müssn einen Ausweg finden. So, wie es jetzt steht, geht es nur bergab!«

»Genau der Meinung bin ich auch! Wie soll das denn weitergehen?«

»Denkt euch eine Lösung aus.«

»Ich will Lorenzo vorschlagen, eine Hypothek aufzunehmen.«

»Wird es dadurch nicht noch schlimmer?«

»Was denn sonst?«

»Lassen Sie sich von einem Anwalt beraten.«

»Auf der Stelle. Ich ziehe mich an und fahre in die Stadt.«

Die Stiefmutter sagte noch etwas, aber leiser. Dann ging die Türe auf, und Corrada, die halb nackt war, weil sie sich umziehen wollte, sagte: »Ich komme mit dir.«

»Wohin?«

»Kümmere du dich nicht darum.«

»Ich weiß genau, was du ausgeheckt hast, und diese andere Närrin hat dich auch noch bestärkt.«

»Also, gut! Ich habe das gleiche Recht wie du, darüber nachzudenken, wie es weitergehen soll. Du mußt dem Tischler eine Antwort geben.«

Er schnaubte und ging die Treppe hinunter.

Der Junge, der die Rechnung überbracht hatte, hatte sich auf sein Fahrrad gestützt und wartete auf ihn.

»Sag deinem Meister, in ein paar Tagen käm ich vorbei.«

Der Junge setzte eine ernste Miene auf, grüßte ihn und machte sich davon. Auf der Tenne leuchtete der Mais in der Sonne. Ein Huhn, das nicht so ängstlich war wie die anderen, kam näher und reckte den Hals, soweit es eben ging. Es pickte sich ein Korn auf und flüchtete, um es in einer sicheren Entfernung aufzufressen. Dann schlug es mit den Flügeln.

Cesira öffnete das Fenster und rief: »Lorenzo!«

»Was wollen Sie?«

»Komm herauf!«

Er zuckte die Achseln, fühlte aber keinerlei Verlangen zu gehen. Statt dessen dachte er mit dem gewissen Stolz eines Gutsbesitzers, daß er die Rinder pünktlich bezahlen würde.

Maria, die Tochter eines der Bauern, ging an ihm vorüber und lächelte ihm zu. Da sie keine Brustbinde trug, übten ihre großen Brüste einen starken Reiz auf ihn aus. Sie ging ins Haus und begann wieder, das Mehl durchzusieben, und war selbst ganz vollgestaubt. Er näherte sich vorsichtig der offenstehenden Türe, blaß und voller Lust, ihr in die Arme zu fallen. Ihr Lächeln übte einen noch größeren Reiz auf ihn aus, es war ein sinnliches Lächeln, das ihn bestrickte. Er hätte sicher auf den Abend zu in der Scheune mit ihr sprechen können. »Im nächsten Jahr werde ich weggehen! Die Geschäfte könnten ja auch besser werden!«

Während er die Treppe hochstieg, streichelte er die Katze, die dicht an der Wand entlang herunterging.

Die Stiefmutter sagte zu ihm: »Warum behandelst du deine Frau so schlecht?«

»Was hab ich ihr denn schon gesagt? Ich war eben wütend.«

»Geh zu ihr.«

Er öffnete die Türe voller Wonnegefühle und fragte sie: »Hast du wirklich vor, nach Siena zu fahren?«

»Das versteht sich von selbst! Ich bin schließlich nicht so wie du, der sich niemals entscheiden kann.«

Und da sie nun fertig angezogen war, setzte sie sich den Hut auf und nahm den Schirm.

»Fahre ich also allein?«
»Ja, ich bleib hier und überwache die Bauern.«
Zufrieden stimmte sie ihm zu.

Maler

Mit neunzehn Jahren versetzte Benedetto Bichi seinen ganzen Heimatort in Erstaunen, als er mit dem Bleistift ein paar Bäume seines Gartens abzeichnete. Als die Bewohner ihn sich daraufhin ein bißchen genauer ansahen, bemerkten sie, daß er etwas von jenen Malern an sich hatte, deren Leben im Lesebuch beschrieben wurde. Bekannte der Familie wollten, daß er zum Studium der Malerei von Chiusdino nach Siena geschickt werden sollte. Jeder mochte ihn gern und dachte, daß man nach fünf oder sechs Jahren von ihm so sprechen würde, wie von Giotto und Raffael. Fünf oder sechs Jahre vergehen schnell! Benedetto Bichi war sich nicht so ganz im klaren darüber, was man von ihm erwartete, versprach aber seinem Vater und seiner Mutter, er wolle seine Pflicht tun und sich sputen, damit aus ihm ein Genie würde.

Sein Vater war in jungen Jahren Verwalter auf einem großen Gut gewesen und lebte jetzt sorglos auf seinem eigenen Grund und Boden, während seine Mutter eine fromme, gutmütige Frau von einer gewissen Leibesfülle war, die auf ihrem Kopf stets einen schwarzen Schleier trug, den sie mit einer Nadel, die wahrscheinlich älter war als sie selbst, festgesteckt hatte.

Benedetto hatte die Grundschule abgeschlossen, doch da er es nicht unbedingt nötig hatte, zu arbeiten, verbrachte er seine Tage mit Müßiggang. So stand er spät auf, nachdem ihm seine Mutter den Kaffee ans Bett gebracht hatte; er plauderte mit dem Arzt und dem Dorfpfarrer, mit denen er auch auf die Jagd ging, und wenn nicht, legte er sich auf die kleine Mauer an der Straße, die nach Chiusdino hineinführt, wobei er sich mit dem Rücken an das erste Haus der Ortschaft lehnte, von wo ab die kleine Mauer immer höher wird, weil die Straße bis zu einer Höhe von ungefähr zwanzig Metern hinaufsteigt. Wenn er so dalag, sah er Wagen und Menschen den steilen Weg heraufgezogen kommen, während er unterhalb der Mauer kleine Kastanienwälder, ein paar Landgüter und einige Häuser wahrnehmen konnte, die sich an die Hügelspitze klammerten.

Er galt als der eleganteste junge Mann im Ort: einer, der nie den ganzen Tag dieselben verstaubten Schuhe tragen würde, der, man weiß nicht wie, immer saubere Hände und kurz geschnittene Fingernägel hatte. Wenn die jungen Mädchen an ihm vorbeikamen, liefen sie vor Scham rot an, aber er, als Sohn aus guter Familie, sah sie nicht einmal an, wenn sie ohne Begleitung waren.

Er las Petrarca und schrieb auch ein paar Sonette; andere Bücher waren ihm auch gar nicht unter die Hände gekommen. Aber er war mit gewissen Charaktereigenschaften versehen, die unter der Bevölkerung von Chiusdino durchaus nicht häufig anzutreffen waren. Er war immer in Angst, daß sein Vater zu streng mit den Bauern umgehen würde. Deshalb fand er stets einen Weg, nicht selbst anwesend zu sein, wenn er wußte, daß irgendwelche Anordnungen getroffen werden mußten. Es war ihm ein Bedürfnis, sich Dinge auszudenken, für die er als gutherzig und beliebt angesehen werden konnte. Und es gab keine gute Tat, die ihm nicht schon vor den anderen eingefallen wäre, zumindest in der Meinung, die er sich von sich selbst gemacht hatte.

Wenn er an Sommerabenden mit dem Arzt oder dem Dorfpfarrer spazierenging, und eine Nachtigall sang, dann hatte er einen Ausdruck im Gesicht, als wolle er sagen: »Ihr hört jetzt ihren Gesang, ich aber wußte, daß er euch gefallen würde.«

Als er einmal zusammen mit seinem Freund Rocco Materozzi durch Siena ging, glaubte er, daß ihre Freundschaft plötzlich völlig abbrechen könnte.

»Hast du jemals daran gedacht«, sagte er zu ihm, »daß wir zwei uns aus irgendeinem Grund nicht mehr wiedersehen könnten?« Der andere, der auf diese Frage nicht vorbereitet war, begann zu lachen. Doch Bichi fuhr mit einer Ernsthaftigkeit fort, die ihn verwirrte: »Ich will nicht, daß du lachst. Ich möchte, daß du genauso denkst wie ich, damit ich dich als eine Art zweites Ich ansehen kann, das zwar getrennt von mir lebt, doch nur, weil ich selbst existiere. Wenn du nicht so denkst wie ich, dann ist es mir auch erlaubt, dich umzubringen. Denn nur ich selbst räume mir das Recht ein zu existieren.«

»Ich könnte dir genau dasselbe sagen.«

Da hatte Benedetto Bichi Angst zu sterben und klammerte

sich noch an seine winzigste Ader. Er spürte die Wirklichkeit seines Lebens und selbst seine kleinste Ader war ihm mehr wert als jeder andere Mensch auf der Straße. Konnte es aber nicht sein, daß dieses Gefühl, wie schon früher, nur von kurzer Dauer war? Manchmal dachte er aber auch, sein Freund wäre wesentlich intelligenter als er selber, und gestand sich dann ein, daß sie sich niemals völlig und ohne Hintergedanken verstanden hätten.

Vor ihnen lag, zwischen rötlichen und grauen Häusern mit grünen Fensterläden eingezwängt, die Straße, die den Eindruck erweckte, als würde sie sich wie eine Tüte zusammenrollen. Nur wenige Geschäfte befanden sich dort und wenige Menschen. Auf ihrer ganzen Länge lag sie halb im Sonnenlicht und halb im Schatten, einem ganz zerstückelten Schatten, der von den Regenrinnen herunterfiel wie die Längsseiten unendlich vieler zerbrochener, löchriger Dreiecke. Die Straße stieg dann noch weiter hinauf bis zum Stadttor des Arco die Pantaneto mit seinen verstaubten Malereien. Und hinter diesen lag eine breite Tränke aus dunklem Stein, wo die Fuhrleute ihre Tiere zum Trinken hinführten. Die andere Straße, die am Stadttor begann, war heller und lag ganz in der Sonne, mit ihren getünchten Häusern. Links und rechts gingen andere Straßen ab und führten jeweils in der entgegengesetzten Richtung wieder hinunter. Die beiden schlugen die Straße ein, die unmittelbar vor ihnen lag und gleich nach der Biegung immer steiler hinanstieg, bis zur Porta Romana, die sich hoch und rot über das umliegende Land erhob, das schimmerte, als wären matte Spiegel darauf ausgebreitet worden.

Auf dem Monte Amiata lag noch Schnee. Die Irrenanstalt, rosa und weiß, mit ihren vergitterten viereckigen Fenstern, stieg hinter den Bäumen ihres Parks auf.

Nachdem sie schweigend ein Stück Weges zurückgelegt hatten, fragte Rocco Materozzi ihn lächelnd: »Warum hast du das vorhin gesagt?«

»Frag mich nicht, ich weiß es selber nicht. Ich möchte, daß mir jeder gelebte Tag zur Verfügung steht, daß ich ewig jung bleibe, und mir trotzdem alles erhalten bleibt, was ich je getan habe. Fühlst du nicht, daß unsere Jugend so etwas ist wie eine Krankheit, die uns keine Zeit läßt, gesund zu werden?«

Rocco Materozzi war der Sohn eines Steuereinnehmers und sechzehn Jahre alt. Er hatte die Schwindsucht und hustete ständig, doch er gab den Zigaretten die Schuld daran. Da der Morgen sehr kalt war, wurden seine Lippen violett und sein Gesicht blau und gelb. Seine Ohren waren rot und von Frostbeulen geschwollen, die zu bluten anfingen, wenn der Schorf aufbrach. Er trug einen goldenen Ring, der einer verstorbenen Schwester gehört hatte. Seine Kleidung war verschlissen, und seine Schuhe waren in schlechtem Zustand.

Benedetto Bichi war groß und hatte perlmuttblaue Augen, und auch die Haut um seine Augen war hell und beinahe schimmernd. Er hatte die Angewohnheit, sich mit einem Finger von Zeit zu Zeit die Nasenspitze zu reiben. Wenn Materozzi sich mit ihm unterhalten wollte, mußte er seinen Kopf immer nach oben wenden, und dabei lief er ihm fast vor die Füße und brachte ihn zum Stolpern. Bichi schob ihn dann mit dem Ellbogen von sich. Doch wenn er nicht achtgab, rannte er gegen eine Häuserwand, so sehr mußte er aufpassen, daß Materozzi ihm nicht auf die Schuhe trat. Wenn das geschah, ging er zur Mitte der Straße zurück, doch da war Materozzi schon wieder neben ihm und drängte sich an seine Seite.

An jenem Morgen hatten sie vereinbart, daß sie, statt in die Kunstakademie zu gehen, Don Vincenzo Ciurini besuchen wollten, einen ihrer Kommilitonen, der ebenfalls ein Brustleiden hatte.

Don Vincenzo war ein junger Priester, der aus Asciano stammte; er war hager und dürr; seine Augen waren hellblau und so klar, als wäre er immer zufrieden. Er war in Pension bei einem anderen Priester, der der Pfarrer der Kirche von Santa Regina vor der Porta Romana war. Don Vincenzo studierte schon seit fünf Jahren an der Akademie, ohne irgendwelche Fortschritte zu zeigen, obwohl er sich erwartete, mit einem bedeutenden Bild hervorzutreten. Seine Finger waren vorn dicker als am Ansatz und plump. Er hatte riesige, schwere Füße, während seine übrige Gestalt so leicht wie ein Hollerzweig zu sein schien.

Er ging mit hochaufgerichtetem Kopf, und in seinem Nacken waren die Falten seiner rasierten Haut zu sehen. Er schien kein Fleisch am Leib zu haben und nur aus Haut und Knochen zu bestehen.

Er verstand sich besser mit Bichi, der gleichaltrig mit ihm war. Dagegen behandelte er Materozzi auf übertriebene Weise wie einen kleinen Jungen; doch Materozzi, der daran gewöhnt war, wagte es nie, ihm daraus einen Vorwurf zu machen.

Die beiden Freunde hatten ihr Gespräch erneut unterbrochen und dachten an diese Tatsache, aber sie gingen trotzdem bis zur Kirche der Santa Regina, die auf einer Anhöhe lag und einen Campanile für ein Bündel grüner, spielzeugkleiner Glocken hatte. Der Campanile war wesentlich niedriger als die vier Zypressen, die an den steinernen Kirchen-Stufen standen. Unmittelbar daneben schloß sich das Haus des Pfarrers an, das man allerdings nicht sofort sehen konnte, weil es von einem Feigenbaum verdeckt wurde, dessen Zweige sich zur Erde bogen und sich von dort mit ihren spitzen Knospen viel zu spät erst wieder nach oben richteten. Unter dem Feigenbaum war ein Erdbeerbeet, das umgegraben und vollkommen geradlinig ausgerichtet war und schon die ersten Blüten an den Pflanzen zeigte. Dahinter begannen die Weinberge, die die Hügel des ganzen umliegenden Landes bedeckten.

Die Türe stand offen, und die beiden Freunde traten ein und lachten, um von Don Vincenzo gehört zu werden.

Gleich neben dem Eingang befand sich die kleine Türe zum Weinkeller, wo noch vom vergangenen Jahr der Geruch der Gärbottiche zurückgeblieben war. Dann folgte ein kleiner viereckiger Innenhof. Zwei Tauben flogen auf das Dach, ohne sich aber von den Regenrinnen zu entfernen, und sahen hinunter, nur um gleich wieder herunterzuflattern und irgend etwas zwischen den Fugen der Pflastersteine aufzupicken.

Dann rief Bichi Don Vincenzo. Sie hörten, daß ein Harmonium aufhörte zu spielen, das sich inmitten vieler verschlossener Zimmer zu befinden schien, und Don Vincenzo steckte seinen Kopf aus einem kleinen Fenster. Dann begann er, sich in gewohnter Weise ausschließlich mit Bichi zu unterhalten und fragte ihn, was ihn dort hinaufgeführt habe. Materozzi war deshalb nicht verärgert, antwortete aber schneller als sein Freund. Da warf Don Vincenzo ihm einen Blick zu. Er lud Bichi ein, herauf in seine Wohnung zu kommen, und sagte mit einem gewissen Mißtrauen zu Materozzi: »Du kannst auch kommen, wenn du willst.«

Er gab Bichi die Hand und klopfte Materozzi auf die Schulter. Sein Zimmer war klein und eng. In ihm befand sich aber, länger und breiter als das Bett selbst, ein Kruzifix, dessen Augen auf das Kopfkissen gerichtet zu sein schienen. In der Nähe des Fensters stand eines von jenen Möbeln, die man vorne aufklappen kann, wenn man sie als Schreibtisch benutzen möchte, mit einer Schublade, die man so weit herausziehen kann, wie man will, und drei übereinanderliegenden, völlig gleich aussehenden Schubfächern.

»Und wo malst du?« fragte Bichi ihn, während sich Materozzi hustend mit den Ellbogen am Fenster aufgestützt hatte und zwei alte Bäuerinnen beobachtete, die Wäschestücke über einen Eisendraht hängten, der einen Ast des Feigenbaums bewegte, an dem er befestigt war.

»Hier, in dem anderen Zimmer«, antwortete Don Vincenzo. Wenn er konnte, sprach er gerne mit flüsternder Stimme und oft auch einfach nur mit Zeichen, ganz schnell, um nicht allzuviel Zeit aufzuwenden und gleich wieder stille zu sein.

Es war ein fast leeres Zimmer mit zwei Fenstern und ohne Möbel. Außerdem gab es dort noch einen runden Durchblick, eine Öffnung, die durch eine Klappe verschlossen war. Durch sie konnte man einen verstohlenen Blick in die Kirche werfen.

»Komm und sieh dir an, was ich gerade male.«

Und er nahm Bichi vertraulich beim Ärmel und führte ihn vor eine Staffelei.

Don Vincenzo hatte für ein vergoldetes Ziborium ein Lamm gemalt, das zwischen seinen Hufen eine kleine Fahne hielt, die an seinen Hals gelehnt war, und auf der in roten Buchstaben zu lesen war: *Ecce Agnus Dei.* Das Lamm war schlecht ausgeführt und hatte die Augen nicht an der richtigen Stelle, und die Spitze seines Mauls war viel zu rot.

Don Vincenzo sagte, indem er die Wörter voneinander abhackte: »Ich habe mir ein Lamm hierher bringen lassen, um es nach der Natur zu malen.«

Materozzi sah Don Vincenzo und das Lamm an und wartete darauf, daß er aufhören würde zu reden, denn der Priester drehte sich gelegentlich nach ihm um, als befürchtete er von ihm eine Unterbrechung oder sonst eine Unhöflichkeit.

»Ich gab ihm Salatblätter, aber es hatte mich mit all seinem Blöken ganz taub gemacht und wollte nicht stehen bleiben. Ich habe es dann auf einen gepolsterten Stuhl gesetzt, von dem es heruntergefallen ist. Mir kam es vor, als hätte es von da an etwas gelahmt. Aber dann mußte ich es wieder hinuntertragen, weil seine Mutter gemerkt hatte, daß es sich hier im Hause befand und anfing, unter dem Fenster zu blöken. Jedenfalls habe ich es noch rechtzeitig zeichnen können. Die Farben habe ich dann aus dem Gedächtnis gemalt. Was hältst du davon? Sieh es dir einmal von diesem Winkel aus an, hier kommt das Licht von rechts.«

»Es ist ausdrucksvoll und gut getroffen. Wieviel bekommst du dafür?«

»Nichts. Ich habe es vor allem aus Frömmigkeit gemalt.«

Materozzi, der nicht einmal in der Lage gewesen wäre, es so zu malen, witzelte jetzt nicht mehr; er sah voll stiller Bewunderung auf Don Vincenzo, der das bemerkt hatte und nun versuchte, sich nichts von der Freude anmerken zu lassen, die er darüber empfand, und von der Bedeutung, die er sich selbst gern zugesprochen hätte.

Materozzi betrachtete auch die Palette mit den eingetrockeneten Farben, die auf einem Stuhl liegengeblieben war. Im Raum roch es nach Terpentin.

Bichi dagegen hielt überhaupt nichts von Don Vincenzos Malerei, sagte es ihm aber nicht, weil es ihm wenig anständig vorgekommen wäre. Seine Freundlichkeit hatte etwas Ironisches, doch Don Vincenzo hielt sie für aufrichtig. Bichi sagte ihm auch deshalb nichts davon, weil er selbst nicht in der Lage gewesen wäre, es besser zu machen. Er brachte schon länger keine richtige Lust mehr für die Akademie auf. Um also das Gespräch auf anderes zu lenken, fragte er: »Wer hat vorhin gespielt?«

Materozzi kehrte aus seiner Ablenkung und Versenkung zurück. Don Vincenzo antwortete tonlos: »Ich. Liebst du auch Musik?«

»Sehr sogar.«

Da sagte Materozzi: »Warum spielst du nicht auch ein bißchen für uns?«

Don Vincenzo lief rot an und schüttelte den Kopf, als hätte man ihn um etwas Unanständiges gebeten. Materozzi hatte aber nicht verstanden und wiederholte seine Frage: »Warum nicht?«

Don Vincenzo sagte: »Jetzt habe ich das Harmonium bereits zugeschlossen.«

»Wo steht es? Warum zeigst du es uns nicht?«

»Das Harmonium ist wie ich. Es wird müde. Aber es hat einen schönen Klang.«

»Ich will, daß du für uns spielst.«

Don Vincenzo gab ihm keine Antwort mehr. Materozzi war auch weiterhin überrascht und fühlte sich zutiefst beschämt, ohne aber verärgert zu sein.

Don Vincenzo war von seiner eigenen Keuschheit so ergriffen, daß er Materozzi für einen lasterhaften Knaben hielt, und tat daher alles, damit Materozzi nicht sein Freund würde. Nicht einmal Bichi gelang es, ihn vom Gegenteil zu überzeugen. Aber zugleich liebte Don Vincenzo ihn auch, weil er wußte, daß Materozzi auch diese Krankheit hatte und deshalb ihm selbst ein wenig ähnlich war, obwohl er niemals an seine Gesundheit dachte. Wenn er ihn dann ansah, löste sich seine Abneigung gegen ihn auf.

Bichi gefiel ihm besser, schon weil er aus einer besseren Familie kam, auch wenn diese nicht sehr vornehm war. Eine Familie, die ihm zusagte. Bichis Eltern, verließen ihren Ort nur zwei- oder dreimal im Jahr, entweder um den Sohn zu besuchen oder um zur Bank zu gehen und die Zinsen einzulösen und gleichzeitig weiteres Geld einzuzahlen.

Materozzi versuchte auf allen möglichen Wegen, Don Vincenzos Vertrauen zu erwerben, was ihm aber nicht gelang. Besonders an jenem Tag fühlte er sich so entmutigt, daß er sich fast damit abfand, überhaupt nicht mehr mit ihm zu sprechen.

Doch Don Vincenzo erkannte seine Verlegenheit und versprach ihm, daß er bei einem der nächsten Male spielen würde.

Bichi mißbilligte Don Vincenzos Verhalten in seinem Inneren und gab ihm die Schuld. Dann gab er zu verstehen, daß er jetzt den Besuch beenden wollte.

Don Vincenzo aber hielt ihn zurück und lud ihn ein, sich die Kirche anzusehen, ohne die Küchentüre zu benutzen.

Sie stiegen über eine kleine Wendeltreppe hinunter, die in die dicke Mauer eingelassen war, und befanden sich hinter der kleinen Orgel.

Es war kalt, und alles lag voller Staub. Die Orgel war weiß gestrichen, aber nur von vorne, und man sah ein paar Pinselausrutscher, die hinten über die Ränder und Löcher der hölzernen Zierleisten hinausgegangen waren.

In der Kirche mit den roten Vorhängen und den schmutzigen Fenstern standen zwei Reihen von Bänken, und von oben konnte man auch das Gestell erkennen, das die Madonnenstatue aus Holz hielt, die leeren, vom verbrannten Wachs schwarz gewordenen Kerzenhalter mit ihren Tropftellern aus vergoldetem Blech, inmitten von Sträußen künstlicher Blumen, auch sie dermaßen voller Staub, als wären sie absichtlich damit eingedeckt worden.

Don Vincenzo sagte: »Im nächsten Jahr werde auch ich die Messe lesen.«

Materozzi hörte nur ungern zu, und seine Eigenliebe ließ ihn jetzt ein bißchen bekümmert dastehen.

Bichi fragte spaßeshalber: »Warum bemalst du nicht die Wände dieser Kirche?«

»Das ist mein Traum, aber ich fühle mich dazu nicht stark genug.«

»Warum?«

»Ich möchte etwas ungeheuer Schönes machen. Stell dir vor, ich wollte die Allegorien der vier Evangelien darstellen.«

»Aber das ist doch nichts für die Bauern, die hierherkommen.«

Don Vincenzo überlegte ein wenig. Dann sagte er: »Der Glaube läßt mehr begreifen als die Intelligenz.«

Bichi fing an zu lachen. Dann drängte er den Priester hinaus an die freie Luft.

Jener Sommer verging, und als es wieder kalt wurde, begann auch Don Vincenzo zu husten, während Materozzi beinahe täglich Fieberanfälle hatte.

Bichi war der Meinung, daß seine Freundschaft alle beide wieder gesunden lassen würde, und dachte, daß es für ihn zu traurig wäre, wenn einer von beiden sterben würde. Daher würde auch er gerne sterben, nur um weiterhin ihr Freund zu bleiben. Es wollte ihm unmöglich erscheinen, nicht in der Lage zu sein, sie zu retten. Inzwischen sprach Materozzi kaum noch etwas, er hustete nur, und Bichi empfand großes Mitleid mit ihm. Manchmal begleitete er ihn nach Hause zurück, um auf diese Weise etwas mehr Zeit mit ihm zu verbringen, und er wünschte sich sehr, daß der Priester und Materozzi Freunde würden. Doch der Gesundheitszustand beider verschlechterte sich derart, daß sie immer im Bett bleiben mußten, und so sahen sie sich nicht mehr.

Einmal sagte Materozzi zu Bichi: »Erinnerst du dich an jenen Märztag, als er nicht Harmonium spielen wollte, nur weil ich ihn darum gebeten hatte? Warum nur wollte er es nicht spielen?«

Er bekam einen Hustenanfall und verstopfte sich den Mund mit den Bettdecken. Dann fuhr er fort: »Es hätte mir so viel Freude gemacht!«

Und er tat, als würde er lauschen. Dann kamen ihm die Tränen, und auch Bichi weinte. Doch als er dann Don Vincenzo besuchen ging, hatte er nicht den Mut, ihm zu erzählen, was Materozzi ihm gesagt hatte.

Der Priester war so abgemagert, daß sein Mund zwischen den Backenknochen versank: nur die Augen waren immer noch die alten.

Wenn Bichi an seinem Bett saß, hatte er den anderen Freund beinahe vergessen, und jetzt wurden ihm – wer weiß warum? – einige Erinnerungen an ihn ein bißchen unangenehm.

Das große Kruzifix an der Wand schien den jungen Mann, der da sterben mußte, noch eindringlicher anzublicken und die Füße in einer Weise so zu halten, als solle er sie küssen.

Wenn Don Vincenzo alleine war, sah er unentwegt in die Augen Christi und empfahl sich ihm an. Wenn ihm aber der Pfarrer und Herr des Hauses Gesellschaft leistete, heiterte er sich auf: der Pfarrer war ein Mann von grazilem Körperbau und älter als Don Vincenzo, mit türkisfarbener Brille und einem Gesicht, in dem man sämtliche Adern hätte zählen können; es war, als könnte er sie mit den Händen fühlen, wenn er sich berührte.

Don Vincenzo fragte nach Materozzi: »Hat er aufgehört zu fluchen?«

Bichi versicherte ihm, daß er inzwischen kein unanständiges Wort mehr gebrauchte. Aber der Priester antwortete: »Das sagst du mir nur, weil du möchtest, daß ich meine Meinung über ihn ändere. Doch bin ich leider, leider davon überzeugt, daß es bereits zu spät ist. Seine Eltern haben ihn schlecht erzogen. Sie haben ihm überhaupt keine Erziehung zuteil werden lassen. Und jetzt stirbt er, ohne auch nur zu wissen, daß es Gott gibt!«

Da hörte Bichi auf, gewisse Erinnerungen an Materozzi als unangenehm zu empfinden, im Gegenteil, er hörte Don Vincenzo überhaupt nicht mehr gerne zu.

Wenn er dann auf die Felder hinausging, kam es ihm vor, als ließe er eine Spur seines eigenen Lebens und seiner eigenen Seele hinter sich, die auf diese Weise selbst eins mit der Natur wurden. Manchmal, wenn er die Anhöhe heruntergekommen war, läuteten die verschiedenen Glocken alle auf einmal, und die beiden ungleichen Stimmen erinnerten ihn daran, daß er jung war.

Mit diesem Klang in seinem Herzen kehrte er in die Stadt zurück, als würde er allein seine Bedeutung kennen und sie niemandem mitteilen wollen. Aber dann konnte er sich nicht mehr an ihn erinnern, vielleicht sogar schon am nächsten Tag, wenn vor ihm Materozzis Türe aufgemacht wurde.

Materozzis Vater, der jeden Augenblick erwartete, daß das Unheil eintraf, war ständig niedergeschlagen und reichte ihm wortlos die Hand. Er hatte auch zu trinken aufgehört, doch war seine Nase auch weiterhin so rot wie eine Farbe, die man mit keinem Bleichmittel mehr austilgen kann. Seine Mutter, eine hagere, kleine Frau, war jetzt sogar spindeldürr geworden und erweckte den Eindruck, als würde sie nicht mehr wiegen als ihr pechschwarzes Haar. Sie hielt sich nur noch mit ihrem Atem auf den Beinen und weinte immer, wollte Bichi aber so nicht unter die Augen treten.

Das Zimmer, in dem der Sterbenskranke lag, hatte ein Fenster, das auf die Apsis einer kleinen Kirche hinausging. Als es einmal stark schneite, läuteten die Glocken. Das ganze Zimmer erbebte, doch die Glocken konnte man in dem Schneegestöber nicht mehr sehen, und es sah aus, als würde der herunterfallende Schnee aufgefangen und durch den Klang der Glocken in der Luft herumgewirbelt.

Materozzi wandte seine Augen zum Fenster, und seine Mutter folgte seinem Blick. Es war, als schlüge der Schnee auf seine Augen; da schloß er sie mit einem nervösen Zucken und verbarg seinen Kopf unter der Bettdecke. Kurz darauf träumte er, er wäre irgendwo unter der Sonne und liefe schnell, um nicht zu spät zu kommen. Alle, denen er auf der Straße begegnete, wußten, daß er sich beeilen mußte. Doch das Licht sammelte sich auf dem Boden an wie Schnee, und in wenigen Minuten stand es so hoch, daß er darin ertrank. Plötzlich sagte er lachend: »Bichi, ich würde unseren Zeichenprofessor so gerne mit Schneebällen bewerfen. Er mochte mich nicht! Zünden sie in der Schule den Ofen an?«

Und er lachte weiter, den Kopf unter der Bettdecke.

Es schneite eine ganze Woche lang, Tag und Nacht. Dann klarte es auf. Man begann, den Schnee wegzuschaufeln und inmitten der Straßen aufzuhäufeln, von wo er mit kleinen Handwagen fortgeschafft wurde. Materozzi horchte zwar darauf, aber er fühlte sich immer elender. Seine Gesichtsfarbe war erschreckend, und er hatte lange Haare.

Als Bichi auch Don Vincenzo besuchen ging, war das ganze Land weiß, und der Himmel war wie aus Eis. Man erkannte lediglich hier und da etwas Olivenlaub oder den Zweig einer Zypresse. Die Spatzen schienen in all diesem blendenden stillen Glanz wie schwarz. An den Regenrinnen der Häuser hingen glitzernde Eiszapfen.

Don Vincenzo war aufgestanden und hatte sich in eine Wolldecke gehüllt, er lächelte, sprach aber kein Wort. Er wollte mit Bichis Hilfe in den Hof hinuntergehen, wo der Wind nicht blies und die Sonne schien.

Die Tauben machten bei ihrem Flug ein Geräusch, als würden sie die Luft zerschneiden. Don Vincenzo blickte ständig in den Himmel. Bichi wußte nicht, worüber er sich mit ihm unterhalten sollte, obgleich er unter seinem eigenen Schweigen litt. Als er nach Siena zurückging, drehte er sich ständig um, um seine Fußspuren im Schnee zu betrachten.

So vergingen auch Januar und Februar. Er überbrachte auch weiterhin dem einen die Nachrichten des anderen, doch er merkte, daß beide immer weniger aneinander dachten, und schließlich starben beide in demselben Monat, als hätten sie sich nie gekannt. Es war sogar so weit gekommen, daß keiner den Namen des anderen mehr hören wollte.

Doch auf dem Friedhof wurden sie fast nebeneinander beigesetzt, und wer dem einen Blumen brachte, zog aus seinem Strauß auch ein paar für den anderen heraus.

Benedetto Bichi kehrte zu seinen Eltern zurück, und nachdem er eine Kusine geheiratet hatte, widmete er sich der Landwirtschaft.

Meine Mutter

Noch waren nicht alle Schüler in die Klasse gekommen. Sie drängelten sich weiterhin keuchend und schwitzend durch die weit offenstehende Türe, einige auch erregt und mit hochrotem Gesicht, und jeder setzte sich dahin, wo es Platz gab. Selten nur wies der Lehrer eine Bank an.

Ich wagte es kaum umherzublicken; ohne zu wissen, warum ich, wenn ich rasch die Augen niederschlug, eine immer stärker werdende Erregung in mir verspürte.

Ich war so töricht zu glauben, ich sei fähig, jemanden umzubringen; gleichzeitig aber fühlte ich bei dieser Vorstellung ein prickelndes Entsetzen. Deshalb schien es mir nur natürlich, daß man mich dort, im Seminar, so ungern dabehalten würde! Der Arzt hatte meiner Mutter gesagt, daß ich zu nervös sei, weshalb ich mich auch nicht mehr untersuchen lassen wollte und sofort davonlief, sobald ich ihn nur sah.

Der Klassenlehrer der Tertia war ein Priester von bäuerlichem Aussehen, der aber keineswegs aufbrausend und auch nicht grob war. Es war, als würde er jeden von uns bis in den letzten Winkel unseres Herzens besser kennen als wir uns selber. Nachdem er nach und nach jeden einzelnen von uns angesehen hatte, wie wir so zufällig nebeneinander saßen, senkte er den Kopf und wurde ernst. Er war nicht groß, hatte aber kräftige Schultern, und wenn er unseren Gruß erwiderte, schloß er halb seine schwarzen Augen, die dann ganz klein wurden und durchdringend blickten, wobei er gleichzeitig die Lippen zusammenzog und Grimassen schnitt, um uns zum Lachen zu bringen.

Ich war nicht einmal fähig, still sitzen zu bleiben, und rutschte bald nach rechts, bald nach links in eine bequemere Haltung, bis er es bemerkte, und zu mir kam, um herauszufinden, warum ich es tat. Aber die Bank kam mir sehr hart vor, und jedesmal, wenn ich meine Hände bewegen wollte, um das Heft aufzuschlagen oder die neue Feder ins Tintenfaß einzutauchen, tat ich mir weh, weil ich überall anstieß.

An der Wand über dem Katheder befand sich ein Kruzifix, das

größer war als das in der vorhergehenden Klasse, und dieser Unterschied schien mir eine Bedeutung zu haben, die ich nicht verstand und mir Angst einflößte. Und ich, der ich keine Angst haben wollte, empfand eine Art Gottlosigkeit. Nachdem mir das bewußt geworden war, konnte ich mich in keine Richtung mehr drehen, ohne vorher auf das Kruzifix gesehen zu haben.

Dennoch hatte auch ich den Wunsch, Witze zu machen, aber noch hatte ich nicht ein Wort mit irgend jemandem gesprochen, weil ich es mich nicht richtig getraute und nicht wußte, ob meine Banknachbarn auch meine Freunde werden würden. Einige von ihnen sahen mich überhaupt nicht an, ja, sie empfanden meine Nähe sogar als störend, und obwohl mir das gar nichts ausmachte, haßte ich sie und nahm mir vor, mich an ihnen zu rächen.

Als der Klassenlehrer annahm, daß nun kein Nachzügler mehr kommen würde, sagte er zu einem, der in unmittelbarer Nähe der Türe saß, er solle sie schließen, und alle folgten ihm mit den Augen, bis er wieder saß. Doch ich erinnerte mich, wie ich viele Jahre zuvor, als unsere Dienstmagd mir eine Art Volkslied vorsang, das mich zum Weinen brachte, sie schlug und sie zwang aufzuhören. In diesem Moment hob ich den Blick zu dem Klassenlehrer, der zufällig gerade mich anblickte, und ich fühlte mich voller Scham, und meine Ohrenspitzen brannten; ich mußte mich mit beiden Händen an meiner Bank festhalten, um nicht zu fallen. Da sagte mir eine wohlbekannte Stimme, nämlich die von Muti, der schon im vorigen Schuljahr neben mir gesessen hatte: »Haben sie dich also wieder mit mir zusammengesteckt?«

Ich antwortete, obwohl ich dies gar nicht wollte: »Weiß nicht.«

Aber diese wenigen Worte hatten ausgereicht, daß ich im Handumdrehen wieder zu dem wurde, der ich im vergangenen Jahr gewesen war. Nichts mehr hätte mich unter Kontrolle halten können! Der Klassenlehrer, der uns hatte lachen sehen, begriff sofort und warf uns einen strengen Blick zu, was von allen anderen Schülern bemerkt wurde. Muti kümmerte sich aber nicht darum und fügte hinzu: »Wenn sie dich in diesem Jahr in meine Nähe setzen, dann sorgen wir schon für Abwechslung.

Diesem miesen Priester würd ich gerne mal in die Visage spukken!«

Ich konnte nicht mehr vor Lachen und drehte mich um, um ihn anzusehen. Obwohl er erst siebzehn Jahre alt war, hatte er ein Gesicht wie eine vertrocknete alte Jungfer. Er starrte mich mit seinen hellblauen Augen an und versetzte mir gleichzeitig einen heftigen Tritt. Ihm ebenfalls einen zu verpassen, wäre unmöglich gewesen, zumindest aber gefährlich, weil er mich nach der Schule verprügelt hätte, wie schon andere Male. Er hätte es mir niemals verziehen, und jetzt sagte er: »Wenn du nur einen Mucks machst, hab ich für dich ein frisch geschliffenes Taschenmesser in meiner Hosentasche.«

Auch seine Stimme war die einer geiferndern Jungfer, und er hörte so lange nicht auf, mir zu drohen, bis er sah, daß ich bereit war, mich ihm unterzuordnen und zu tun, was er von mir wollte.

Mit diesem Taschenmesser hatte er vielen Katzen die Augen ausgestochen. Das wußte ich, weil er damit immer angab. Und wenn er eine sah und mit uns zusammen war, gab er uns seine Bücher und schlich sich ganz vorsichtig auf Zehenspitzen heran, um sie zu fangen. Aber noch war es ihm nicht gelungen, uns zu zeigen, wie er es machte. Er war der verschlagenste von allen, immer bleich und mit gelben Ringen unter den Augen.

Ein anderer dagegen warf sich schreiend und heulend auf die Erde, wenn ich auf ihn zuging und ihn dazu bringen wollte, daß er aufhörte, mich zu provozieren. Und zu Hause erzählte er dann, ich hätte ihn verprügelt.

Auch das war eine Art, mich zu zwingen, das zu ertragen, was er wollte. Er brüllte mir schon von weitem zu, weil ich ein vorspringendes Kinn hatte: »Kinnschublade! Kinnschublade!«

Wenn ich ihm dann nachlief, warf er sich, da ich immer schneller war als er, sofort zu Boden.

Auch er war mein Banknachbar, und als Muti mit mir in der Weise sprach, wie ich das vorhin beschrieben habe, fing dieser Kerl so an zu lachen, daß ich es hören mußte. Er hieß Pallucci und hatte ein Gesicht wie ein dreijähriges Kind, außerdem blondgelockte Haare. Er lernte alle obszönen Wörter und erzählte dann, ich hätte sie ihm beigebracht. Er klaute Bonbons aus dem Laden seines Vaters, wollte sie aber alle alleine aufessen: wenn wir ihn um einige baten, behauptete er, keine zu haben, obwohl er sie uns vorher gezeigt hatte.

Dann sagte ein anderer, der Buti hieß und die Taschen immer voller Kordeln hatte: »Draußen will ich mich amüsieren, wenn ihr euch verprügelt!«

Diese Art von Vorschlag genügte, daß ich nicht mehr die Geduld aufbrachte, im Klassenzimmer zu sitzen, und so begann auch ich, mit geschlossenem Mund zu winseln und mit den Füßen gegen die Bank zu treten.

Der Klassenlehrer sagte, wir sollten die Bücher aufschreiben, die wir kaufen mußten, und blickte in unsere Richtung, als wollte er uns zunächst etwas sagen, was er dann doch immer wieder auf später verschob.

Muti, der überhaupt nichts aufschrieb und seinen Federhalter zerbissen hatte, sagte zu mir: »Dein Vater ist ein Dieb!«

Ich, weil es der Wahrheit entsprach, schwieg, aber mit den Augen flehte ich ihn an, kein weiteres Wort zu sagen. Er dagegen fuhr fort: »Wann stecken sie ihn endlich ins Gefängnis?«

Ich drehte mich zu Palucci um und sah, daß er lachte. Auch Buti sah mich ziemlich belustigt an, so daß ich ebenfalls beinahe zu lachen begann. Doch war mein Herz aufgewühlt, und es schien, als würde eine Nadel mich durchbohren; wie es mir manchmal im Traum geschah, seit man meinen Vater verhaftet hatte, weil bei einer Inspektion festgestellt worden war, daß in der Kasse seines Büros mehr als tausend Lire fehlten. Er hatte sie, wie schon früher, genommen, um sie zu verleihen, und am nächsten Tag legte er sie, wenn der Freund nicht pünktlich war, selbst wieder in die Kasse zurück, wobei er sie sich mitunter per Wechsel von irgendeiner Bank beschaffte. Mutis Vater war ein Kollege meines Vaters und wurde, ich glaube zu Recht, für denjenigen gehalten, der die Inspektion veranlaßt hatte und mehr als jeder andere mit ihrem Ausgang zufrieden war. Er war ein bißchen verrückt, und statt Zahlen in die Bücher zu schreiben, schrieb er tagtäglich ein Sonett und ging damit in die anderen Abteilungen, um es herumzureichen. Er wollte unbedingt, daß ich ein Freund seines Sohnes würde, und forderte ihn sogar auf, mich zu verprügeln, falls ich ihn meiden sollte.

Ich wagte es nicht mehr, mich nach irgend jemandem umzudrehen, und mit dem Bleistift fuhr ich über ein Blatt, indessen mir nach Weinen zumute war.

Muti begann von neuem: »Oder drehst du dich jetzt nicht mehr um?«

»Warum sollte ich mich umdrehen?«

Pallucci sagte lachend: »Er muß sich die Kinnschublade stützen!«

Ich versetzte ihm einen Faustschlag in die Seite, und er begann, sich zu krümmen und rot anzulaufen, wie er es tat, wenn er kurz vor dem Heulen stand. Ich hatte ihm wirklich sehr weh getan, aber Muti versetzte mir jetzt Tritte in die Nieren, und ich hatte Angst, vor Schmerzen zu schreien.

»Und draußen bekommst du den Rest!«

»Was hab ich dir denn getan?«

»Nichts! Aber du mußt sie von jedem einstecken und die Klappe halten.«

Und Buti setzte erklärend hinzu, indem er seine Kordeln auf dem Pult ausbreitete: »Die Söhne von Dieben haben nämlich immer unrecht.«

»Das stimmt!« sagte Pallucci und hörte sofort auf zu weinen.

Ich beruhigte mich und begann mich zu fragen: »Warum hat mein Vater wohl dieses Geld genommen? Durfte er es nehmen? Was wird er tun, wenn er aus dem Gefängnis kommt? Wird er mich immer bei sich behalten? Wird er sterben oder ich? Einer von uns beiden muß nämlich sterben. Dann könnte meine Mutter vielleicht einen anderen heiraten.« Ich erinnere mich mit einer sonderbaren Genauigkeit an diese Fragen, die ich an mich selbst stellte, und ich räumte ein, daß sich meine Mutter wegen ihres Unglücks und der Krankheit, die sie infolge dieses Schicksalschlages bekommen hatte, wiederverheiraten dürfe, auch ohne mich. Ich entschuldigte meinen Vater in keiner Weise, ich war sogar auf fanatische Weise ganz gegen ihn und verzieh ihm nicht, obwohl ich ihn unendlich liebte.

Am Morgen hatte mich meine Mutter zur Schule begleitet,

aber alle anderen Schüler, auch die, die sie nicht kannten, hatten angefangen zu lachen, als sie vorbeiging und mich dabei an einem Arm hielt, als wollte sie mich kneifen. Denn sie humpelte und hatte unter dem Kinn ein Haarbüschel, das aussah wie bei einer Ziege. Außerdem war sie blaß und sehr hager und hatte Augen, als ob sie nichts sähe. Ich aber, als ich hörte, daß man über sie lachte, schämte mich unendlich, obwohl auch ich am Ende mitfeixte. Und jetzt, als ich mir vorstellte, daß sie möglicherweise zurückkommen könnte, um mich abzuholen, und nicht in der Lage wäre, Muti davon abzuhalten, mich zu verprügeln, sagte ich zu ihm: »Wenn meine Mutter kommt, dann sag ihr, weil ich sie nicht dabeihaben will, so viele unanständige Wörter, wie du willst! Den Rest überlaß nur mir!«

»Wenn dich deine Mutter in Schutz nähme, dann würde ich sie bei ihrem Bart schnappen!«

Buti begann ein ordinäres Liedchen zu trällern, wobei er meine Stimme imitierte.

Pallucci sagte zu mir: »Und ich werde deiner Mutter berichten, was du uns gesagt hast!«

Ich fühlte, daß er recht hatte, und mochte ihn sofort wieder gerne, aber jetzt wollte er von mir nichts mehr wissen und gab mir mit seinem Blick zu verstehen, daß ich mich von ihm fern halten und nicht mehr mit ihm sprechen sollte. Da wurde ich erneut zornig auf meine Mutter und sagte, wenngleich auch mit Unbehagen und errötend: »Was macht mir das schon aus?«

Inzwischen ging der erste Unterrichtstag seinem Ende entgegen, weil der Klassenlehrer uns nicht ohne Bücher in der Schule behalten wollte. Allesamt standen wir auf und rannten, einander stoßend und schiebend, aus dem Klassenzimmer, als wären wir alle in Eile. Ich versuchte, in dem langen Korridor zu entkommen, aber bei jedem Schritt mußte ich stehen bleiben, weil zuviel Gedränge herrschte und ich nicht durchkam. Als ich aus der Schultüre war, spürte ich einen Griff im Nacken. Ich schloß die Augen, und als ich sie für einen Moment öffnete, begriff ich gerade noch, daß es Muti war; genau wie ich es erwartet hatte.

Er warf mich auf die Erde, auf den Kies, so daß ich mir beide Hände und die Knie aufschlug, und dann begann er, mich zu verprügeln. Aber ich dachte nicht an ihn, und ich ließ mich von ihm schlagen, ohne mich zu rühren. Er drosch auf mich ein, was das Zeug hielt, und meine Mutter, die sich verspätet hatte, lief herbei, als sie mich von weitem auf der Erde liegen sah, und half mir aufzustehen. Jetzt war ich allein mit ihr, und als sie mich vollkommen entsetzt fragte, was man mir angetan hätte, antwortete ich ihr: »Ich bin von Muti verdroschen worden, weil er vorher über dich gelacht hat!«

Und ich erinnere mich genau, daß ich sie ansah, als ob ich sie hätte umbringen können, glücklich, in ihrem Gesicht eine mir unvergeßliche Verzweiflung zu beobachten. Ich ahnte nicht, daß sie aufgrund dieser Schicksalsschläge einen Monat später vor Kummer sterben würde.

Ein Freund

Da, wo ich hingelangte, wurde die Straße einsamer und fast unheimlich. Einen Viertelkilometer lang stieg sie geradlinig an, bis zu einem Plateau, einer Art Terrasse, von der aus man allerdings nichts sehen konnte. Es war irgendwie enttäuschend.

Der Wald begann gleichmäßig zu beiden Seiten, und vor den Augen hatte man dann nichts anderes als Wald: selbst die Straße unterwarf sich ihm. Die Straße gehorchte seinen Bedingungen!

Schon bei den ersten Malen hatte sich meiner das Gefühl eines Schattens bemächtigt, den ich aber nicht sehen konnte. Es war wie eine Existenz, die sich der meinen zugesellte, und ich erinnerte mich an einen Freund, der mit achtzehn Jahren an Schwindsucht gestorben war und Gino Scali hieß. Wieviel Vergnügen bereitete mir die Erinnerung auch an sein Zimmer mit der hellen, von kleinen grünen Blumen übersäten Tapete! Ich besuchte ihn immer sehr gern, auch schon deshalb, weil ich wollte, daß er mehr mit mir als mit irgend jemandem sonst befreundet sein sollte.

Wenn ich mit ihm zusammen war, dachte ich nur an das, was ich ihm zu sagen hatte; wenn ich aber allein blieb, weil sein Vater oder seine Schwester ihn gerufen hatten, begriff ich genau, wie er lebte und was er den Tag über gemacht hatte. Ich weiß nicht wie, aber an den Gegenständen in seinem Zimmer, die ich immer mit Wohlgefallen betrachtet habe, konnte ich ablesen, wie er lebte. Der auf einem Stuhl abgelegte Hut, ein von seinem Platz weggeschobenes Buch, eine hochgezogene Gardine reichten dafür aus. Als er wieder zurückkam, fragte er mich: »Warum guckst du so?«

»Ich weiß, was du gemacht hast.«

»Laß mal hören.«

Ich sagte es ihm, und dann fragte er: »Wer hat dir das erzählt?«

Ich wußte nicht, was ich mir einfallen lassen sollte, um ihn nicht neidisch zu machen.

Da rief er mit ironischem Unterton aus: »Du kannst ja hellsehen.«

Er war ziemlich arm, Sohn eines Tischlers, der zugleich Hausmeister in einem Theater war. Er war sehr groß, hatte schwarze Haare und einen dünnen Körper, aber riesige breite Füße. Außerdem hatte er eine Schwester, die als Modistin arbeitete und noch größer war als er.

Er hielt sich für überaus klug und empfand anderen gegenüber Neid. Ganz gleich, was ich auch sagte oder tat, Scali fand immer etwas auszusetzen, und deshalb waren wir nur selten einer Meinung. Er gab mir niemals recht, und wenn er mir zuhörte, setzte er immer ein Lächeln auf, das mir die Lust nahm, mich mit ihm zu unterhalten. Dennoch tat ich alles, damit er aufhörte, mich gering zu achten und vor allem sich mir gegenüber so zu verhalten, wie er es tat, wenn andere dabei waren. Er bildete sich ein, ein großer Spötter zu sein, aber es gelang ihm nicht; trotzdem verspürte ich, wenn ich mich mit ihm unterhalten hatte, nicht mehr jene unbekümmerte Zuversicht in mir, die so typisch für die Jugend ist.

Er versuchte, alles besser zu machen als ich. Wenn er dazu nicht in der Lage war, sagte er vor allen anderen, ohne sich noch einmal an mich zu wenden: »Glaubt nur nicht, daß ihm das auch ein zweites Mal gelingen wird!«

Und danach sprach er kein Wort mehr mit mir und begann, mit verächtlicher Selbstsicherheit über andere Dinge zu reden, während er mir mitleidvolle Blicke zuwarf.

Nach der Schule ging er niemals aus: er blieb im Haus und lernte, oder er half seinem Vater, wenn das Theater geöffnet war.

Im letzten Jahr vor seinem Tod hatte er wieder Frostbeulen an Händen und Ohren bekommen, wie schon in seiner Kindheit. Er war noch weiter abgemagert, und sein Gesicht war länger geworden. Er hatte den Kragen seines ausgeblichenen, ihm bis kurz über die Knie reichenden Wintermantels hochgeschlagen. Ich war damals in ein Mädchen verliebt, und einmal zeigte ich ihm seine Photographie.

Er riß sie mir aus der Hand, obwohl ich mich dagegen wehrte, und sagte mit einem Ton, den ich noch nie an ihm gehört hatte: »Wie schön sie ist! Auch ich würde sie lieben.«

Dann küßte er das Photo.

Ich sagte: »Das war gemein von dir!«

Wir standen kurz vor einem Streit, aber dann fragte er, mich an einem Ärmel ziehend: »Was habe ich denn getan?«

Ich weiß nicht warum, aber ich sagte nichts mehr. Doch erinnere ich mich, daß ich damals wissen wollte, wen er denn liebte. Er hat es mir niemals sagen wollen. Ein anderes Mal traf ich ihn auf einem gewachsten Papierbogen zeichnend im Büro eines Ingenieurs. Ich half ihm dabei, und er freute sich darüber. Ich hatte nämlich eine technische Fachschule zu besuchen begonnen, während er nach unserem Realschulabschluß aufgehört hatte, und er war froh, daß ich trotzdem weiter sein Freund blieb.

»Wenigstens du wirst ein Ingenieur!«

Ich lief rot an und antwortete ihm, daß ich vielleicht nicht weiterstudieren würde. Daraufhin begann er zu lachen, rieb sich die Nase und vergnügte sich, mit dem Zirkel Löcher in den Tisch zu bohren. Aus dem Wunsch heraus, meine innerste Neigung zu erfahren, fragte er dann: »Aber warum willst du denn nicht das Examen machen, wo dein Vater doch die Mittel hat, dich studieren zu lassen?«

»Ich weiß nicht.«

»Dann bist du ein Idiot!«

Und auch er erinnerte sich, wie oft er genau das gesagt oder gedacht hatte. Aber er war sicher, daß ich ihm keine Ohrfeige geben würde, wie ich es zwei Jahre zuvor getan hatte. Und da er sah, daß ich rot angelaufen und verlegen war, sagte er: »Es ist schon in Ordnung, daß du nicht mehr sein willst als die anderen.«

Ich begriff, daß er sagen wollte: *als wir, deine Schulkameraden*. Tatsächlich hatten sie, außer mir und noch einem anderen, nur die Mittlere Reife gemacht, und damit war es dann Schluß für sie gewesen; danach hatten sie sich sofort eine entsprechende Anstellung gesucht. Wir verharrten eine Weile in Schweigen, und er hatte aufgehört, mit dem Zirkel zu spielen. Dann sagte er: »Heiratest du dieses Mädchen?«

»Ich würde gerne, und deshalb kann ich eben nicht so viele Jahre warten und studieren.«

»Aber bist du denn nicht zu jung dafür?«

»Wieso? Schließlich muß ich sie doch heiraten, denn ich bin in sie verliebt. Und ich will sie nicht verlassen. Und wie ist es mit dir?«

»Die, die mir gefiel, hat mich nicht erhört.«

»Tut dir das nicht leid?«

»Ach, was soll's? Sie hat ja richtig gehandelt.«

Vielleicht hatte sie nichts von ihm wissen wollen, weil er arm war und weil ihr seine Familie nicht gefiel?

Er strich sich mit der Hand übers Haar und lächelte. Da sah ich, daß sein Untergewand doppelt so groß war wie er selbst und daß er noch immer die gleiche Jacke trug wie zu der Zeit, als wir zur Schule gingen. Das erregte in mir fast so etwas wie Abscheu, was er wahrscheinlich bemerkte, denn nun betrachtete er wiederum meine Kleidung mit ironischem Blick. Ich freute mich über seine Ironie, und mir kam es vor, als besäße ich einen so wunderschönen Schal, daß er gar nicht umhin könne, mir ein Kompliment zu machen. Doch plötzlich schlug er die Augen nieder, erbleichte und wurde ganz traurig. Er nahm wieder den Zirkel in die Hand und begann, weiterzuarbeiten, als ob er mich damit auffordern wollte, zu gehen. Er hatte eine große, aber schmale und in der Mitte verdickte Nase. Seine Augen waren nahezu blutrot. Er trug Handschuhe mit halben Fingern aus grauer Wolle mit pflaumenblauen Streifen, und seine Fingernägel waren beinahe blauviolett. Ein Daumen war verbunden. Ich betrachtete die Zeichnung, er aber vermied es, daß sich unsere Blicke begegneten. Ich fragte ihn: »Hast du dich über irgend etwas geärgert?«

»Nein, im Gegenteil, jetzt bist du weniger unsympathisch. Ich begreife jetzt besser, wie du beschaffen bist.«

Seine schwarzen Augen brannten, und sein Gesicht erregte Mitleid in mir. Ich sah ihm wieder und mit größerer Neugier in die Augen, die aussahen, als wären sie in flammendem Öl geschmolzen: schwarz, unter Augenbrauen, die ihnen eine fast beabsichtigte Aura von Schmerz und Trauer gaben. Vergebens versuchte ich, ihn an einen unserer unbeschwerteren Tage zu erinnern: er runzelte beinahe verächtlich die Stirn. Ich begriff, daß er schon längst nicht mehr daran dachte, und schwieg, denn ich fühlte einen Schauer durch meine sorglosen Gedanken dringen. Mir war jetzt nicht mehr nach Lachen zumute, und so sprach ich mit Wärme über einige unserer Freunde, die wir seit langem nicht mehr gesehen hatten.

»Und warum denkst du an sie?«

Er fragte, als ob er mir sagen wollte: »Du darfst nicht an sie denken, ich will nicht, daß sie dich lieben.«

»Hast du jemals an ... geschrieben?«

Und er nannte mir einen, von dem er gewiß sein konnte, daß ich ihm geschrieben hatte.

»Zweimal.«

Er begann zu lachen: »Das war nicht gut.«

Ich wagte nicht, ihn nach dem Grund dafür zu fragen.

»Hat er geantwortet?«

»Ja.«

Er schien erstaunt und sagte: »Das hätte ich nicht geglaubt.«

»Und wieso?«

»Was weißt du schon darüber, wie ich dich einschätze?«

Nicht einmal jetzt wagte ich, ihn um eine Erklärung zu bitten.

»Wenn ich aus unserer Stadt fortginge, würde ich niemandem sagen, was ich zu tun beabsichtige.«

Und warum?«

Aber er antwortete mir nicht. Er begann, ein paar Zahlen miteinander zu multiplizieren, die er für den Maßstab seiner Zeichnung brauchte, und das tat er mit einer derartigen Konzentration, als wäre ich überhaupt nicht anwesend. Doch begriff ich, daß er weiterhin darüber nachdachte, was er mir gesagt hatte. Und trotz allem mochte ich ihn, wenn er sich so verhielt!

Das merkte er, und er ließ sich, darüber lächelnd, bewundern: als läge darin eine Fähigkeit, die ich nicht besaß.

»Geh jetzt. Ich muß wirklich arbeiten.«

Ich grüßte ihn und ging fort.

Zwei Tage danach traf ich ihn auf der Straße und wollte ihn aufhalten; er aber wich mir aus.

Zwei Monate lang, vielleicht auch mehr, vermied er es auf jede erdenkliche Weise, mit mir zu sprechen. Ich war drauf und dran, mich darüber wirklich zu ärgern und mich mit ihm zu verfeinden, als er mich eines Tages einholte und, neben mir hergehend, mit einem so deutlichen Wunsch, mir angenehm zu erscheinen, zu sprechen begann, daß ich ganz verlegen wurde. Wir sprachen über Musik und Malerei, so gut es uns eben möglich war. Er pflichtete mir ständig bei und versprach sogar, daß er meine Worte auch bestimmten Freunden wiederholen würde, mit denen ich noch nie gesprochen hatte. Diese Aussicht erfüllte mich mit Freude und möglicherweise sogar mit Stolz, aber Stolz war mir fremd, und ich bekämpfte ihn, sobald ich ihn bei anderen entdeckte. Als er sich verabschiedete, um nach Hause zu gehen, fragte er mich: »Bist du mit mir genausogut befreundet wie mit den anderen?«

Ich hätte ihn am liebsten umarmt, aber er war nicht zufrieden, daß ich ihm in dieser Art antwortete: vielleicht wünschte er sich weniger derartige Gefühlsausbrüche von mir als vielmehr eine gewisse Zuverlässigkeit. Aber daran war ich nicht gewöhnt! Als er mir die Hand gab, sagte er zu mir: »Abends können wir uns sehen. Ich gehe jetzt mehr aus.«

Doch so sehr ich auch nach ihm Ausschau hielt, ich begegnete ihm nie.

Als ich schließlich erfuhr, daß er gestorben war, sagte meine Schwester Violetta zu mir: »Ich hatte ihm versprochen, dir nichts zu sagen. Er schämte sich so. Doch jetzt hat er mich, bevor er starb, gebeten, dir alles zu sagen.«

Meine Schwester war sechs Jahre älter als ich, und ich hing sehr an ihr. Deshalb hörte ich ihr immer bereitwillig zu, und sie vertrat bei mir die Stelle meiner Mutter.

Sie fuhr fort: »Scali war in mich verliebt und wollte mich heiraten.«

Ich fragte sie im Ton eines absolut unüberlegten Vorwurfs: »Aber warum hast du ihn nicht erhört?«

Sie gab keine Antwort, und ich begriff nicht, daß es aus Scham geschah! Sie nahm meine Hände und hielt sie fest, bis sie mir alles gesagt hatte. Da verstand ich, wie sehr Scali sie geliebt hatte. Sie gab mir auch einige seiner Briefe zu lesen, die so voll waren von einer unbeschreiblichen Leidenschaft, daß mir die Tränen kamen, was meine Schwester sehr bekümmerte. Er hatte unter der Ablehnung meiner Schwester furchtbar gelitten und sich niemals damit abgefunden. Bis zum letzten Tag hatte er noch eine gewisse Hoffnung, und meine Schwester war ihn besuchen gegangen, kurz bevor er verschied, denn er hatte seine Schwester nach ihr geschickt. So waren die beiden Freundinnen geworden und trafen sich nun beinahe jede Woche, ohne daß ich es wußte. Doch die Erinnerung an Scali ließ mich nicht mehr los, und ich sah ihn, vom Tod schon entstellt, in seinem Sarg vor mir.

Und einmal, als ich oben auf jener gewissen Straße war, kehrte ich um und biß die Zähne vor Angst zusammen, weil es mir vorgekommen war, als wäre der Wind so kalt wie seine Hände im Winter.

Der Tote im Backofen

Cecco trank nicht nur, um sich heiter und unbeschwert zu fühlen, sondern auch, wie er sagte, um sich das Blut aufzuwärmen, vor allem im Winter, wenn er drei Stunden vor Tag aufstehen mußte, um die beiden Maultiere zu versorgen und vor das Fuhrwerk zu spannen, mit dem er Ziegelsteine von den Brennöfen dorthin brachte, wo ein Haus gebaut wurde. Mitunter war er zwei Tage hintereinander betrunken, und dann konnte man ihn, wie er allmählich näher kam, auf einen Kilometer Entfernung singen hören.

Die Bauern, die auf den Feldern nahe der Straße arbeiteten, erkannten ihn sofort, und wenn er vorbei kam, grüßten sie ihn lachend oder bewarfen ihn mit Erdbrocken, wenn er auf seinem Fuhrwerk eingeschlafen war. Er war bereits alt: mager, mit weißem Schnurrbart; immer schmutzig von Ziegeln und Mörtelkalk, mit unverschnürten, kaputten Schuhen und überall geflickten Hosen. Auch die beiden Maultiere waren alt und klapprig, halb zerschunden von den Deichseln und den Schlägen, die andere Besitzer ihnen gegeben hatten, mit geschwollenen Kniegelenken und Geschirr, das hauptsächlich aus Kordeln und Stricken bestand statt aus Leder. Ihre Schellenhalsbänder hatten keine Schellen und ihre Hufeisen keine Nägel. Der Fuhrwagen war völlig kaputt, hatte ungleiche Räder, die von mit rostigem Draht umwickelten Holzstücken zusammengehalten wurden; er war ganz schief und hatte derart dünne und wurmstichige Bretter, daß sie meistens mitten auf dem Weg durchbrachen. In solchen Fällen ließ Cecco sich eine ausgediente Türe schenken, legte sie anstelle der Bretter auf und stapelte die Last, so gut er konnte, wieder auf den Wagen. Den Maultieren gab er wenig zu fressen, sagte aber, daß, wäre er nur reich gewesen, er ihnen schon beigebracht hätte, was ein Besäufnis ist. Doch wenn er nahe genug an seiner Behausung war, schickte er sie zum Grasen mitten unter die Schafe auf eine verlassene Weide, auf der das Gras nie richtig hoch wurde.

Am Ende ging der Fuhrwagen völlig zu Bruch, und Cecco

verkaufte die einzelnen Stücke an eine Frau, die sie zum Feuermachen brauchte. Die beiden Maultiere streiften auf der Weide herum, und eines von ihnen ertrank, weil es dahin ging, wo die Tressa am tiefsten war. Das andere übernahm ein Müller, aber es brach unter der Last zweier Getreidesäcke zusammen, während es eine steile Straße hinaufklapperte. Anfangs ging Cecco, der nun keine Arbeit mehr hatte, in den Stall zum Schlafen, doch ein anderer Fuhrmann, der den Stall gemietet hatte, schickte ihn weg. Da fand er, in der Nähe der Coroncina, wo auch die Hosteria war, einen Backofen hinter einen Bauernhaus, und allnächtlich kroch er nun da hinein. Singend kam er immer an, denn er fand, man weiß nicht wie, stets einen Weg, sich einen Rausch anzutrinken. Monatelang sang er lieber, anstatt zu sprechen.

Er antwortete nicht einmal den Frauen, die ihn längs der Straße von ihren Haustüren aus zu sich riefen: er nahm ein Stück Brot oder auch zwei Centesimi entgegen, und zum Dank verzog er sein Gesicht zu einem Lachen. Der Pfarrer von Pecorile gab ihm auch ein paar Happen Fleisch und einige Ermahnungen. Cecco senkte den Kopf und streckte seine mageren, behaarten Hände aus, dann fing er fröhlich an zu singen, obwohl auch seine Stimme bereits von einem Zittern befallen war.

»Wenn auch ich Priester geworden wäre wie Sie!«

»Dann hätte man dir schon bald verboten, die Messe zu lesen.«

Cecco klopfte sich an den Kopf und sagte: »Das stimmt! Das stimmt!«

Und so fährst du mit dem Karren,
fährst und fährst und läßt ihn knarren!

Wenn er mit dem Pfarrer gesprochen hatte, sagte er zur erstbesten Frau, die ihm begegnete: »Ich glaube weder an die Kirche noch an die Heiligen. Ich kann einfach nicht glauben! Ist das etwa meine Schuld? Schließlich tu ich das ja nicht mit Absicht! Ich ziehe ein Glas Wein vor, sofern es nicht mit Wasser verdünnt ist.«

Und da er im Scherz zuletzt ihren Körper mit seinen Händen betatschen wollte, wich die Frau ihm aus und tat, um ihn loszuwerden, so, als wollte sie ihren Mann herbeirufen.

Doch Cecco ging zufrieden weiter, drehte sich um und

streckte spöttisch die Zunge heraus. Die Frauen lachten darüber. Er ging Kilometer und Kilometer, von morgens bis abends, bis er völlig erschöpft war. Die Gutsverwalter, die ihn noch aus der Zeit kannten, als er Fuhrmann war, steckten ihm ein paar Münzen zu oder schenkten ihm einen Stoffetzen, den er dem ersten Bauern, dem er begegnete, sofort weiterverkaufte. Wenn er allein mitten auf der Straße war, blieb er manchmal stehen: Er ballte eine Faust, betrachtete sie lange, als ob sie ein Glas wäre, und führte sie zum Mund. Dann ging er wieder ein paar Schritte, blieb wieder stehen und machte das gleiche noch einmal.

Wenn er an den Rebstöcken, die sich in Reihen von den Anhöhen bis dicht an die Hecken herandrängten, als wollten sie auf die Straße hinauswachsen, sah, daß die Weinlese bald bevorstand, dachte Cecco an den neuen Wein und fühlte sich voller Kraft und Jugend und ging dann aufrechter. Manchmal blieb er vor einem Weinberg stehen, breitete die Arme aus und sog die Luft durch die Nase ein; dann fühlte er sich von einer solchen Wonne durchdrungen, daß sich eine ausgelassene, glückliche Boshaftigkeit auf sein Gesicht legte.

»Soviel Wein! Soviel Wein!« Und es kam ihm vor, als würde er durch die Straßengräben fließen, wenn er das Rauschen des Wassers hörte.

Wenn dann die Karren mit den Trauben vorübergezogen waren, las er die durch das Schütteln der Räder von den randvollen Sammelbütten heruntergefallenen von der Straße auf: Trauben, die auf der Straße zerplatzten und sie mit ihrem Saft färbten. Er wusch sie nicht einmal, sondern lutschte jede Beere einzeln aus. Nun war er aber noch hungrig, und so aß er auch den Traubenkern auf, weil es ihm leid tat, ihn wegzuwerfen. Kam es dann zur Vermostung, kletterte er an den Eisengittern der Weinkeller hoch und berauschte sich an dem starken Gärgeruch. Dann rief man ihn herein und gab auch ihm zu trinken.

Man gab ihm so viel zu trinken, daß er sich mit aufgerichtetem Kopf an der Wand festhalten mußte, damit der Saft ihm nicht aus dem Mund lief. Danach schlief er, in seine Lumpen gehüllt, halb tot auf den Stufen irgendeiner Betsäule ein.

Er hatte vergessen, daß er noch eine Schwester hatte, Clelia, die zusammen mit ihrem Ehemann einen Tabakladen in einem gottverlassenen Nest führte, das in einer waldreichen Gegend auf der Grenze zwischen der Maremma und den Kalksteinhügeln des Sienesischen lag. Sie hatte lange nichts mehr von ihm gehört und war in dem Glauben, er wäre immer noch Fuhrmann. Doch als sie ihm einmal ein Säckchen getrockneter Kastanien schicken wollte, sagte ihr jemand, daß er gestorben sei.

Die Schwester bezweifelte, daß die Nachricht stimmte, und wollte sich selber davon überzeugen. Und als sie zwei oder drei Tage später einen Wagen fand, der nach Siena fuhr, und dabei an Coroncina vorbeikam, bat sie so lange, bis man sie mitnahm.

Ihr war wohl bei dem Gefühl, den Bruder zu lieben, und wahrscheinlich war es das erste Mal, daß sie so empfand. Sie erinnerte sich, daß sie, als sie noch klein war, mit ihm in einem Bett geschlafen hatte, aber niemals war dieses Gefühl von Zuneigung vorhanden gewesen, das sie jetzt so merkwürdig durchdrang. Sie war jünger als er: sie hatte eine viereckige Stirn mit ein paar gleichmäßig verlaufenden Linien, ein hageres Gesicht und einen Mund, der, wäre er nicht von einer immer weiter herabhängenden Falte entstellt worden, ein reizendes Lächeln gehabt hätte. Sie war überaus kräftig und männlich und ging so gerade, daß an ihrem Rücken eine Vertiefung entlanglief.. Unter dem Kinn hatte sie einen kleinen Leberfleck.

Als sie zum Stall kam, öffnete sie sofort die Türe, um zu sehen, ob die beiden Maultiere da waren: statt dessen sah sie einen Apfelschimmel. Sie sah ihn von hinten an. Das Pferd drehte sich nach ihr um, hörte aber nicht auf, an seinem Hafer herumzukauen. Daraufhin sah sie sich auch das Geschirr an, erkannte aber, daß es ziemlich vornehm war. Sie lächelte und schüttelte ungläubig den Kopf: »Sollte Cecco etwa reich geworden sein? Heiliger Herrgott!«

Sie wußte nicht, wo er wohnte, und so trat sie aus dem Stall heraus, um danach zu fragen. Sie ging auf eine Frau zu, die gerade ihr Kind mit Brei fütterte.

»Wo ist Cecco?«

Bevor die Frau antwortete, betrachtete sie Clelia langsam und in aller Ruhe von oben bis unten: »Im Dorf hat er sich nicht mehr blicken lassen!«

»Ist das da denn nicht sein Stall?«

»Sein Stall? Vor zwei Jahren vielleicht.«

»Was heißt das? Wo ist er denn?«

»Das fragt Ihr mich? Er streunt doch herum wie ein räudiger Hund.«

So erfuhr Clelia durch vieles Fragen und Antworten die ganze Wahrheit. Da überfiel sie eine wahnsinnige Angst, überhaupt gekommen zu sein, um ihn zu besuchen. Am liebsten hätte sie das Dorf gleich wieder verlassen, damit niemand sie sähe und davon erführe. Doch die Frau ging und rief alle ihre Nachbarinnen herbei, damit sie Ceccos Schwester kennenlernten. Clelia fühlte sich einsam und verlassen und bedauerte es, so weit von ihrem Mann entfernt zu sein. Doch vor Abend kam der Wagen nicht vorbei, um sie wieder mitzunehmen! Was sollte sie nur den ganzen Tag über tun, inmitten dieser Leute, die sie so merkwürdig ansahen? Da fing sie an zu weinen. Eine Frau brachte ihr einen Stuhl. Darauf blieb sie sitzen, an der Mauer, unter der Sonne, mit einem Taschentuch auf dem Kopf, und lehnte es ab, eines der Häuser zu betreten. Sie fühlte ihre Sinne schwinden und hatte Angst, daß ein Unwohlsein sie befallen könnte. Sie hatte die Augen niedergeschlagen und wollte die Leute nicht ansehen. Ein Haufen Kinder umstand sie den ganzen Tag, singend und in jeder nur erdenklichen Weise lärmend. Sie verspürte Hunger, doch wollte sie nicht aufstehen. Glücklicherweise hatte sie in ihrer Schürzentasche ein Stück Brot bei sich. Sie aß es, indem sie sich jedesmal einen Bissen abbrach, und die Kinder hörten auf zu schreien, um ihr beim Kauen zuzusehen, während ihre Augen wer weiß welche Dinge zu sehen schienen.

Gegen Abend, als sie schon völlig erschöpft war und mit nach hinten geneigtem Kopf auf ihrem Stuhl einzuschlafen drohte, kam der Wagen.

Der Kutscher weckte sie mit einem Peitschenknall aus ihrem Dämmerschlaf und half ihr dann beim Aufsteigen, weil sie von sich aus nicht gewußt hätte, wohin sie ihren Fuß hätte setzen sollen. Auf der Fahrt erzählte sie die ganze Geschichte und sagte, daß sie sich sehr niedergeschlagen fühle, während sie ihrem Mann gegenüber ihren Bruder beschimpfte und ihn mit einer Überzeugung verurteilte, die keine Entschuldigung zuließ. Sie verhielt sich auch deshalb so, weil sie befürchtete, ihr könnten Vorwürfe gemacht werden, mit einer gewissen Genugtuung; und sie hörte so lange nicht auf, bis sie der Meinung ihres Mannes über sie selbst sicher sein konnte.

Eine Stunde nachdem Clelia mit dem Wagen abgefahren war, tauchte Cecco auf. Er strich an den Häuserwänden entlang und wich nur den offenstehenden Türen oder hervorspringenden Haken aus.

Die Frau, die mit Clelia gesprochen hatte, war die erste, die zu ihm sagte: »Cecco, deine Schwester war hier.«

Bei der Erinnerung an seine Schwester glaubte er, nicht mehr derselbe zu sein. Er drehte sich nach rechts und nach links, um sie mit seinen Blicken zu suchen, sagte aber kein einziges Wort. Er war nur etwas bleich geworden, sonst nichts.

»Jetzt ist sie nicht mehr da. Sie ist mit einem Wagen weggefahren.«

Da sagte er: »Warum habt Ihr mir das nicht früher gesagt?«

»Ja, wo warst du denn?«

»Ich hab geschlafen, seit heut morgen, hinter den ersten Häusern des Dorfes.«

»Ist das wahr? Oh, heilige Jungfrau! Dann seid ihr also nur zwei Schritt weit voneinander entfernt gewesen und habt euch nicht gesehen!«

Er aber dachte nichts mehr und antwortete: »Ist mir doch egal!«

»Man hatte ihr gesagt, daß du gestorben seist, deshalb ist sie gekommen.«

Er hörte nichts, oder vielleicht begriff er auch nicht. Er blickte weiterhin ins Dorf hinunter, mit den gütigen, wäßrigen Augen eines harmlosen Trinkers. Er dachte schon nicht mehr an seine Schwester: Er hatte nur den Wunsch, ein Glas Wein zu trinken. Die nahezu wahnsinnige Verzweiflung dieses Wunsches zeigte sich auf seinem Gesicht. Er litt. Alles war ihm jetzt gleichgültig geworden. Er blickte die um ihn Herumstehenden an, als hielten sie irgendwo ein Glas Wein versteckt. Er blickte sie mit einer düsteren, vorwurfsvollen Miene an und empfand dabei eine melancholisch finstere Gier.

Aber er war bereits betrunken, denn inzwischen reichte schon ein halbes Glas, um ihm die Sinne durcheinanderzubringen. Er ging also in eine Hosteria, wo ein paar Männer beim Kartenspiel saßen. Die Karten riefen ein Schwindelgefühl in ihm hervor, und er hätte sie so küssen mögen wie Madonnenbildchen.

Jemand gab ihm zu trinken. Er begriff überhaupt nichts mehr, und nur sein Instinkt führte ihn auf den Weg zu dem Backofen zurück, in welchem er schlief. Noch dazu war es so dunkel, daß man kaum zwei Meter weit sah.

Er kletterte zur Öffnung des Backofens hinauf und legte sich hin. Er fühlte zwar eine starke, erstickende Hitze, hatte aber nicht die Kraft, sich zu bewegen, noch kam ihm der Gedanke zu rufen. Sein Durst wurde immer größer.

Am nächsten Morgen fand man ihn tot auf, gewissermaßen gegart; denn am Abend zuvor hatte man Brot gebacken, und so war der Backofen heiß geblieben.

Leben

Jacopo rannte vom Gehöft weg. Sein Herz pochte gewaltig, und er konnte kaum mehr atmen. Er lief bis zum Tor eines anderen Gehöftes und blieb hinter einem Mäuerchen stehen, wo er sich, wenn es nötig war, verstecken konnte. Aber er hatte nicht den Mut, dort auszuharren, und so lief er, nachdem er sich etwas ausgeruht hatte, wieder weiter. Die Straße war abschüssig, und der Junge wäre am liebsten im Handumdrehen unten angekommen, wo eine hohe Buchsbaumhecke stand, über die er zu springen beabsichtigte.

In einer Biegung wäre er mit seinem Kopf beinahe gegen einen Kapuzinermönch gestoßen, der ihn kannte, weil er ihm das Lesen und Schreiben beigebracht hatte. Der Kapuziner, der Pater Ernesto hieß, streichelte ihm über den Kopf, als er sah, daß Jacopo keinen Hut trug und bleich war. Da jedoch machte Jacopo einen Satz nach hinten, um an ihm vorbeizulaufen, und nach wenigen Metern hob er im Weiterlaufen einen Stein auf, mit dem er nach dem Pater warf.

Der Mönch war vor Erstaunen stehengeblieben und säuberte sich die Kutte. Danach setzte er seinen Weg langsamer fort und begegnete dem Vater des Jungen, der einen Ochsenziemer in der Hand hielt. Er begrüßte ihn, errötend und mit ironischer und gequälter Freundlichkeit: »Signor Minello, was machen Sie denn hier in der Sonne?«

Der Bauer schob sich den Hut tiefer ins Gesicht, schlug die Arme übereinander und antwortete: »Ich warte, daß mein Sohn zurückkommt.«

Er wollte dem Pater nicht zeigen, wie wütend er war, denn er empfand ganz ungewollt tiefen Respekt, dem er nie Herr werden konnte. Der Bart des Paters, der fast so rotbraun war wie seine Kutte, gefiel ihm und hatte noch jetzt die gleiche Wirkung auf ihn wie zu der Zeit, als er noch ein Junge war. Doch dann gewann sein Unwille wieder die Oberhand, und so stieß er zum Ausgleich für seine Ergebenheit ein paar Flüche aus.

Pater Ernesto wollte ihm gerade erzählen, daß Jacopo mit

einem Stein nach ihm geworfen hatte, doch aus Angst, daß Minello ihn vielleicht beschimpfen würde, anstatt sich zu entschuldigen, befand er, es sei besser, es der Mutter zu sagen. So grüßte er wieder und setzte seinen Weg jetzt schneller fort.

Jacopo hatte von ganz bestimmten Weintrauben gegessen. Als sein Vater das gemerkt hatte, hatte er ihn am Hals gepackt und hinüber zur Tenne geschleift, wo der Karren stand. Dann ging er und löste den Ziemer von einem Holzpflock los, an den er gebunden war. Doch der Junge lief weg, statt, wie bei den vorigen Malen, zu warten. Wenn Minello ihn einholte, würde er ihm das Rückgrat oder die Beine brechen. Diese Überzeugung wurde jetzt immer stärker, und er fragte sich, warum er seinen Sohn immer weniger bestraft hatte, als es eigentlich notwendig gewesen wäre.

Da er ihn aber nicht zurückkommen sah, schickte er zwei seiner Bauern aus, um nach ihm zu suchen, die jedoch, nachdem sie ein kurzes Stück Wegs zurückgelegt hatten, umkehrten und sagten, daß sie ihn nicht finden könnten. Minello beruhigte sich in keiner Weise und wickelte sich den Ziemer um den Hals. Dann würde er ihn eben abends verdreschen, wenn er zum Essen kam, und wenn er nicht kam, dann würde er wenigstens ohne Essen bleiben.

Minello war ein großer, hagerer Mann mit einem fast völlig weißen Schnauzbart und näselnder Stimme; er stotterte, und jeden Abend war er betrunken. Dann schwoll sein Gesicht an, und es war nicht mehr möglich, mit ihm noch über etwas anderes als den Wein zu reden.

Seine Frau vermied es sogar, sich in seiner Nähe aufzuhalten, und ging meistens zu Bett. Wenn sie aber nicht rechtzeitig fertig geworden war und er sie so argwöhnisch und unzufrieden vor sich sah, dann machte er sich über sie lustig, indem er ihr ein Bein stellte. Oder aber er nahm sie beim Arm und zwang sie, sich im Kreis zu drehen. Wenn sie dann etwa lachte, machte er ihr Vorhaltungen, daß auch sie sich an die Weinflasche hing; zeigte sie aber weiterhin, wie sehr sie litt, warf er ihr den erstbesten Gegenstand, der ihm unter die Hand kam, an den Kopf.

»Nein, nein, nein! Hier will ich dich nicht! Geh nur ins Bett, kusch!«

Dabei lachte er höhnisch und schlug nach jedem, der in seine Nähe kam. Vor allem aber machte es ihn rasend, wenn er seine Frau beim Beten antraf. Dann fluchte er und biß sich in die Hände, kam aber sofort wieder zurück und verprügelte sie.

Jacopo war fünfzehn Jahre alt, er war mager und ähnelte im Gesicht ganz seinem Vater. Wenn sich derartige Dinge ereigneten, fühlte er sich mindestens zwei Tage lang unwohl und sagte kein Wort, außer wenn er weit weg war vom Hof. Nachts hatte er nervöse Anfälle, aber er sprach nicht darüber, und keiner merkte etwas. Er war immer schüchterner geworden und glaubte, ständig etwas Böses zu tun, sogar wenn er mit den Bauern sprach oder sich von allen fernhielt und sich mit sich selbst beschäftigte. Es kam ihm vor, als könnte sein Vater alles und jeden herumkommandieren und niemand stände über ihm. Dann wagte Jacopo nicht einmal mehr, ihn anzusehen.

Während er noch so lief, tat es ihm bereits leid, daß er den Kapuzinermönch mit dem Stein beworfen hatte, und er begann zu weinen. Und als er bei der Buchsbaumhecke angekommen war, drängte er sich in sie hinein. Nun begann er darüber nachzudenken, warum er sich eigentlich nicht auch betrank. Er hatte das Gefühl, daß auch er Gott weiß was für eine Befriedigung dabei empfinden würde, wenn er nur täte, was ihm paßte. Seine Angst verwandelte sich in einen Zustand von Heiterkeit, und jetzt belustigte ihn das, was ihm vor einer halben Stunde noch Schrecken eingejagt hatte: bei der Vorstellung, wie komisch sein Vater aussehen mußte, der mit dem Ziemer in der Hand auf ihn wartete, feixte er vor sich hin. Er fühlte sich in der Hecke so wohl, daß er sich darin so einrichtete, daß er dort bleiben konnte, bis es ihm nicht mehr gefiel. Zwischen den Wurzeln war die dunkle Erde voll schwarzer Käfer und Larven, und er vergnügte sich damit, seine Hände mit ihnen zu füllen und sie dann aus dem Busch hinauszuwerfen. Als er nach Hause zurückging, war er sogar fröhlich. Sein Vater torkelte bereits, als er ihn traf, und mußte sich, wenn er sprechen wollte, mal mit der einen, mal mit der anderen Hand am Haus abstützen, wobei er sich ständig umdrehte, um sicherzugehen, daß niemand neben ihm war. Sobald Jacopo aber den Ziemer um den Hals des Vaters sah, begriff er, daß er zu früh zurückgekommen war. Um ihn ihm im Scherz wegzunehmen, machte er einen Satz, dann machte er noch weitere Sätze auf der Tenne und knallte mit der Peitsche hinter den Enten her, die, da sie nicht schnell genug fortlaufen konnten, zu taumeln und zu stolpern begannen. Da schlug Jacopo auf die Beine der Enten, die hingefallen waren. Schließlich steckte er den Ziemer wieder an den Holzpflock und lachte, als er sah, wie sein Vater zum Scherz den Kopf schüttelte. Doch fühlte er sich nicht sicher. Und tatsächlich nahm Minello, kaum daß sie beide ins Haus gekommen waren, Jacopos Kopf zwischen seine Knie und hielt ihn fest. Der Junge kicherte noch immer, doch war ihm, als würde sein Herz zerspringen. Minello hatte bereits eine finstere Miene aufgesetzt, was man daran sah, daß seine Augen heller und klarer wurden. Der Junge hörte auf zu lachen und versuchte, sich aus der Umklammerung herauszuwinden. Um ihn besser halten zu können, packte Minello ihn nun bei den Haaren und schlug ihm in aller Ruhe mit der Faust ins Gesicht. Die Mutter nahm all ihren Mut zusammen und umklammerte seine Arme, woraufhin er den Sohn losließ und auf sie einschlug, wobei er sie immer tiefer zwischen die Kornsäcke trieb. Jacopo fiel zitternd und sich in Krämpfen windend zu Boden.

Auch draußen war es heiß. Am Horizont standen Wolken, die aussahen, als wären sie aus Schaum und würden noch weiter aufquellen und sich schließlich in Feuer verwandeln. Das Fenster stand offen, und die von draußen hereindringende Stille ließ Minello, der sich dadurch gereizt fühlte, einen Fluch ausstoßen. Seine Frau, Dele, hielt mit offener Hand ihre Haare fest, die sich gelöst hatten, und ging dann eilig in ihr Schlafzimmer, nahm ein Kissen und legte es unter Jacopos Kopf. Minello knöpfte ihm die Weste auf, und als der Junge wieder zu sich kam, küßte er ihn auf den Mund. Dele mußte ihn losreißen, weil er nun gar nichts mehr begriff.

Am nächsten Tag wich Minello keinen Schritt von seiner Frau und seinem Sohn, die sich zufrieden ansahen, da sie glaubten, Minello würde jetzt nicht mehr trinken. Bei Tisch stotterte er noch mehr als gewöhnlich: »Von heute an sollt ihr dem Wein immer auch Wasser zusetzen!«

Er sah seine Frau an, als wolle er sich über ihr Erstaunen lustig machen; dann fuhr er fort: »Ich will nicht, daß ihr sagt, ich suche Streit, weil ich zuviel trinke! Diese Geschichte muß ein Ende haben, und wenn das nicht möglich ist, dann muß ich's euch beiden eben zeigen. Ich habe gesehen, daß ihr euch gegen mich verbündet habt. In Wirklichkeit aber fehlt euch der Verstand!«

Jacopo lächelte, doch Dele hob den Blick nicht von ihrem Teller. Da rüttelte er sie am Arm und brüllte sie an: »He, du Verrückte, das gilt auch für dich! Und für dich sogar noch mehr als für ihn!«

Dele antwortete leise: »Ich hab dich verstanden.«

»Das ist dein Glück! Dann laß es mich dir nicht zweimal sagen!«

Sie stand auf und füllte Wasser in den Wein. Er ließ sie gewähren, und als sie die Flasche wieder auf das Feigenblatt gestellt hatte, um die Tischdecke nicht zu verschmutzen, fragte er: »Wo steht der unverdünnte Wein?«

»In der Brottruhe steht noch eine Flasche.«

»Dann geh und hol sie mir.«

Dele wollte seinen Befehl nicht ausführen und fragte: »Was willst du denn damit?«

»Hast du wirklich geglaubt, ich würde dieses Gepansche trinken? Ich will doch nicht vermodern wie Holz! Weißt du nicht, daß man vom Wasser vermodert?«

Jacopo stand vom Tisch auf und wollte gehen.

»Du setzt dich wieder hin. Wenn du das nicht tust, dann setzt's was. Muß ich dich etwa erst um Erlaubnis fragen?«

Dele öffnete die Brottruhe und brachte die andere Flasche, die mit einem Maisblatt verkorkt war. Und ohne an die Folgen zu denken, sagte sie zu ihm: »Trink ihn! Er soll dich vergiften!«

Minello schüttelte den Kopf und kratzte sich am Knie. Nach einer Weile sagte er dann: »Dich wird er vergiften, weil du ihn nicht trinkst!«

»Ich bin auch mit Wasser zufrieden.«

»Was kümmerst du dich dann um Dinge, die dich nichts angehen? Ist das etwa eine Art zu reden? Ich sollte es dir zeigen, mit Stockschlägen. Aber das sollst du noch bereuen, so wahr mir

Gott helfe. Meinst du etwa, eine Frau dürfte so mit mir sprechen? Mit mir!«

Jacopo sagte: »Mamma hat recht!«

Seine Nerven waren noch völlig durcheinander, und er wurde bei jedem Wort, das er sagte, blaß. Da bekam Dele Mut, endlich zu reden, obgleich ihr klar geworden war, daß die Dinge ihren gewohnten Gang nahmen: »Denk daran, daß ihm die Krämpfe von gestern abend wiederkommen können!«

»Hab ich sie etwa gerufen, damit er sie bekommt?«

Jacopo sagte zu ihr: »Dieses Mal kommen sie nicht, auch wenn er mir noch Schlimmeres antut!«

Die Mutter blickte ihm voller Zärtlichkeit in die Augen und fühlte sich ebenfalls stark. Minello sah sie beide an und begann zu lachen. Da lachten auch sie, beruhigten sich aber kein bißchen. Sie hatten Angst vor ihm, obgleich sie sich von ihm befreien wollten. Sie wollten von all dem nichts mehr wissen. Sie sagte: »Ich begreife nicht, warum wir uns nicht mehr mögen.«

Jacopo war von diesen Worten noch verwirrter und hörte auf zu essen; er steckte sich, um sich die Zähne zu reinigen, die Gabel in den Mund, verletzte sich dabei aber am Zahnfleisch, das sofort zu bluten anfing. Daraufhin ging er an die Wasserpumpe und spülte sich den Mund aus. Der Vater fragte ihn, ohne sich umzudrehen: »Was ist passiert?«

»Nichts.«

»Wie, nichts? Was tust du dann da?«

Jacopo hielt sich ein Taschentuch an die Lippen und antwortete: »Ich will nicht, daß du Mamma verprügelst!«

Dele sagte zu ihm: »Schweig! Du darfst nicht daran denken!«

»Nein, ich schweige nicht! Er darf dir nichts antun!«

Er war außer sich und wälzte sich auf den vollen Kornsäcken hin und her.

Der Vater blickte ihn scharf an: »Und was willst du mir antun?« Jacopo blickte im Zimmer herum, auf die Arbeitswerkzeuge; dann sah er seinen Vater an.

»Ich hab dich genau verstanden, daß du's nur weißt!«

Doch Jacopo warf sich zu Boden und riß sich das Hemd herunter. Minello sagte zu seiner Frau: »Sag ihm, er soll aufstehen.

Siehst du nicht, was er tut? Und ich muß ihm hinterher wieder ein neues Hemd kaufen!«

Die Frau fing an zu weinen, und der Junge wandte die Augen nicht von seinem Vater ab, der so tat, als sähe er ihn nicht. Da sagte Dele zu ihrem Sohn: »Geh hinaus. Geh auf der Tenne spazieren.«

Er antwortete: »Hier laß ich dich nicht allein!«

Minello zerrte ihn hoch und setzte ihn vor die Türe; dann drehte er den Schlüssel herum. Wieder setzte er sich an den Tisch und stützte seinen Kopf zwischen die Hände. Die Frau weinte noch immer. Minello sagte in vorwurfsvollem Ton: »Er glaubt, jetzt würde ich dich umbringen.«

»Muß ich denn mein ganzes Leben so verbringen?«

»Bin ich etwa daran schuld?«

»Laß den Jungen herein.«

»Kümmere dich um deine eigenen Angelegenheiten. Warum glaubt er denn, daß ich dich umbringen will?«

Dele antwortete ruhig: »Weil es wahr ist.«

Er goß ein Glas für sich ein und eines für sie. Dann nahm er die Flasche noch einmal und füllte auch Jacopos Glas. Und dann befahl er: »Ruf ihn herein.«

Die Frau öffnete die Türe. Der Junge wollte nicht eintreten, er wollte keinen Frieden schließen. Aber sie zog ihn am Hemd herein und sagte leise zu ihm, daß er folgen sollte. Minello brüllte, ohne ihn anzusehen: »Trinkt, ihr beiden!«

Die Frau und der Junge nahmen ihre Gläser in die Hand und warteten. Minello sagte höhnisch, indessen er die Augen zusammenkniff: »Was Besseres als Wein gibt es nicht!«

Und er brachte auch die beiden dazu, sich zu betrinken, indem er sie zwang, jedesmal, wenn er trank, auch zu trinken, denn wenn sie ihn liebten, sagte er, müßten sie mit ihm mithalten.

Der Blinde

Nicht selten hatte ich Angst, weil ich fühlte, daß ich mich daran gewöhnen mußte zu leben. Auch meine Schwester Delfina hatte diese Angst. Wenn wir alleine im Eßzimmer zurückblieben und die Dunkelheit bereits hereinbrach, ohne daß sich einer von uns beiden von dem Platz wegbewegt hätte, auf dem wir schon gesessen hatten, bevor unsere Eltern weggingen, sahen wir uns lange an. Und obwohl wir unsere Gesichter nicht mehr erkennen konnten, die immer mehr den unklaren Schatten an den Wänden glichen, glaubten wir, daß unsere leuchtenden Blicke immer fester miteinander verschmelzen wollten. Und am Ende stand ich oder auch sie auf, um uns einander auch in Wirklichkeit näher zu sein. Einmal fuhr sie mit ihrer Hand so schnell über die meine, als wollte sie, daß ich es nicht merkte. Aber ich konnte unmöglich ruhig bleiben und fragte sie: »Was ist mit dir?«

Ich hörte, daß ihre Stimme zitterte und beinahe erstickte: »Ich habe mich furchtbar alleine gefühlt, Mario!«

Doch ich antwortete ihr: »Sprich nicht weiter.«

Wir verharrten noch eine halbe Stunde so, ohne auch nur die geringste Bewegung zu machen. Durch das offene Fenster sahen wir einen Hügel, aber auch er jagte uns Angst ein, und aus irgendeinem Grund kamen uns auch die Zypressen zwischen den Olivenbäumen höher vor als sonst. Ein Bauer entzündete auf seinem Feld ein Strohfeuer, und diese Flamme war für uns unendlich fern wie die Sterne. Da fragte ich sie: »Hörst du nichts?«

»Ich glaube, die Mieter über uns verrücken einen Stuhl.«

»Bist du sicher?«

»Nein, ich bin es nicht.«

»Warum zünden wir das Licht nicht an?«

»Ich *kann* nicht.«

»Warum *kannst* du nicht?«

»Ich will es nicht anzünden. Im Dunkeln sieht man besser.«

Ich antwortete ihr: »Wie du willst.«

Sie aber konnte nicht mehr ruhig sitzen und fragte mich in

einem Ton, der nicht mehr derselbe war wie zuvor: »Wußtest du, daß man den Blinden von der Certosa tot aufgefunden hat?«

»Wo?«

»Im Graben, den er überqueren mußte, wenn er nach Hause ging.«

»Er wird da hineingefallen sein.«

»Man erzählt sich, er hätte sich hinuntergestürzt.«

»Und was glaubst du?«

»Ich glaube, er hat sich hineingestürzt.«

»Wie kannst du das sagen, wo du ihn doch genausowenig gekannt hast wie ich?«

»Ich kannte ihn besser als seine Verwandten, obwohl ich nur drei- oder viermal mit ihm gesprochen habe.«

»Und worüber hat er mit dir gesprochen? Warum hast du es mir nicht schon früher erzählt?«

»Weil ich ihn nicht sofort verstanden habe. Du weißt, er sagte immer dasselbe, nicht mehr als vier oder fünf Wörter. Aber er hatte einen großen Wunsch: sehen zu können. Ich verstand ihn. Ich glaube, er hat sich ins Wasser gestürzt, weil er so entweder sterben würde oder das Wasser ihm das Augenlicht wiedergegeben hätte. Jedenfalls wollte er so nicht weiterleben.«

»Und das Wasser hätte ihm das Augenlicht wiedergeben sollen? Das ist ziemlicher Unsinn. Und du weißt, wie mich Unsinn aufregt. Ich möchte wissen, wie du so etwas glauben kannst!«

»Ich weiß es ja selber nicht.«

Delfina war zwölf und ich selbst dreizehn Jahre alt. Und oft kam es vor, daß wir lange miteinander sprachen, und immer über etwas, das in jenem Moment eine fast übernatürliche und phantastische Auswirkung auf uns hatte; denn auch unser Inneres verlangte nach bestimmten Abstraktionen, die zu den unvergeßlichsten Wollüstigkeiten der Jugend zählen. Dann entfernten wir uns von allem, und es war uns möglich, ein Teil des Lebens zu werden, das aus unseren Gesprächen erstand. Damals machte es Delfina nichts, daß sich ihre schwarzen Haare lösten; so als würde es ihr Spaß machen, sie über Augen und

Stirn zurückzustreichen. Und ihre sanften, ruhigen Augen hatten einen Glanz, dessen anhaltendes Leuchten ich gerne sah; wie manchmal, wenn sie im Schatten ihrer Haare erstrahlten.

Jener Blinde hatte ein wenig von seiner Blindheit auch auf uns übertragen, und uns schien es, daß unserem Bewußtsein vielleicht irgendein Instinkt oder vielleicht sogar ein Empfinden abging, das einige andere Menschen besaßen und wir nicht. So beschlossen wir, das herauszufinden. Am nächsten Morgen schon, noch bevor der Tau auf dem Gras verdunstet war, waren wir an dem Graben.

An den Blinden von der Certosa erinnere ich mich noch so gut, als stünde er vor mir. Er war eher klein und zierlich. Sein rundes Gesicht war weiß und vernarbt. Seine Hände zitterten, und wenn er ging, erweckte er den Eindruck, als müsse er Gott weiß wohin gelangen: so ungeduldig und nervös wurde er bei jeder Bewegung. Die Helligkeit seines Gesichts schien besser zu sehen als unsere Augen.

Die Leiche war nicht mehr da: die städtische Leichenbestattung hatte sie auf Anweisung des Amtsrichters fortgeschafft. Aber auf dem Gras war noch die Stelle sichtbar, wo sie seinen Körper hingelegt hatten. Delfina stellte sich ans Kopfende und ich ans Fußende des plattgedrückten Grases. Wir sahen uns nicht einmal an, um uns nicht abzulenken. Der Körper des armen Blinden hatte, als man ihn aus dem Graben zog, fast alle Strandhaferhalme zerbrochen, die an der feuchten Uferböschung wuchsen. Und die Ackerwinden, die sich so um sie rankten, daß man sie nicht hätte abreißen können, waren zerknickt. Uns schien es unmöglich, daß der Strandhafer und die Winden an dieser Stelle noch einmal so wachsen könnten wie früher! Ja, wir waren sogar sicher, daß wir diese Stelle immer wiedererkennen und sie anderen zeigen können würden, und das sogar noch Jahre später! Das Wasser im Graben floß nur sehr langsam, als würde es sich insgesamt zur gleichen Zeit bewegen, und ich entdeckte, als ich mit meinen Augen seinem Lauf folgte, an der Stelle, wo die schneidenden Röhrichtblätter dichter wuchsen, ein zusammengefaltetes Blatt Papier. Das Wasser stieß ununterbrochen dagegen, um es mit sich wegzutragen, und ließ es wie etwas Lebendiges erzittern. Ohne ein Wort zu sagen, machte ich Delfina darauf aufmerksam, die mir zunickte, die Hände immer noch vor der Brust verschränkt. Ich lief dorthin, beugte mich hinunter, und es gelang mir, es mit den Fingerspitzen herauszufischen. Ich sagte zu meiner Schwester: »Komm auch her: Wir müssen es zusammen auffalten.«

Wenn der Blinde keinen Bleistift bei sich hatte, benutzte er abgebrannte Streichhölzer zum Schreiben. Das Papier, das vom vielen Falten fast auseinanderfiel, war tatsächlich mit einem Streichholz in großen, unförmigen Lettern beschriftet. Man las darauf: »Ich heiße Emilio Palai. Ich bin 1880 in Certosa geboren.« Anfangs fanden wir gar nichts dabei, daß er, der überhaupt nicht sprechen konnte, so etwas geschrieben hatte.

Ich fragte Delfina: »Warum behalten wir das nicht?«

Sie preßte ihre Hände zusammen, so sehr entsprach das ihrem Wunsch, und sagte: »Wir wollen alles, was wir finden können, behalten. Wir werden niemandem etwas abgeben. Hast du nachgesehen, ob auf dem Grund des Wassers nicht noch etwas ist?«

»Sehen wir doch zusammen nach.«

Wir hielten uns an einem Büschel Weidenzweigen fest und beugten uns, die Füße auf einen Stein setzend, die tiefe Böschung hinunter. Das Wasser war kristallklar, außer wenn etwas an die Oberfläche stieg, das aussah wie dichter Staub oder Spucke.

Ich sagte: »Da ist nichts.«

»Ich würde mir das schon genauer ansehen wollen, wenn ich nicht Angst hätte, das Röhricht im Wasser anzufassen. Es ist, als würde es mir die Hände wegziehen! Warum sieht es nicht so aus wie das Gras außerhalb des Wassers?«

»Ich werde mal mit einem Stab darin herumstochern!«

Aber das Wasser wurde sofort trübe, und der Sand wurde nach oben gespült und glänzte, als wären es kleine Glasstücke. Dann wurde es oben wieder klarer, doch der Sand hatte noch nicht aufgehört herumzuwirbeln, und es schien, daß alles, was sich auf dem Grund befand, heraufkommen wollte. Ein paar Insektenlarven, schwarz und rundlich wie kleine Kiesel, spülten hoch und verschwanden wieder. Wir fühlten uns beim Anblick dieses Wassers ganz elend, und Delfina kamen beinahe die Tränen.

Aber wir gingen sofort zu Palais Familie und kürzten den Weg durch die Weinberge ab. Wir gingen langsam und sprachen nichts. Delfina sagte mir nur dies: »Wußtest du eigentlich, wie er hieß?«

»Nein.«

»Ich auch nicht.«

Manchmal blieb sie stehen, weil sie einen Vogel singen hörte, der in unserer Nähe herumflog, als wollte er uns folgen. Dann sagte sie, daß es richtig wäre, dorthin zu gehen. Als wir oben auf der Anhöhe angekommen waren, schlugen wir eine lange ebene Straße ein. Im Haus waren die beiden Brüder von Palai. Sie arbeiteten als Tagelöhner auf den Gehöften und ernährten ihn mit, wenn er nicht zum Betteln in die Stadt gegangen war. Sie sahen, daß wir ein wenig verwirrt waren, und wußten nicht, ob sie uns hereinlassen sollten oder nicht. Wir spähten mit großer Neugier in ihr Haus und erwarteten, daß sie uns freundlich aufnehmen würden.

Delfina sagte: »Wir haben ein Stück beschriebenes Papier gefunden, es ist von *ihm*.«

Der von den beiden Brüdern, der der jüngere zu sein schien, lächelte. Er war blaß, hatte einen schütteren Bart, fast gelbe Zähne und einen Mund, der aussah wie eine jener roten Raupen, wenn sie zusammengerollt sind.

Der andere antwortete: »Er schrieb immer!«

Wir blieben einen Augenblick lang verlegen und schweigend stehen, dann sagte ich: »Wo hebt ihr das auf, was er geschrieben hat?«

»In einem kaputten Kochtopf. Da steckte er alles hinein.«

»Zeigt ihr es uns?«

»Jetzt müssen wir aufs Feld. Wer weiß, was er da geschrieben hat!«

»Wir werden es euch sagen.«

Da beruhigte er sich, betrachtete uns unter zusammengezogenen Augenbrauen und antwortete: »Wir lassen niemanden auch nur ein Wort lesen.«

»Aber warum?«

»Weil wir zuerst wissen wollen, was er geschrieben hat.«

Und der Bruder, der der jüngere von den beiden zu sein schien, sagte, als hätte er einen Ausweg gefunden: »Aber wir können nicht lesen. Und wer sagt uns, daß er nicht etwas geschrieben hat, das ein schlechtes Licht auf uns wirft?«

Ich fragte: »Wieso?«

Meine Schwester sagte: »Er war doch so ein guter Mensch!«

Der ältere Bruder fuhr sich mit der Hand über das Gesicht: er war betrübt und litt darunter, mit uns darüber zu sprechen. »Er schien gutmütig, aber er war es nicht. Doch nun wird Gott ihm verziehen haben, und es wäre eine Sünde, wenn wir ihn verurteilen wollten. Immer kommt es mir so vor, als würde er jeden Augenblick zurückkommen.«

Delfina fragte, als müsse sie ihn verteidigen: »War er schlecht?«

Er aber schaute sie beinahe zornig an und antwortete ihr: »Sprechen Sie nicht darüber, ich wiederhole es noch einmal!«

Der andere Bruder sagte: »Der Topf steht da!« und deutete mit einem Finger auf ihn. Dann sagte er noch: »Wir wollen ihn hinter dem Haus vergraben. Aber wir sind davon überzeugt, daß er uns manchmal sehen konnte. Vielleicht wäre er ja auch wieder wirklich geheilt worden, wenn er ein guter Mensch gewesen wäre!«

»Aber was hat er denn getan?«

»Kindern darf man das nicht sagen.«

Wir wurden rot, und ich sagte: »Wir sind keine Kinder!«

»Gehen Sie wieder dahin zurück, von wo Sie gekommen sind. Es ist besser so.«

Wir wollten aber nicht gehen. Da kehrte er uns den Rücken zu, ging etwas in die Knie, um nicht so groß zu erscheinen, und sagte: »Sehen Sie hier diese Narbe am Hinterkopf? Die stammt von einem Schlag mit dem Stock. Wissen Sie, warum er mich geschlagen hat? Weil er neidisch war, daß wir beide nicht blind waren wie er. Er konnte es nie verwinden. Deshalb hat er unsere Eltern verflucht, von morgens bis abends. Aber darüber will ich nicht sprechen! Das wäre eine Gotteslästerung, und schließlich ist er ja tot.«

»Ist er von alleine in den Graben gefallen?«

Aber sie schlugen uns die Türe vor der Nase zu, und so mußten wir gehen. Als wir die Straße wieder zurückgingen, fanden wir noch ein weiteres Stück Papier. Darauf stand eine senkrechte Reihe von Zahlen, die beinahe das ganze Blatt ausfüllte. Delfina sagte: »Wenn wir am Graben sind, werfen wir das Stück Papier hinein, das wir vorhin gefunden haben, und auch dies hier.«

Auch wir wollten den Blinden von der Certosa vergessen, und es gefiel uns gar nicht mehr, daß wir an ihn gedacht hatten; fast fanden wir es widerlich, daß wir bis zu seinen Angehörigen nach Hause gegangen waren. So hatten wir uns, von einem Augenblick auf den anderen, ohne einen Grund, verändert. Ja, jetzt ging Delfina sogar vor mir her, wiegte sich hin und her, mit den Daumen unter den Achseln, und versicherte mir, daß sie weitaus mehr Fähigkeit als ich besäße, den Blinden zu hassen, und das aus Reue darüber, daß sie ihn fast gern gehabt hatte. Sie sagte mir das mit großer Ernsthaftigkeit, wobei sie ihre Augenbrauen zusammenzog und ausspuckte, um damit zu zeigen, daß sie tüchtiger und stärker war als ich.

Seit vielen Monaten hatten wir nicht mehr an den Blinden und an unsere Vorsätze gedacht, als wir von unserem Vater ein paar geradezu unglaubliche Dinge über ihn erfuhren. Er war blind geboren. Wenn er als Junge eines von den Tieren anvertraut bekam, die seine Mutter im Haus hielt, wie etwa Turteltauben, Haustauben oder Distelfinken, vergnügte er sich damit, ihnen die Augen auszustechen; und danach weinte er tagelang. Doch mit sechzehn Jahren sprang er in einem Anfall von Jähzorn seiner Mutter ins Gesicht und verletzte sie an einem Auge so sehr, daß sie erblindete. Von dem Tag an wurde er verrückt. Über ein Jahr lang sprach er kein Wort mehr und verließ auch nicht das Haus.

Danach fing er ganz allmählich an, wieder ein paar Worte zu sagen, aber es waren immer dieselben. Er schrieb. Und seine Brüder glauben, daß der Topf von Teufeln weggeschafft worden ist, denn sie fanden ihn nicht mehr dort, wo sie ihn vergraben hatten. An dieser Stelle machten sie ein kleines schwarzes Kreuz an die Wand, das jedoch immer wieder verschwindet, so daß sie es ständig erneuern müssen. Und an der Stelle, wo er ertrunken ist, bildete sich ein Strudel, der alle mit sich weggerissen hat, die ins Wasser gestiegen waren, um sich zu waschen. Unser Vater war ein vornehmer Herr und tüchtiger Geschäftsmann. Sollte es wirklich möglich sein, daß er uns Lügenmärchen auftischen wollte?

Es war uns nie möglich, das herauszufinden. Und ich wüßte nicht zu sagen, worin der Unterschied zwischen Sehen und Nichtsehen liegt.

Die Schwägerin

David Stacchini war glücklos geboren. Sein Vater hatte eine Tischlerwerkstatt in der Via dei Rossi und hatte ihm niemals etwas anderes zukommen lassen als harte Arbeit, im Glauben, daß er auf diese Weise kräftiger würde. Solange seine Mutter noch lebte, wuchs er im Haus auf, sich von einem Zimmer ins andere verkriechend, in den dunkelsten Winkeln verborgen, damit niemand ihn schimpfen konnte, wenn er sich stundenlang damit vergnügte, mit einem Stück Kreide auf die Fußbodenziegel zu schreiben oder ein Viereck darauf zu zeichnen, das er mit Linien füllte, die in alle Richtungen verliefen. Er war so weiß wie ein Wurm, mit aufgequollenen und etwas finsteren Augen. Seine Mutter, die schlecht sah, trat bisweilen auf ihn, woraufhin er, statt zu weinen, sich die ganze Hand in den Mund steckte. Später hatte der Vater ihn zu sich in die Werkstatt genommen und schickte ihn in die Häuser, Körbe mit Sägemehl zu verkaufen, oder er ließ ihn die schwereren Holzplatten auf den Schultern tragen. Aber David blieb weiterhin mager, mit krummen Armen und Beinen. Als er zu hobeln und zu leimen begann, ließ sein Vater ihn das Doppelte arbeiten, damit er sich, wie er meinte, daran gewöhnte, jede Mühsal zu ertragen.

Nachdem der Vater gestorben und er nun Eigentümer der Werkstatt geworden war, heiratete er eine Frau, die, nachdem sie einen Jungen entbunden hatte, an der Wirbelsäule erkrankte, sich ins Bett legte und fünfzehn Jahre lang dort litt. Gina wurde damals immer stärker von religiösen Wahnvorstellungen ergriffen und hatte die Wände ihres Zimmers mit Heiligenbildern, geweihten Kerzen und Reliquien verkleidet, die sie sich aus Klöstern und Wallfahrtsorten schicken ließ. Die Kommode war wie ein Altar, auf dem sie Wachsblumen um ein kleines Jesuskind herum anhäufte, das unter einer Glasglocke seine Ärmchen aus einer Wiege von gelber Watte und goldenem Papier hervorstreckte. Eine kleine Öllampe brannte davor, Tag und Nacht. Die Kranke hatte ihre Hände auf der Bettdecke; sie waren durch Rosenkränze in allen Farben miteinander verbunden, auch dann, wenn es ihr gelang, etwas zu schlafen. Um Heilung zu erlangen, ließ sie sich tagsüber ein Bildnis der Muttergottes in schwerem Rahmen auf die Knie legen.

David hatte seine Schwägerin, Bice, ins Haus nehmen müssen, die sie versorgen und auch alle anderen Hausarbeiten erledigen sollte. Und, da sie unverheiratet war, hatte sie gewissermaßen freudig angenommen; denn sie dachte, daß David, sollte Gina einmal sterben, sie heiraten würde. Niemand wäre imstande gewesen, sie von dieser Überzeugung abzubringen. Sie dachte daran von morgens bis abends, und wenn David ins Haus trat, fuhr sie zusammen, stand vom Stuhl auf und sah ihn aus weit aufgerissenen Augen an. Sie wollte ihm nicht einmal erlauben, in der Werkstatt zu sein, sie sprach lange mit ihm, sie sprach über alles mit ihm, sie behielt ihn im Auge, und jedes seiner Worte, unaufmerksam und zerstreut, wie es seine Art war, ließ sie in Wut geraten. Aber sie wußte sich zu beherrschen, und sie fühlte sich sicher, daß er ihr niemals entwischen würde. Sie hielt sich immer zwischen der Tür zur Treppe und dem Zimmer der Kranken bereit; denn es gelang ihr, ruhig und still zu erscheinen, während ein Tobsuchtsanfall in ihr raste. David begriff nicht, aber er konnte ihr niemals lange in die Augen sehen: er fühlte sich irgendwie ertappt. Ihre Augen waren wie brodelndes Wasser. Damals gewöhnte er es sich an, sie nie anzusehen; und Bice zitterte, als spürte sie das Verlangen, sich auf ihn zu stürzen. Zu Beginn hatte sie ihn wirklich geliebt; später dann wollte sie ihn heiraten, um endlich aufzuhören, ihn zu hassen. Aber David dachte nicht im entferntesten daran und hatte Freundschaft mit einer anderen Frau geschlossen, die den Spitznamen Gingilla trug und gegenüber der Werkstatt wohnte. Im Lauf der Zeit hatte er eine tiefe Zuneigung zu ihr gefaßt, obwohl er seine Frau noch immer liebte. Gingilla stellte einen Stuhl vor die Haustür, und während sie so dasaß, strickte sie und leistete David Gesellschaft, der auf diese Weise arbeiten und sie gleichzeitig sehen konnte. Sie war eine schon etwas ältere Frau mit grauen Locken und ziemlich dick, mit Hausschuhen, und sie trug nie eine Kopfbedeckung. Bice, die Schwägerin, dagegen war fast zwei Meter groß, dazu kräftig, hatte aber ein ausgezehrtes und von den Ohren nach hinten strebendes Gesicht. Nur wenige Monate, bevor Gina starb, merkte sie, daß David jene Zuneigung empfand. Das war ein derartiger Schlag für sie, daß sie eine Woche lang krank war, ohne sich aber ins Bett legen zu wollen und weiterhin der Schwester beistehend wie eine Fanatikerin, die nicht mehr in der Lage ist, an anderes zu denken. Jeder, der sah, wie sie immer dünner und ausgemergelter wurde, fragte sie, was sie denn habe und warum sie sich so sehr wegen der Schwester gräme, aber sie gab niemandem eine Erklärung und dachte nur, daß sie sich auf der Stelle rächen müsse. Sie suchte so dringend nach irgendeinem Vergehen Davids, daß sie sich zu fragen begann, weshalb er seine Frau nicht vergiftet habe. Schon ein kleines Indiz hätte genügt, damit sie die Gelegenheit augenblicklich nutzen könnte. Wie gut wäre es für sie gewesen, wenn David seine Frau vergiftet hätte! Sollte er wirklich nichts getan haben, das einen Verdacht erregte? Sie überlegte so lange, bis sie schließlich glaubte, daß David sie wirklich vergiftet hätte. Und wenn sie schon zu dieser Mutmaßung gelangt war, weshalb schwieg sie dann und blieb still? Warum schöpfte sie nicht Kraft aus dieser Mutmaßung und sagte, daß David seine Frau vergiftet habe? Es hing nur von ihr ab. Aber Mutmaßungen reichten nicht aus. Man brauchte Gewißheit. Und so kam denn auch die Gewißheit. Sie war berauscht vom Haß und glaubte blindlings an das, was sie dachte. Sie war inzwischen wie von Sinnen und hielt sich für naiv, weil sie nicht schon früher einen Entschluß gefaßt hatte. Dann schrieb sie einen anonymen Brief. Und fünf Tage nachdem David seine Gina zu Grab getragen hatte, ließ der königliche Untersuchungsrichter ihn zu sich rufen. David glaubte, es handele sich um eine Arbeit für das Gericht. Allerdings hatte das bedruckte Blatt Papier ihn beunruhigt, auf dem mit Tinte nur sein Name und die Uhrzeit, zu der er bestellt war, geschrieben waren, mit einer geradezu unleserlichen Unterschrift, deren Buchstaben sich zwischen den Zeilen aufzulösen schienen. David war jetzt an die Vierzig, und wenn er hobeln mußte, trug er eine Brille. Wenn er keine Weste anhatte, sah man seine hervorstehenden Rückenknochen. Seine Arme waren schwächlich und gelb, mit krummen und knotigen Fingern. Die Mundwinkel, unter einem blassen Schnauzbart, hingen ein bißchen herab wie bei manchen Toten. Und ihm fehlten gut ein Dutzend Zähne.

Er setzte sich die schwarze Melone auf, entfernte die Hobelspäne aus seinen Hosentaschen, die ihm da hineingeraten waren, und mit der Ermahnung an seinen Sohn Leopold, die Werkstatt nicht allein zu lassen, ging er los.

Der Gerichtsdiener, ein alter, speckiger Mann von gelblicher Färbung, ließ ihn auf einer Bank Platz nehmen, in einer Reihe mit anderen Leuten, die warteten. Es war ziemlich düster, und alle hielten die Blicke gesenkt, als wollten sie sich nicht ansehen. Wenn die halb kaputte und heisere elektrische Klingel ertönte, war einer weniger auf der Bank. Am Ende war auch David an der Reihe. Er trat ein und hielt sich, aus Respekt, ganz gerade. Aber er zitterte ein wenig, und es gelang ihm nicht, zu lächeln. Der Untersuchungsrichter, mit einem grauen Spitzbart und ausweichendem Blick, ließ ihn Platz nehmen. Dann nahm er ein paar Papiere, bewegte sie mit einer Hand, so als läse er sie noch einmal, und sagte: »Signor Stacchini, wir haben uns bis zu diesem Tag niemals mit Ihnen beschäftigen müssen. Sie haben immer unsere Wertschätzung besessen...«
David verlor die Fassung und wurde bleich. Der Untersuchungsrichter senkte den Kopf und fuhr sich mit einer Hand über das Gesicht, wobei er die Haut unter den Augen herunterzog. Und David sah das Rote der Augenränder.

»Wir sehen uns jedoch gegen unseren Willen und gegen jede unsere Absicht dazu veranlaßt, Sie zu fragen, an welcher Krankheit Ihre Frau gestorben ist!«

Und der Untersuchungsrichter lehnte sich, soweit es ging, in seinem Sessel zurück und wartete auf die Antwort.

Davids erster Instinkt war, mit dem Stuhl nach ihm zu werfen, aber dann dachte er schnell, daß es sich um eine Respektsperson handelte und daß jener sich damit begnügen wollte, mit ihm zu sprechen. Die Niederträchtigkeit, auf die er sich stürzen wollte, war unsichtbar und nicht dort. Als er nach einer halben Minute wieder bei Sinnen war, sah er das Gesicht des Untersuchungsrichters, immer noch unbeweglich und unverändert, das ihn aufmerksam beobachtete. Da machte er seinen Mund auf: »Ich habe nichts getan. Meine Frau ist an einer langen Krankheit gestorben. Das hat der Arzt gesagt, der es auch Ihnen sagen kann, wenn Sie ihn danach fragen. Warum fragen Sie ihn nicht danach?«

Der Untersuchungsrichter schien unzufrieden und zupfte an seinem Bart. Ohne aufzustehen, drehte er seinen Stuhl herum; jetzt saß er quer.

»Aber haben Sie nicht eine... wie soll ich sagen... eine Frau..., der Sie die Heirat versprochen haben, sobald Sie Witwer wären?«

»Ja, das habe ich ihr gesagt, aber...«

»Würden Sie sich gegen eine Autopsie der armen Verstorbenen sperren?«

»Ich?... Nein.«

»Haben Sie jemals zu Hause oder in der Werkstatt Flaschen mit Säuren oder anderen Substanzen aufbewahrt... gefährlichen Substanzen?«

»Niemals.«

»Erinnern Sie sich auch genau?«

»Ich erinnere mich nicht, jemals Giftflaschen aufbewahrt zu haben.«

»Der Arzt kam immer ins Haus?«

»In den letzten Monaten kam er nicht mehr.«

»Warum nicht?«

»Er sagte, es wäre sinnlos.«

Es schien, daß der Untersuchungsrichter ihn tadeln wollte, aber statt dessen stellte er ihm eine neue Frage: »Wußte die Verstorbene, daß Sie eine Beziehung zu einer anderen Frau hatten?«

»Ich glaube nicht.«

»Und warum wußte sie es nicht?«

»Sie hatte es nie bemerkt: sie stand nie auf. Wenn ich allerdings vermutet hätte, daß meine arme Frau es erfahren könnte, hätte ich mich niemals einer anderen genähert.«

Der Untersuchungsrichter lächelte so, als ob David etwas sehr Naives gesagt hätte. Daher fragte David: »Aber darf ich erfahren, warum Sie mich gerufen haben?... Ich weiß nicht einmal, was Sie von mir denken.«

»Das sind Ermittlungen, sonst nichts. Ich denke gar nichts.«

»Aber wenn Sie mich haben rufen lassen, bedeutet das doch...«

»Ich habe Sie rufen lassen, weil ich nicht anders konnte; aufgrund dessen, was man sich von Ihnen erzählt.«

»Dann sind Sie also davon überzeugt, daß man mich nicht verdächtigen kann? Sagen Sie es mir.«

»Ich kann nichts sagen.«

David verlor die Geduld, und der Untersuchungsrichter sah gelangweilt aus, so als bedauere er es, mit ihm gesprochen haben zu müssen.

Da ging der Tischler zur Tür, ohne sich auch nur dessen bewußt zu sein, daß er hätte grüßen müssen. Aber hätte ihm von außen nicht der Amtsdiener aufgemacht, von allein wäre er dazu nicht in der Lage gewesen.

Auf der Straße hatte er das Gefühl, taub zu werden. Als er bei seiner Werkstatt in der Via dei Rossi ankam, fragte ihn einer seiner Freunde, der Lebensmittelhändler, ob er sich nicht wohl fühle. Er antwortete nicht und begann zu arbeiten. Aber er nahm die falschen Maße und hatte nicht die Kraft, aufrecht an der Werkbank zu stehen. Der Bleistift fiel ihm hinunter, er nahm ein Werkzeug für ein anderes, und er erinnerte sich nicht mehr, was er tun mußte. Auch sein Sohn arbeitete lustlos, und so begannen beide, mit den Händen in den Hosentaschen in der Werkstatt herumzugehen. Dann sagte sein Sohn: »Papa, was hast du?«

»Nichts!«

Er warf die Schürze auf die Werkbank, zog sich die Weste an und ging zu Gingillas Wohnung. Aber er begriff, daß das nicht richtig war und sie ihn so erst recht beschuldigen würden, seine Frau getötet zu haben. Also machte er auf der Treppe kehrt und ging zur Piazza di San Francesco, weil er das Bedürfnis hatte, freier zu atmen. Dort befanden sich nur ein paar Jungen, die um ein großes rundes Beet herumrannten. Die kleinen Frühlingswolken schienen für immer am Himmel stillzustehen, von einer hohen Mauer sah man die Blüten eines Mandelbaums und zwischen dessen Zweigen eine wie hineingesteckte Zypresse. Er aber wollte Gingilla sehen und mit ihr sprechen, doch wußte er nicht, wie er es anstellen sollte. Er wollte nicht gesehen werden, doch die Frauen standen von morgens bis abends auf den Treppen ihrer Häuser herum. Er mußte sich jemandem anvertrauen, aber er wußte nicht, wem. Kurze Zeit darauf erblickte er einen Drucker, der krank gewesen war und nicht mehr arbeiten konnte. Der Drucker kam auf ihn zu und begrüßte ihn, obwohl sie sich kaum vom Sehen kannten. Er war ganz glatzköpfig und hatte einen für sein rundes Gesicht viel zu dünnen Schnurrbart. David glaubte, ein anderer geworden zu sein, und er machte sich Vorwürfe, den Gruß erwidert zu haben, als wäre er immer noch der alte. Voller Scham ermahnte er sich selbst zu schweigen. Aber sein Gewissen war mächtiger, und David erzählte, daß er zum Untersuchungsrichter bestellt worden war und warum. Als wolle er sich rechtfertigen, sagte er: »Ich weiß nicht, wer mich so haßt. Ich habe niemals jemandem etwas Böses getan.«

Der Drucker wußte nicht, was er sagen sollte, obwohl er gründlich darüber nachzudenken schien. Dann antwortete er: »Das scheint sogar ganz unmöglich.«

Und er ließ David stehen, als ob sie gar nicht miteinander gesprochen hätten.

David war überrascht, und da er ihn in der Nähe der Jungen herumstreifen sah, fühlte er sein Gewissen noch mehr aufgewühlt.

Er kehrte zur Werkstatt zurück, und er überlegte, ob er seinen Sohn fragen sollte, ob er nicht etwas gehört habe. Aber er schwieg. Der Sohn sah ihn an und war sehr traurig. David entschloß sich, die Geliebte nicht mehr zu sehen, wenigstens sollten viele Monate vorübergehen. Tags darauf, trotz seines Vorsatzes zu schweigen, vertraute er sich mehr als einem an: dem Lebensmittelhändler und dem Tabakwarenhändler, die ihre Läden gleich neben seiner Werkstatt hatten. Aber es gelang ihm nicht, seiner immer schlimmer und immer stärker werdenden Verzweiflung Herr zu werden. Die beiden erklärten sich bereit zu bezeugen, daß sie ihn einer solchen Sache nicht für fähig hielten. Abends rief er den Lebensmittelhändler zu sich in die Werkstatt und sagte, indem er eine Hand auf den Kopf seines Sohnes legte: »Ich schwöre bei ihm, daß es nicht wahr ist.«

Da der Sohn nicht verstanden hatte, worum es ging, bekam er Angst und fing an zu weinen.

Er ließ ein paar Tage vorbei gehen, dann ging er von sich aus wieder zum Untersuchungsrichter. Aber man ließ ihn nicht vor. Als der Lebensmittelhändler ihn zurückkommen sah, sagte er: »David, warum nimmst du es so schwer? Wir, die dich kennen, wissen doch, wer du bist.«

»Aber wie können sie... nur denken, daß ich?... Meine Frau ist doch auch von ihrer Schwester versorgt worden!«

Der Lebensmittelhändler glättete sich den Schnauzbart und sagte: »Irgendwer steckt sicher dahinter.«

David antwortete: »Aber Gott muß auch mit mir gerecht sein. Gott wird mich schon wissen lassen, wer es ist.«

Der Lebensmittelhändler wollte etwas antworten, aber da kamen Leute in sein Geschäft, und er mußte gehen und sie bedienen.

David war schweigsam geworden, und manchmal hörte er auf zu arbeiten. Oder er nahm die Säge und sägte immer schneller, je nach Heftigkeit seiner Gedanken, und schnitt dann über die Zeichenlinie hinaus.

Eines Sonntagmorgens ging er zum Friedhof, um am Grab seiner Frau zu beten, denn er hoffte, daß, auf diese Weise ihrer gedenkend, Gott ihm enthüllen würde, wer ihn zum königlichen Untersuchungsrichter hatte bestellen lassen. Als er ganz nahe war, sah er, wie eine Frau, die ihn bemerkt hatte, sich aufrichtete und weggehen wollte, bevor er dort angekommen war. Sein Herz fing an zu klopfen, aber er konnte sich nicht so beeilen, wie er es gewollt hätte, um zu sehen, wer die Frau war. Warum blieb sie nicht dort knien? Er schnitt ihr den Weg ab und ging jetzt auf sie zu, weil sie, um das Gesicht nicht zu heben, so tat, als suchte sie nach einem Grab.

»Ach, du bist es, Bice!«

»Ja, ich bin's!«

Die Augen der Frau waren mit großer und böser Strenge auf ihn gerichtet. David seufzte und fragte sie: »Warum wolltest du weggehen?«

»Ich hatte dich nicht gesehen.«

Er war von einer großen Güte ergriffen, denn das Leid und die Müdigkeit hatten ihn erschöpft, und so fragte er sie: »Dann kommst du mit dahin zurück, wo Gina ist?«

Die Schwägerin folgte ihm. Sie zitterte am ganzen Leib und war bleich. Der Tischler sah sie an: Sie begann zu weinen und er auch. Sie kehrten zusammen zurück, als hätten sie sich geliebt.

Am folgenden Tag ging sie ihn in der Werkstatt besuchen und sprach mit ihm über Gina und über andere Dinge, denn sie dachte, daß sie ja längst sein Geheimnis kannte, und fühlte sich beruhigt; sie hätte ihn trotzdem geheiratet. Schließlich, nach beinahe einer Woche, wagte der Tischler, auch ihr vom königlichen Untersuchungsrichter zu erzählen.

Sie empfand gegen ihn eine unbehagliche Feindseligkeit und antwortete ihm: »Es war ein Irrtum!«

David suchte im Gesicht der Schwägerin all die Kraft, die ihm abging, aber er fand nichts, und entmutigter als zuvor fing er wieder an: »Und du hast keine Vermutung, wer mich so hassen kann? Denn ich muß mich rächen. Und ich werde mich in einer Weise rächen, daß, wer immer mir Leid zugefügt hat, es niemand anderem mehr zufügen wird.«

Die Schwägerin antwortete nicht. Sie begann nun zu glauben, daß David nicht mehr an Gingilla dächte, aber sie fühlte sich nicht genug Herrin ihrer selbst, um ihm zu antworten, ohne etwas durcheinanderzubringen und sich zu verraten.

Der Tischler unterhielt sich gerne mit ihr, weil er sich etwas getröstet fühlte; denn obwohl er begriffen hatte, daß der königliche Untersuchungsrichter ihn nicht mehr zu sich bestellen würde, litt er weiterhin und verzehrte sich in seinem Innern. Nachdem er mit seiner Schwägerin wieder Frieden geschlossen hatte, allerdings weniger, als er glaubte, wagte er es, zu Gingilla zu gehen, die ebenfalls darauf aus war, seine Frau zu werden.

Von da an ließ sich Bice nicht mehr in der Werkstatt blicken. Sie fragte sich, ob der Untersuchungsrichter nicht mit ihm unter einer Decke steckte, denn sie konnte sich nicht erklären, warum er ihn nicht schon hatte verhaften lassen, und wie es möglich war, eine Frau umzubringen, ohne daß es jemanden kümmerte. Sie war sich so sicher, als hätte sie mit eigenen Augen gesehen, daß David und seine Geliebte gemeinsame Sache machten. Mehr noch, jetzt tat es ihr leid, daß sie über eine Woche lang mit ihm gesprochen hatte, so als hätte auch sie den Giftmord schon vergessen.

Und doch reichte so wenig, um alles zu begreifen! Da David nicht sie heiraten wollte, die doch die Schwester seiner Frau war, sondern irgendeine andere, war es klar, daß sie Gina umgebracht hatten!

Auch sie ging zum Friedhof, aus Liebe zu ihrer Schwester und um ihr zu sagen, daß sie ihre Pflicht nicht vergaß! Aber warum hatte der Untersuchungsrichter keine Autopsie durchführen lassen, wie sie es ihm geraten hatte? Warum ließ er noch mehr Zeit verstreichen? Mußte sie ihm erst eine Handvoll von jener Erde bringen, unter der Gina begraben war, damit er riechen könnte, wie sich das Gift schon ausgebreitet hatte? Sie war sogar schon so weit, daß sie das Gift sehen konnte! Es haftete auch schon an ihren Händen, und nur, weil sie sich abgestützt hat, als sie sich am Grab hinknien wollte!

David war inzwischen nicht mehr der alte. Er fühlte sich jetzt fähig, sich auf jede erdenkliche Weise zu rächen. Er fluchte von morgens bis abends, und manchmal stellte er sich vor, wie er demjenigen, der ihn zum königlichen Untersuchungsrichter hatte rufen lassen, einen Meißel in den Bauch stieß. Nachts schlief er nicht mehr oder wachte auf, weil er sich das Herz zerquetschen fühlte wie in einer immer fester zusammendrückenden Zwinge. Er sprang aus dem Bett und schrie nicht, um seinen Sohn nicht aufzuwecken. Aber er zitterte am ganzen Leib und seine Zähne klapperten. Und da träumte er von seiner Schwägerin, oder es schien ihm, sie immer an seiner Seite zu sehen: er brauchte sich nur etwas umzudrehen. Für Stunden verließ ihn diese Zwangsvorstellung nicht mehr. Was immer er auch unternehmen wollte, die Schwägerin verbot es ihm. Was immer er auch dachte, die Schwägerin unterbrach ihn auf der Stelle. In allem war er von ihr abhängig. Zog er sich zum Arbeiten die Weste aus, wollte es die Schwägerin nicht. Zog er sie wieder an, hatte er trotzdem keine Ruhe. Wenn er aß (manchmal kaufte er für zwei Soldi Birnen oder festen Käse und ging in eine Hosteria, wo er sich einen halben Liter Wein geben ließ), schien es, als beobachtete ihn seine Schwägerin. Er verzweifelte und heulte. In wenigen Monaten war er um zwanzig Jahre gealtert und nicht einmal mehr in der Lage zu arbeiten. Er warf sich auf einen ausgedienten Stuhl, den er in der Werkstatt hatte, und stützte den Kopf in die Hände. Aber da kam die Schwägerin ihm noch näher und warf sich über ihn. Er stand blitzschnell auf und schob sie mit den Armen fort. Leopold wußte nicht, was er dazu sagen sollte, und tat so, als bemerkte er nichts. Auf der Straße blieb er stehen: er versuchte, sie vorgehen zu lassen, aber auch sie blieb stehen und wartete auf ihn. Daraufhin ging er schneller, um ihr zu entkommen. Seine Krankheit nahm immer mehr zu, mit einer beängstigenden und untröstlichen Traurigkeit. Er dachte ständig an den Tod und sprach mit keinem seiner Freunde mehr. Er fühlte sich erschöpft und schrecklich verbittert.

Bice griff auch zu gewissen Hexereien, damit die Carabinieri ihn verhafteten.

Während sie einmal am Grab ihrer Schwester kniete, war sie dermaßen außer sich, daß sie nicht bemerkte, wie David mit einem neuen und größeren Kreuz kam, das das alte ersetzen sollte. Damit sie ihren Kopf hob, berührte David sie an der Schulter. Sie stieß einen Schrei aus und erhob sich; sie war leichenblaß.

»Warum schreist du?«

Sie schwieg, aber ihr Gesicht bekam wieder Farbe, und in ihren Augen las man alles, was sie dachte.

Er wollte ihr daraufhin ins Gesicht schreien, daß es nicht wahr sei, aber er konnte nicht sprechen. Er mühte sich ab, wenigstens ein Wort zu sagen, aber seine Lippen wie seine Kehle setzten vergebens dazu an. Er biß sich in die Hände. Die Frau, die etwas verängstigt war, tat so, als bemerke sie nichts, und ging davon.

David wollte nicht mehr an sie denken. Er wollte sich ans Grab seiner Frau knien, die seine Unschuld kannte, und beten. Er wollte sich der Seele seiner Frau anempfehlen, damit seine Schwägerin ihn nicht mehr haßte. Aber er drehte sich abrupt um, dahin, wo die Schwägerin gewesen war. Er fühlte sich schwindlig werden und dann ohnmächtig. Da lief er hinter ihr her, um sofort bei ihr zu sein. Es kostete ihn Mühe, die Füße zu bewegen, und das Gefühl der Ohnmacht nahm in dem Maß zu, wie er ihr näher kam. Er hätte stehenbleiben wollen, aber er konnte nicht mehr. Ihm war bewußt, daß er dabei war, eine Sache zu tun, die nicht mehr von seinem gewöhnlichen Willen abhing. Aber er lief weiter, so gut er konnte, wie ein Berauschter, und er spürte das Gewicht seines eigenen Kopfes, so daß ihm Hals und Schultern zu schmerzen anfingen.

Es kam ihm vor, als wolle der Friedhof über ihm zusammenstürzen, und David glaubte, stillzustehen und sie nicht mehr rechtzeitig zu erreichen.

Da ließ er sie sich nicht einmal mehr umdrehen und erschlug sie mit dem Kreuz, das er in der Hand hatte.

Man machte ihm keinen Prozeß, denn er starb vorher im Gefängnis. Und seine Zellengenossen sagten, er hätte sich vergiftet, indem er Spinnen aß.

Die Uhren

Bernardo Lotti hatte in jedem Zimmer seiner Wohnung eine Uhr, auch im Schlafzimmer. Nur im Wohnzimmer standen vier. Es waren alte Pendeluhren. Sie sahen sich, außer in ihrer Größe, alle ziemlich ähnlich, hatten ein hölzernes Zifferblatt und Ranken aus gemalten Rosensträußen um die Ziffern. Im Wohnzimmer befand sich eine, die dort aus der Wand hervorgetreten und dann mehr als die anderen gewachsen zu sein schien. Seit zwanzig oder dreißig Jahren hatte sie niemand mehr abgerückt. Ihre Messingpendel erweckten den Eindruck von Zentnerschwere, und ihre Zeiger sahen aus wie Messerklingen: sie drehten sich, als ob sie schneiden und töten müßten, und ihr Tick-Tack war wie ein Atem. Ihr Zifferblatt, das früher weiß angemalt war, war von einem undefinierbaren schmutzigen Farbton, und die Rosenranke schien von den langen Zeigern halb abgemäht: Holzwürmer hatten es durchlöchert wie viele Nadelstiche. Wenn sie die Stunden schlug, hörte man ihrem Klang zu und vergaß mitzuzählen. Es war wie ein stiller Gesang, und man war darauf gefaßt, daß sie sogar ein paar Worte sagen würde. Ihr verrostetes Räderwerk war von einer sentimentalen Zartheit. Die anderen drei Uhren waren kaum hörbar und schienen sich vor ihr zu fürchten.

Die Uhr im Schlafzimmer war die eleganteste: sie schlug die Stunden in schneller Folge, als hätte sie Sorge zu stören. In der Küche befand sich die häßlichste.

Eine stand auch im Eingangszimmer, aber man erkannte sie nur, wenn man die Tür zur Treppe öffnete. Sie war an einer Wand angebracht und immer von Dunkel umgeben, da dieser Raum kein Fenster hatte. Jedesmal, wenn Lotti sie aufzog, schien sie fast zu Bruch zu gehen; trat jemand ein, um nach Lotti zu fragen, wandte er sich beim Schleifen ihres Pendels nach ihr um.

Insgesamt waren es also sieben Uhren.

Lottis Großvater war Uhrmacher gewesen, und diese Uhren hatte er für sich behalten. Sie hatten weitergelebt, weil bereits

Lottis Vater sie sowohl wegen der Erinnerung als auch aus persönlicher Zuneigung in Ehren gehalten hatte, und er, Bernardo, hatte dasselbe getan. Schon als Kind hatte er sie immer aufgezogen, und jetzt war es ihm zur Gewohnheit geworden.

Lotti hatte ein schönes Mädchen aus derselben Straße geheiratet; ihre beiden Kinder waren gestorben, als sie noch keine sechs Jahre alt waren, seine Frau mit vierzig.

Sein Vater hatte ihm ein Lebensmittelgeschäft hinterlassen, das er jedoch, nachdem er verwitwet war und keine große Lust mehr zum Arbeiten verspürte, verpachtet hatte, so daß er jetzt von einem kleinen Einkommen lebte, ohne einer weiteren Beschäftigung nachzugehen.

Er stand immer früh auf, trank seinen Kaffee immer in demselben Laden, sogar immer am selben Tisch, wurde von einem Kellner bedient, der ihn schon seit seiner Jugend kannte, und bekam immer die gleiche Tasse mit rotem Doppelstreifen: der goldene Streifen war völlig verschwunden. Die metallenen Kaffeelöffelchen waren gelblich angelaufen.

Er ging in der Lizza spazieren, dem Park von Siena, und wählte dazu vorzugsweise die Allee aus, auf der die Kutschen fuhren. Dort kamen auch die Musikcorps der Soldaten vorbei, außerdem junge Leute und Schüler, die einander nachliefen und dabei Blätter von den Hecken rissen, die so gleichmäßig beschnitten waren, daß sie von weitem wie gemalt aussahen.

Er durchstreifte die Burganlage der Fortezza, ging um die flache weiße Kaserne herum, trat in jede der spaltförmigen Nischen des Bollwerks und ging etwas schneller, wenn er auf ein verliebtes Paar traf, das sich genausowenig wie er sehen lassen wollte.

Von dort oben blickte er auf die Stadt hinunter und erkannte deutlich die beiden Fenster seines Schlafzimmers: sie lagen nach der Seite, wo die Dächer von San Domenico jeden Moment abzustürzen drohten und die Häuser eine ununterbrochene Kette bildeten, wobei jedes von ihnen das sein will, welches am weitesten hervorragt, so daß man wenigstens einen Teil von ihm zu sehen bekommt.

Am Ende seines Spaziergangs kaufte er sich immer die gleiche Zeitung. Dann ging er nach Hause zurück und las sie an den weit geöffneten Fenstern seines Schlafzimmers, die auf eine jener dunklen Straßen hinausgingen, wo drei oder vier Bögen die Häuser miteinander verbinden.

Wenn die Rathausuhr Mittag schlug, ging Lotti in eine Trattoria in der Piazza del Campo zum Essen: in die *Trattoria zur Hoffnung*, die draußen ein grünes Schild mit weißen Buchstaben hatte. Er aß immer das gleiche, wenn er aber einmal etwas anderes aß, kam dies einem Fest gleich, und er trank dann einen halben Liter Wein mehr. Gewöhnlich spendierte er dem Zitronenhändler immer ein Glas Wein, der sich auf einen Hocker an der Türe der Trattoria setzte, um sich etwas auszuruhen, wobei er den inzwischen leeren Korb verkehrt herum auf den Knien hielt und mit einer Hand die Kupfermünzen in seiner Tasche klimpern ließ. Er kaute an einem Strohhalm, war rot im Gesicht und hatte ein paar Hitzebläschen auf den Backen und auf der Nasenspitze; dazu einen Schnurrbart, der immer dünner zu werden schien, wie zwei oder drei Borstenhaare, feurig funkelnde Augen und vom Schweiß glänzende Haare. Außerdem trug er eine viel zu kleine Mütze, die er über ein Ohr gezogen hatte, und saß in Hemdsärmeln da, in einem blauen Hemd und kaputten Schuhen, damit sie seinen Hühneraugen nicht weh taten. Er war noch jung, aber halb verrückt. Zwei Monate im Jahr verbrachte er in der Irrenanstalt. Dort wurde er wieder gesund, weil er keine starken Getränke trinken durfte. Er grüßte Lotti, als ob er ihm Gehorsam schuldig wäre. Lotti erwiderte seinen Gruß kaum, wie es seine Art war, doch freute er sich über den Gruß und hätte sich wohl so geärgert, wenn der Zitronenverkäufer stumm geblieben wäre, daß ihn das sogar dazu hätte bringen können, nicht mehr in die Trattoria zu kommen.

»Heute haben wir einen schönen Tag, Signor Lotti!«

Und dann schaute er in den Himmel über der Spitze des Turms, um den herum die Häuser von Siena emporsprossen. Lotti erwiderte mit einem Lächeln: »Ja, wahrhaftig!«

Und dann nahm er gleich einen Stuhl in die Hand, schob ihn sich unter und setzte sich hin.

Seine Knie zitterten ein wenig, und er war auch dünner geworden. Er hatte einen kleinen Spazierstock bei sich und trug ein

Hemd mit hochgeschlossenem Kragen, aber er hatte keines, an dem der Kragen und die Manschetten nicht ausgefranst gewesen wären. Seine Anzüge waren alt: er wollte sich keinen neuen mehr machen lassen, denn er dachte, er müsse ohnehin bald sterben und könne ihn daher nicht mehr ausreichend lange tragen: es lohnte sich nicht, noch soviel Geld auszugeben! Das sagte er dem Zitronenverkäufer immer und lächelte dabei; der aber schüttelte den Kopf und schwor ihm, daß Lotti ihn bestimmt überleben würde.

Nach dem Essen legte Lotti sich hin, auch im Winter. Wenn er dann wieder aufstand, ging er, noch bevor er sich die Weste angezogen hatte, allen seinen Uhren einen Besuch abstatten.

Mit einer brennenden Zigarre im Mund stellte er sich vor sie hin und betrachtete jede einzelne, mitunter auch eine halbe Stunde lang: er war imstande, darauf zu warten, bis der Zeiger eine halbe Drehung ausgeführt hatte und die Uhr wieder schlug. Dann verließ er sie und ging zu einer anderen, stand wieder aufrecht vor ihr, obwohl es in den Zimmern genügend viele Stühle gab.

Die Uhren hingen fast an der Zimmerdecke, und er mußte seinen Kopf nach oben recken. Doch während er sie betrachtete, dachte er immer über vieles nach, und sein ganzes Leben fiel ihm ein.

Manchmal erinnerte er sich einer Sache beim Betrachten einer Uhr zum ersten Mal, und dann war er fast bestürzt, weil er sich alt fühlte. Er senkte den Kopf, ging von einem Zimmer ins nächste und wagte es nicht mehr, seine Uhren anzuschauen. Aber die Wohnung gehörte ihnen inzwischen mehr als ihm, so empfand auch er es. Sie waren die eigentlichen Herrscher im Haus, er zahlte nur die Miete für sie.

Einmal hatte er die Uhr in seinem Schlafzimmer nur ein wenig verrückt, und es war ein unheimliches Gefühl gewesen, als er sah, daß sich die Wand dahinter weiß und frisch erhalten hatte: sie war noch genauso hell wie am Tag seiner Hochzeit! Da frischten sich auch die Farben der Rosensträuße auf, und er roch förmlich ihren Duft: er war wie der des Sträußchens, das seine junge Ehefrau ihm eines Morgens noch am Beginn ihres gemeinsamen

Lebens zu zweit ins Knopfloch gesteckt hatte. Der Mund seiner Frau war damals noch immer schön und ihr Haar schwarz, und es machte gar nichts, daß ihr Gesicht Spuren von Leid aufwies und der Leberfleck unter dem Kinn größer geworden war. Und wenn auch ihr Hals angeschwollen war, so war ihre Haut noch immer glatt. Und als er dann ihre Schultern betrachtete, überkam ihn eine stille Lust, sie zu küssen, auch wenn er nachher, als seine Frau mit dem Entkleiden fertig war, nicht mehr daran gedacht hatte.

In Siena wußten alle, daß Lotti diese Uhren besaß; man glaubte sogar, er hätte noch mehr, denn als sein Großvater starb, wurde alles, was sich in dessen Werkstatt fand, in die Wohnung getragen. Und er hatte niemals etwas davon verkaufen wollen.

Obwohl er gemeinsam mit seinem Vater das Lebensmittelgeschäft geführt hatte, wirkte er doch mehr wie ein Rentier: er hatte etwas Herrschaftliches, etwas Vornehmes an sich, und er sprach niemals über sein Geschäft. Es war sogar so, daß er, wenn andere nur Andeutungen machten, rot anlief wie ein Junge und das Gespräch sofort abbrach: nicht, weil er sich geschämt hätte, sondern weil er sich schämte, aufgehört zu haben, noch bevor er eigentlich alt war. Im übrigen empfand auch er eine Art Bedauern und fühlte sich furchtbar einsam, und zwar so sehr, als hätte er niemals Frau und Kinder gehabt. Manchmal stürzte ihn diese Einsamkeit in eine schwermütige Verzweiflung, er aber lächelte darüber, stets verbindlich, voller Haltung und ohne Gewissensbisse. Da er bereits so früh zum Witwer geworden war, glaubte er, verpflichtet zu sein, sich gesund zu erhalten. Er hätte sich zwar gerne wieder an eine Frau gebunden, um mit ihr zu einem einzigen Wesen zu verschmelzen, doch hatte ihn der Tod statt dessen gezwungen, sich in sich selbst zu verschließen. Warum nur waren auch seine Kinder gestorben? Er empfand sich als eine abgesonderte Kraft, die mehr auf Gott gerichtet war als auf die Menschen.

Als er in einem kleinen Bild das Wappen mit roten und grünen Schrägbalken seines Stammbaums betrachtete, kam es ihm vor, als würde er wieder jung und seine Vorfahren würden noch leben. Wie viele Vorfahren hatte doch die Familie Lotti! Einer von ihnen war einst Gonfaloniere der Republik von Siena gewesen und ein anderer Seneschall einer Burg in der Maremma. Bernardo empfand stolzes Bedauern, wenn er darüber nachdachte. Aber das war ja nun alles sinnlos! Und doch konnte er nicht anders, als das Wappen zu betrachten, das sogar einen Silberstreifen enthielt! Herrschaft! Hinter dem Banner herzugehen, das einem ins Gesicht flatterte, mit leicht hoheitsvollem Schritt! Der Gonfaloniere mußte Ähnlichkeit mit ihm gehabt haben, denn Bernardo hatte eine allzu große Sympathie und eine allzu große Zuneigung für ihn! Doch jetzt dachte keiner mehr daran, und auch er mußte damit aufhören.

Sein größter Kummer bestand darin, nicht einmal einen Sohn zu haben. Mit seinem, Lottis, Tod starb die Familie aus. Man konnte nicht einmal verstehen, warum sie überhaupt auf die Welt gekommen war! Jetzt hatte eine andere Art von Leuten das Sagen, denen gegenüber er feindlich eingestellt war, weil sie so grundverschieden von ihm waren. Die jungen Leute hatten andere Gewohnheiten, und nie ergab sich die Gelegenheit, sie zu verstehen und sich über die Dinge zu freuen, die sie erfreuten! Und indem er jetzt wieder seine eigene Jugend spürte, empfand er sich selbst gegenüber eine Ironie, die zwischen Sentimentalität und Bitterkeit angesiedelt war und die ihn, weiß Gott aus welchen Anknüpfungspunkten heraus, an die untröstliche Leidenschaft erinnerte, die er für seine Frau empfand, und an das Bedürfnis, sie auch weiterhin zu lieben. Und das mit einer Freude, die stets in ihm lebendig geblieben war, wenngleich sie auch immer trostloser wurde vor dem Hintergrund seines Verstandes. Es war eine Freude, die ihn nicht mehr erreichen konnte; er mußte sich mit dem Wissen begnügen, daß es sie gab, so, wie es die Vorfahren gab, die in seiner Vorstellung alle gebannt auf ihn blickten, weil er keinen Sohn haben konnte. Gaben sie ihm denn nicht genügend Kraft? Dabei schien es, als wollten sie alles daran setzen, ihn zu einem intensiveren Leben anzuspornen!

Doch der Tod ereilte auch Bernardo, noch bevor er richtig Zeit hatte, sich auf ihn einzurichten. Er starb an Lungenentzündung, und er kommunizierte ein letztes Mal, als ob er an einem Sonntagmorgen in die Kirche ginge. Er sah den Himmel bis zum letzten Atemzug und lauschte den Schlägen aller seiner Uhren, auch derjenigen, die in dem dunklen Eingang stand.

Er erstarrte mit dem Ausdruck eines Menschen, der sich umdreht, um zu sehen, gegen was er gerade gestoßen ist: immer bereit zu einem Spaziergang und dem Zitronenverkäufer ein Glas Wein auszugeben. Da er keine Verwandten mehr hatte, kamen zwei Frauen, die Mieterinnen im selben Haus waren, die ihn wuschen und ankleideten, in der Hoffnung, sich gewissermaßen als Belohnung das Geld anzueignen, das er in der Kommode und in der Tasche haben mußte, obgleich sie wußten, daß er es auf dem Postsparbuch aufhob.

Da nun die Uhren nicht mehr aufgezogen wurden, blieben sie eine nach der anderen stehen: die im Schlafzimmer, die seinem Bett genau gegenüberstand, schien wie eine zweite Leiche. Zuletzt blieb die größte stehen: eines ihrer Gewichte sank bis zum Fußboden hinunter, aber die Uhr hörte erst auf zu ticken, nachdem Lotti auf dem Camposanto beerdigt worden war: das war am darauffolgenden Tag.

Der Hausbesitzer ließ sie, um die Zimmer zu reinigen, alle abnehmen und gab sie dem Trödelhändler, der sein Geschäft auf dem Marktplatz hat, auf dem die Bauern samstags ihre Einkäufe besorgen.

Der Zitronenverkäufer kam nicht mehr zurück aus der Irrenanstalt.

Das Wunder

Francesco Appesi fühlte sich zunehmend einsam. Der Umstand, mehr als zwanzig Jahre lang Tränen vergossen und gelitten zu haben, bestärkte ihn in der Gewißheit, seinen lautersten Empfindungen gemäß zu leben, wie er sie nicht einmal als junger Mensch oder als Kind gekannt hatte. Nun war für ihn eine Zeit angebrochen, wo seine Arbeit ihm als ein noch wirklicherer Traum erschien als seine Träume bei Nacht. Nun brauchte er aufgrund seiner seelischen Verfassung wie seines eigenen Willens niemanden mehr. In den seltenen Augenblicken, in denen er sich in den gewohnten Menschen zurückverwandelte, befiel ihn die Angst, weniger stark zu sein. Nun liebte er frei von dem Bedürfnis, wiedergeliebt zu werden.

Doch der Frühling ist gekommen, und damit hat das Sterben für ihn jetzt etwas gewissermaßen Unstatthaftes! Er öffnet das Fenster, und die Luft benetzt seine Augen. Vom Fenster aus sieht er nichts als Dächer und Häuser, die ihn zusammen mit den anderen Bewohnern ringsherum einschließen; doch ein Grasbüschel, das zwischen einem Dachziegel und einem anderen wächst, genügt ihm, um sich des Frühlings zu vergewissern.

Im Schlafzimmer betrachtet er am Kopfende seines Bettes eine Madonna, die er für ein paar Soldi erstanden hatte, als er eines Sonntags die Kirche von Santa Maria Novella betrat. Er denkt immer daran, daß auf den Portalstufen zum Kreuzgang, der aussieht wie ein Friedhof ohne Tote, ein alter Mann saß und Medaillons aus Metall verkaufte: er hatte sie in einer Art Schublade ausliegen, die von irgendeinem kleinen Tisch stammte. Auch eine alte Frau war da, die Kerzen verkaufte: diese hatte sie in einem Bündel aufrecht an die Türe gelehnt. Außerdem war da noch ein junges, blindes Mädchen, das seinen Kopf in ein rotes, schmutziges Tuch eingewickelt hatte: ihr augenloses Gesicht schien weder Mund noch Ohren zu haben. Mit ihrem glatten, weichen, geradezu knochenlosen Körper wiegte sie sich ununterbrochen hin und her.

Francesco glaubt an seine Madonna.

Heute fühlt er, daß auch seine Freundschaft mit seinem treuesten Freund aus Studientagen zu Ende ist, aber es berührt ihn nicht weiter. Er ist verheiratet und hat zwei Töchter, aber er liebt seine Familie allein in Gott. Er ist sich sicher, nicht mehr derselbe zu sein wie am Tag seiner Hochzeit oder in den ersten Monaten seiner Vaterschaft. Es gibt Entfernungen, die so groß sind, daß man sie nicht mehr zurückgehen kann, auch wenn man sich im Weg geirrt hat. Statt umzukehren, beharrt man lieber weiter auf seinem Fehler.

Doch der Wahnsinn Appesis ist damit noch keineswegs am Ende: er vervollständigt sich Tag um Tag und wird immer subtiler. War er früher nur irgendein Wahnsinniger, so ist er heute ein Intellektueller seines Krankheitstyps. Doch das ist ihm nicht bewußt: er ist gutgläubig und hat seit seinen Kindertagen so viel gelitten, daß er durch seinen eigenen Willen zu einem Heiligen geworden ist. Er ist so gut, daß ihm nunmehr alles erlaubt ist, auch das Wahnsinnigwerden.

Eigentlich möchte er auch aufhören zu essen, und wenn er, nachdem er gebetet hat, zu Bett geht, schmerzt es ihn zutiefst, nicht einer jener Einsiedler zu sein, deren Gedanken nur auf Gott gerichtet waren, und die ihren Hunger mit einer Brotrinde stillten.

Francesco Appesi ist Angestellter in einer Florentiner Bibliothek. Seinen hellen Schnurrbart könnte man noch für blond halten. Der Haarausfall hat bewirkt, daß seine Stirn von der Nasenwurzel bis zur Schädelmitte geht; seine Ohren sind so hoch gewachsen wie sein ganzer Kopf. Er ist ziemlich mager und hat behaarte Finger. Wenn er spricht, hat man den Eindruck, als würde seine Stimme aus der Stirn heruntersteigen. Seine beiden Töchter sind häßlich, und seine Frau hat ein Gesicht, das zu beschreiben unmöglich ist, weil nur noch ihr Mund ein wenig davon verrät, wie er früher einmal war. Alles übrige an ihr ist wie aufgedunsen; die Proportionen sind nicht mehr die alten. Ihr Gesicht ist stets von der gleichen Färbung, nur nach dem Essen wird es für ein paar Stunden zinnoberrot. Aus dem Fleisch ihres Gesichts läßt sich nicht mehr erahnen, was in Signora Emilia Appesis Seele vorgeht. Die Nase, die Backen, das Kinn sind lediglich Fleischaufsätze ohne Verbindung zum Rest. Dasselbe gilt auch für ihre Arme, die so kurz sind wie zwei Stummel und den Eindruck erwecken, als könne sie sie zu nichts mehr gebrauchen. Und man begreift einfach nicht, warum Signora Emilia so groß ist.

Francesco sagt zu ihr: »Kaufe zwei Blumentöpfe für die Fenster im Wohnzimmer.«

Doch diesen Wunsch hat ihm seine Frau nie erfüllt, weil sie nicht in der Lage ist, ihn sich zu merken.

Oder er sagt zu ihr: »Koch mir heute Stockfisch.«

Doch Signora Emilia wird es nicht tun, weil sie, wenn sie einkaufen geht, nur das einzukaufen in der Lage ist, was sie in diesem Augenblick unmittelbar vor sich sieht.

Wenn er sie bittet, ihm ein Buch zu holen, dann geht sie nicht, weil eines der beiden Mädchen immer schneller ist als sie. Wenn er sie bittet, das Salz auf den Tisch zu bringen, reagiert sie nicht, weil sie es nicht braucht. Doch Francesco schreit sie nicht an, er blickt nur in ihr Gesicht, und dann vergißt auch er, um was er sie eigentlich gebeten hat.

Signora Emilia hat ihm nie etwas zu sagen, aber sie hört ihm zu.

Wenn er aber die Bibliothek betritt, kommt es ihm vor, als wären die Bücher lebendig und würden sich von selbst bewegen: es genügt, daß er nur daran denkt. Die Bibliothek ist riesig. Dort gibt es Säle voller Bücherregale, die nur er kennt. Die von ihm in Schönschrift ausgefüllten Karteikarten sind genau jetzt fertig geworden, obwohl sie schon einige Jahrzehnte alt sind. Wenn er die zuletzt geschriebenen mit den ersten vergleicht, wird ihm bewußt, wie sich seine Handschrift von einem Jahr zum anderen verändert hat. Aber schließlich ist auch seine Handschrift etwas Lebendiges, wie die Autorennamen und Titel auf den Bücherrükken oder die Gipsbüsten, mit denen er sich sogar unterhalten könnte. Würde er entdecken, daß eine Büste fehlt, würde er sich damit nicht abfinden können; er würde es nicht begreifen. Alles, was seine Augen in der Bibliothek gesehen haben, muß an seinem Platz verweilen. Auf diese Weise bleibt Florenz für ihn unverändert: immer dieselben Menschen, immer dieselben Glocken.

Im Alter von fünfzig Jahren träumt er immer noch, seine Mutter würde ihm drohen und sein Bruder ihn verfolgen und ihm weh tun. Einige seiner Träume kehren seit Jahren in der Nacht genauso wieder wie damals: dieselben Empfindungen, dieselben Gefühle.

Bevor er elektrisches Licht in seine Wohnung hatte legen lassen, brach er gern Wachsstücke von der Kerze ab und vergnügte sich dann stundenlang damit, Kugeln daraus zu formen, ohne sich aber jemals dazu aufraffen zu können, sie wegzuwerfen. Das einzige, wovon er keine Ahnung hat, ist Musik, trotzdem wäre er gerne Musiker, und vor allem der Frühling weckt immer wieder diesen Wunsch in ihm.

Nun mußte aber der Tag kommen, an dem Francesco Appesi sich nicht einmal selbst wiedererkannte, da er es seit vielen, vielen Jahren nicht mehr gewagt hatte, seine Gefühle einem Urteil zu unterziehen.

An jenem Tag befand er sich auf dem Heimweg von der Bibliothek und war in der Nähe seiner Wohnung in der Via della Scala. Es war windig, und seine Augen füllten sich mit Staub. Aber er blickte auf das grüne, von der Sonne beschienene Laub der Bäume am Ende der Straße und suchte die Sonne auch oben an den Häuserfassaden. Es kam ihm so vor, als empfände er Freude über die offenstehenden Fenster, die Licht und Luft einließen, als würden sie vom Wind hineingedrängt. Ein paar geschlossene Karren, die vor allem dazu dienten, Brot und Milch in die Häuser zu liefern, standen so geduckt auf dem Gehsteig herum, daß sie wie niedergewalzt aussahen. Er blieb stehen und betrachtete sie wie ein Junge, und er hatte den Eindruck, daß die ganze Straße in eine ungewöhnliche Jugendlichkeit getaucht war, die ihm das Herz zuschnürte, denn obgleich ihm der Frühling, wie schon gesagt, gefiel, war es ihm, als würden die Sonnenstrahlen ihn die Last der Jahre deutlicher spüren lassen. Fast hätte ihn eine innere Bewegung überwältigt, doch dann trat er schnell ins Haus, wo er seine Frau mit einem gleichsam heiteren Gesicht anzutreffen glaubte, einem Gesicht, das selbst er sich nicht genau vorstellen konnte. Dabei dachte er, was er vorher noch niemals gedacht hatte: daß ihre Stimme ihm so sanft und zart erscheinen würde, daß er Gott dafür auf der Stelle danken müsse. Auch die Küche war von Sonne durchflutet, und seine Frau, die an der Herdstelle herumhantierte, erschien ihm in diesem Licht ganz anders als an den anderen Tagen. Er fühlte, daß ihm, hätte er jetzt etwas gesagt, die Tränen kommen würden.

Von diesem Augenblick an war er von Sinnen. Er war davon überzeugt, eine andere Frau zu haben und in sie verliebt zu sein. Er ging ins Schlafzimmer, und die Madonna bewegte sich von alleine auf seinen Schreibtisch zu. Dabei hielt sie sich ganz aufrecht, und das Papier zerknitterte nicht. Er glaubte, einen Blumenstrauß in der Hand zu halten und die folgenden, an ihn gerichteten Worte zu hören: »Francesco, willst du noch weiterleben? Willst du jetzt nicht sterben? Denn ich werde dich zu einem neuen Leben erwecken und verspreche dir, daß du niemals mehr leiden sollst.«

Francesco meinte zu antworten: »Sehr, sehr gerne. Das ist es, was ich immer gewollt habe.«

»Dann gehe und verlasse sogleich dein Haus. Dreh dich nicht um, sprich nichts mehr, denn nur so kannst du den Tod erlangen. Es ist ein scheinbarer Tod, aber er ist so gut wie der wirkliche.«

Dann fügte die Madonna noch hinzu: »Hänge mich wieder an die Wand.«

Er näherte sich ihr und nahm sie in seine Hände. Sein Herz zitterte. Er glaubte, einen Hammer in der Hand zu halten und die Nägel in die Wand zu schlagen. Aber er schlug sich mit dem Hammer auf die Finger, und der Schmerz entmutigte ihn.

Da fragte er, bevor er zu weinen begann, die Madonna: »Warum muß ich noch leiden?«

Doch die Sonne fiel ins Zimmer und verhinderte, daß er die Antwort hören konnte.

Als seine Frau ihn zum Essen rief, bekreuzigte er sich heimlich, und alles war wie zuvor. Francesco aber konnte sich nicht erklären, wie die Madonna ihm einen derartigen Vorschlag hatte machen können. Sein Gewissen war beunruhigt, und am nächsten Morgen ging er zur Beichte. Der Priester, der ihn gut kannte, wunderte sich und gab ihm irgendeine Erklärung, damit Francesco sich nur ja nicht weiter quälte. Und schließlich glaubte er, daß er vor Erschöpfung und Müdigkeit eingeschlafen sei, ohne es zu bemerken, und geträumt habe.

In der Bibliothek aber entwickelte er eine neue Manie: er wollte um jeden Preis von allen Büchern, die in den Regalen oben aufgereiht nebeneinander standen und ihm ins Auge fielen, den Inhalt auswendig kennen. Er nahm die Leiter, zog ein Buch heraus und las es in aller Eile, mal hier, mal dort, wie es ihm gerade unterkam. Dann machte er das gleiche mit einem anderen Buch und noch einem, ohne innezuhalten, so lange wie seine Kraft dazu reichte und seine Augen mitmachten.

Signora Emilia verhielt sich natürlich wie gewohnt und bemerkte überhaupt nichts. Sie fragte ihn lediglich, warum er ständig in Gedanken versunken wäre, und er sagte dann stets: »Bin ich doch gar nicht!«

Allerdings hatte er Angst vor seiner Madonna. Und einige Monate später ereignete sich das unerwartetste aller Wunder, die ihm widerfahren konnten: er war überzeugt, er sei ein Junge und seine Frau seine Mutter. Damit sie ihn nicht ausschimpfte, mußte er alles tun, um die Tatsache zu verbergen, ein Junge zu sein. Deshalb erfand er die Ausrede, daß er zu tun hätte, und ging statt dessen aufs Land hinaus, mit den Händen in den Hosentaschen, genau wie damals, während der Ferien. Wenn sie ihn dann nicht eingesperrt hätten, wäre er die Hecken entlang gerannt. Aber so ging er jetzt besonders gemächlich, um sich dieser Gefahr nicht auszusetzen. Nur in seinem Inneren hatte er die köstliche Gewißheit, ein Junge zu sein, und konnte über seine Lausbubenstreiche lächeln. Wie privilegiert war er doch gegenüber allen anderen Menschen! Schließlich gab es ja niemanden, der sich mit ihm messen konnte!

Allerdings war er ein Junge, der keine Schaukelpferde und keine Bonbons brauchte. Wenn der Wind durch das Kornfeld rauschte und die Ähren bewegte, versuchte er, Gott weiß was für lebendige Figuren in dem Gewoge zu erkennen. Danach ging er auf einen Baum zu, so als hätte dieser ihn herbeigerufen. Er setzte sich in seinen Schatten und schickte von Zeit zu Zeit einen Blick hinauf in die Äste, die ihn ergötzten. Er grub seine Finger in Erdspalten, schritt durch die Kornfelder und folgte dabei den längsten Furchen, nahm Erdschollen in seine Hände, schüttelte an Riedhalmen, um ihre hellen Blüten zu zerstören, er blickte aufs vorüberfließende Wasser, ohne zu ermüden, und umarmte die Bäume.

So vergnügte er sich auf kindliche Art und beneidete lediglich seine beiden kleinen Töchter.

Elía und Vannina

Elía liebte seine Frau mehr als zu der Zeit, da er sich in sie verliebt hatte, und er hatte nur den einen Wunsch, sie immer noch mehr zu lieben. Er war groß und schlank, hatte ein mageres, auf den Seiten eingedrücktes Gesicht und rote, enganliegende Ohren; obwohl er jetzt schon dreißig Jahre alt war, wuchs ihm immer noch kein Bart. Seine Frau Vannina dagegen war hübsch und zart, aber in ihrer Zartheit lag etwas Sinnliches.

Wenn sie zusammen ausgingen, blickte er sie ständig an, während sie überhaupt nichts sah und wie zerstreut ein paar Schritte vor ihm herging.

Wenn sie nach Hause zurückgekehrt waren, fragte er sie: »Wärst du nicht lieber noch ein bißchen spazierengegangen?«

Aber Vannina verschwand, ohne ihm zu antworten, ins Schlafzimmer, wo sie sich die Handschuhe auszog und den Hut absetzte. Elía ging ihr nach, stellte sich dicht neben sie und wartete, daß sie etwas zu ihm sagte. Doch sie zog sich aus und warf sich sogleich den Hauskittel über. Er half ihr dabei, nahm ihr Gesicht in seine Hände und wollte sie auf den Mund küssen.

»Ich liebe dich, weißt du das?«

Sie starrte ihn an, als wolle sie sich auf ihn stürzen: »Das mußt du auch.«

Eines Abends, als er den Kragen ihres Hauskittels hinter ihrem Hals zurechtrückte, sagte sie: »Laß mich jetzt, ich muß das Abendessen aufwärmen. Ein Stück Lammbraten ist von heute mittag übriggeblieben. Dazu mache ich Salat.«

»Ich komme mit dir in die Küche.«

Vannina stellte sich an den Herd und sagte kein Wort mehr. Doch als er sich eine Zigarette anzündete, drehte sie sich um und sagte mit jener gespielten Sanftheit, die sehr deutlich den Vorsatz und die Gewohnheit erkennen ließ, sich, koste es, was es wolle, durchzusetzen: »Warte doch mit dem Rauchen.«

Er drückte die Zigarette aus und bat sie um Entschuldigung.

»Jeden Abend muß ich dir dasselbe sagen! Warum gehst du denn nicht auf die Terrasse zum Rauchen?«

Er ging auf die Terrasse. Doch als er die Zigarette gerade zum zweiten Mal anzünden wollte, warf er sie lieber weg und kam wieder in die Küche.

Draußen glühten die Sterne am Himmel wie die Kohlen im Herd, und auf der dunklen Straße hörte man Leute im Vorbeigehen miteinander reden. Dann war es wieder still. Als Elía sicher sein konnte, daß unten niemand mehr war, spuckte er hinunter und lauschte so lange, bis er die Spucke, nachdem sie dicht an der angezündeten Laterne vorbeigeschossen war, aufs Straßenpflaster klatschen hörte.

Vannina sah ihren Mann an, unterbrach sich aber sofort, als er dem Fenster wieder seinen Rücken zukehrte. An diesem Abend fühlte Elía sich so ganz von seinen Empfindungen durchdrungen. Und Vannina sagte zu ihm: »Ich muß eine deiner Westentaschen nähen. Ich habe gesehen, sie ist ganz zerrissen. Wieso ist sie zerrissen?«

»Weiß nicht... Vielleicht ein Nagel?«

»Weißt du es wirklich nicht?«

»Nein, ich schwör's dir, ich weiß es nicht.«

»Du willst also sagen, du hast es nicht bemerkt. Natürlich mußt du ganz dicht an einem Nagel vorbeigekommen sein, im Büro. Hast du nachgesehen, ob's in deinem Büro einen herausstehenden Nagel gibt?«

»Morgen sehe ich nach, und dann sag ich's dir.«

»Du mußt aufpassen, denn diese Weste habe ich dir schon einmal genäht.«

»Vor einem Monat, scheint mir.«

»Wohl möglich. Komm mal unters Licht. Ich will mir genauer ansehen, ob es nur aufgetrennt oder wirklich zerrissen ist.«

Elía kam näher, wobei er den Westenzipfel in die Hand nahm, wo die Tasche saß, und ihn hochhielt. Vannina stülpte den Taschensaum nach außen und sagte dann: »Zerrissen! Herrje, wie hast du das nur wieder angestellt?«

Er lächelte. Da aber seine Frau ganz aufgeregt war und zitterte und ihr Gesicht bleich wurde, tat es ihm leid, mit der kaputten Westentasche nach Hause gekommen zu sein, die sie jetzt flicken mußte.

»Ich weiß nicht einmal, ob ich Garn in der gleichen Farbe habe.«

»Du kannst es ja morgen kaufen.«

»Aber ich wollte sie dir doch für morgen früh flicken, bevor du aus dem Haus gehst!«

»Ich ziehe eben eine andere Weste an.«

»Und wenn du die auch kaputt machst?«

Vannina sah ihn derart angstvoll an, daß er sich wie ein kleiner Junge zu schämen begann. Er wurde ganz schüchtern und wagte es nicht einmal mehr, neben ihr zu stehen. Sie mußte ihn, als das Abendessen fertig war, sogar auffordern, sich zu setzen. Unterdessen hatte er, als er wieder Leute unten vorbeigehen hörte, daran gedacht, daß er nicht ans Fenster gehen und hinunterspukken könne. Er sah zu den Sternen hinauf und setzte sich dann hin. Warum hatte er nicht Astronomie studiert?

Vannina zerteilte den Lammbraten. Danach richtete sie den Salat an. Sie zerrieb das Salz zwischen ihren Fingern und streute es über die Salatblätter, auf denen das Öl in Tropfen saß, weil es sich nicht mit dem Essig vermischt hatte. Man konnte die Petroleumflamme in der Lampe hören, die dünnzüngig am Glaszylinder emporleckte. Plötzlich wurden aus irgendeinem Fenster in Papier eingewickelte Überreste für die Katzen hinuntergeworfen, die sie herausscharrten.

Elía fühlte sich so zufrieden, daß er es nicht wagte, dies offen zu sagen. Vannina aber, die gerade dabei war, den Bissen, den sie im Mund hatte, hinunterzuschlucken, ohne ihn ausreichend zerkaut zu haben, wischte sich mit der Serviette den Mund ab und sagte mit leidvoller Stimme, die Elía Tränen in die Augen trieb: »Deine Krawatte beginnt durchzuscheuern. Auch die anderen werden sehen, daß sie nicht mehr neu ist!«

Er versuchte, seine Krawatte anzusehen, klemmte sie jedoch dabei nur mit seinem Kinn ein.

Daraufhin wollte er sie aus seiner Weste herausziehen und hinter dem Kragen lockern. Da rief sie: »Halt, halt! Du hast doch ganz fettige Finger! Schau dir die Krawatte besser im Spiegel an.«

»Aber der Spiegel nützt auch nicht viel, weil er zu weit vom Fenster weg ist.«

»Wo willst du ihn denn sonst hinhängen? Das war doch deine Idee! Wo willst du ihn hinhängen? Sag's mir. Du hast doch immer das Schlafzimmer nach deinen Vorstellungen umstellen wollen, nur weil du ständig unzufrieden bist. Aber wenn du jetzt den Spiegel von da wegnimmst, wo er steht, wo stellst du dann die Kommode hin? Und wie stellst du unser Bett? Wie kommt man dann noch daran vorbei, wenn man staubwischen will oder sonst etwas braucht?«

Vannina sprach in einem so sicheren Ton, daß seine Gedanken sich sofort verwirrten, wie es ihm im Büro passierte, wenn man über Dinge sprach, die zu hoch für ihn waren. Aber er lächelte und war überzeugt, eine riesengroße Dummheit gesagt zu haben, die er aber vor dem Einschlafen noch erklären wollte. Seine Frau jedoch lächelte nicht. Sie hatte ihm Gesicht und Hals zugewandt und gab ihm so zu verstehen, daß sie vergebens auf eine vernünftige Antwort von ihm wartete. Einige ihrer Halsmuskeln schwollen an. Schließlich gab sie, ermüdet von der Anstrengung, auf.

Elía wollte seine Verlegenheit loswerden und bemühte sich, Vannina aufzuheitern. Gewöhnlich erzählte er ihr eine Geschichte aus dem Büro, oder er begann, eine Romanze aus der zuletzt im Theater aufgeführten Operette zu pfeifen. So zu pfeifen machte ihm viel Spaß, und seine Frau hörte mit einem Ernst zu, der zeigte, wie sehr sie davon angetan war. Auch an diesem Abend pfiff er, und sofort stellte sich die Wirkung ein, denn sie sagte: »Siehst du, das ist etwas, was du wirklich gut kannst! Du pfeifst wunderbar!«

»Weil ich meine ganze Seele hineinlege. Merkst du nicht, wie bewegt ich bin?«

»Doch jetzt ist Schluß damit, denn es tut dir nicht gut.«

»Ich könnte auch drei Stunden hintereinander pfeifen.«

In diesem Augenblick ging ein Junge singend vorbei, und Elía empörte sich: »Den würde ich ins Gefängnis werfen lassen. Hörst du nicht, was für ein schweinisches Zeug er singt? Mein Pfeifen, ja, das war wirkliche Musik!«

»Aber du bist ja auch ein ernster Mann! Willst du dich etwa mit einem Jungen vergleichen?«

Er war glückselig, daß seine Frau das sofort verstanden hatte und ihn sozusagen in Schutz nahm. Und er sagte zu ihr: »Schade nur, daß keiner von uns beiden Klavier spielen kann!«

Dann begannen sie, leise miteinander zu singen. Am Ende umarmte er sie und sah sie an wie zu der Zeit, als er sich in sie verliebt hatte. Nein, selbst nach zehnjähriger Ehe hatte er ihr noch nicht oft genug gesagt, wie sehr er sie liebte! Wenn er der Dichter gewesen wäre, als welcher er sich im Grunde seines Herzens fühlte und wie es der eine oder andere Kollege im Büro war, dann hätte er ihr ein Sonett geschrieben und es in Schönschrift mit goldenen Buchstaben abgemalt. Zu jedem ihrer Namenstage hatte er sich darin versucht, doch kam ihm kein einziges Wort aus der Feder. Er mußte sich damit begnügen, ihr einen Strauß Blumen zu schenken, den Vannina, die ihm eine Freude machen wollte, dann so lange, bis Elía schließlich selbst sie darauf aufmerksam machte, immer an derselben Stelle mitten auf der Kommode stehenließ, auch wenn die Stiele längst verfault waren und im Wasser zu stinken begonnen hatten. Es machte Elía nicht viel aus, daß seine Frau nicht so aus sich herausging, denn seiner Meinung nach stand es Frauen nicht gut an, zu verstehen zu geben, daß sie liebten: sie durften lediglich so tun, als würden sie sich lieben lassen. Er war der festen Überzeugung, daß niemand eine solche Frau wie er hatte. Er war sicher, die beste und ehrlichste gefunden zu haben, und wenn er zu seinen Freunden über sie sprach, brachte er sie mit seinen Übertreibungen zum Lachen. Einmal verstieg er sich sogar dazu, folgende Versicherung abzugeben: »Meine Frau wäre tüchtiger und intelligenter als unser Abteilungsleiter. Dann solltet ihr schon sehen, wie unser Ministerium auf Vordermann gebracht würde!«

Er hatte sich von ihr erzählen lassen, woran sie sich alles aus ihrer Kindheit und später ihrer Jugend erinnerte, denn er wollte sie selbst noch für eine Zeit lieben, die vor ihrer gemeinsamen Bekanntschaft lag. Das hatte er ihr immer gesagt. Aber wenn sie ihm im Scherz antwortete, daß er vor ihrer Heirat ja auch andere Frauen gekannt habe, flehte er sie an aufzuhören. Er sagte dann: »Weiß man vielleicht, was man tut, wenn man nichts begreift? Welche Schuld habe ich denn daran, daß ich dich nicht schon von klein auf kannte?«

»Und wenn du mich niemals kennengelernt hättest?«

»Das ist unmöglich!«

»Und wenn ich gestorben wäre, als ich noch jung war?«

»Sprich nicht so, du siehst doch, welche Wirkung das auf mich hat.«

Doch sie nannte ihm – nicht, um ihm zu widersprechen, sondern aus der Notwendigkeit logischen Betrachtens heraus – immer neue Schwiergkeiten, allerdings immer weniger beharrlich, um ihn nicht leiden zu lassen und ihn zufriedenzustellen. Und letzten Endes auch aus dem Grund, daß sie stolz darauf war, daß er sie so liebte.

Im Lauf der Zeit gelangte er sogar dahin, daß er für alles und jedes Vanninas Rat brauchte. Ohne sie faßte Elía überhaupt keinen Gedanken mehr, und darüber war er sehr zufrieden. Ein Verstand reichte wirklich für beide. Nur tat es ihm leid, daß sie es nicht schon früher so gehalten hatten; aber auch seine Frau dachte immer weniger und begnügte sich mit ihren Gewohnheiten, die ebenfalls abnahmen und sich auf weniges beschränkten. Das Leben der beiden Eheleute wurde immer schwächer, wie die Farben eines Bildes, die allmählich verblassen. Obwohl sie beide noch ziemlich jung waren, blieben ihnen schließlich nurmehr jene Triebe, die bis zum Tag ihres Todes andauern: ähnlich den Saiten eines Instruments, die sich gelockert haben.

Sie waren wirklich zu einer Person geworden und hatten eine einzige gemeinsame Selbstliebe. Sie sahen nur noch sich selbst. Zwischen ihnen und allem übrigen Leben tat sich eine immer größer werdende Kluft auf.

Mit zunehmendem Alter wurde diese Selbstliebe für sie so unentbehrlich wie das Atmen, diese Selbstliebe, die sie sich mit ihren Händen, ihren Füßen, ihrem Magen und mit ihrem Mund schufen. Wenn sie sich in die Augen sahen, waren sie davon in immer steigendem Maß verzückt.

Elía hatte vor etwa zehn Jahren für Vannina ein Medaillon anfertigen lassen. Dieses Medaillon war verhältnismäßig klein, als Anstecknadel gedacht und mit einem Goldring eingefaßt. Für ihn gab es keinen Unterschied in der Liebe zu seiner Frau und zu diesem Medaillon. Er hatte lediglich die Befürchtung, ihm oder ihr untreu zu werden. Sonst nichts.

Die Aussaat

Von den beiden Brüdern war Bartolomeo der mit dem stärkeren Haß. Oftmals, wenn Giovacchino aufs Feld ging, lief er in sein Zimmer zurück, nahm das Gewehr von der Wand und wollte vom Fenster aus auf ihn schießen. Doch wenn er dann über dem Kopfende seines Bettes die *Gnadenmutter* ansah, die in ihrem schwarzen Rahmen zum Leben erwacht schien, setzte er sich, ohne jede Kraft in den Beinen, auf einen Stuhl und ließ die Arme zwischen seinen Knien herunterbaumeln. Er klapperte mit den Zähnen, seine Arme durchfuhr ein geradezu wollüstiges Zittern, seine Kopfhaut straffte sich und seine Schläfen schwollen an. Dann beruhigte er sich nach und nach, und sofern er nicht einschlief, verharrte er den ganzen Tag über in einem Dämmerzustand, ohne daß ihn irgend jemand zum Sprechen hätte bringen können.

Sein Haß wurde immer schlimmer und düsterer. Manchmal glaubte er selber, er läge im Sterben: dann nämlich, wenn es ihm unter der Heftigkeit der Aufregung so vorkam, als würden die Blutgefäße in seinem Körper platzen und sein überanstrengtes Herz zerspringen.

Giovacchino dagegen war ängstlicher, doch auch er dachte ans Töten. Er hatte mehr Geduld und hoffte, daß der Zufall ihm vielleicht zu Hilfe kommen werde. Aber er war derjenige, der, wenn er nur seinen Lebensunterhalt hätte bestreiten können, ohne sich einem Herrn unterordnen zu müssen, das Gehöft Bartolomeo überlassen hätte. Aber nein, nicht doch! Das stimmte nicht! Er brauchte nur das Feld zu bearbeiten oder es anzusehen, um zu wissen, wie sehr er an diese Scholle gebunden war, die seine Pflugschar umbrach. Er brauchte nur einen Obstbaum zu beschneiden oder einen Ast abzusägen, um zu begreifen, daß er nicht mehr von hier weg konnte! Und warum schließlich sollte er gehen und Bartolomeo bleiben? Gott würde entscheiden, indem er entweder den einen oder den anderen sterben ließ. Und mit dieser Lösung war er einverstanden.

Zwischen ihnen bestand ein Altersunterschied von nur einem

Jahr, aber sie ähnelten sich in keiner Weise. Noch dazu war Giovacchino verheiratet. Bartolomeo war größer als er, hatte schwarze Haare, einen schwarzen Schnurrbart und sein Gesicht war immer gerötet. Giovacchino war dunkelblond und hagerer als sein Bruder. Nur ihre Augen hatten die gleiche Farbe und den gleichen Blick.

Ihr Gehöft lag in einer Art Senke: von allen Seiten erhoben sich Hügel, deren Hänge langsam immer länger wurden, während die Hügel selbst nach und nach anstiegen, sich aus den Talschluchten herauslösten und sich auf diese Weise verbreiterten und voneinander entfernten. Jeder Hang hatte eine weitausladende Terrasse mit einer Reihe von Rebstöcken und Olivenbäumen, und auf allen Hügeln, die in Gehöfte aufgeteilt waren und bearbeitet wurden, zogen die Rinder paarweise den Pflug. Wenn man schräg hinübersah, konnte man an den Zypressen von einem Hügelkamm aus die Begrenzungen der Gehöfte und die grasbewachsenen Wege erkennen.

Ausgedehnte Spatzenschwärme schossen durch die hohe Stille der Luft und stürzten dann nieder auf die besäten Felder und pickten die Körner auf. Das bereits verfärbte und gelichtete Weinlaub erzitterte bei jedem Windhauch von einer Reihe zur nächsten, von der ersten bis zur letzten.

In einem Jahr, während der Aussaat, pflügte Giovacchino, und Bartolomeo warf die Kornsaat aus.

Am Morgen hatten die beiden Brüder miteinander gestritten, weil jeder dem anderen die Schuld daran geben wollte, daß eine beträchtliche Menge Weins in einem schimmlig riechenden Faß gelagert und dadurch ungenießbar geworden war.

Giovacchino hatte bereits die ersten Furchen gezogen und auch schon Querfurchen angelegt, jetzt mischte er den Dünger unter, der etwas dunkler war als Asche. Erdschollen fielen auf seine nackten Füße. Bartolomeo hielt indessen in einer Faust die Zipfel der Schürze, aus der er mit der anderen den Samen holte. Als er keine Körner mehr hatte, ging er zum Sack zurück. Doch die Verschnürung war so fest, daß er sie nicht einmal mit den Zähnen aufknoten konnte. Zornig zog er aus seiner Tasche das Messer und begann, die Kordel zu durchschneiden, behielt dabei aber unablässig seinen Bruder im Auge, weil er überlegte, wie er sich für den Streit rächen könnte. Dabei stieß er das Messer immer tiefer in den Knoten und schnitt sich ins Handgelenk. Sofort lutschte er die Wunde mit aller Kraft aus, doch das Blut quoll unaufhörlich hervor, rann den Arm bis zum Ellbogen hinunter und tropfte in den Sack mit dem Saatgut. Mit der anderen Hand zog Bartolomeo ein Stück Kordel aus seiner Hosentasche und band es um sein Handgelenk. Er versuchte, es allein zu bewerkstelligen, indem er das eine Ende der Kordel zwischen seinen Zähnen hielt. Doch das herausquillende Blut war zuviel und seine Kräfte ließen nach. Schon fühlte er das Blut in seinem Gesicht und an seinem Hals, dann auf seinem Hemd; der Sack war bereits ganz rot durchtränkt.

Da sah er sich unter Flüchen gezwungen, den Bruder herbeizurufen, der ihn aber, weil er weit weg am unteren Ende des Feldes war und die Ochsen antrieb, nicht sofort hörte. Als er sich endlich umdrehte und begriff, riß er die Pflugschar aus der Furche und trieb die Ochsen unter einen Feigenbaum, wo sie stehenbleiben und die Blätter fressen sollten. Dann erst kam er herbei, mit der Peitsche in der Hand, aber ganz ohne Eile, ja, er blieb sogar stehen, um die Erde zwischen seinen Zehen zu entfernen. Er wollte Zeit gewinnen, damit noch mehr Blut ausströmen konnte. Doch Bartolomeo, der das gemerkt hatte, packte ihn an der Schulter und sagte: »Binde du die Kordel fest.«

Als der Bruder sah, daß es nicht anders ging, ließ er die Peitsche fallen und gehorchte, wandte seinen Blick aber keinen Augenblick vom Blut ab.

»Jetzt zieh wieder deine Furchen mit den Ochsen.«

Giovacchino widersprach nicht und ging wieder zu den Tieren. Er hätte sich am liebsten umgedreht und gesehen, was Bartolomeo machte, doch wagte er es nicht, solange er mit der Pflugschar nicht wieder vorbeikam. Und er zog sich seine Hutkrempe tief in die Augen, damit der andere nichts merkte.

Bartolomeo blieb bis zur Dunkelheit draußen und säte so lange, bis kein einziges von den blutverschmierten Samenkörnern mehr übrig war, was ihm wie Gotteslästerung vorgekommen wäre. Vor dem Abendessen nahm er von den Deckenbalken im Stall das größte Spinnennetz herunter, faltete es zusammen und legte es nach der Art, wie die Bauern sich selbst heilen, auf die Schnittwunde, die er vorher mit Petroleum eingeschmiert hatte.

Danach trat er wieder ins Haus, und da er wieder von Streitsucht gepackt war, sagte er zu seinem Bruder, der ihm aus dem Weg gehen wollte: »Seit drei Jahren leben wir zusammen, seit Vaters Tod, und würden uns am liebsten gegenseitig zerfleischen!«

Giovacchino antwortete zitternd: »So ist es.«

Seine Frau Nannuccia machte Feuer im Herd und hörte aufmerksam zu, was die beiden sprachen. Sie hatte Angst. Und Bartolomeo sprach weiter und geriet immer mehr außer sich: »Besser wär's, wenn jeder von uns beiden aussprechen würde, was er auf dem Herzen hat.« Und er gab sich mit der Faust einen Schlag auf die Brust. Damit es so aussähe, als wolle der andere nur einen Streit vom Zaun brechen, log Giovacchino und sagte: »Ich habe gar nichts.«

In seiner Stimme war Zorn hörbar, aber unter keinen Umständen wollte er eine Aussprache mit dem Bruder. Auch dachte er, daß er seinen Stolz verlieren würde, wenn er die Wahrheit sagte. Da schrie Bartolomeo: »Dann sag ich dir, was in deinem Herzen nistet: unser Gehöft hätte doppelt so groß sein müssen, dann hätten wir es aufteilen können. Ich für mein Teil hätte das nur allzugern getan.«

»Daran hab ich noch nie gedacht.«

Bartolomeo näherte sich mit der Faust Giovacchinos Gesicht: »Du lügst!«

Doch statt zu antworten, senkte Giovacchino den Kopf und zwang sich, sich mit irgend etwas zu beschäftigen, denn er schämte sich, nicht so stark zu sein wie sein Bruder. Aber Bartolomeo ließ ihn nicht los, wohin er sich auch drehte und wendete. Es war, als wollte er ihm mit den Fingern die Augen herausreißen.

»Heute abend wirst du mir ein für allemal Rede und Antwort stehen. Wir werden so lange nicht essen, bis einer von uns beiden nachgibt.«

Aber Giovacchino erreichte langsam, was er beabsichtigt

hatte, denn indem er sich als schwach und nachgiebig zeigte, drängte er den Bruder ins Unrecht. Und tatsächlich dachte Bartolomeo, während er noch brüllte, an Kain und Abel. Es war ihm, als wäre er Kain und sein Bruder Abel. Und als ihm dieses Unrecht bewußt wurde, litt er. Außerdem stellte er sich die Frage: »Ist er denn im Recht, wenn er nicht antwortet?« Doch nun hatte er einmal angefangen und konnte seinen Trieb nicht mehr bezähmen. Indessen Nannuccia hintergründig lachte, als sie ins Feuer blies, fuhr sich Giovacchino unvermittelt mit der Hand über die verschwitzte Stirn und fragte: »Wie groß soll dein Anteil sein?«

Sein Bruder machte einen Satz nach hinten, als ob Giovacchino ihm einen Schlag auf den Kopf gegeben hätte: »Und mit welchem Geld willst du mich auszahlen?«

»Das Geld finde ich schon.«

Da fing Bartolomeo noch lauter an zu brüllen, fast als würde er weinen: »Du hast Geld, mich auszuzahlen, und ich habe nicht einmal einen Soldo in der Tasche! Woher hast du's? Warum hab ich kein Geld, um dich auszuzahlen? Hätte ich welches, dann würde ich das gleiche mit dir machen. Du schmeißt mich aus dem Haus, wo ich doch genauso schwer gearbeitet habe wie du.«

Auf seiner Stirn stand der kalte Schweiß, und er konnte seine Hände nicht mehr ruhig halten. Aber er wollte auf keinen Fall den Anfang machen, weil Nannuccia da war. Giovacchino sagte: »Du hast keine Frau und kannst daher deinen Lebensunterhalt besser als ich außer Haus verdienen.«

»Aber dieses Haus hier gehört mir genausogut wie dir!« Und er versetzte der Wand einen Tritt.

»Auch der Tisch hier.« Und er brachte ihn zum Erzittern. »Das Vieh gehört uns beiden.« Und er stampfte mit den Füßen auf den Boden, unter dem sich der Stall befand.

Giovacchino gelang es, sich unter Kontrolle zu halten, und er antwortete mit gespielter Freundlichkeit, die seinen Bruder noch mehr in Wut brachte: »Ich weiß.«

»Und wer würde dir das Geld geben, wer respektiert dich mehr als mich?«

»Hast du denn jemals jemanden darum gebeten?«

»Nein, weil ich es nicht für möglich gehalten habe, daß du jemals zu so etwas fähig sein könntest. Ich bin treuer als du. Ich könnte dich umbringen, ja, aber ich könnte dir niemals etwas anderes antun. Ich habe niemanden um Hilfe gebeten. Und ich, ich könnte dich niemals aus dem Haus jagen!«

Zum ersten Mal hatte er dem Bruder gesagt, daß er ihn umbringen könnte, und dieser Satz kam ihm immer mehr vor wie ein Satz von Kain. Deshalb wollte er Abel sein. Doch vergaß er keinen Moment, daß auch sein Bruder sicherlich das gleiche gedacht hatte. Da fragte er ihn: »Würdest du mich etwa nicht umbringen?«

Die Frau sah ihn an und konnte ihren Blick nicht mehr von ihm abwenden. Und er fragte noch einmal: »Glaubst du, besser zu sein als ich? Nimm das Gewehr von der Wand, und bring mich um.«

Giovacchino schwieg und war sicher, daß seine Bösartigkeit schlauer war. Bartolomeo sah ihn an und sagte dann: »Sag deiner Frau, sie soll es von der Wand nehmen.«

Dann warf er sich die Jacke über und ging hinaus. Der Himmel hatte sich mit Wolken bedeckt, die rot waren wie giftige Pilze und über dem Mond dahinzogen. Es war windig, und in allen Bäumen rauschte es wie bei Regen. Der Mond erweckte den Eindruck, als wollte er aus den Wolken hervortreten, aber es gelang ihm nicht. Die Wolken verdunkelten ihn völlig, und bald sah man mehr, bald weniger.

Bartolomeo stand für eine Stunde so da und hatte seine Ellbogen auf den Brunnenrand gestützt, ohne zu wissen, worüber er nachdachte. Seine Augen waren weit aufgerissen und starrten in den Mond, wo Kain mit den Dornen war, bis schließlich Nannuccia kam und ihn rief. Er fragte: »Was willst du?«

»Komm essen. Giovacchino ist schon zu Bett gegangen.«

Er rührte sich nicht von der Stelle, doch Nannuccia wartete und ging nicht weg. Dann sagte sie: »Morgen früh geht ihr beide zu jemandem, damit er zwischen euch Frieden stiftet.«

»Ich brauche niemanden.«

Doch dann trat er, von der Frau gefolgt, ins Haus. Beim Essen sah er sie an und dachte: »Warum ist sie nicht meine Frau? Vielleicht wäre ich dann zufrieden. Und warum lebt er? Warum überrede ich sie nicht, ihn gemeinsam umzubringen? Warum gibt mir niemand recht?«

Aber die Schwägerin wich seinem Blick aus und sagte kein Wort. Warum nur war er ihrer Aufforderung gefolgt? Warum war er ins Haus zurückgekehrt? Trotzdem empfand er keinen Haß gegen die Frau seines Bruders, ja, er mochte sie sogar und wäre mit ihr bis zum folgenden Morgen in der Küche geblieben, selbst wenn sie kein Wort miteinander sprachen, denn er hielt sie für einen guten Menschen.

Er dachte daran, daß Giovacchino nebenan lag, der, da er nicht einschlafen konnte, die Ohren spitzte und sich fragte, warum Nannuccia seinen Bruder nicht an seiner Stelle umbrachte.

Als sich Bartolomeo von seinem Stuhl erhob, war ihm, als hätte er Fieber. Es fröstelte ihn, und er fühlte sich elend. Die Wunde schmerzte, und das Handgelenk war geschwollen, obgleich die Kordel festgeschnürt war. Seine Schwägerin wünschte ihm eine gute Nacht und ging zu ihrem Mann hinüber.

Am nächsten Morgen hatte Bartolomeo nicht die Kraft aufzustehen. Das Fieber war hoch, und der Schmerz hatte sich im ganzen Arm ausgebreitet. Nannuccia steckte den Kopf durch die Türe und sagte: »Die Sonne ist schon aufgegangen.«

Er schrie: »Laß den Arzt holen!«

Seine Schwägerin sagte nur: »Sogleich.«

Sie sprach mit ihrem Mann darüber, zog einen anderen Rock an, setzte sich den Strohhut auf und ging in die erste Apotheke, die sie am Stadtrand fand.

Bartolomeo hörte, wie sein Bruder unten im Stall das Heu für die Tiere häckselte, und dann, wie er zum Mittagessen kam und später wieder aufs Feld hinausging. Aber Bartolomeo hatte das Bewußtsein verloren und begriff nicht, was Nannuccia ihm sagen wollte, nachdem sie wieder zurückgekehrt war. Der Arm tat ihm entsetzlich weh, und er wälzte sich im Bett von einer Seite auf die andere.

Als am Abend der Arzt kam, war es bereits zu spät, und für Tetanus gab es kein Heilmittel.

Bartolomeo starb während dieser Nacht, ohne den Mund noch einmal geöffnet zu haben, außer um zu jammern, was sogar seinen Bruder tief bewegte, der ihn gerne um Verzeihung gebeten hätte.

Unterdessen gingen die Monate dahin, und das von Bartolomeo ausgesäte Korn begann zu keimen und wuchs. Es wurde hoch und trug fingerdicke Ähren. Giovacchino blieb stehen, um es anzusehen, und schlug sich dabei gegen die Brust. Und da er sich fürchtete, es zu mähen, weil er glaubte, daß das Blut seines Bruders sich darin befände, ging er zuerst zur Beichte und ließ es dann segnen.

Dreharbeiten

Calepodio, der Hausmeister, ist zugleich Flickschuster. Aber er hat nicht einmal einen Verschlag, in den er sich hineinzwängen könnte, sondern er sitzt in der Eingangstüre, und wenn jemand herein oder hinaus will, muß er stets rechtzeitig die Knie anziehen, weil der Durchgang sehr eng ist und anderenfalls niemand vorbei könnte. In dem Haus wohnt eine dicke Dame, die, wenn sie ihn da sitzen sieht, immer einen Schritt vor ihm stehenbleibt, damit er sich noch mehr als gewöhnlich zur Seite drehen kann. Das stört sie natürlich, und sie blickt ihn empört und voller Zorn an. Unser Flickschuster merkt das und fragt sie ohne jede böse Absicht, ja, vielleicht sogar mit der Bereitschaft aufzustehen: »Können Sie nicht vorbei, Signora Pia?« Sie macht sich gar nicht erst die Mühe zu antworten. Sie versucht, gelassen auszusehen, aber dann dreht sie sich bloß zur anderen Seite, und ihre Wut hält an, bis sie keuchend in ihrer Wohnung ankommt; dann reicht die bedeutungsloseste Kleinigkeit aus, um ihrer Haushälterin oder ihrer Tochter ein furchtbares Theater zu machen.

Unser Flickschuster läuft rot an und senkt den Kopf. Deshalb ist er der Freund aller schlanken Frauen in diesem Haus und kann sich beinahe sicher sein, daß sie ihn wiedergrüßen. Die Männer sind zudem fast ausnahmslos freundlich und gehen ein wenig seitlich gedreht an ihm vorbei, damit er nicht wegrücken muß. Aber auch sie dulden ihn mehr aus Gewohnheit als aus anderen Gründen. Er war schließlich schon immer da, in diesem dunklen, verschmutzten Hausflur. Außerdem verteilt er die Post hervorragend, und sie können bequem die Haushälterin mit einem nachzunähenden Schuh in der Hand hinunterschicken, ohne lange darauf warten zu müssen. Sollte er in diesem Augenblick gerade essen, stellt er den Napf auf den Boden, mit dem Löffel drin, und nimmt, über ihre Ungeduld lächelnd, Pfriem und Zwirn zur Hand. Das Dienstmädchen bleibt auf Anweisung ihres Herrn vor ihm stehen und wendet den Blick weder von ihm noch vom Schuh ab. Er versucht einen Scherz und sagt, obwohl er weiß, daß es nicht möglich ist: »Setzen Sie sich doch.«

Das Dienstmädchen reagiert ein bißchen unwirsch, ist aber zufrieden, hier unten zu sein, ohne irgendwelche Arbeiten verrichten zu müssen. Sie richtet ihre Haare, sieht nach, ob ihr Rock gerade sitzt und antwortet ihm: »Nun macht schon, Calepodio! Ich muß die Küche noch in Ordnung bringen.«

Der Flickschuster lächelt noch breiter und gehorcht. Er trägt eine Mütze mit glänzender Lederkrempe und weißem Rand. Sein Kopf gleicht einem verbeulten Viereck. Vor Frauen zieht er es vor, den Kopf gesenkt zu halten, denn er weiß, daß er häßlich aussieht, und hat Angst vor ihnen. Als er noch ein Junge war, foppten ihn seine Spielkameraden andauernd. Er ist hager und blaß, über seine Backen sind rötliche Warzen verstreut, sein Schnurrbart ist von einem fast durchsichtigen Blond. Seine Brille ist so dick, daß sie Druckstellen auf der Nase zurückläßt, die grauen Augen springen hervor wie bei einem Krebs, der Hals macht den Eindruck, als wäre er absichtlich verbogen worden. Sein Idiotenlächeln, auch wenn es gutmütig und schüchtern ist, läßt einem die Lust vergehen, sich mit ihm zu unterhalten; alle denken, daß man sich das ersparen kann. Doch wenn jemand, ganz gleich wer, etwas in seinem Inneren mit sich herumträgt, über das er mit niemand anderem vertraulich sprechen will, dann sucht dieser Jemand, sobald er an der Türe vorbeikommt, unweigerlich einen Vorwand, ein Wort mit Calepodio zu wechseln, der allerdings nichts begreift, sondern nur noch fester auf die Schuhsohlen hämmert. Sogar Signora Pia, die dicke Dame, verspürte dieses Bedürfnis, als sie ihr Dienstmädchen beim Klauen in der Vorratskammer erwischte, doch sie hielt sich zurück, und vor Ärger hätte sie fast der Schlag getroffen. Sie dachte über ihre kleine Schwäche nach, und da sie schließlich so etwas wie Scham empfand, begann sie, Calepodio zu hassen. Bis jetzt wußte sie lediglich, daß er in einem winzigen Raum ohne Fenster schlief und deshalb gezwungenermaßen mitten im Hausflur arbeiten mußte. Sie hatte immer die Nase gerümpft, wenn sie ihn sah, ebenso verdreckt wie die Wände und die Bodenfliesen, mit seiner zerrissenen, schwarzen Schürze und dieser Brille, die seine Augen kleiner machte als zwei Stecknadelköpfe, die ebenfalls schmutzig und finster aussahen.

Als sie am nächsten Morgen das Haus verließ, um sich in einer *Maison de beauté* die Haare färben zu lassen, blieb sie stehen und tat so, als würde sie in ihrer grünen Seidenhandtasche nach etwas suchen. Calepodio hatte sich schon mit angezogenen Knien zur Seite gedreht und wartete mit gespitzten Ohren darauf, daß sie an ihm vorbeiging. Da sagte sie zu ihm: »Calepodio, würden Sie meine Haushälterin fragen, ob ich auf meinem Toilettentisch mein Armband mit dem Topas liegengelassen habe?«

Er lächelte wie gewohnt und stand auf. Signora Pia entdeckte eine gewisse Verlegenheit an ihm, und das machte sie glücklich. Daher fügte sie hinzu: »Wenn ich Treppen steige, bekomme ich Asthma!«

Signora Pia war nicht nur dick, sondern hatte zugleich etwas derart Zerbrechliches, daß ihre Wünsche nur allzu gerechtfertigt erschienen. Er hörte auf zu lächeln, hob seine Augen nur bis zur Höhe ihrer Schulter und antwortete: »Sofort, Signora! Sie sagten ein Goldarmband...«

»...mit dem Topas. Warten Sie, ich will noch einmal genauer nachsehen, ob es nicht doch hier drin ist, dann erspare ich Ihnen die Treppen.«

»Aber das macht doch nichts, Signora. Ich tu das gern.«

Und er ging. Da machte Signora Pia die Handtasche, in der sich das Armband befand, wieder zu. Sie hörte die Klingel gehen und die Frage an ihr Dienstmädchen, die fünf Minuten später, sich über das Treppengeländer beugend, selbst herunterrief: »Ich hab's nicht gefunden. Ich glaube, Sie haben es mitgenommen.«

Calepodio kam die Treppen wieder herunter, und ohne ein weiteres Wort zu sagen, wartete er darauf, daß Signora Pia weggehen würde. Sie aber sagte: »Danke. Hoffentlich habe ich es nicht auf der Treppe verloren!«

Er aber rührte sich, mit einer Hand noch auf dem Treppengeländer, nicht von der Stelle, als wolle er ihr ausweichen. Und Signora Pia blieb nichts mehr zu sagen übrig.

Doch als das Dienstmädchen herunterkam, fragte er es: »Was ist denn mit Eurer Herrin los? Vorher hat sie nie auch nur ein Wort zu mir gesagt, und heute hat sie mit mir geredet.«

»Sie redet, wenn's ihr Spaß macht.«

»Das habe ich gemerkt!«

Als aber das Dienstmädchen sein Lächeln sah, ging es sofort weg.

Inzwischen kann er nicht mehr vergessen, daß Signora Pia mit ihm gesprochen hat, und darüber freut er sich so sehr, als wäre das Glück über ihn hereingebrochen. Doch wenn sie vorbeigeht, wird er kopflos. Beim Aufstehen stolpert er über den Stuhl oder über all die auf dem Boden verstreuten Schuhe. Es handelt sich nicht um Sympathie, sondern um ein Gefühl, das ihn zutiefst verwirrt.

Eines Morgens sagt sie zu ihm: »Leben Sie allein, Signor Calepodio? Haben Sie nicht einmal eine Verwandte?«

Er wagt es, sie anzusehen, senkt aber sogleich den Kopf und beginnt zu arbeiten. Dann antwortet er: »Warum fragen Sie?«

»Ich dachte, Sie wären verheiratet.«

»Das fehlte gerade noch!«

»Wieso?«

»Heiraten kommt nicht in Frage für mich!«

»Aber es gibt doch so viele tüchtige Frauen! Man braucht gar nicht lange zu suchen!«

»Ich will aber keine.«

Daraufhin grüßt ihn Signora Pia und geht in ihre Wohnung hinauf. Der Duft ihres Parfums ist noch in der Luft, und er richtet seinen Blick auf, um zu sehen, ob sie immer noch dasteht. Dann sagt er, vor sich hinlachend: »Es gehört schon einige Unverfrorenheit dazu, mir solche Fragen zu stellen!« Er erinnert sich an nichts mehr aus seiner Kindheit, nicht einmal mehr an Frascati, wo er zur Welt kam. Seit langer Zeit lebt er alleine und seit langer Zeit schon ist er Hausmeister und Flickschuster in diesem alten Haus in der Via dei Greci, das er nur verläßt, um ein Viertel Wein in der Hosteria zu trinken, die zwei Schritt weit weg ist. Zum Mittagessen kauft er sich Obst vom Obstkarren. Der Bäcker ist in der Nähe, und in der Hosteria machen sie guten Stockfisch und Zichoriengemüse. Von seinen Mitmenschen kennt er nur deren kaputte Schuhe. Er ist herzensgut und von einer fast krankhaften Schüchternheit. Er kennt alle Mieter im

Haus, doch ist es ihm völlig gleichgültig, was sie machen. Zieht ein neuer ein, werden die ersten Tage für ihn zur Qual, weil er auf alle Fragen antworten muß, die die anderen ihm stellen. Zieht einer aus, wartet er ungeduldig auf das Ende des Umzugs, damit ihm nur ja niemand einen Auftrag erteilt. Und kaum läßt sich sagen, wie elend er sich fühlt, wenn man ihm die neue Anschrift hinterläßt oder wenn jemand ihn um Erklärungen bittet. Er kann nicht lange zuhören: er wird unruhig und bleich, als ob ihm schlecht würde, und am Ende gibt er auch keine Antworten mehr. Nicht aus Stolz, sondern aus Demut. Das müßten die anderen doch wissen! Aber es scheint, daß keiner es weiß, und innerlich leidet er darunter und tut alles, um diesen unerträglichen, beinahe schon grausamen Situationen auszuweichen. Aber für ihn entsprechen die Menschen ihren Schuhen: anderes interessiert ihn nicht. Doch selbst wenn sie ihm nicht ihre Schuhe brächten, würde ihm das nur insofern leid tun, als er sich nicht mehr ernähren könnte. Lieber würde er zwei Soldi weniger nehmen, als weiterhin Gespräche führen zu müssen. Und er nimmt das Geld, ohne jemanden anzublicken, und beruhigt sich erst wieder, wenn er allein ist. Doch ganz gegen seinen Willen könnte er das Leben jeder im Haus lebenden Familie erzählen. Er wird zornig und wendet sich ab, wenn eine Hausgehilfin versucht, etwas aus ihm herauszubekommen.

»Ich weiß gar nichts! Machen Sie, daß Sie wegkommen!«

Und dann sieht er ihre Schuhe an, um herauszufinden, ob ihre aufgenähten Lederflicken noch halten. Für ihn sind Schuhe nicht nur ausgeschnittenes und vernähtes Leder: an der Form, die sie durch längeres Tragen annehmen, kann er genau erkennen, wie der Fuß beschaffen ist. Und der Fuß sagt alles. Wenn er den Fuß eines Menschen kennt, fühlt er sich deshalb gleich als dessen Freund; sonst nicht. Das ist auch der Grund, weshalb er kein Freund von Signora Pia sein kann, die ihn noch nicht einmal einen Hausschuh hat besohlen lassen. Diese Neugier kann er nicht bezwingen, noch kann er sich mit Signora Pias Haltung einfach abfinden. Er hat seine Kunden sogar liebgewonnen, weil er ihre Füße liebgewonnen hat. Calepodio lebt, indem er an ihre Füße denkt. Und die Menschen, ohne jede Ausnahme, haben ihm in der Tat nichts anderes von sich zeigen wollen. Die Hand, beispielsweise, hat ihm noch nie jemand gegeben. Und er schaut auch nie darauf. Und niemand hat ihn je gefragt, wer er sei: sie kommen zu ihm lediglich wegen ihrer Schuhe. Auf anderes versteht er sich nicht.

Da aber Signora Pia weiterhin so tut, als wäre sie ihm freundlich gesonnen, wobei in ihrer Stimme allerdings die Lust unüberhörbar ist, sich über ihn lustig zu machen, kommt er eines Tages auf den Gedanken: »Sie ist in mich verliebt. Ich muß mich verstecken, wenn sie vorbeikommt. Ich will nicht, daß eine Frau sich in mich verliebt.« Und er ist überzeugt davon, daß dies stimmt.

Damit beginnt für ihn ein neues Leben, das ihm zuwider ist und voller Hindernisse steckt. Manchmal hört er auf zu arbeiten und stellt sich in die Türe, weil ihm schon allein der Gedanke, daß Signora Pia mit ihm in ein und demselben Haus wohnt, unerträglich ist. Nicht einmal sonntags geht er spazieren, obwohl er nicht arbeitet: er bleibt in seinem Zimmer und kehrt es aus und wischt Staub. Auch die Via dei Greci liegt verlassen da, doch Calepodio sieht ein Stück vom Corso, der voll ist von Menschen und Kutschen. Sonntags allerdings raucht er und liest Zeitung. Er findet sogar Freude am Stimmengewirr der Hosteria in der Nähe, was ihm so sehr gefällt, daß er Stunden damit verbringen kann, ohne sich zu langweilen. Doch wenn der Abend kommt, macht ihn die Dunkelheit so traurig, als würde er blind werden. Fensterläden, die geschlossen, Lampen, die angezündet werden, rufen eine unerträgliche Angst in ihm hervor, die erst dann von ihm abfällt, wenn er sein Zimmer betritt, wo der Hauseigentümer eine Lampe für ihn aufgehängt hat, die aussieht wie ein roter Knoten und nicht mehr angezündet werden kann. Draußen sieht er zumindest, wenn er die Augen hebt, eine andere Straße am Himmel, eine Sternenstraße, wo er wahrscheinlich bequemer herumgehen könnte als hier in der Via dei Greci. Diese Straße würde er so gerne kennenlernen, als müsse er eines Tages auf ihr entlanggehen, um nie mehr wiederzukommen. Was für ein Schweigen da oben wohl sein muß! Er glaubt, bereits dort zu sein, und wenn ihn nicht ein Vorbeigehender dadurch ablenkt, daß er ihn anrempelt, erinnert er sich schon nicht mehr, wo er sich eigentlich befindet. Wenn doch nur das Besohlen der Schuhe ausreichte, dort hinaufzusteigen! Dazu braucht es natürlich gute Beine und gute Füße! Aber warum sollte es ihm denn nicht gelingen, dorthin zu gehen? Vielleicht ist es ja nicht einmal nötig, sich ausreichend Brot in die Tasche zu stecken, und er würde gehen und gehen, ohne jemals müde zu werden, und am Ende würde sein Wunsch erfüllt. Würden denn so viele Schritte nicht reichen, wie er Hammerschläge auf Schuhsohlen geklopft hat? Wie schade, daß er sie nicht mitgezählt hat! Er wüßte gern, wie viele es insgesamt waren. Doch hat er Angst, so nicht mehr weiterleben zu können. Er fühlt, daß sich dahinter irgendeine Gefahr verbirgt, die sich aber nicht so deutlich zu erkennen gibt, daß man sehen könnte, welcher Art sie ist.

Eines Tages kommt das Dienstmädchen von Signora Pia ganz zerzaust die Treppe heruntergestürzt und schreit: »Heilige Muttergottes! Meine Herrin stirbt!«

Sie läuft zum Corso, in eine Apotheke.

Calepodio wird blaß und hört auf zu arbeiten, doch er weiß nicht, ob er hinaufgehen soll. Jedenfalls räumt er den kleinen Stuhl und das Schusterbänkchen aus dem Flur, damit sie niemandem im Weg stehen. Der Arzt kommt, ein gut angezogener Herr mit goldener Uhrkette, und eine halbe Stunde später weiß Calepodio, daß Signora Pia an einem Herzinfarkt gestorben ist.

Er wird traurig, nicht, weil es ihm leid täte, sondern weil der Tod diese Wirkung auf ihn hat. Er ist so traurig, daß er es nicht mehr aushält. Ihm kommen die Tränen, und er entsetzt sich, als das Dienstmädchen ihm sagt, er solle heraufkommen und an den Füßen von Signora Pia Maß nehmen für ein Paar Schuhe, mit denen sie in den Sarg gebettet werden soll. Er aber wird diese Füße niemals sehen! Und er antwortet etwas, weswegen man ihn für einen Tölpel hält: »Geht zu einem anderen.«

»Aber wieso denn?« fragt ihn das Dienstmädchen, dessen Stimme vor Wut und Erregung zittert.

»Das sag ich nicht«, antwortet er mit einer gewissen Verschlagenheit.

Aber er fühlt sich in seinem Inneren so unwohl wie noch nie.

Auch dieses Unwohlsein entsetzt ihn, weil er nicht weiß, woher es kommt. Er ist so traurig, daß er am liebsten sterben würde. Er wird sich in den Tiber werfen und ertrinken. Denn Signora Pia soll nicht allein und einsam sterben: er liebt sie zwar nicht, denkt aber, daß, wenn ein Mensch stirbt, zugleich auch alle anderen sterben, daß sie genauso verschwinden müssen. Ob früher oder später, das ist bedeutungslos. Der Tod ist kein Einzelschicksal, sondern trifft alle ohne Unterschied. Vielleicht findet er, wenn er stirbt, die bewußte Sternenstraße; es braucht nämlich etwas Mut, den gewissen Punkt zu überwinden! Der Rest kommt dann von alleine. Er hat eine phantastische Entdeckung gemacht! Eine Entdeckung, die ihn beflügelt und erhebt, wohin, weiß er nicht, aber er fühlt sich gutherziger und sanftmütiger; er fühlt sich bereits wie in einer anderen Welt und will nicht mehr zurück. Er muß gehorchen. Schon ist er in der Piazza del Popolo, denn er will sich dort in den Tiber werfen, wo der Fluß am einsamsten ist, jenseits vom Ponte Margherita.

In der Piazza del Popolo brennt die Sonne vom Pincio herunter. Das Straßenpflaster glüht. Calepodio fühlt sich wie betäubt. All dieses Licht, das er ganz vergessen hatte, läßt ihn erstarren und hemmt seinen Schritt. Doch sein Todeswille läßt nicht nach, denn er hat ihn tagtäglich mit zu großer Intensität gespürt.

Er biegt von der Via Flaminia ab und befindet sich an der Ufermauer des Flusses unter den Platanen. Vor ihm liegt das vor Hitze flimmernde Land und der bewaldete Monte Mario, die Villen mit Gärten. Ihn kümmert nichts. Doch ganz gegen seinen Willen sieht er nicht weit von sich eine Menschenmenge, die gekleidet ist wie vor sechzig Jahren.

Das erstaunt ihn, und jetzt beginnt er, genauer hinzusehen.

Es handelt sich um Filmschauspieler, und jemand stellt auf die Ufermauer eine Puppe, die einen Mann darstellt, der sich ertränkt: die Schauspieler, die sich zunächst miteinander unterhalten müssen, tun dann so, als würden sie seinen Sturz bemerken, laufen schreiend herbei, beugen sich über die Mauer und starren auf den Fluß hinunter.

Das ist bis jetzt nur eine Probe, und als sie vorbei ist, beginnen sie Witze zu machen. Die Frauen mit ihren malerischen Frisuren gehen spazieren; sie sind aufgeputzt und ungeduldig. Hier und da kichert eine nervös. Ein Haufen Schaulustiger amüsiert sich und richtet seine Blicke auf die hübschesten unter ihnen. Ein Schauspieler, der mit seiner Rolle unzufrieden ist, raucht eine halbe Zigarre. Doch dann brüllt ein Mann, und alle stellen sich wieder auf ihre Plätze: die Puppe auf der Ufermauer ist wieder bereit und sieht wirklich genauso aus wie jemand, der voller Verzweiflung da hinaufgeklettert ist.

Ein Fuhrmann ruft, nachdem er an einem Brunnen getrunken hat, seinen Kameraden: »Komm mal her und sieh dir diesen Blödsinn an!«

Da fühlt Calepodio, wie ihn ein Schütteln durchfährt; seine Augen füllen sich mit Tränen, und er kehrt um in der angstvollen Gewißheit, daß er sich nie wieder wird umbringen können.

Geschöpfe aus dem Abgrund

Non est creatura tam parva et vilis,
quae Dei bonitatem non repraesentet.
De Imitatione Christi

Nur ich war da, und die fünf Mädchen, alle zusammen auf einem der Sofas. Lina beschäftigte sich mit einer Stickarbeit in grüner Seide: blaß und kränklich, mit einem kirschfarbenen Samtkleid. Die Französin saß gewissermaßen hautnah neben ihr: mit angemaltem Mund, der aussah, als wäre er schmutzig, und blonder Löwenmähne. Eva, noch die ansehnlichste, war tief dekolletiert, trug nußfarbene Strümpfe und ein himmelblau und weiß gestreiftes Kleid. Fanny, in einem rosafarbenen Puppenkleidchen, offenen Haaren und einer Schleife um den Kopf: ziemlich mager und gepudert. Sara, eine Jüdin mit üppigem Haar, hatte die Füße auf dem Sofa und ein Buch auf den Knien.

Schon als ich die Treppe heraufgestiegen war, fühlte ich mich nicht nur eigentümlich befriedigt, sondern auch von tiefem Ernst durchdrungen. Ich hatte mich etwas abseits hingesetzt und betrachtete mich, während ich eine Zigarette rauchte, in dem Spiegel an der gegenüberliegenden Wand, auch weil ich nichts mitzuteilen hatte und mich wie ein Mann mit Erfahrung verhalten wollte.

Jedes der Mädchen hatte erst einen Blick zu mir herübergeschickt; dann plauderten sie weiter, als wäre ich gar nicht vorhanden.

Während die Französin sich einen Strumpf zurechtzupfte, sagte sie: »Was für kleine Ohren du hast, Lina! Weißt du, daß das Glück bedeutet?«

»Das sagen mir viele. Auch meine Mutter hatte sie so.«

»Ich hab die größten!« sagte Eva lachend.

»Ich«, sagte Fanny, »habe nichts, worin ich meinem Vater oder meiner Mutter ähnlich sähe.«

Lina strich das Tuch mit der Stickerei auf ihrem Knie glatt.

»Ich habe meine Mutter schon lange nicht mehr gesehen. Früher habe ich ihr geschrieben, doch seit ein paar Jahren habe ich damit aufgehört.«

»Zu Hause«, sagte Fanny, »da ging es mir sehr gut. Meine Eltern sind wohlhabend. In Genua bewohnen sie so eine Art Palazzo mit einem ziemlich großen Garten. Damals war ich noch brav, das heißt, ich hatte nur einen einzigen Liebhaber, der mir versprochen hatte, mich zu heiraten.«

»Wie kalt es heute abend ist!« rief Eva mit ihrer hellen, süßen Stimme aus.

Sara blickte von ihrem Buch auf und sah sie an, sagte aber kein Wort.

Dann fügte Lina hinzu: »Auch meine Eltern in Parma hatten ein schönes Haus. Als ich weggegangen bin, waren meine Schwestern noch nicht verheiratet.«

»In Lyon habe ich sehr gern gelebt«, sagte die Französin.

»Ich erinnere mich noch an Venedig!« sagte Eva.

»Aber erinnert ihr euch denn gar nicht an eure Familien?« fragte Fanny.

»Oh, an vieles!« antwortete Lina.

»Ich auch!«

»Ich auch!« sagten Eva und die Französin nacheinander.

»Wenn meine Eltern wüßten, was für ein Leben ich führe und wo ich gelandet bin«, fuhr Fanny fort, »sie würden sterben, die Armen!«

»Tut dir das denn nicht leid?« fragte die Französin.

»Dafür ist es jetzt zu spät!«

Ich begann mich zu schämen und vermied es, sie anzublicken. Doch Eva fragte in einem Ton, der klang, als wollte sie etwas Beleidigendes sagen: »Bereust du es etwa?«

Fanny schüttelte den Kopf und sagte sehr ernst: »Im Gegenteil!«

»Wenn ich nur einen fände«, sagte Lina, »der mich hier rausholt!«

»So einen gibt's nicht!«

»Stimmt!«

Ich wandte mich Lina zu und fragte: »Würdest du ihn lieben?«

»Wieso denn nicht?« antwortete Eva mir.

»Wir sind liebevoller als andere Frauen«, erläuterte Fanny.

»Glaubst du das etwa nicht?« fragte mich Eva zum Spaß. Da mußte ich lachen.

Aber Fanny hatte es sich in den Kopf gesetzt, mich von dieser Wahrheit zu überzeugen: »Ich geb dir mein Ehrenwort, wenn ich merken würde, daß du mich liebst... daß jemand mich liebt, dann kannst du sicher sein, daß ich ihm nie auch nur die geringste Kränkung zufügen würde!«

Sara hörte auf zu lesen, so als wolle sie nicht, daß man über sie Witze machte.

»Dann kennst du mich schlecht! Als ich sechzehn war, ging ich in die Kirche und zur Beichte. Und nie hätte ich mir vorstellen können, einmal so zu enden. Ich schwör dir, es ist nicht meine Schuld.«

Doch statt zu antworten, fing Sara wieder an zu lesen und brachte sich auf dem Sofa in eine bequemere Haltung. Die Französin strich sich über die Hüften, schüttelte ihre wie aus Gold gemachte Löwenmähne und sagte: »Ich glaub dir.«

»Siehst du, du begreifst mehr als die anderen hier.«

Eva und Lina schüttelten sich vor Lachen. Dann sagte Lina: »Warum gibst du so an? Wir waren drei Schwestern, und ich allein bin anders als sie. Wenn ich es nur wollte, würden sie mich zu Hause wieder bei sich aufnehmen. Aber ich will nicht, nicht einmal, wenn man mich totschlägt. Mein Vater ist in Parma bekannt und geachtet. Er ist ein vornehmer Herr. Er hatte ein Pony und nahm mich immer und überall mit hin, weil er nicht wollte, daß ich alleine wegginge. Meine Schwestern wurden eifersüchtig auf mich. Schließlich konnten sie mich nicht mehr ausstehen. Und wenn sie wüßten, was ich für ein Leben führe, dann wären sie zutiefst befriedigt. Ich dagegen versuche alles zu verbergen, aus Achtung vor meinem Vater. Wenn ihr wüßtet, wie ich ihn liebe! In meinem Kleiderkoffer bewahre ich immer sein Photo auf, und ich hoffe, daß ich ihn eines Tages einmal wiedersehe, sofern er nicht allzu früh stirbt.«

Daraufhin fing Lina an zu fluchen und sagte etwas Ordinäres. Nun erzählte Eva: »Ich habe niemanden mehr... Ich erinnere mich nur, daß der Wunsch meiner Mutter war, ich sollte Lehrerin werden... Aber ich hatte keine Lust zum Lernen... Mit dreizehn hatte ich schon eine kleine Tochter... Aber dann mußte ich aus meiner Heimatstadt weglaufen, weil meine Mutter mich in ein Kloster stecken wollte... Danach bin ich in einer Erziehungsanstalt gelandet... allerdings nur für kurze Zeit, denn es gelang mir auszubrechen, und ich traf einen, der hat mich vier Jahre lang bei sich behalten... Als er mich überhatte, wußte ich nicht, wovon ich leben sollte... Ich hab sogar im Varieté gesungen, aber das machte mir keinen Spaß... Zwei Jahre habe ich das gemacht, obwohl meine Stimme völlig ungeeignet war...«

Die Französin, die offensichtlich nicht hinter den anderen zurückstehen wollte, sagte: »Ich bin in ganz Europa herumgekommen. Nur meine Mutter lebt noch, der ich jeden Monat so viel schicke, wie ich eben kann, denn sie kümmert sich um meinen kleinen Sohn, der schon die Erstkommunion hinter sich hat. Ich hab ihn nie mehr gesehen. Und er glaubt, ich sei tot. Am Anfang hatten sie ihm erzählt, daß sein Papa mich mit nach Amerika genommen hätte.«

Fanny sagte: »Ich habe nie Kinder gehabt. Aber wenn ich eins hätte, dann würde ich Gott danken.«

»Und warum?« fragte ich.

»Weil doch jeder Mensch das Bedürfnis hat, jemand zu lieben.«

Fanny hatte mir unfreundlich geantwortet, geradezu barsch. Und sie fuhr in einem Ton fort, als wolle sie mir Vorhaltungen machen: »Du siehst mich in dieser Aufmachung und denkst nicht daran, daß ich eine Frau bin wie jede andere. Wenn ich daran denke, daß ich heute in meinem Garten spazierengehen könnte, wo sich jetzt statt dessen meine Familienangehörigen tummeln, dann werde ich fast verrückt! Und dann leide ich! Ich habe alles Erdenkliche getan, um zu vergessen, und ich wünschte nur, es wäre mir gelungen! Am Anfang hab ich geheult und war völlig verzweifelt, weil ich mich einfach nicht damit abfinden konnte. Und obwohl ich mich inzwischen ein bißchen daran gewöhnt habe, bin ich auf alle neidisch, denen es nicht so geht wie mir. Aber niemand würde kommen und mir helfen.«

»Warum gehst du nicht nach Hause zurück?«

Fannys Ton wurde provozierend: »Glaubst du etwa, die würden mich wieder aufnehmen? Schließlich steht es mir ja bereits im Gesicht geschrieben, was für einen Beruf ich habe. Und es würde reichen, daß jemand aus meiner Familie auch nur die leiseste Andeutung in diese Richtung macht, und schon wäre ich wieder weg. Ich weiß genau, wie sie mich aufnehmen würden. Und sie haben ja auch recht. Ich hätte mir das vorher überlegen sollen.«

Eva lachte nicht mehr und sagte: »Wenn du dich nicht stark genug fühltest, hättest du das doch merken müssen!«

Lina antwortete mit beleidigender Ironie: »Sofern ich mich nicht täusche, haben wir alle das gleiche Glückslos gezogen.«

Aber die Französin fragte Sara: »Was liest du denn da?«

»Einen Roman.«

»Schön?«

»Soso«, antwortete Sara, um ihr nicht sagen zu müssen, welche Emotionen das Buch in ihr hervorrief.

»Wie heißt der Autor?«

»Weiß nicht.«

»Warum siehst du nicht nach, wie er heißt?«

»Ah, du Nervensäge! Warum läßt du mich nicht einfach in Ruhe? Das ist doch wirklich komisch, wie neugierig du bist.«

»Laß mich mal den Titel sehen.«

Sara hielt ihr das Buch hin, und die Französin las den Titel. Dann sagte sie verächtlich: »Kenn ich doch auch«, und zuckte die Achseln.

Sara fing wieder an zu lesen. Lina legte das Tuch zusammen: sie hatte ein Kleeblatt gestickt. Eva tat so, als würde sie sich dafür interessieren, und fragte sie: »Warum stickst du nicht auch eins für mich?«

»Morgen.«

»Für mich auch«, sagte die Französin, wohl wissend, daß sie es nur sagten, um Gesprächsstoff zu haben.

»Ja, für dich auch.«

»Ich fange langsam an, müde zu werden«, sagte Eva und lehnte ihren Kopf an die Wand.

Auch ich erinnerte mich, ohne es eigentlich zu wollen, an meinen Vater und meine Mutter und daran, wie schnell mein Leben vergangen war und wieviel Mühe es mich jetzt kostete, zu atmen. Ich sah auf die Stickerei, und Lina, die das bemerkt hatte, lächelte mir wohlwollend zu. Ich hatte völlig vergessen, an was für einem Ort ich mich befand, und fühlte eine tiefe Traurigkeit. Ich sah, daß Fannys Finger, obwohl sie keineswegs häßlich waren, bei jeder Bewegung wie die Beine eines Krebses aussahen; während ich nicht wußte, ob ihre über die Schultern herabfallenden Haare falsch oder echt waren. Sara hielt ihr Gesicht mit den Händen verdeckt, und die Französin hatte sich Eva zugewandt.

Meine Erinnerungen wurden zunehmend schmerzlicher. Ich begriff nicht, warum mir alles tragisch erschien: wie ein Mord, der vor unseren Augen stattfindet und uns zutiefst erschreckt. Ich fragte mich, zu welchem der fünf Mädchen ich am meisten Vertrauen hätte, aber ich konnte keinen Unterschied ausmachen. Fanny war die jüngste und wahrscheinlich auch die gutmütigste, aber Lina gefiel mir ebenfalls, und ihre Stickarbeit ließ mich mir ihre häusliche Umgebung in Parma vorstellen. Auch bei den anderen fand ich Gründe, weder Abneigung noch Mißtrauen zu empfinden. Ich war immer mehr bereit, sie zu rechtfertigen, ja, meine Gefühle für sie begeisterten mich geradezu. So regte sich schließlich auch in mir der Wunsch, offen über mich zu sprechen. Aber ich war dazu nicht fähig. Ich hätte nicht so wie sie über mich und meine Familie sprechen können. Doch auch ich empfand das gleiche Heimweh und irgendwie dieselbe Reue meinem fernen Zuhause gegenüber, und ich war zufrieden über eine so unerwartete und spontane Freundschaft. Niemals zuvor hatte ich mich so offenherzig und so tief verstanden gefühlt wie bei diesen fünf Mädchen. Ihre Gespräche forderten mir Großherzigkeit und Respekt ab; ich hätte sie gegen jedermann verteidigt und war zugleich von dem Wunsch getrieben, ihnen meine Empfindungen verständlich zu machen. Da sagte Fanny, die dies als erste bemerkt hatte, mit einem zartfühlenden Lächeln zu mir: »Woran denkst du?«

»Ich ... Ach, an nichts!«

»Du kamst mir so ernst vor!«

»Soll er vielleicht singen?« fragte Lina.

Fanny war die neugierigste von allen, befürchtete aber zugleich, sie könnte mir lästig werden. Jedenfalls fühlte sie sich so sicher, daß sie nicht umhin konnte, mir zu sagen: »Ich und du, wir verstehen uns auch durch Blicke. Paß bloß auf, verstehst du, und glaub nur ja nicht, ich wollte, daß du ausschließlich an mich denkst! Hier drinnen sind wir alle gleich.«

Die Französin sagte: »Ich weiß gar nicht, was in deinem Kopf vorgeht!«

Die andere antwortete: »Glaubst du etwa, ich könnte die Menschen nicht einschätzen?«

Obgleich Eva die leichtfertigste von allen war, sah sie mich an, als wollte sie eine Versicherung haben über das, was Fanny gesagt hatte, und Lina richtete verwundert ihre Blicke auf mich. Auch Sara sah mich an, doch aus ihrem Gesicht verschwand nicht völlig die Spur dessen, was sie beim Lesen dachte. Sie zog die Brauen ein bißchen zusammen und schien das Buch zuschlagen zu wollen. Doch dann gähnte sie, und da sie nicht wußte, was sie sagen sollte, fing sie erneut an zu lesen, allerdings mit geringerer Aufmerksamkeit als zuvor. Jetzt konnte man gut erkennen, daß sie auf das lauschte, was gesprochen wurde, und innerlich an der Unterhaltung teilnahm. Fanny ließ mich nicht mehr aus den Augen, und ich geriet darüber in solche Verlegenheit, daß ich am liebsten alleine gewesen wäre. Lina wollte sicher auch irgend etwas sagen, denn mehr als einmal hatte sie dazu angesetzt. Und die Französin, die unmittelbar neben ihr saß, hatte jedesmal, wenn sie einen derartigen Versuch unternahm, gegrinst.

»Warum lachst du denn?« fragte Eva, die als einzige lachen wollte. Doch statt ihr zu antworten, fing die Französin auch an zu lachen; noch etwas länger als sie. Daraufhin bekam Eva wieder ihre gute Laune zurück, obgleich es ihr nicht gelingen wollte, auszumachen, welches der Mädchen am ehesten so aufgelegt war wie sie. Sie stellte jedes von ihnen auf die Probe, indem sie sie einzeln anblickte und dabei ihren Mund zu Grimassen verzog; dann senkte sie ihren Kopf fast bis auf ihre Brüste und lächelte im stillen weiter vor sich hin.

»Heute morgen habe ich schrecklich geweint!« sagte Fanny.

»Einen Tag für jede von uns, wir kommen alle an die Reihe. Gestern war ich dran«, sagte Lina.

»Ich aber mindestens eine Stunde lang, während ich auf die Friseuse gewartet habe.«

»Ich zwei Stunden, bevor wir zum Essen gegangen sind.«

»Und das erscheint euch viel?« fragte die Französin.

»Das behaupte ich ja gar nicht!« antwortete Fanny.

»Warum erzählt ihr es dann? Wenn ihr wüßtet, wie sehr ich schon geweint habe!«

Eva betrachtete die Spitzen ihrer Fingernägel und dann ihre kleinen Schuhe aus heller, mausgrauer Atlasseide. Sara schüttelte sich und bekam eine Gänsehaut. Dann sagte sie: »Es wäre besser, wenn wir unsere Geheimnisse verborgen hielten! Denn die anderen kümmern sie wenig!«

»Ich sage immer die Wahrheit«, verkündete Fanny. »Das ist vielleicht nicht richtig, aber ich kann einfach nicht still sein.«

Eva sah sie an und lachte ihr eigentümliches Lachen, das sie an- oder abschwellen lassen konnte wie ihre Stimme.

Ich empfand inzwischen für alle fünf eine tiefe Zuneigung: in meinem Inneren hatten sie sich läutern können, und ich hatte möglicherweise etwas gelernt, was ich vorher nicht gewußt hatte. Es war ein neues Gefühl, und ich nahm mir vor, es niemals zu verlieren. Ich fühlte, daß dies möglich war, obgleich ich Angst hatte, sie würden es mir nicht glauben. Vielleicht hätte ich, wenn Fanny alleine da gewesen wäre, mit ihr darüber sprechen können, denn sie war bisweilen meine Verlobte und sogar meine Schwester. Aber wie hätte ich es anstellen können, daß sich Eva dadurch nicht beleidigt fühlte? Und aus welchem Grund sollte ich Fanny der Französin oder Lina vorziehen? Warum war es mir nicht gelungen, Sara dazu zu bringen, das Buch wegzulegen und mir ihre ungeteilte Aufmerksamkeit zukommen zu lassen, die ich mir mit meiner Aufrichtigkeit ihnen gegenüber verdienen wollte? Warum hatte sie sich auf diese Gegenseitigkeit nicht einlassen wollen?

Die Türe ging auf, und ein alter Herr mit langem, gepflegtem Schnurrbart nahm mit einem Gruß den Hut ab.

Mein Traum zerplatzte wie eine Seifenblase: was blieb, war lediglich Empörung und Ressentiment ihm gegenüber; und ich ging auf der Stelle weg, um nicht mit ihm zusammensein zu müssen.

Mann und Frau

Ein Wintertag, feucht, aber warm, wie sie in Rom nicht selten sind, bevor es zu regnen beginnt. Die Fensterscheiben sind beschlagen und naß, an den Wänden drinnen und draußen rinnt das Wasser herunter, die Plakate lösen sich von den Mauern.

Vittorino Landi muß nicht ins Büro gehen, weil heute der Geburtstag der Königin Elena ist. Es ist noch nicht Mittag, und er hat sich bereits rasiert, mit warmem, dampfendem Wasser, das Seifengeruch verströmt. Danach weiß er nicht, was er tun soll. Vielleicht geht er am Nachmittag ins Theater oder in den Kinematographen. Aber nicht aufs Land hinaus, obgleich er dazu immer Lust hat.

Seine Frau, Enrica, ist zur Via del Lavatore einkaufen gegangen, wo der nächstgelegene Markt ist.

Unversehens und ohne jeden Anlaß fühlt Landi, wie er wahnsinnig wird: sein Kopf dreht sich, er wird benommen, hat Angst hinzufallen. Ist es nicht schon ein Monat, daß er auf die Rückkehr seiner Frau wartet? Vielleicht ist ihr etwas Furchtbares zugestoßen: hat sich die Beine gebrochen oder ist tot. Sie kann nicht mehr nach Hause kommen. Er versucht, seine Gedanken zu ordnen, reibt sein Gesicht. Doch die Angst gräbt so etwas wie eine Höhle in sein Inneres, immer tiefer, schwindelerregend. Seine Stimme ist so schwach, daß er nicht einmal mehr rufen kann. Er fängt an zu weinen.

Als Enrica zehn Minuten später zurückkommt und das Schlafzimmer betritt, erkennt er sie nicht mehr: es ist, als sähe er sie zum ersten Mal. Seine Frau spricht mit ihm, lächelt ihm zu; dann bemerkt sie, daß ihr Mann ganz bleich geworden ist und keinen Ton hervorbringt.

»Oh, mein Gott! Vittorino! Wie fühlst du dich? Fällst du in Ohnmacht?«

Nein: er fängt sich wieder, und das Unwohlsein geht vorüber, als hätte es ihn nie befallen. Allerdings ist er nicht mehr in der Lage, seine Frau so zu lieben, wie er es vor einer halben Stunde noch geglaubt hatte, als sie aus der Wohnung ging.

Seine Frau weint, weil sie dies alles in seinen Augen liest. Ihr Hut sitzt schief, aber ihr kommt gar nicht erst der Gedanke, ihn abzunehmen. Der Schleier hängt schlaff und zerknittert herunter: auch sie hat keinen Atem mehr, um noch ein Wort hervorzubringen. So, wie er sich plötzlich an sie geklammert hat, läßt er sie jetzt wieder los, und es scheint, daß nur wenige Minuten ausgereicht haben, ihr jahrelanges Eheleben zu verändern. Denn es ist ihnen nicht bewußt, daß alles, was Tag für Tag an Gutem und Bösem durch ihre Herzen gegangen ist, irgendwann einmal zum Ausdruck kommen mußte. Daran ist keiner von beiden schuld, und da sie beide gutherzig und treu sind, werden sie alles tun, um sich gegenseitig zu ertragen, in der Erwartung, daß vielleicht eine Zeit wiederkehrt, in der sie sich so gerne haben wie zuvor. Das alles schießt ihnen traumschnell durch den Kopf.

Doch Enrica, die von beiden die schwächere und unvorbereitetere ist, hält ihr Taschentuch vor den Mund und schluchzt. Sie gibt sich alle Mühe, nicht mehr zu weinen, und als ihr das schließlich gelingt, fragt sie: »Willst du heute nicht in eine Trattoria essen gehen? Ich esse hier. Du kannst zurückkommen, wann du willst.«

Landi wundert sich, daß sie glaubt, so mit ihm sprechen zu müssen, und obgleich er überhaupt nicht daran gedacht hatte, auswärts zu essen, antwortete er: »Gut: heute esse ich in einer Trattoria.«

Er nimmt seine Handschuhe und seinen Regenschirm und geht ohne Gruß fort.

Enrica wirft sich bäuchlings aufs Kanapee und heult zwei Stunden lang, bis das Dienstmädchen sie anspricht. Sie leidet sehr, und ihre Augen sind rot unterlaufen, als wäre sie verprügelt worden. Wenn man nur ihren Mund ansieht, weiß man, daß sie viel geweint hat. Ihr ganzer Körper wird von Schluchzern geschüttelt, die noch herzzerreißender sind als ihre Schreie und Tränen.

Landi weiß nicht einmal, welche Straße er nehmen soll. Er geht ein paar Schritte und bleibt dann stehen. Schlamm bleibt an seinen Schuhen haften. Wohin soll er gehen? Er weiß es nicht. Warum nur sind diese Worte zwischen ihm und seiner Frau gefallen? Er weiß es nicht. Sollte er nicht besser auf der Stelle nach Hause gehen und seine Frau in die Arme nehmen? Wäre es nicht besser, sich von ihrem Mund all die süßen Worte ihrer Zärtlichkeit sagen zu lassen?

Der Nebel hat einen Stich ins Gelbliche: das Licht auf den Straßen sieht schmutzig aus. Die Stimmen der Menschen heften sich an ihn wie der Schlamm. Die Kutschpferde sind allesamt mager und erschöpft, ein paar lahmen. Eine abgearbeitet aussehende, runzlige Frau in Lumpen verkauft Tüten mit Nüssen für die Kinder. Ein kleines Mädchen hat sich in einen roten Wollschal gehüllt und verkauft Zeitungen; ihre Hände sind von Frostbeulen angeschwollen. Die Via della Pilotta liegt verlassen da mit ihren vier Bögen, die an den höhergelegenen Garten der Villa Colonna anschließen, an dessen unter Zypressen stehenden, schwarzfleckigen Statuen man erkennen kann, aus wie vielen Stücken sie zusammengesetzt sind. Unter einem der Bögen sitzt eine Bettlerin auf der Straße und ißt. Er geht in die Via Nazionale. Zwei Mädchen betreten untergehakt ein Café, dessen Beleuchtung eingeschaltet ist. Auf den Stufen des Teatro Nazionale stehen ein paar Leute.

Nach der Steigung beim Torre delle Milizie verläuft die Straße dann geradeaus bis zu den roten Mauern der Thermen. An der Ecke der Via Panisperna, unterhalb der Mauern der Villa Aldobrandini, machen zwei Blinde Musik.

Landi geht zum Essen in eine Trattoria, wo er glaubt, wenig bezahlen zu müssen. Er hat zwar keinen Hunger, ißt aber trotzdem. Als er wieder herauskommt, fängt es an zu regnen. Er geht zur Piazza del Quirinale, wo lediglich zwei Wachsoldaten in ihren Häuschen stehen und zweimal zwei Carabinieri, die sich dicht an die Mauer der Consulta gedrängt haben, um so wenig naß zu werden wie möglich.

Der senkrecht aufsteigende Strahl des Brunnens scheint so unbeweglich zu sein wie die beiden Pferde, obwohl er beim Herunterfallen prasselt und spritzt: nur weil er heller ist, kann man ihn von dem Regen unterscheiden, der die ganzen flachen Häuserzeilen verhüllt; man sieht nur die oberen Stockwerke und die überall dazwischen gebauten Kirchen. Die Kuppel des Petersdoms sieht aus, als bestünde auch sie aus Nebel.

Landi geht eilig die Treppen hinunter und kehrt wieder nach Hause zurück. Seine Frau hat sich aufs Bett geworfen und nichts gegessen.

Als sie am Abend wieder miteinander sprechen, scheint es, als hätte sie kein bißchen gelitten. Und ihr gemeinsames Leben beginnt wieder in der gewohnten Weise.

Doch während er weiterhin derartigen melancholischen Kummer verspürt, daß er glaubt, mit dieser Erinnerung nicht mehr weiterleben zu können, wird sie heiter und ausgelassen. An diesem Tag hat sie so furchtbar gelitten, daß sie inzwischen eine andere geworden ist. Sie ist klein und dunkelhaarig, hat lange, für sie und ihr schmales Gesichtchen viel zu lange Wimpern und lächelt unentwegt.

Und wenn sich im Frühling die Luft aufhellt, dann gibt es keinen Sonnenstrahl in der Piazza della Pilotta, der nicht auch in ihr Auge fallen würde. Nun ist sie so weit, daß sie weder zu lieben noch wiedergeliebt zu werden braucht. Sie lebt und damit basta.

Vittorino dagegen würde sie gerne lieben und neidet ihr ihre Heiterkeit.

Einmal kauft er in der Piazza di Spagna einen Strauß Rosen und bringt ihn ihr mit. Doch als er die Blumen ansieht, fragt er sich, weshalb er sie eigentlich gekauft habe.

Seine Frau nimmt sie ihm aus der Hand, stellt sie in eine Vase und dann auf den Tisch, an dem sie essen. Sie hat sich nicht bei ihm bedankt, ja, nicht einmal zu verstehen gegeben, daß sie sich darüber freut. Er kauft einen neuen Rosenstrauß, diesmal wirklich für sie. Jetzt sind beide beruhigt.

Eines Sonntags fahren sie zur Porta San Giovanni. Die Basilika reckt ihre Statuen in die Luft, als wären es riesengroße helle Blumen.

Auf der staubigen Piazza drehen sich drei Karussells mit Spiegeln und Glühbirnen, mit Leuten auf Pferden und in Booten, mit phantastischen und mythologischen Malereien. Auch ihre Melodien drehen sich. Und die Luft ist warm von der Sonne.

Das Straßenpflaster der Via Appia dehnt sich ins Land aus und glitzert, vor allem in der Ferne, wo man eine Pinie anstelle der Hosterien und Häuser sieht. Zahlreiche Arbeiter mit aufgekrempelten Hemdsärmeln machen sich mit Spitzhacken an einem Gleis zu schaffen. Das Land ist flach und ausgestorben, obgleich viele Menschen da sind und von Pferden gezogene Karren mit Schellenbändern. Das Gras wächst so dicht, daß das Land auch unter der Erdoberfläche grün zu sein scheint. Die Luft flimmert darüber wie eine farblose Flamme.

Eine riesige Wolke, in der Mitte durchbrochen und an Sonnenstrahlen aufgehängt, kann sich nicht mehr weiterbewegen.

Enrica und Vittorino sprechen wenig miteinander und wirken abwesend. Aber sie bleiben beisammen. Im Vorübergehen sehen sie sich die Hosterien an. Da denkt er, daß man so nicht mehr weiterleben könne. Er berührt mit einer Hand den Arm seiner Frau und sagt: »Es ist schon beinahe warm heute.«

»Ja, und ich bin müde. Diese Frühlingsluft schwächt die Nerven.«

»Möchtest du, daß wir heute abend in einer dieser Trattorien essen? Wir müssen über so vieles sprechen.«

Enrica entfernt sich fast zwei Schritt von ihm und senkt ihren Kopf. Sie sieht nicht die Enttäuschung auf dem Gesicht ihres Mannes. Doch nach einem Stück Wegs sagt sie: »Wir müssen über gar nichts sprechen.«

»Ich glaube, da täuschst du dich. Aber wenn du nicht willst, werde ich nicht darauf bestehen.«

Sie lächelt: ihre Augen glänzen, und sie blinzelt, weil sie von der untergehenden Sonne geblendet wird.

Die Wipfel der Eukalyptusbäume leuchten, und die Sonnenstrahlen verfangen sich darin wie ausladendes Laub. Auch das Straßenpflaster spiegelt. Die Albaner Berge liegen in einem gleichmäßigen blassen Türkis da. Sie fährt fort: »Wir müssen über unser vergangenes Leben so sprechen, als handele es sich um zwei Personen, die wir vor langer Zeit kennengelernt haben.«

»Enrica, du täuschst dich!«

»Was mich betrifft, täusche ich mich nicht. Ich sage dir, wie ich die Dinge sehe.«

»Enrica! Enrica!«

»Es ist viel besser, zu schweigen.«

Und sie lächelt erneut. Auch ihm wird jetzt bewußt, daß sein Begehren unstet ist und nicht tief sitzt, und das reicht ihm nicht. Sein Wunsch verursacht ihm lediglich eine Art von nervöser Gereiztheit. Auch in seinem Herzen findet er nichts mehr, und es ist sinnlos, seiner Frau etwas einzureden, woran er selbst gern geglaubt hätte. Vielleicht müssen wirklich erst einmal viele Jahre vergehen, aber ohne daß sie dabei älter werden. In Wirklichkeit hat aber auch er keine Fragen mehr an sie. Das ist ganz offensichtlich! Da schämt er sich förmlich, daß er sie hinters Licht hatte führen wollen. Er hat alles verloren!

Enrica sagt zu ihm: »Seit jenem Mal ist es mir nicht mehr möglich, zu glauben.«

Überall um sich herum spürt sie den herrlichen Frühling, und sie würde sogar gerne einen Pflasterstein anfassen, der leicht erwärmt sein muß, einen Pflasterstein, der so süß sein muß wie die Luft. Aber ihr Herz verschließt sich immer mehr, es verweigert sich, es ist kalt.

Selbst der Frühling streift sie wie etwas, das niemals ihr gehören wird, und es kommt ihr vor, als würde ihre Jugend sich verflüchtigen und immer weniger greifbar werden, wie ein Traum, den man just in dem Augenblick vergißt, in dem man ihn sich ganz genau und schärfer noch einprägen will. Ihr Herz zuckt zusammen, was ihr gar nicht recht ist. Und da Vittorino vorhin zweimal ihren Namen gerufen hat, nimmt sie seine Hand und drückt sie ganz fest. Und er fühlt sich weniger einsam.

Die Eukalyptusbäume versinken in Dunkel, die Glocken von San Giovanni läuten, und der Tag vergeht wie der Klang der Glocken. Beide fühlen sie sich traurig und verloren, sie fühlen den Tod. Doch eine Frau, die ihr Kind stillt, erscheint in einer Türe, ganz still und sanft; und da erschaudern sie beide vor sich selbst.

Das Kruzifix

Ich habe gedacht, es gäbe eine Welt, die Gott nicht zu Ende geschaffen hat. Die Materie ist weder tot noch lebendig. Die Pflanzen dort sind sich untereinander fast gleich, und die Tiere grobe Entwürfe, die sich aus ihrem Schlamm nicht lösen können, weil sie weder Beine noch Augen haben.

Die Pflanzen dieser Welt wären nicht von ihren Farben her erkennbar, weil sie nämlich keine haben. Nur wenn sich ein Anflug von Frühling einstellt, könnte man ihren Duft wahrnehmen, der aber etwas Schlammiges an sich hat. Es gibt auch den Entwurf zu einem Adam, allerdings ohne Seele. Er kann weder sprechen noch sehen, nimmt aber wahr, daß sich der Schlamm um ihn herum bewegt; und davor hat er Angst.

Es gibt weder Sonne noch Mond, und es ist eine Welt, die im einsamsten Teil des Unendlichen verborgen bleibt, wohin die Sterne nie gelangen; höchstens ein Komet erlischt dort, wie in der Verbannung. Dieses halbe Leben ist älter als das unsere.

Nichtsdestoweniger gibt es dort auch Landschaften von tiefer Schönheit, die all jene Schönheit in sich zu tragen scheinen, die in unserer Welt nur unserer Seele und den zerbrechlichsten Lebewesen innewohnt.

Da immer so etwas wie Abenddämmerung herrscht, erglänzt der beinahe rote Schlamm in diesem Licht wie Gold, während die Tonerde in der Nähe von Wasserflächen von einer Farbe ist, die auch wir mit dem Meer in Verbindung bringen.

Doch der halbfertige Adam glaubt, blind wie er ist, daß die Finsternis, in der er lebt, das Licht sei, und wenn der Sturmwind über seine Haut streicht, glaubt er zu gehen.

Die Blätter der Pflanzen dürften nicht einmal angerührt werden, weil sie zerfallen und das Schwammigweiche von ihnen an unseren Händen kleben würde: es genügt ja schon ein prasselnder Regen, und ganze Wälder werden zerstört, die dann unter der sich erwärmenden Luft wieder aufsprießen wie bei uns die Pilze.

Aber es wäre schwierig, die Flüsse vom Meer zu unterscheiden, und wo heute ein See ist, erhebt sich morgen schon ein Berg. Dann erstrecken sich diese beinahe roten Ebenen bis hin zum immerwährend trüben Horizont, oder man sieht in der Nähe des Meeres eine Färbung von ungewissem, schlammigem Türkis, das morgens glitzert und abends schwarz wird über Fels und Gestein.

Doch ein Fluß, der schwärzer ist als alle anderen, zieht sich durch die endlose Ebene. Er ist so schwarz, daß unsere Augen ihn selbst noch bei Nacht von ferne sehen könnten. Wo er vorüberfließt, läßt er, anstelle von Pappeln, schweres, dichtes Laub wachsen, das man nicht durchdringen könnte. Der Sommer ist ganz schwarz und besteht statt aus Sonne aus warmer Finsternis. Und seine Gewitter sind derart von Nebeln und Wolken eingehüllt, daß sie fast lautlos über den Fluß hinwegziehen.

Und auch in der Stunde, in der die Dunkelheit am undurchdringlichsten ist, ist der Fluß ganz deutlich erkennbar.

Diese Dinge gingen mir an einem Sonntagnachmittag durch den Kopf, als ich am Damm des Tibers stand, an der Stelle, wo er am schmutzigsten und verlassensten ist. Ich betrachtete eine Zeile von Häusern, die in der Mitte gewissermaßen aufgeschnitten waren, da man zwei oder drei Straßenzüge abgerissen hatte. Man konnte die verdreckten Zimmer mit ihren verblaßten, an den Außenmauern heruntergeronnenen Farben sehen. Grasbüschel wuchsen an den Stellen, wo besonders viel Kalk verarbeitet worden war: blütenloses, glänzendes Gras, vor dem einem ekelt, und das kein Tier fressen würde.

Der Grund, weshalb ich das alles dachte, war der: ohne daß ich es sogleich bemerkt hatte, war ein Mädchen in meine Nähe gekommen, barfuß, mit schwarzem, schütterem Haar, das sie hinter dem Kopf mit einer einzigen Haarspange zusammenhielt. Dieses Haar erinnerte an bestimmte ekelerregende Spinnweben. Ihre Stirn war fettig und mit verkrusteten Warzen übersät. Sie trug eine alte, verblichene Jacke, die ihr außerdem nicht paßte, weshalb sie sie an den Hüften mit ihren Händen zusammenhalten mußte. Sie machte den Eindruck, als wären Gott weiß was für Abfallkübel über sie ausgekippt worden, deren Flecken für immer sichtbar bleiben. Ihr Gesicht war einigermaßen rund und kindlich, mit einem großen Mund, der aussah wie eine der Warzen auf der Stirn und am Hals, um den sie eine schmutzig gewordene Schnur gebunden hatte. Auch ihre Augen waren ziemlich rund und von einer Farbe, die auf den ersten Blick unmöglich zu bestimmen war, jedoch ohne jeden menschlichen oder tierischen Ausdruck. Es war, als befände sich in ihrem Inneren etwas, das nichts herausließ.

Diese Stelle am Lungotevere mit seinen häßlichen, abgeschälten Platanen war zu dieser Stunde völlig menschenleer, als wäre es eine tote Ecke von Rom, das sich von diesem Punkt den Fluß entlang um uns ausbreitete, und das zugleich so fern, als gehörten wir nicht mehr zur Stadt.

Mir war nicht nach Reden zumute: ich fühlte, daß, wenn ich mit dem Mädchen reden wollte, ich unbedingt nicht nur mein eigenes Gewissen vergessen, sondern zugleich auch alles aus meiner Erinnerung streichen mußte. Sonst wäre es unmöglich gewesen. Auch ich fühlte jedes Leben in mir ersterben, und innerlich wurde ich dem, was ich vor Augen hatte, immer ähnlicher. Das machte mir beinahe Angst. Ich glaube nicht, daß ich mitten in der Wüste einer öderen und leereren Einsamkeit ausgesetzt gewesen wäre.

Und doch schenkte mir die Sonne während dieses Schweigens eine geradezu unwahrscheinliche und blitzartige Klarsichtigkeit. Es war nicht mehr wichtig, daß dort hinten die Kuppel von Sankt Peter war! Auch sie erschien mir als etwas Unförmiges, und ich verlor jede Hoffnung, sie je wieder anders als so zu sehen: düster auch sie, wie die aufgeschnittenen Häuser vor mir.

Das Mädchen ist die Tochter einer unverheirateten Frau. Von klein an schläft sie in der Nähe der Latrine, und mit zwölf oder dreizehn Jahren, vielleicht auch früher, ist sie schon keine Jungfrau mehr. Die Mutter geht irgendwo anders hin, das Mädchen bleibt allein: eines Sonntagabends hat sie sie nicht mehr betrunken aus der Hosteria zurückkommen gesehen. Fast alle geben ihr zu essen, wie einer Bastardhündin. Wer sie haben wollte, nahm sie sich: die Bezahlung bestand aus einem halben Liter Wein oder einem Teller Makkaroni. Ihr einziger Besitz sind ein Kleid und ein Hemd, im Winter zusätzlich noch Strümpfe und ein Paar bunte Pantoffeln. Wer sie will, nähert sich ihr, lächelt sie an und nimmt sie mit. Sie nennt ihren Namen, aber sie allein erinnert sich daran; man gibt ihr immer neue Namen.

Als man diese elenden Häuser abgerissen hat, schlief sie zunächst mitten im Schutt, unweit des Hundes, den der Bauunternehmer nachts dort ankettet, damit niemand Türen, Balken, Schrott und alles mögliche andere klauen kommt, was sich aus alten Häusern fortschaffen läßt. Jemand sieht sie im Dunkeln, weckt sie und läßt sie dann da zurück, wo er sie gefunden hat. Ihre Tage verbringt sie schlafend, weil sie ihre Müdigkeit nicht loswerden kann.

Sie wäscht sich, so gut es geht, an den Brunnen, auch die Beine und den ganzen Körper. Und jetzt denkt sie, aber ohne große Hoffnung, daß man sie in einer dieser verrosteten Wellblechhütten schlafen läßt, die auf den Kiesbänken des Tibers zwischen dem Ponte del Risorgimento und dem Ponte Milvio stehen.

Dort kommen, wenn sie Ausgang haben, viele Soldaten vorbei. Manchmal, wenn sie zu zweit oder zu dritt sind, verprügeln sie sie. Aber sie weint nicht, weil es ihnen Spaß macht, und versucht sogar, sich selbst auch ein bißchen dabei zu vergnügen, und folgt denen, die sie verprügeln, so lange, bis sie weggeschickt und ihr damit gedroht wird, daß sie ihr sonst ein Messer zwischen die Rippen schieben. Sie sieht, wie sie sich entfernen, und ist traurig, daß sie alleine bleibt. Wenn ihr von den Schlägen die Schultern oder Arme weh tun, drückt sie die Stellen fest mit ihrer Hand; aber sie weint nicht einmal jetzt. Oft schaut sie niemandem ins Gesicht, außer man zwingt sie dazu. Sie glaubt, auf diese Weise zu gefallen. Wenn jemand sie um einen Kuß bittet, will sie ihn nicht geben, aus Angst, hinterher Ekel zu erregen. Sie ist so demütig, daß sie nichts sehen will. Wenn sie fühlt, daß sie jemandem wenigstens eine Minute lang gefällt, ist das für sie ein heimliches Freudenfest, aber das zeigt sie nicht, weil sie, als sie es einmal versucht hat, mit einem Schlag auf den Mund oder einem Genickgriff fortgestoßen wurde. Damals ist sie vor Scham rot angelaufen.

Sie möchte jetzt, daß ich mich ihr nähere, nur damit sie Gewißheit hat, jemandem zu gefallen, und wenn an manchen Tagen niemand sie ruft, ist sie traurig und bedrückt.

Wie sie jetzt so dicht neben mir steht, erwartet sie, daß ich sie in den Arm knuffe. Doch ich gehe, wie entsetzt von meinen eigenen Gedanken, weg.

Eines Sonntags gehe ich zwischen dem Kolosseum und dem Forum Romanum spazieren. Hinter einer Kirchenmauer liegt ein Haufen Scherben und Abfall. Grashalme wie lange, grüne, gerade Nadeln haben ihn von innen nach außen durchstoßen.

Obendrauf schläft sie, zusammengerollt in ihrem Kleid, blaß, was sicher von Müdigkeit herrührt. Fliegen setzen sich auf ihre Haare, ihre Flügel schillern wie das Haar selbst.

Die Sonne ist kräftig und verursacht Kopfschmerzen. Das Gras glänzt, hier und da blendet es sogar. Ein paar Stunden vorher hat es geregnet, und jetzt dampft die Erde.

Das Kleid des Mädchens ist immer noch naß, obgleich die Holz- und Eisentore oben schon trocken sind. Und auf die Backsteine der Ruinen legt die Sonne einen wandernden Glanz. Die Wege stehen unter Wasser. Aber die Bäume auf dem Palatin blicken sanft herunter, und die Rosen, aus denen das Regenwasser heraustropft, duften so stark, wie sie es tun, wenn man sie zwischen den Händen reibt. Der Marmor leuchtet, und an den Stellen, wo er zerbrochen ist, sieht seine Körnung aus wie lauter Glasscherben.

Die Eidechsen sehen aus wie grüner, lebendiger Stein, der Himmel über dem Kolosseum fast wie ein Edelstein.

Sollte sie aufwachen, dann will ich diesmal mit ihr reden. Natürlich schäme auch ich mich, weil, nicht wahr, wer weiß schon, was die Leute sagen, die mich sehen.

Und da es Momente gibt, in denen man, schon weil man eine nicht wiederzuerkennende Melodie pfeift, ein Gedicht zu schreiben meint, und in denen unsere Gedanken uns von wundervollbringender Schönheit zu sein scheinen, ist es mir nicht mehr möglich, an das Mädchen zu denken, und meine Blicke streifen augenblicklich und instinktiv von ihr weg. Auf diese Weise vergesse ich sie, wenngleich noch an derselben Stelle verharrend, nach und nach völlig.

Das Licht ist erdrückend, und Staub wirbelt um das Kolosseum bis fast zu seiner ganzen Höhe auf; es sieht aus, als schwebte er in der Luft. Ein Hügel, auf dem ein Kloster steht, verschließt sich hinter seinen Laubbäumen und Zypressen. Ein Aufseher des Forums tritt aus seinem angemalten Holzhäuschen heraus, geht einen Schritt und bleibt dann mit der Uhr in der Hand stehen.

In diesem Augenblick liebe ich die Erde, und es will mir scheinen, daß meine Stimme, würde ich sprechen, ihre Sanftheit hätte. Ich fühle, warum die Sonne sie erleuchtet, und warum die Bäume mit ihrem Laub so schön sind. Dann betrachte ich den Efeu und die Blumen nah und fern.

Doch die Hitze bringt an der Kirchenmauer das Holz eines Kruzifixes zum Bersten, als wolle sie die Nägel aus Armen und Füßen herausziehen. Und das Mädchen erwacht wie aus den Tiefen des Abfallhaufens.

Eine Geliebte

Ich erwache beim Klang einer Drehorgel. Es muß spät sein, und doch habe ich das unbestimmte Gefühl, als wäre es noch Morgen! Ich bin noch nicht in der Lage zu denken und lausche dem langen, sich immer wiederholenden Gassenhauer. Da kommt es mir vor, als wäre ich in meinem Dorf, im Winter. Ich bin ein wenig überrascht, aber dann fällt mir alles wieder ein.

Es war mir gelungen, eine Geliebte zu finden, noch dazu eine verheiratete Frau. Ich will jetzt nicht meine Freude beschreiben. Obwohl, manchmal bereute ich es aufrichtig, und wenn ich meine Frau ansah, empfand ich für sie eine unendliche Zärtlichkeit, die mir Unbehagen bereitete. Aber ich betrog sie trotzdem! Ich erinnere mich, wie ich eilig die Treppe zur Geliebten hinaufstieg, während mir das Herz vor Furcht und Wollust klopfte. Ich fand die Wohnungstür angelehnt, trat auf Zehenspitzen ein, blieb stehen, um zu hören, ob sie allein sei oder mit jemandem rede. Fast immer allein! Ich machte noch ein paar Schritte, schlurfend, damit sie begreife.

Amelia sagte:

»Wer ist da?«

Aus dem Ton ihrer Stimme hörte ich, daß sie begriffen hatte. Und ich trat ins Zimmer, schüchtern, ein wenig schwindlig. Sie wurde blaß und dann rot. Ich, immer noch verlegener, lächelte. Sie stand auf und kam mir entgegen. Ich umarmte und küßte sie: Ich erinnere mich, daß sie immer auf den Mund geküßt werden wollte.

Und dann fragte sie mit einer Ruhe, die im Gegensatz zu meinem Verlangen stand: »Auch heute?«

Daraufhin umarmte ich sie ganz fest. Ihre schwarzen Haare kamen mir wie elektrisiert vor, ebenso wie ihre löwenfarbenen und sinnlichen Augen. Sie war nicht mehr jung, aber noch schön; mit ihrem etwas länglichen Gesicht, ihren gesunden, wenngleich nicht mehr blühenden Wangen.

Wir hielten uns eine Weile so in den Armen, trunken, fast taumelnd; und wir mußten uns gegenseitig stützen. Manchmal ließ sie mich los, um sich gegen die Wand zu lehnen, die Hände vor der Stirn. Und dann trat ich, in einer Mischung aus Genugtuung und Verlangen, dicht an sie heran, aber ohne sie zu umarmen; und ich wartete, daß sie mir zulächle, mit ihrem schmerzlichen und unbestimmbaren Lächeln; dem Lächeln einer verblichenen Jugend.

»Sind wir allein?«

»Der Junge ist in der Schule.«

An ihren Mann dachten wir überhaupt nicht, denn wir waren sicher, daß er nicht heimkam: Es gab einen Weg, sich dessen zu vergewissern, den wiederzugeben zu lange dauern würde. Der Junge, Giulio, war fünf Jahre alt.

Amelia hatte sich mir aus Not hingegeben: Ich wußte das, aber es machte mir nichts aus; und außerdem glaubte ich, daß sie doch eine gewisse Liebe für mich empfinde, so wie ich ein heftiges Verlangen nach ihr.

Dann bat ich sie mit hochrotem Kopf und trockener Kehle, mich noch einmal zu küssen.

Schon früher hatte ich oft mit ihr geplaudert, in aller Vertraulichkeit und Unbefangenheit, jedoch ohne Absichten: Sie war meine Zimmerwirtin gewesen.

Nach meiner Heirat hatte ich sie vier oder fünf Monate lang überhaupt nicht mehr gesehen; aber ich dachte öfter an sie als während der Zeit, in der ich ihr Untermieter gewesen war.

Und da ich den Verdacht hegte, daß sie ihren Mann betrüge, womöglich aus Not, wie es ja auch der Fall war, kam mir der Gedanke, davon zu profitieren.

Ich traf sie einmal auf der Straße und gab ihr, ohne eigentlich zu wissen, warum, einen kleinen Mandelzweig, den ich zufällig in der Hand hielt.

Aber ich sagte ihr nichts. Ich fühlte mich lediglich befangen, und es wollte mir nicht mehr gelingen, wie früher mit ihr zu reden.

Eines Tages gab ich mir einen Stoß und besuchte sie. Da sie die Miete nicht immer zahlen konnte, war sie gezwungen, häufig die Wohnung zu wechseln.

Zitternd klopfte ich an ihre Tür. Die Tür war offen, und sie antwortete, ohne sich von ihrem Platz zu rühren. Ich streckte den Kopf ins Zimmer, wagte aber nicht, einzutreten, wie ich es früher getan hätte.

Sie ahnte vielleicht etwas, denn sie wurde ernst und erbleichte. Ich fürchtete, sie würde mir über den Mund fahren – von wegen!

Sie stand vor einem offenen Schrank und räumte ihre Wäsche ein, alles alt und geflickt. Ich trat immer näher auf sie zu: Sie war nach wie vor blaß und vermied es, mich anzusehen, sosehr ich sie auch innerlich anflehte, mir Mut zu machen. In diesem Augenblick liebte ich sie wirklich!

Sie jedoch fuhr in ihrer Arbeit fort. Ich machte noch einen halben Schritt, in der Absicht, leise mit ihr zu sprechen. Und ich sagte: »Signora Amelia, ich weiß, daß Sie es brauchen... nehmen Sie es mir nicht übel...«

Ich zog meine Brieftasche hervor und machte Anstalten, Geld herauszunehmen.

Sie senkte den Kopf und errötete: Sicher empfand sie eine starke Erregung, die nicht nur Scham war.

Ich hatte erwartet, daß sie mir sofort antworten würde, aber ich mußte hinzufügen: »Ich habe immer daran gedacht ... doch bisher ... Wollen Sie, daß ich Ihnen helfe ... soweit ich kann?«

Und ich nahm einen Fünf-Lire-Schein, genau fünf Lire, und verbarg ihn in der Hand. Sie wich ein paar Schritte zurück, griff aber mit ausgestrecktem Arm nach dem Geld.

Dann ging sie, rasch und ohne daß ich damit gerechnet hätte, ins andere Zimmer und fing an, ihr Hauskleid aufzuknöpfen. Sie sofort so zu besitzen, hatte ich nicht verlangt: doch ich beeilte mich, sie zu umarmen, und küßte sie auf die Schläfe. Die Haut ihrer nackten Schultern war feucht vor kaltem Schweiß.

Amelia sagte mit einer Wollust, die mich verwirrte: »Nicht jetzt... ein anderes Mal.«

Ich antwortete aufrichtig: »Es macht mir nichts aus, wenn du nicht sofort willst: Ich liebe dich wirklich!«

Da knöpfte sie das Kleid wieder zu, noch weiter als vorher, und sah mich an, mit einer Art kaltem Stolz. Ihre Lippen schienen mir noch voller, ihre Augen blitzten.

Ihr Schweigen kam mir auf beschämende Weise ironisch vor. Und in der Meinung, daß ich jetzt nicht still sein dürfe, sagte ich zu ihr: »Du gefällst mir!«

Aber sie machte Anstalten, mich aus dem Zimmer zu schicken, und trat von der Kommode weg, an die sie sich beim Hereinkommen ein wenig angelehnt hatte. Wie schön sie mir erschien! Warum hatte ich nicht eine solche Frau geheiratet?

Ich ergriff ihre Hand und küßte sie; bestimmt war sie an so etwas nicht gewöhnt. Dann fing ich von neuem an, ihr Gesicht zu küssen: Zu etwas anderem wäre ich nicht fähig gewesen. Aber sie schien das Gegenteil anzunehmen; und tief atmend, die Brust geweitet, blickte sie mich wiederum an, mit einer wunderschönen Blässe: »Warum haben Sie mir das nicht früher gesagt?«

Sie senkte den Kopf und ging durchs Zimmer, ohne ersichtlichen Grund. Bestimmt wußte auch sie nicht mehr, was sie tat: Sie war in Pantoffeln, und die Pantoffeln waren zerschlissen. Dann sagte sie, um ihre Verwirrung nicht so offen zu zeigen: »Gehen Sie jetzt.«

Ich lächelte sie an, leidenschaftlich, und fragte: »Hast du mich gern?... Warum sagst du nichts?«

Ihr Gesicht wurde müde, fast welk, ihr Blick unruhig: Ohne Zweifel, sie litt bei meinem Anblick.

Und da liebte ich sie, weil sie so schmuddelig, ungekämmt, ganz und gar in Unordnung war.

Sie lächelte mir zu, und es war das schönste Lächeln unserer ganzen Freundschaft; ein Lächeln, das sofort wieder erlosch, fast ängstlich, aber trunken: ein Lächeln, das für immer genügte, das sofort alles für immer versprach.

Ich erreichte es, von ihr geküßt zu werden, und dann ging ich fort, fast fliehend.

Ein paar Tage später suchte ich sie, was ganz natürlich war, wieder auf. Einmal verging ein voller Monat, ohne daß ich sie sehen konnte: Meine Geschäfte hinderten mich daran; und vielleicht war ich auch ein wenig gesättigt. Mich kam die Lust an, alles meiner Frau zu erzählen – als ginge es gar nicht um mich oder als hätte ich ein Faß Wein gekauft: Es wurde beinahe zu einer gefährlichen fixen Idee. Aber dann lachte ich nur laut.

Meine Frau fragte mich: »Worüber lachst du?«

Ich mußte auf der Stelle etwas erfinden.

Eines Morgens entschloß ich mich, wieder einmal die Treppe hinaufzusteigen. Die Tür stand weit offen; Amelia kam mir entgegen und sagte mit einer Miene, die vorwurfsvoll und zugleich traurig war: »Heute läßt du dich wieder sehen?«

»Ich konnte nicht früher.«

Und sofort empfand ich tatsächlich ein lebhaftes Bedauern und das Bedürfnis nach Vergebung – vielleicht aus Angst, daß sie mich verlassen könnte.

Sie war sehr unruhig und schien mir sogar abgemagert. Sie hatte Ringe unter den Augen, und ihr Blick war ungewohnt starr.

Ohne mir irgend etwas zu denken, küßte ich sie; aber sie drehte sich weg. Dann sagte sie fast widerwillig: »Du weißt es nicht... aber da drüben... liegt mein armer Junge... nach fünf Tagen Fieber...«

Ich rief (und mußte mich dabei anstrengen, um nicht irgend etwas anderes zu sagen): »Giulio ist tot?«

Sie begriff, daß es mir nichts bedeutete und daß mich dieser unerwartete Tod beinahe verärgerte. Es gelang ihr nicht, mich zu rühren, und sie versuchte es auch gar nicht; aber es schien, als sei sie ein für allemal ohne Begierde: Sie rief deshalb fast so etwas wie Abscheu in mir hervor.

Ich konnte mir nicht vorstellen, wie ich diesen Mund küssen sollte: Ich betrachtete sie, während mir das durch den Kopf ging. Und sie, die in meinen Augen das enttäuschte Verlangen sah, wollte nicht bei mir bleiben.

Sie öffnete die Tür zum Schlafzimmer und ging hinüber, um am Fußende des kleinen Bettchens neben dem Ehebett niederzuknien.

Giulio lag dort, schwarz gekleidet, zwei angezündete Kerzen so nah neben seinem Kopf, daß ich fast glaubte, sie könnten ihn verbrennen. Sein Gesicht war so gelb, daß man kaum hinsehen konnte, der Mund bereits verblüht, ein Mund, als hätte er das ganze Leben gekannt; und seine Haare glänzten abstoßend, als wären sie feucht von kranken Säften.

Amelia nahm den Rosenkranz, der am Bettgitter hing; und ohne sich noch einmal nach mir umzudrehen, als wäre ich überhaupt nicht da, fing sie an zu beten. Ich ging auf die Tür zu, voll Ungeduld, daß sie sich wieder erhebe.

Ich betrachtete ihr Gesicht, das so blaß war, daß die Haut beinahe der des Sohnes ähnlich zu werden schien.

Sich auf das Bett stützend, stand sie auf; dann sagte sie: »Der arme Engel! Siehst du nicht, wie lieb er ist? Mein Gott, der Schmerz erdrückt mich fast! Ich werde nie mehr froh sein können.«

Ich machte eine Geste, als ob ich sie trösten wollte, aber sie achtete überhaupt nicht darauf: Es war die Mutter, die die Oberhand über die Geliebte gewonnen hatte.

»Was kann ich jetzt für dich tun?«

Aber ich sagte es widerstrebend. Sie dagegen freute sich und erwiderte: »Ich brauche fünf Lire: Sie müssen den Sarg für ihn bringen. Aber heute wirst du doch nicht wollen, daß ich dich umarme, oder?«

Es war ihr nicht entgangen, daß ich, während ich sie ansah, Giulio vergessen hatte.

Und ich erwiderte unwillig: »Nein, bestimmt nicht.«

Aus Furcht, mich zu verlieren, fügte sie hinzu: »In ein paar Tagen.«

Und sie sah mich voll Haß an, aber doch befriedigt, mich bereitwillig zu sehen. Ich gab ihr das Doppelte von dem, worum sie mich gebeten hatte; aber ich ging die Treppe nicht hinunter, ehe sie mir nicht mit einer kleinen Liebkosung über die Wange gestrichen hatte: Alles übrige zählte wenig.

Als ich unten war, fühlte ich, daß es zwischen mir und dieser Frau nur ein Band gab: daß ich zahlte. Und es überraschte mich, daß ich sie, da ich doch zahlte, nicht umarmt hatte wie die anderen Male.

Und ich fand eine neue Geliebte.

Ach, aber die Drehorgel klingt schon von weiter her, und ich habe keine Lust mehr, an all das zu denken! Denn diese Dinge tun sehr weh, wenn man sich an sie erinnert.

Die Feinde

Wir sollten kein Bedauern empfinden wegen unserer Feinde, wegen jenes Gefühls von Größe, das wir erleben, wenn wir sie hassen. Auch ich hatte einen Feind, und ich liebte ihn wie einen Bruder, wenn ich am meisten vor ihm auf der Hut sein mußte, und ein Blick von ihm genügte, um mich daran zu erinnern, daß er ebenso existierte wie ich selbst. Er hieß Rutilio Papagli, und ich hatte ihm nie etwas zuleide getan. Aber er war halb verrückt und halb bösartig, und wenn er sich mir näherte, um mit mir zu sprechen, begriff ich sofort, was er beabsichtigte. Wenn er nämlich keine Absicht verfolgte, ging er mir aus dem Weg, und ich sah ihn nie. Wir waren Nachbarn im gleichen Haus, und wie ich war auch er Beamter im Unterrichtsministerium. Er spürte sofort meine natürliche Gutmütigkeit, und obwohl er mich um sie gewissermaßen beneidete, sah er sich veranlaßt, jedes gegen mich gerichtete Vorhaben aufzugeben. Er fürchtete nämlich meine Gutmütigkeit, die kein Erbarmen kennt, so wie sie sich auch keinem verschließt. Wahrscheinlich hätte er mich sogar gemocht, wenn er dazu in der Lage gewesen wäre. Aber das war er nicht, und so versuchte er, auf jede erdenkliche Weise zu erreichen, daß ich, sei es auch nur für eine halbe Stunde, aufhörte, gutmütig zu sein.

Einmal begegnete ich ihm auf dem Corso, und er sagte: »Warum gehen wir nicht zusammen essen, Caperozzi?«

Gerade war ich im Begriff, ja zu sagen, doch dann fühlte ich, daß ich es nicht konnte. Es tat mir leid, ihm allzu brüsk zu antworten, und so erfand ich eine Ausrede. Aber er bestand weiterhin und hakte sich sogar bei mir unter. Ich ließ ihn gewähren, bat ihn aber, nicht weiter darauf zu bestehen. Da sagte er: »Ich habe etwas mit dir zu besprechen, das uns betrifft.«

Schon war ich bereit, ihm Glauben zu schenken, wie ich es auch bei allen anderen tat. Doch rechtzeitig erinnerte ich mich all der zwischen uns vorgefallenen unangenehmen Dinge und war nicht mehr bereit, nachzugeben. Er aber sprach weiter und bot mir eine Zigarette an. Am liebsten hätte ich sie abgelehnt, weil mir seine Verstellung so beleidigend vorkam, aber ich war zu schwach. Mehr noch, ich selbst hakte mich jetzt bei ihm ein und begann, mit großem Vergnügen mit ihm zu sprechen. Sofort änderte er seine Haltung: er konnte mich nicht ertragen und zog seinen Arm etwas zurück, damit ich ihn losließ. Er war nicht mehr in der Lage, mir länger zuzuhören, und am Ton seiner Stimme ließ er mich erkennen, wie wenig er mich eigentlich schätzte. Schließlich ließ er mich einfach stehen, mitten im Satz. Als ich ihn weit weg von mir inmitten all der Menschen sah, beschloß ich, daß ich nie mehr ein Wort mit ihm wechseln und ihm das deutlich zu verstehen geben würde. Doch als ich ihn am nächsten Tag fast an der gleichen Stelle wiedertraf, war ich es, der ihn anhielt, während er mir zu verstehen gab, daß er es vorzog, so zu tun, als hätte er mich nicht gesehen. Ich aber wollte in sein Inneres eindringen und herausfinden, warum er mir derart feindlich gesonnen war. Es stimmte zwar, daß ich nicht ohne Grund bei unserem Abteilungsleiter wesentlich angesehener war und höher geschätzt wurde als er, doch konnte ich mir nicht erklären, weshalb er dem so viel Bedeutung beimaß. Und überhaupt: welches Unrecht fügte ich ihm eigentlich zu? Bei vielen Gelegenheiten hatte ich ihm geholfen, und nicht nur das, ich hatte mich auch gehütet, ihm zu schaden. Das mußte er wissen und konnte mir deshalb nur dankbar sein. Auch ich wünschte mir oft, daß er nicht so tun würde, als wüßte er das nicht, und hätte ihm am liebsten den Schädel mit meinem Regenschirm zertrümmert. Doch wenn sich dann wieder eine Gelegenheit ergab, gelang es mir nicht, irgendwelche bösen Gefühle gegen ihn zu hegen, und ich wartete ständig darauf, daß er ein Freund von mir würde oder mich zumindest nicht mehr haßte. Aber er haßte alle!

Wie gesagt, ich selbst hielt ihn an und begrüßte ihn lächelnd. Doch mein Lächeln bewirkte nur, daß sein Gesicht einen bissigen, ja geradezu unzufriedenen Ausdruck annahm. Ich fragte ihn: »Was ist mit dir?«

Er gab keine Antwort, senkte den Kopf, und ich glaube, daß er mich nur deshalb nicht ansah, weil er mir seine Augen in diesem Augenblick nicht zeigen wollte. Da fragte ich ihn: »Hat dir jemand etwas getan? Oder ist irgend etwas Schlimmes im Büro passiert, das dich betrifft?«

Er antwortete mir voller Haß: »Du denkst immer gleich an die unmöglichsten Dinge.«

»Unmöglich? Wieso? Du selbst hast mir doch oft genug erzählt, daß du Unannehmlichkeiten von denen bekommen hast, die etwas gegen dich haben. Du hast mir sogar gesagt, wie sie heißen.«

Da fing er an zu lachen: »Aber ich habe ihnen gezeigt, wer ich bin.«

»Hast du dich etwa über meine Nachfrage geärgert? Ich habe dich doch nur gefragt, weil ich dich mag.«

»Mir kann keiner was anhaben.«

Mich überkam eine Art Frösteln, und ich antwortete: »Ich weiß. Aber dennoch gibt es welche, die einem unbedingt was am Zeug flicken wollen.«

Wieder lachte er und antwortete: »Ich garantiere dir, daß ich nicht einmal einen Gedanken darauf verschwende. Ich werde sie noch alle zum Zittern bringen.«

Sein Gesicht hatte sich jetzt beinahe aufgeheitert, obgleich es noch Unruhe zeigte, und sein Blick hielt dem meinen nicht lange stand. Ihm fehlten zwei Zähne auf einer Seite oben, und sein schütterer Schnurrbart sah aus wie gesträubtes Borstenhaar.

Er war stets blaß und mager und hatte einen roten Fleck unten am Hals, den man vor allem dann erkennen konnte, wenn er sich ärgerte. Seine Hände waren geschmeidig, so als wären sie etwas zu lang geraten, und liefen fast spitz zu. Doch seine Lippen wurden nie blaß, im Gegenteil, sie schienen wie angemalt, weil sie sich nie verfärbten. Er war bereits derart nervös, daß ich sehen konnte, wie sein Schnurrbart bebte, noch bevor sich seine Lippe bewegte. Seine Augen fingen an zu glänzen und bekamen einen starren Blick, ohne daß ihm bewußt wurde, daß er damit jedermann seine geradezu grausame Bösartigkeit zu erkennen gab. Er versuchte, sich wieder zu fangen, doch gelang es ihm nicht, und es war, als wollten seine Zähne zubeißen. In diesem Augenblick freute ich mich, trotz des Widerwillens, den ich angesichts der Tatsache empfand, ebenfalls auf derart entschlossene Weise gegen ihn eingenommen zu sein, und ich war zufrieden, daß sein Gesicht weiterhin in diesem Ausdruck verharrte. Hätte er sich geändert, so hätte ich das als eine herbe Enttäuschung empfunden!

Da begann er mir zu erläutern, und zwar zunächst derart leise, daß ich ihm mein Ohr hinhalten und ihn mehr als ein Wort wiederholen lassen mußte, aus welchem Grund er nicht mehr umhin könne, von seiner Abteilung in die meine überzuwechseln. Zuerst war mir die Tragweite seines Wunsches überhaupt nicht klar, weil er mir einfach abwegig erschien, aber er legte so viel Gefühl in das, was er sagte, daß ich, hätte es von mir abgehangen, sofort zugestimmt hätte. Ich gab ihm Ratschläge, wie er vorgehen müsse, und versprach, daß ich selbst mit unserem Abteilungsleiter darüber reden wolle. An diesem Punkt verheimlichte er mir auch nicht mehr, daß man ihn in seiner Abteilung verfolge, und er auch schon deshalb nicht mehr gerne dort arbeiten würde, weil sein Gehalt sogar niedriger war als das meine. Er fuhr fort, darüber zu reden, als ob die Schuld daran mich träfe und ich vom Abteilungsleiter geradezu fordern müsse, daß seinem, Papaglis, Wunsch ohne weiteres entsprochen werde, weil ich ihm helfen müsse und weil er für mich allein aufrichtige Freundschaft hege. Als er sich von mir verabschiedet hatte, bedauerte ich, daß ich ihn das alles hatte aussprechen lassen, und mir wurde klar, daß es ihm wieder einmal gelungen war, mich einzuwickeln und mich das sagen zu lassen, was er wollte.

Eine Woche verging, ohne daß wir miteinander gesprochen hätten. Ich sah ihn einige Male, wie er schnell, mit gesenktem Kopf an den Wänden entlang schleichend und Aktenordner mit sich tragend, in das eine oder andere Zimmer unserer Kollegen huschte; er erweckte jedoch den Eindruck, daß er niemandem ins Gesicht sehen wollte, und so hütete ich mich, ihn zu rufen. Allerdings wurde ich neugierig, herauszufinden, warum er öfter als vorher den Korridor meiner Abteilung aufsuchte, und so begann ich die zu befragen, aus deren Zimmer ich ihn hatte herauskommen sehen. Doch konnten sie mir nichts sagen. Ich fand lediglich heraus, daß er nun wesentlich mehr arbeitete als früher und zu einem der emsigsten Beamten des gesamten Ministeriums geworden war.

Plötzlich stand er eines Morgens auf der Türschwelle meines Zimmers. Obwohl ich keine Lust dazu hatte, lud ich ihn ein, Platz zu nehmen. Doch er zündete sich eine Zigarette an, als würde ihn das, was ich sagte, überhaupt nicht interessieren, und antwortete lachend: »In ein paar Tagen werde ich dir eine gute Nachricht geben können! Dieses Mal klappt's wirklich!«

»Nun sag schon!«

»Oh, nein! Es ist viel zu schön! Ich überlaß es deiner Phantasie.« Und er ging lachend weg, mit seinem leicht hüpfenden Schritt, als würde er jeden Augenblick gegen etwas stoßen.

Nachmittags ließ mich der Abteilungsleiter zu sich rufen. Er war völlig kahlköpfig, und es war schwer zu sagen, wo seine Stirn aufhörte und sein Gesicht anfing. Ihn selbst schien dies immer in Verlegenheit zu bringen. Ich trat an seinen Schreibtisch, in dem sicheren Gefühl, daß er mir eines seiner freundlichen, ja beinahe liebenswürdigen Worte sagen würde. Doch während er bis zur Glatze hinauf rot anlief, sagte er: »Ich setze Sie davon in Kenntnis, daß Sie ab morgen in die Protokollabteilung versetzt sind und die Stelle Ihres Freundes Papagli übernehmen.«

»Ich?«

»Ja. Sie. Dieser Beschluß ist gefaßt worden, um Sie alle beide zufriedenzustellen.«

»Aber davon weiß ich ja gar nichts! Das ist doch nicht möglich!«

»Das sagen Sie mir? Ich habe geglaubt, daß Sie mit der Art, mit der ich Sie immer behandelt habe, nicht zufrieden wären.«

»Ich kann nur wiederholen, daß mir von all dem nichts bekannt ist. Und mein Gehalt?«

»Das Gehalt bleibt das gleiche, aber Papagli bekommt jetzt das gleiche Gehalt wie Sie, und natürlich wird er schon bald in den Genuß jener Vergünstigungen kommen, die Sie erhalten hätten, wenn Sie hier hätten bleiben wollen.«

»Aber ich bin ja nicht einmal gefragt worden!«

»Das müssen Sie mit Ihrem Freund ausmachen. Ich habe diese Anweisung erhalten, und auch ich war davon überrascht.«

»Ich schwöre Ihnen, daß ich...«

»So beruhigen Sie sich doch! Gehen Sie erst einmal zu Papagli.«

Ich ließ auf dem Schreibtisch des Abteilungsleiters den Aktenordner zurück, den ich hätte mitnehmen sollen, und ging zu Papagli. Ich öffnete seine Türe, ohne anzuklopfen, und trat ein. Er war nicht da, und alle Unterlagen waren so geordnet, als wäre er überhaupt nicht ins Büro gekommen. Ich fragte einen Pförtner, ob er ihn gesehen hätte, aber er sagte nur, er könne sich nicht erinnern. Dasselbe fragte ich auch seine Kollegen in den Nebenzimmern, aber alle antworteten, daß sie nichts wüßten. Wenn ich weniger nervös gewesen wäre, hätte ich in seinem Arbeitszimmer auf ihn gewartet; aber ich konnte nicht mehr länger ruhig bleiben und verließ sofort das Ministerium, um zu sehen, ob er zu Hause war. Ich war außer mir vor Wut und faßte den Entschluß, ihn möglicherweise sogar mit dem Schlüssel zu verprügeln, den ich tief unten in meiner Hosentasche in meine Faust preßte. Ich traf ihn an, wie er sich gerade kämmte, nachdem er sich mit einem Duftwasser bestäubt hatte. Ohne zu grüßen, sagte ich: »Warum hat man mich in deine Abteilung versetzt?«

Er sah mich böse an und antwortete, während er die Haare aus dem Kamm herauszupfte, die darin hängengeblieben waren: »Bist du extra gekommen, um mich etwas so Dummes zu fragen? Das hätte ich nicht von dir gedacht! Gib acht auf das, was du sagst!«

»Sag mir die Wahrheit! Ist es möglich, daß du von all dem nichts gewußt haben solltest?«

Er lachte, als er mir antwortete: »Wie naiv du doch bist! Begreifst du denn nicht: die Tatsache, daß sie mir deinen Posten übertragen haben, bedeutet, daß sie mir eins auswischen wollten?«

»Dir?«

»Jetzt sei nicht so starrköpfig, Caperozzi! Jeder mag dich, und jeder weiß, daß du ein tüchtigerer und intelligenterer Beamter bist als ich. Bist du verrückt geworden, daß du glaubst, sie hätten das getan, weil sie dich nicht mögen? Begreifst du denn nicht, daß sie's getan haben, weil sie mich nicht mögen?«

»Und du ... du hast nichts gesagt, als du es erfahren hast?«

»Was hätte ich denn sagen sollen? Du wirst schon sehen, ich werde dem Ministerium meine Kündigung einreichen, wenn sie mich nicht wieder an meinen alten Platz zurückschicken. Komm zum Mittagessen mit mir: ich will allen zeigen, daß ich trotzdem dein Freund bin. Überlaß es nur mir, mit ihnen so fertig zu werden, wie sie's verdient haben, schon allein wegen des Unrechts, das sie dir zugefügt haben!«

Und ich, der ich plötzlich so tat, als würde ich nicht wissen, wer Rutilio Papagli war, und daß nur er diesen Schuß aus dem Hinterhalt auf mich hatte abfeuern können, half ihm sogar noch in sein Jackett und ging mit ihm essen. Er bezahlte, und ich vertraute ihm auch noch das bittere Gefühl an, das ich empfand. Nur ihn allein zog ich ins Vertrauen. Niemandem sonst habe ich je ein Wort davon gesagt.

Die Rinderhirten von Maccarese

Das Meer rauschte jenseits der Wacholderbüsche, von denen viele rot waren, weil die Sonne sie auf dem schimmernden Sand verbrannt hatte. Der Pinienwald von Maccarese, dunkel und streckenweise auseinandergerissen, zog sich bis zu den düster finsteren Ulmen- und Eichensäumen hin, während der im Dunst liegende Strand bei Civitavecchia drüben, an der Mündung des Arrone, menschenleer war und neben dem glitzernden Wasser und dem endlos weißen Schäumen leicht rosafarben flimmerte. Die Ulmen- und Eichensäume wurden breiter und dunkler, wo sie über der Ebene ineinanderwuchsen. Der Wind hatte vom Land her viele Ulmen zur Erde geneigt; die höchsten, die kein Laub mehr in der Krone hatten, während aus der unteren Hälfte ihrer Stämme dichte Blätter hervorgesprossen waren wie eine niedrige Macchia.

Das Meer war von einem gleichmäßigen Türkis, und der Rauch eines aus dem Hafen von Fiumicino ausgelaufenen Frachtkahns hing in der Luft, obgleich der Himmel ganz klar und nur für die Sonne gemacht zu sein schien. Am Ende der Ebene, in Richtung Castel San Giorgio, Besitz der Fürsten Rospigliosi, waren die Schnitter, die, vom Meer aus gesehen, so klein und kurz waren wie die Finger einer Hand. Inmitten der Ähren hin und her wimmelnd, waren sie alle verschiedenfarbig gekleidet, und durch die flimmernde Hitze hindurch, die von der Erde heraufzitterte, schienen auch sie zuweilen flimmernd in einem opalen bis blaßhimmelblau getönten Dunst zu verschwinden, der auf den Abend zu die Mulden der Macchia füllte. In einem anderen Streifen der Ebene erkannte man Büffelkühe, ein bißchen dunkler als die rötliche Erde, während die Rinder schon von selbst, wie sie es gelernt hatten, an die Mündung des Arrone zum Trinken gegangen waren. Nachdem die Rinder zurück waren, kamen die Büffelkühe an die Reihe, doch dann blieb die Herde oberhalb der Mündung stehen.

Die Mäharbeiten von Maccarese waren beinahe beendet. Doch die Schnitter waren unzufrieden mit der Art und Weise, wie die ›Vormänner‹ die Bezahlung festgesetzt hatten, und von Tag zu Tag zeigten sie sich immer entschlossener, ihre Forderungen geltend zu machen. Eines Morgens waren nahezu alle ›Vormänner‹, die jedesmal bedroht und provoziert worden waren, sobald sie sich hatten blicken lassen, verschwunden: So lange, bis die Gefahr vorbei sein würde, flüchteten sie sich in den Turm von Maccarese, auf der Seite zwischen Meer und Pinienwald.

Obwohl der Turm weiß verputzt war, sah er so düster aus, als wäre er schwarz. Und eine Kletterrose schien sich mit den Stufen der Außenloggia zu einem Grabgebinde zu vereinen.

Als die Schnitter das merkten, legten sie die Arbeit nieder und beschlossen, die ›Vormänner‹ ausfindig zu machen. Da sie aber nicht wußten, wo die ›Vormänner‹ waren, und gleichzeitig glaubten, daß sie von den Verwaltern von Maccarese gedeckt würden, begannen sie, Krach zu schlagen, und zogen, ohne genau zu wissen, warum, nach Castel San Giorgio, zur Villa der Fürsten Rospigliosi.

Die Rinderhirten, so um die zwanzig an der Zahl, hatten die Aufgabe, die Mäharbeiten zu überwachen. Sie aßen und schliefen in diesem Turm, wollten sich aber in die Angelegenheit nicht einmischen: das war Sache der Verwalter. Sie waren alle zwischen dreißig und fünfzig: die älteren hatten Bäuche, waren dick und trugen goldene Ringe an ihren Fingern, ein paar auch an den Ohren. Ihre Familien waren über die einzelnen Gehöfte verstreut, und einige von ihnen gingen abends spät zu ihren Frauen und kehrten dann vor Morgengrauen wieder auf das Gut zurück. Sie hatten so etwas wie einen Anführer, auf dessen Jackenärmeln zwei Silbertressen aufgenäht waren; er hieß Corrado. Er war noch immer Junggeselle, und zu jeder Mähsaison fand er sich unter den jüngsten Schnitterinnen einen Schatz. Dieses Mal hatte er eine, die von Colle della Vipera kam. Nachdem er sie inmitten der Schar der Frauen erspäht hatte und sie ihm gefiel, blieb er für kurze Zeit in ihrer Nähe, mal unter dem einen, mal unter dem anderen Vorwand, und beobachtete sie, ohne vom Pferd abzusteigen. Pompilia, so hieß das Mädchen, verstand auf der Stelle, und rot anlaufend hob sie ihre schwarzen, feuchten Augen zu ihm auf, in der Erwartung, daß er einen Weg finden würde, mit ihr zu sprechen, ohne ihre Brüder und ihren Vater in der Schar der Männer zu beleidigen und in Wut zu versetzen.

Die anderen Rinderhirten waren ganz auf seiner Seite und ließen sich von ihm viele Liter Wein ausgeben, denn er war sich inzwischen sicher, das Mädchen erobert zu haben. Er sagte, während er sich eine Zigarre anzündete: »Und was, wenn es mir gelingen würde, sie als Hausangestellte bei den Fürsten unterzubringen?«

Ein anderer sagte: »Dann glaube ich nicht, daß du sie jederzeit sehen kannst, wie es dir paßt.«

Corrado lachte und stampfte mit den Stiefeln auf. Aber ein blonder Kerl mit hellen, immer staubig wirkenden Wimpern legte sich für ihn ins Zeug und ereiferte sich. Er streckte die gespreizten Hände aus und sagte: »Entscheidend ist, daß du sie ab morgen von der Sense wegholst.«

Und einer der Älteren, mit langen, herunterhängenden Augenbrauen und schläfrigem Blick, der ein bißchen verrückt war, wiederholte, ohne jemanden anzusehen: »Ab morgen! Ab morgen!«

Corrado schlug ein Bein über das andere und sagte: »Dann helft mir. Keiner geht schlafen, bis nicht der richtige Dreh gefunden ist. Ich geb euch noch mal sechs Liter aus.«

Der Blonde sprang auf und sagte: »Sie muß dir gehören, und sie muß dich gern haben.«

»Das tut sie schon.«

Ein schwarzhaariger Rinderhirt mit eingedrücktem Kopf rief: »Ihr da, am anderen Ende des Tischs, seid doch mal still!«

Sie gehorchten, standen nach und nach auf und bildeten einen Kreis um Corrado, der sein Kinn jetzt zwischen Daumen und Zeigefinger hielt. Er hatte helle, fast himmelblaue Augen und ziemlich kräftige Backen.

Jemand sagte zu ihm: »Woram denkst du?«

Corrado zog ein Bein aus der Bank hervor, stand seiner ganzen Länge nach auf und antwortete: »Ich hab's.«

Ein anderer sagte: »Laß mich raten: du wirst sie ins Haus deiner Großkusine schicken.«

»Richtig! Aber du weißt nicht, unter welchem Vorwand.«

Sie sahen ihn an und lächelten, denn er war intelligent und allen sympathisch.

»Sie wird sagen, sie hätte die Malaria bekommen, und so bringen wir sie aufs Schloß; dann spann ich die Kalesche an und nehm sie mit!«

Die Rinderhirten brüllten und pfiffen eine Arie und schlugen mit den Fäusten den Takt auf dem Tisch.

Am nächsten Tag tat Corrado, wie er gesagt hatte. Aber Pompilia gefiel ihm wirklich, und er fühlte, daß er sie liebte.

Er liebte sie bereitwillig; aber gab es nicht noch andere Leidenschaften, die er hätte kennenlernen sollen? Er wollte einfach alles lieben, was er sah: die Wacholderbüsche, die Pinien, die Akazien, deren helle Blüten zwischen den Eichbäumen doldenförmig herabhingen. Doch fand er niemals etwas, das er wirklich lieben konnte, außer der Frau, die so jung war wie er selbst und die ihm gefiel, weil sie niemals etwas sagte, das nicht freundlich gewesen wäre.

Als er mit dem Pferd einige Minuten lang anhielt, so lange wie er brauchte, um eine halbe Zigarre zu rauchen, nieste er. Das Pferd ging los, und er ließ ihm freien Lauf. Mitten auf der Straße stieß er auf eine Herde von Büffelkühen, die sich sofort und fast alle zugleich erhoben. Er trieb das Pferd an und fing an, sie mit der Buchenholzstange zu schlagen. Und die Büffelkühe drängten auf die Wiese, wo sie bis zum Bauch in dem Gras verschwanden. Er ließ das Pferd im Schritt gehen und ritt auf eine zu, die aber sofort weglief. So verbrachte er jetzt seine Tage. Wenn er einen Vogel erblickte, sah er ihn an, als ob seine Augen ihn aufhalten und niederfallen lassen könnten. Aber die Büffelkühe mochte er noch lieber, weil er sie schlug, bis ihm die Kraft ausging; und dann wurden ihre Augen sanftmütig.

Er saß mit vollkommen ausgestreckten Beinen und nach hinten geneigtem Körper auf dem Pferd, und mit einer Hand griff er in die Mähne, beinahe so, als hätte er sie wie eine Pflanze herausreißen können. Das Pferd empfand wahrscheinlich keine Schmerzen, verlängerte aber seinen Schritt, woraufhin er ihm wie zur Strafe die Sporen gab und Kilometer um Kilometer ziellos dahingaloppierte, über schilfbewachsene Tümpel hinwegsprang und dann an den Abzäunungen so dicht, daß er sie streifte, entlangritt.

Pompilia erwartete ihn, ohne auch nur das Bedürfnis zu haben, am Fenster kurz nach ihm Ausschau zu halten. Sie hatte sich in einen Winkel der Küche von Corrados Verwandter verkrochen, der sie jedesmal scheu und errötend zulächelte, wenn sie in ihre Nähe kam, auch wenn diese sich gar nicht um sie kümmerte. Sie wäre beruhigter und zufriedener gewesen, wenn ihr Vater und ihre Brüder die Mäharbeit nicht hätten tun müssen. Weil sie zu müde waren, schickte der Vater nur einen über den anderen Abend den jüngsten Sohn, der noch ein halbes Kind war, zu ihr, um zu hören, wie es ihr ging. Und sie, ohne vom Stuhl aufzustehen, wie Corrado es ihr beigebracht hatte, fühlte ihren Puls und sagte, daß das Fieber nicht vorübergehen wolle. Der Bruder fragte sie: »Dann kommst du also noch nicht zurück?«

Sie schüttelte den Kopf.

Der Bruder lächelte, als er sich in der Küche umsah, und im Weggehen sagte er: »Du lebst hier wie eine feine Dame!«

Doch Corrado ließ nach einer Woche Pompilias Vater zu sich rufen; er forderte ihn auf, sich neben ihn auf eine Bodenerhebung zu setzen, und versprach ihm, daß er sie zum Jahresende heiraten wolle.

Da stand der Schnitter wieder auf, sah ihm in die Augen und sagte leise: »Du wirst eine stärkere und schönere Frau bekommen, als du es bist. Doch warum bringst du sie derweil nicht zurück, damit sie mit uns das Korn schneidet?«

Und er ging sofort wieder zu den anderen.

Ein paar Tage später war der Aufruhr bereits in Gang, und Pompilias Vater dachte jetzt weder an sie noch an Corrado. Schnitter und Schnitterinnen zählten mehr als dreihundert. Die mit den Männern in Gruppen von fünf bis sechs Personen zusammenstehenden Frauen hatten sich weiße Tücher straff um ihre Köpfe gebunden und ihre Hände mit wollenen Streifen umwickelt, um sich vor der Sonne zu schützen. Die Männer waren in Hemdsärmeln und barfuß; und alle hatten sie Sensen. Die Alten standen in der Mitte, die Jungen zu beiden Seiten. Unter ihnen waren auch fünfzehnjährige Kinder, die inmitten des Aufruhrs der anderen ein bißchen verkrampft lächelten. Sie wußten nicht, was auf sie zukam, und die meisten dachten, sie gingen in den Tod. Durch die Arbeit und die Hitze waren sie alle abgemagert; die Frauen waren nach einer Woche Mäharbeit nicht mehr wiederzuerkennen: sie schienen gealtert, mit Runzeln über den Augen. Plötzlich brüllte jemand: »Verbrennen wir die Kornbündel!«

Da hatten sie alle diese Absicht, und hundert Stimmen antworteten: »Jetzt gleich! Jetzt gleich!«

Die anderen wußten nicht, was sie antworten sollten, brüllten aber trotzdem mit, was sich anhörte, als sängen sie alle durcheinander.

Über ein Gatter der Abzäunung hatten sie etwa ein Dutzend Schlangen gehängt, die sie beim Mähen getötet hatten. Und als sie jetzt an ihnen vorüberkamen, schnitten sie sie mit den Sensen in Stücke. Schon waren sie dabei, sich auf die Lichtung im Feld zu drängen, wo die Kornbündel aufgeschichtet lagen; aber sie beeilten sich nicht. Zwei Rinderhirten folgten ihnen zu Pferd; wortlos, wahrscheinlich nur, um mitzuhören. Die Schnitter vermieden es, sie anzusehen, um so mehr Mut zu haben. Doch als sie sie neben sich sahen, wurden sie still und drängten sich mehr und mehr in die Mitte ihrer Schar. Alle gingen sie mit hochgerecktem Kopf und versuchten, in dem Gewühle zu erkennen, was ringsum geschah. Doch die Felder lagen verlassen da. Es war, als würde es den großen Ulmen mit ihren dicken, dunklen Ästen gelingen, den Wind aufzuhalten. Die Falken flogen tief und schlugen mit den Flügeln, ohne daß man hätte erkennen können, wo sie ihren Kopf hatten. In diesem Augenblick rollten die beiden Rinderhirten ihre langen, fast bis auf die Erde herabreichenden Zügel auf ihren Sätteln auf und ritten los, um ihre Kameraden herbeizurufen. Sie hatten keine Angst, wußten aber nicht, was sie tun sollten. Sie fühlten sich dafür verantwortlich, daß die Kornbündel nicht verbrannt wurden; und ohne miteinander zu sprechen, ritten sie nebeneinander und sahen sich an. Sie zogen sich die im Nacken festgebundenen Hüte noch fester ins Gesicht und drehten sich von Zeit zu Zeit nach den Schnittern um. Wäre es nicht besser gewesen, sie hätten versucht, die Horde zur Rückkehr zu bewegen? Vor allem der Jüngere von beiden hätte die Sache gerne allein erledigt, doch er war allzu besorgt und hätte nichts riskiert, wenn der andere nicht ebenfalls mitgemacht hätte. Es gab keine Zeit zu verlieren! Wenn es den Schnittern dahinten gelang, Feuer an die Kornbündel zu legen, würden sie sich schämen, sich noch einmal in Maccarese blicken zu lassen. Und deshalb waren sie bereit, zu jedwedem Hilfsmittel zu greifen. Ihr Blick verfinsterte sich, doch in ihren geradezu grimmigen Gesichtern blitzten die Augen. Der Ältere sagte: »Dein Pferd ist besser als meins. Treib es an, und sag den anderen Bescheid. Ich reite zurück.«

»Und wenn sie dich mit Steinen bewerfen?«

Instinktiv blickte der Ältere auf seine Hüften und Knie.

Dann antwortete er: »Wo die jetzt sind, gibt's keine Steine.«

Doch der Jüngere machte sich Sorgen um ihn: »Bleib lieber hier zurück, auf halber Strecke.«

Da richtete sich der Ältere in seinen Steigbügeln auf und preschte mit seinem Pferd an den anderen heran: »Wag es ja nicht, mir Widerworte zu geben. Los mit dir!«

Der Jüngere warf sofort einen Blick auf den Sattel und das Geschirr, gab seinem Pferd zweimal die Sporen und begann, auf den Kopf des Pferdes einzuschlagen. Bereits nach einer halben Minute war er unter dem Turm angekommen. Der andere blieb da zurück, wo er war, und raufte sich seinen grauen Bart. Jetzt fehlte nur noch, daß er zu weinen anfing, und er wußte nicht, ob nicht auch er lieber zum Turm reiten oder schleunigst wieder zu den Schnittern zurückkehren sollte. Er wendete mehrmals sein Pferd wie ein Mühlrad und spitzte die Ohren. Der Lärm hatte nicht nur nicht aufgehört, sondern er nahm sogar zu. Der Hirte entschloß sich herauszufinden, was sich dort tat. Er streifte und verletzte beinahe einen Schäfer, der dabei war, ein eben gehäutetes Schaf aufzudunsen, indem er in ein Rohr blies. Ein Hund lief dem Rinderhirten bellend nach, bis zu einem mit blühenden Ginsterbüschen und dichtem Schilf bewachsenen Kanal. Das Pferd konnte nicht mehr und lief erschöpft mit gespreizten Beinen weiter. Der Rinderhirt fühlte sein Herz so stark klopfen, als ob eine Stange darin gewesen wäre. Aber er stellte sich vor den Schnittern auf, die schon im Begriff waren, eine auf einer Seite eingesunkene spitzhöckrige Brücke von wenigen Metern über dem Arrone zu überqueren, der flirrend und flimmernd die Ulmen und Eukalyptusbäume wie ein Spiegel reflektierte. Mit vor Erregung gebrochener Stimme rief er: »Wohin geht ihr?«

Die Schnitter verteilten sich und beschleunigten ihren Schritt, um sich dennoch auf die Brücke zu drängen. Daraufhin stellte er sein Pferd quer: »Was habt ihr vor?«

Die, die am weitesten hinten standen, schrien: »Die Kornbündel anzünden!«

»Und warum? Was hat euch das Korn denn getan? Ärgert ihr euch jetzt auch schon über das Korn?«

Doch den beherzten Zunächststehenden war es gelungen, auf die Brücke zu gehen, indem sie auf die Seitenmäuerchen geklettert waren. Ein Junge war unter dem Bauch des Pferdes durchgeschlüpft. Viele Frauen gingen mit ihren Sensen an die Augen des Pferdes heran. Der Rinderhirte hatte seine Stimme wiedergefunden und schrie: »Alles halt! Geht zurück. Sagt mir, was ihr wollt.«

»Maccarese hält die Vereinbarungen nicht ein!«

»Wieso?«

»Ihr wollt uns eine Lira pro Tag weniger bezahlen.«

»Das stimmt nicht.«

»Gauner! Räuber! Hört nicht auf ihn! Geht weiter! Werft ihn hinunter!«

Die Frauen schrien und bedrohten ihn mit den Sensen, die Männer überlegten, wie sie ihn dort herausholen konnten. Da drängten sich ungefähr zwanzig von ihnen an das Pferd heran, das nach und nach, da es immer noch quer stand, zur anderen Seite der Brücke gedrängt wurde. Nun kamen auch alle übrigen herbei, rempelten sich an und traten aufeinander, keiner erkannte mehr den anderen, doch der Schrei von einem ließ die, die um ihn herumgeschart waren, noch lauter schreien.

Der Rinderhirt wich zurück und sagte: »Wenn euch die ›Vormänner‹ der Einheiten betrogen haben, dann dürft ihr den Ärger nicht an uns und auch nicht am Korn auslassen.«

Niemand hörte auf ihn, und die, die hinten geblieben waren, nahmen jetzt einen Anlauf und erreichten die, die bereits um die Kornbündel herumstreiften. Der Rinderhirt stieg vom Pferd, bereit, sich schlimmstenfalls umbringen zu lassen; doch da hörte er von der Macchia her einen Höllenlärm. Er drehte sich um: es waren wirklich alle anderen Rinderhirten. Da stieg er wieder aufs Pferd und wartete.

Die Rinderhirten waren mit Gewehren bewaffnet. Sie hatten bereits entschieden, und ohne Zeit zu verlieren, stellten sie sich bei den Kornbündeln auf. Die Schnitter wollten sich dem Stroh trotzdem nähern, ja, sie wurden sogar noch wütender. Doch Corrado stellte sich vor die anderen und brüllte: »Wer von euch auch nur einen halben Schritt tut, fällt tot zur Erde!«

Die Rinderhirten griffen zu ihren Gewehren. Die Alten legten die Handgelenke übereinander. Die Frauen stießen einen Schrei aus zwischen Entsetzen und Empörung.

»Geht zurück über die Brücke!«

Und die Schnitter gehorchten. Hinter ihnen ritt die dunkle Reihe der Rinderhirten an einem Ulmen- und Steineichenwäldchen entlang.

Pompilias Vater sagte zu den um ihn Herumstehenden und blinzelte dabei Corrado an: »Wenn der da nicht bald mein Schwiegersohn würde, dann hätte ich es ihm gezeigt!«

Die Christnacht

Jedesmal, wenn Naldo Benedetti anfing zu fluchen, legte seine Schwester Menica das Strickzeug in den Schoß, und kalter Schweiß badete ihre Stirn. Dann biß sie sich in die Hände: »Ich kann dich nicht mehr anhören!«

Vor allem jetzt: er konnte seiner Frau ja etwas antun, die im Bett lag und bereits die Wehen hatte! Daran dachte er natürlich nicht!

Naldo Benedetti war Ziegelbrenner; er verdiente kaum etwas, und seinen Lohn steckte er in Besäufnisse.

Menica war die Witwe eines anderen Ziegelbrenners. Ihr einstöckiges Häuschen lag direkt neben den Brennöfen, inmitten vieler anderer, zwischen Haufen von Ziegelsteinen und der Straßenhecke: fast drei Meilen von Siena entfernt, hinter einem kleinen Berg aus Tonerde.

Auf der anderen Seite der Straße bildete das weißliche Land eine Ebene, die sich in der Ferne immer weiter absenkte, mit hier und da unordentlich nebeneinander gepflanzten Zypressen. Das Erdreich war nicht geebnet, sondern wies Mulden und Erhebungen auf.

Auch an diesem Abend war Naldo betrunken. Er versuchte, sich ruhig zu verhalten, doch dann fragte er seine Schwester: »Wie lange dauert's noch?«

»Wie soll ich das denn wissen? Pavola sagte, daß sie's bald kriegt. Cecca will im Dunkeln sein, deshalb warte ich, daß sie mich ruft.«

Pavola war eine Frau, die Hebammendienste versah, Wunden behandelte, fast alle Krankheiten heilte und ausgekugelte Gelenke wieder einrenkte.

»Ich geh auf einen Sprung rüber in die Coroncina.«

»Zum Kartenspielen?«

»Was soll ich denn hier?«

»Frag aber Cecca vorher.«

»Wenn ich sie frage, will sie bestimmt, daß ich hierbleibe.« – Und um sich zu rechtfertigen fuhr er dann fort: »Und außerdem, was soll's denn, daß sie noch einen kriegt. Der stirbt doch auch: drei sind uns schon weggestorben, einer nach dem andern. Glaubst du etwa, daß der Herrgott uns den vierten läßt? Ich glaub's nicht. Ich weiß das.«

Menica senkte den Kopf. Sie verschränkte ihre Hände unter der Schürze, denn es war ihr kalt, und gähnte. Dann sagte sie, während sie noch einmal gähnte: »Paß auf, daß sie dich nicht hört!«

»Die arme Frau! Quält sich umsonst!«

Und mit den Händen in den Hosentaschen ging er weg. Da es sehr kalt war, zog er sich die Hutkrempe herunter und stellte den Kragen hoch. Es war sternenklar, und es sah aus, als würde das Mondlicht den Straßenstaub benetzen. Ganz für sich allein, begann er zu singen:

»Michellone, Michellin
Hatte eine Honigbien.
Bravo, bravo, Michellin!
Gib uns deine Honigbien!«

Doch wenn er daran dachte, daß er ja auch einmal geboren wurde und daß Geborenwerden das gleiche ist wie Sterben, dann fühlte er einen unangenehmen Schauder.

Dieser Gassenhauer dagegen brachte ihn zum Lachen; als wäre er in der Lage, seine ganze Gutherzigkeit zu begreifen. Denn Naldo war davon überzeugt, gut zu sein! Jedoch in Abständen, wenn er nicht gerade schwörte, daß auch dieses Kind sterben würde. Und darüber wollte er keine Witze machen, nicht einmal insgeheim, obgleich Michellone ihn so amüsierte wie eine lebendige Person.

So lautlos wie die nachts fast wie bei Tageslicht sichtbaren Reflexe in dem Wassergraben längs der Hecke war auch die Straße, die ihm vorkam wie ein viele Kilometer langer Traum.

Ringsum die Hügel mit ihrer Sanftheit und die Olivenbäume, die die nächtliche Brise spürten, sobald sie sich regte; als käme sie von den Bergen herüber.

Naldo hatte keine Lust mehr zu singen und wollte in dieser Stille aufgehen.

Er sah eine voll Regenwasser gefüllte Tränke glitzern und blieb stehen, weil er dort ein Tier zu hören glaubte, das in ihr herumplätscherte. Wie schön war doch diese Straße!

Sonntags, in den Hosterien, trinken die Älteren literweise Wein, und die Jüngeren fangen an zu lachen, wenn sie sie betrachten, und dann bleiben sie stehen und schwatzen miteinander. In Naldos Heimatort dienen Pergolen als offener Garten, und die Hirtenflöten der Jungen sind süßer als jede andere Musik. Damals spielte er Karten in der Sonne, und jeder kannte die Glocken der eigenen Kühe. Still und schweigend zieht der Fluß vorüber, und es gibt dort eine Brücke mit so hohen Bögen, daß die Leute da hingehen, um sich umzubringen.

Jeder besitzt einen Weinberg oder ein Stück Wald. Dort werden Eichen gefällt, um Platz für Gehöfte zu schaffen, und seine Kusinen hatten ein schönes Kurzwarengeschäft. Dort spielen die Kinder mit Kreiseln und binden die Holzgatter mit Draht fest, wenn die Trauben gereift sind.

Der Friedhof ist immer geschlossen, damit keine Tiere dort eindringen und grasen.

Doch wenn er einmal als alter Mann dorthin zurückkehren wird, wird er nicht einmal dem einen oder anderen Freund, der noch am Leben ist, guten Tag wünschen können. Damals sagten sie ihm im Frühjahr, daß sein Korn aufgegangen wäre, und mancher seiner Verwandten lieh sich Sensen bei ihm aus oder Scheren für das Beschneiden von Bäumen und schenkte ihm dann einen Zopf aus Roßhaar vom eigenen Pferd für seine Taschenuhr.

Und dann gingen sie zusammen einen Liter Wein trinken, aus reiner Freude, miteinander sprechen zu können.

Wenn er einst dahin zurückkehrt, wird ihm mancher, der ihn längst für tot gehalten hat, wer weiß wie lange in die Augen sehen, bevor er glaubt, daß es nicht wahr ist. Andere werden sich nicht einmal daran erinnern, wie er heißt, doch dann werden sie ihm die Hand schütteln und ihn um Entschuldigung bitten.

Jetzt aber müssen die Pergolen erneuert werden, ohne daß er sie sieht, und seine Bekannten sterben dahin, während er an den Brennöfen steht und Tausende und Abertausende von Ziegeln brennt. Dann schon lieber trinken!

Er ging in die Hosteria der Corincina mit der Vorahnung und der Lust, einen Streit vom Zaun zu brechen, denn das war die Art, wie er seinen Ärger los wurde. Nach der ersten Kartenrunde zertrümmerte er die Literflasche, die man vor ihn hingestellt hatte, und verprügelte zwei junge Burschen. Danach ging er, ohne zu zahlen.

Um Rache zu nehmen, schossen sie auf ihn aus einem Fenster, trafen ihn aber nicht.

Es war ihm, als würde die Nacht von einem großen Licht erhellt, was aber gewiß nicht durch den Mond kam, denn auch der Mond glich einem großen Stück Eis, wie das der Pfützen, das man nur mit der Spatenspitze und kräftigem Hacken aufbrechen konnte. Das Kind, das ihm geboren werden sollte, gehörte nicht ihm, sondern diesem Licht, das ihn geradezu bestürzte. Er fühlte, daß er nicht der Vater sein konnte. Aber die Sache war ihm nicht ganz klar, denn der Wein, den er getrunken hatte, war stark gewesen. Das Kind, das ihm geboren werden sollte, gehörte der ganzen Welt. Und deshalb wollte Naldo es jetzt zur Welt kommen sehen. Warum war er dann von zu Hause weggegangen?

Mitten auf der Straße blieb er stehen und fing an, mit dem Mond zu streiten. Mit seinen mageren, der Länge nach durchfurchten Fingern, suchte er etwas in den Hosentaschen, das er dem Mond anbieten wollte. Er wollte ihm alles geben, was er besaß: das Messer, die Schlüssel, ein Stück alter Kordel. Die Menschen waren schlecht, sie schossen auf ihn. Nein, ein Mensch wollte er nicht mehr sein!

Aber er stolperte in einen Kieshaufen, fiel darauf nieder und schlief ein.

Cecca schrie nicht mehr, so wie noch vor einer halben Stunde, sondern krallte sich mit ihren Zähnen und Fingernägeln ins Bettlaken. Sie schrie nicht, weil sie Naldo im Haus vermutete und ihn mit der Geburt nicht allzusehr belästigen wollte. Im Delirium ihrer Krämpfe wollte sie sich nur noch Gott anempfehlen, aber es gelang ihr nicht, denn ihre Schreie unterbrachen sie dabei und ließen sie ihn vergessen. Außerdem wollte sie Menica sagen, daß sie, statt Wache zu halten, lieber in die Mitternachtsmesse gehen solllte. Schließlich wurde ja auch Jesus zu dieser Stunde geboren!

Aber warum konnte sie nicht einmal ein Ave Maria zu Ende beten?

Dabei glaubte sie an Gott, ja, es schien ihr sogar, daß sie ihn sehen könne, als würde sich die Zimmerdecke auftun und zwischen ihr und Gott nichts mehr stehen. Sie konnte nicht mehr denken noch begreifen, aber die Krämpfe, besonders wenn sie stärker wurden, waren Gott selbst. Also mußte sie leiden! Und da sie dachte, ihr Wunsch sei erhört worden, hatte sie aufgehört zu schreien und fühlte jetzt etwas Warmes ihre Beine hinabströmen, bis zu den Fußspitzen.

Menica dachte: »Es muß ihr wohl besser gehen. Vielleicht wird sie ja auch erst morgen gebären!«

Sie rieb sich kräftig die Finger, weil sie Frostbeulen hatte, fettete sie dann mit Lampenöl ein und stellte sich an den Straßenrand, um nach Naldo Ausschau zu halten. Zahlreiche Leute gingen grüppchenweise vorüber, und alle schienen sie schwarz gekleidet.

Der Mond ging hinter den Wäldern der Montagnola unter, und das Land verblaßte, bis es beinahe unsichtbar war. Von Siena her ein paar Lichter, das war alles. Doch der sternenbedeckte Himmel war groß und herrlich: Menica glaubte, daß die Sterne ein ungewöhnliches Funkeln hätten, und sie kamen ihr vor wie Spitzen, die sich ganz allmählich immer mehr näherten, ohne jemals anzukommen. Derart war die Stille, daß ihr die Ohren dröhnten. Kein Hund, kein Schellenband, kein Peitschenknall! Und so stand sie fast eine halbe Stunde lang, bis sie völlig durchgefroren war. Als um Mitternacht die Kirchenglocke von den Hügeln her läutete, schlugen zwei oder drei Haustüren, und ein paar in Wollschals gehüllte Frauen, die zur Christmette gehen wollten, traten heraus und stampften kräftig mit den Füßen auf, um sich aufzuwärmen.

Menica liebte diese Glocke, weil sie ihr schon seit ihrer Kindheit vertraut war. Eine Frau fragte sie, ohne näher zu kommen und im Gehen innezuhalten: »Menica, kommt Ihr nicht mit?«

Sie antwortete lachend: »Meine Schwägerin liegt im Bett.«

»Wie denn? Ist sie immer noch nicht niedergekommen?«

»Nein. Dieses Mal dauert es lang. Die Zeit vergeht überhaupt nicht.«

Eine andere sagte: »Dann gibt es ein doppeltes Fest morgen für Euch! Da braucht Ihr zwei Hähnchen statt einem!«

»Hoffen wir's.«

»Auf Wiedersehen.«

Schon zum vierten Mal mußte sie der Schwägerin beistehen, dagegen war ihr eigener Mann jung gestorben und sie hatte nicht einmal ein Kind. Jetzt war sie schon fast alt: gelbes Haar mit hier und da einer weißen Strähne; grünliche Augen. Sie sah den Frauen bis zur ersten Biegung nach, blickte dann noch in die andere Richtung, aus der Naldo kommen mußte, und ging wieder ins Haus. Immer noch brannte die Lampe hell, und das erfüllte sie mit Freude. Doch bevor sie sich wieder ihrer Strickarbeit zuwandte, dachte sie: »Ob Cecca wohl eingeschlafen ist? Eine ganze Weile schon rührt sie sich überhaupt nicht mehr! Und ich bleib für sie auf und erkälte mich! Ich wette, daß sie einfach eingeschlafen ist!« Sie ging an die Schlafzimmertüre und horchte. Nichts! Menica ging zurück, nahm die Lampe vom Nagel, zog ihre Hand nach und nach von der Flamme weg, die sich an ihre Finger zu heften schien, und schaute. Gott im Himmel! Auf dem blutdurchtränkten Bett: Cecca und der Junge, tot!...

Ein Fuhrmann weckte am nächsten Morgen Naldo, der voller Reif war und eine Schnecke am Ohr hatte. Er rekelte und streckte sich, hob seinen Hut auf, blickte zum trüben Horizont und zu dem sich entfernenden Fuhrmann hinüber; dann spuckte er aus und ging nach Hause.

Ein Abend am Tiber

Habt ihr jemals, nur weil ihr über sie habt reden hören, die Geliebten der anderen geliebt? Ich schon. Oder zumindest habe ich für diese Frauen eine Sympathie empfunden, die über eine Freundschaft hinausgeht. Obwohl ich nur ihre Worte kannte oder ihre Art zu lieben, wollte ich sie kennenlernen. Für mich nahmen sie zwar nur dank der Vertraulichkeiten meiner Freunde Gestalt an; und ihre Existenz war stets von allzu kurzer Dauer; aber noch schneller als sie gehen beinahe alle realen Dinge zu Ende, die uns gehört oder uns interessiert haben. Diese Frauen dagegen, auch wenn wir uns ihrer erst wieder nach langer Zeit erinnern, haben immer etwas Ewiges an sich.

In Rom ging ich jeden Tag mit vielen Freunden in einer Trattoria essen, allesamt Maler und Bildhauer.

Eines Abends hakten ich und einer von ihnen, Giovanni Fossi, uns unter und gingen am Tiber entlang, um eine Zigarette zu rauchen. Ganz gemächlich dahinschlendernd, waren wir an der Engelsbrücke angelangt, nachdem wir durch wer weiß wie viele enge, dunkle Gassen gegangen waren, in denen uns ständig Frauen begegneten, bei denen es schwer auszumachen war, ob sie uns mit dem Mund oder mit einer roten Narbe auf der Wange zulächelten.

Es war dunstig, und der erste Bogen der Engelsbrücke mit seinen Statuen war beleuchtet, die anderen lagen finster im Dunkeln.

Auf der anderen Seite der Brücke: trübviolettes Wasser, mit vier langgezogenen, spitz zulaufenden Lichtreflexen. Das andere, uns gegenüberliegende Ufer schwarz. Dann wurde der Fluß schmutziggrün, und beim Fließen kräuselte sich das Wasser hier und da auf der Oberfläche.

Die letzten Reste der Eisenbrücke waren noch vorhanden und glichen einem elliptischen Käfig; hinter den Verstrebungen sah man Straßenbahnen über den neuen Ponte Vittorio Emmanuele fahren, fast direkt am Justiz-Palast vorbei, einem riesenhaften weißlichen Rechteck, das von elektrischem Licht beleuchtet wurde. Ein paar Jungen warfen Steine gegen ein Gerüst, das für den Abbruch der eisernen Brücke errichtet worden war.

Mein Freund war ein junger Mann von vierundzwanzig Jahren mit einem alten, bartlosen Gesicht, fiebrig glänzenden Augen, ganz hagerer Figur.

Die Abendkühle tat uns beiden gut, und uns gefielen die stillen, grauen, dunklen Häuser am Tiber, mit ein paar elektrischen Glühbirnen in den Treppenhäusern, die man durch die geöffneten Fenster sehen konnte.

Er drückte fest meinen Arm, und seine bisweilen zittrige, leidenschaftliche und zugleich entschiedene, nervöse Stimme ließ mich an seine angespannten Sehnen denken.

Plötzlich, ohne daß ich ihn dazu aufgefordert hätte, sagte er: »Ich werde dir erzählen, warum ich an Frauen keinen Gefallen mehr finde.«

Ich blickte in sein Gesicht und lächelte; ich begriff, daß er mir ein wunderbares Geständnis machen wollte, ein bißchen naiv, aber ernst.

»Ich höre.«

»Du wirst bemerkt haben, daß ich manchmal gedankenverloren wirke.«

»Ja.«

»Daher mußt du wissen, daß ich ständig an dieselbe Sache denke. Es gelingt mir nicht, nicht daran zu denken. Vor zwei Monaten habe ich mich in Lucca in die Frau meines Onkels verliebt.«

»Und sie liebte dich?«

»Sie machte sogar den ersten Schritt.«

»Ich höre. Sprich langsam.«

»Ich hatte ein Potrait von ihr begonnen; auf Wunsch ihres Mannes... Ich werde ihn niemals Onkel nennen. Es macht sowieso keinen Unterschied. Er hielt sich nicht ständig in Lucca auf, denn er ist Handlungsreisender. So konnten sie und ich problemlos miteinander sprechen. Ja, du mußt wissen, daß ich sogar bei ihnen zu Hause wohnte. Ich sage dir lediglich, daß ich vor zwei Jahren zum ersten Mal etwas von ihren Gefühlen mir gegenüber bemerkte. Aber damals fuhr ich wieder ab, ohne daß auch nur ein heimliches Wort gesprochen worden wäre. Als ich vor zwei Monaten wieder zu ihnen zurückkehrte, da war mir alles egal. Anfangs wollte ich sie gar nicht lieben, aber es kam mir unglaublich vor, daß sie immer mit mir sprechen wollte, wenn wir alleine waren. Ich wollte sie dazu bringen, mir als erste ihre Gefühle zu gestehen. Indessen erzählte ich ihr, wie ich einmal ein so heftiges Bedürfnis fühlte, geliebt zu werden, daß ich zu weinen angefangen hatte, und fügte hinzu, daß, wenn ich eine Frau fände, die mich ebenso liebte, ich sogar fähig wäre, mich für sie umzubringen. Zum Teil hielt ich das für die Wahrheit, aber zum anderen Teil hatte ich absichtlich übertrieben. Als ich das nächste Mal wieder so mit ihr sprach, wurde sie bleich und ernst und fragte mich: ›Kann man dich also nicht liebhaben?‹ Dann weinte sie. Ich ging in mein Zimmer. Abends sahen wir uns wieder, aber ich sagte kein Wort. Kurz bevor wir uns verabschiedeten, um zu Bett zu gehen, nahm sie mein Gesicht und küßte mich. Ich fühlte, wie ich ohnmächtig wurde. Sie küßte mich und biß dabei in meine Oberlippe. Nie werde ich vergessen, was ich in diesem Augenblick fühlte. Ich hatte kaum die Kraft, sie wiederzuküssen. Und statt schlafen zu gehen, gingen wir hinaus in den Garten, einen Garten, der ringsum von einer Mauer eingeschlossen war. Ich sagte zu ihr: ›Glaubst du, du liebst mich so, wie ich es begehre?‹ Ich wollte mich noch einmal vergewissern und hörte aufmerksam zu, was sie mir antwortete. Da sagte sie: ›Dein Onkel ist ein ordinärer Mensch, er hat mich nie verstanden. Dich allein will ich lieben …‹ Und das war das erste Mal.«

Ich lachte und blickte auf den Tiber, der jetzt aussah, als wäre er aus grünlichem, schmutzigem Öl.

Eine unendliche Zärtlichkeit hatte mich ergriffen. Auch mein Freund blickte schweigend auf den Fluß.

»Und dann?«

Er schwieg noch immer.

»Erzähl mir alles.«

»Ich sage dir noch einmal: ich wollte mich vergewissern, daß sie mich liebte, und solange ich mir dessen nicht sicher war, war ich es, der sich ihr verweigerte. Bevor sie am Morgen zu ihrem

Mann ins Wohnzimmer hinunterging, öffnete sie meine Zimmertür, kam auf mich zu und küßte mich.«

Fossi legte seine Hände über die Augen.

»Ich meine noch, sie wiederzuerkennen, als ich sie bat, sich mir ganz zu zeigen.«

»War sie gut gebaut?«

»Ach, wenn du sie sehen könntest! Und dann nahm sie ganz von selbst eine Position ein, die ich malen will.«

Wieder lachte ich. Er aber sah mich ernst an, woraufhin ich aufhörte.

Es war, als würde Rom uns ringsherum einschließen, angefangen mit den Uferbänken, dann mit den Häusern und schließlich mit dem Himmel.

Er versetzte mir einen festen Stoß auf den Arm, damit ich mich nicht ablenken ließ, und fuhr dann fort: »Sie wollte um jeden Preis mit mir von zu Hause flüchten und war bereit, ihren Schmuck mitzunehmen. Wir hatten bereits vereinbart, in die Alpen zu fahren, in ein Dorf, wo ich schon einmal wegen bestimmter Studien gewesen bin und wohin ich wahrscheinlich auch zurückkehre.«

»Und weshalb seid ihr nicht gefahren?«

»Meine Schuld. Ich schrieb meinem Onkel einen anonymen Brief und erzählte ihm alles. Ich sagte ihm auch, wo er uns überraschen könne, und so fand er uns dann gemeinsam.«

»Und weiter?«

Fossi schwieg lange. Ich aber belauerte ihn mit äußerster Aufmerksamkeit, und obgleich er weniger offen war, rang er sich dazu durch, weiterzusprechen: »Sie stritt alles ab und ging weg, wobei sie so tat, als wäre sie über mich und ihren Mann empört.«

»Aber du hast unrecht gehandelt, scheint mir! Du hättest die Sache auch auf andere Weise beenden können.«

»Ich wollte ja, daß mein Onkel alles erführe; um ihn zu demütigen. Er hielt mich nämlich nicht für intelligent und begriff nichts von meiner Kunst.«

»Aber du hättest Rücksicht nehmen müssen auf die Frau, die dich liebte.«

»An ihr wollte ich mich rächen, weil es ihr gelungen war, mich auf diese Weise zu erobern.«

»Das verstehe ich nicht.«

Da begann Fossi mir zu erklären: »Du kannst dir keinen Begriff davon machen, was ich damals für eine hohe Meinung von mir selbst hatte und warum ich jede Frau von mir fernhalten mußte. Zudem hätte mein Onkel begreifen müssen, wie weit ich ihm in allem überlegen war und mich daher nicht mit ihr zusammenkommen lassen dürfen.«

»Du hast sie nie wiedergesehen?«

»Nie wieder. Ich weiß, daß mein Onkel ihr geglaubt hat und nicht mir. Und vorige Woche hat er mir geschrieben und gesagt, daß er bereit sei, mir auch zu verzeihen, daß ich mir eine derartige Sache hätte einfallen lassen.«

»Du solltest ihm wenigstens antworten.«

»Ich werde ihm überhaupt nicht antworten. Nicht einmal jetzt werde ich ihm schreiben, wo ich kein Geld mehr von meiner Mutter aus Amerika erhalte. Ich bin davon überzeugt, wenn ich zu ihm nach Hause käme, wäre alles wieder wie früher.«

»Und wie würdest du dich ihr gegenüber verhalten?«

»Wenn sie auch nur die geringste Andeutung machte, wäre ich fähig, ihr ein paar Ohrfeigen zu geben. Denn worauf es mir ankommt, ist, nicht als Lügner zu gelten.«

»Das bedeutet nichts anderes, als daß du sie nie geliebt hast.«

Das sagte ich ihm mit einer von Wollust erstickten Stimme, einer Wollust, die ich nur dadurch unter Kontrolle halten konnte, daß ich ihr meinen Haß auf ihn entgegenstellte. Hätte ich diese Frau kennengelernt, hätte ich mich von ihrer Liebe und von ihrem Mund auslaugen lassen. Ich hatte für ihn Gewissensbisse, daß sie so behandelt worden war. Die Sinnlichkeit meiner Seele betäubte mich.

Doch mein Freund war vom Gegenteil überzeugt, und ich begriff, daß er mir außerdem schon allein aus Starrsinn niemals recht geben würde. Er hatte die Arme verschränkt und blickte zur kaum wahrnehmbaren Kuppel von Sankt Peter hinüber.

Da ich erriet, daß er stärker sein wollte als ich, fragte ich ihn: »Wollen wir da hinübergehen?«

Doch über meine widerstrebenden Gefühle verärgert, antwortete er mir beinahe verächtlich: »Hier ist es doch schön. Komm, setzen wir uns auf die Flußmauer.«

Ich blieb jedoch stehen und zündete mir mit dem glühenden Stummel meiner gerade gerauchten Zigarette eine neue an. Wir verharrten eine Zeitlang, ohne ein Wort zu sprechen, und es war, als wäre unsere Freundschaft von einem Augenblick auf den anderen in die Brüche gegangen. Ich sah ihn an, und jedesmal, wenn sich unsere Blicke trafen, schaute er wieder auf den Fluß. Dann sagte er: »Merkst du: Es fängt an zu regnen.«

Zwei Soldaten gingen vorüber und ein Mann mit geöffnetem Schirm. Es regnete kaum, und einer der Bäume, die den Tiber säumen, gab uns einigen Schutz. Dennoch fühlte ich mich inzwischen einsam und hätte am liebsten gewollt, daß er gegangen wäre.

Ich dachte daran, dieser Frau einen langen, leidenschaftlichen Brief zu schreiben.

Fossi aber nahm aus der Innentasche seiner Jacke ein kleines seidenes Taschentuch, reichte es mir her und sagte: »Dies ist ein Geschenk von ihr.«

Sofort war in mir wieder die Hoffnung erwacht, daß er sie doch noch liebte, und ich fragte ihn teilnahmsvoll: »Trägst du es immer bei dir?«

Er begann zu lachen, und ich fragte: »Warum trägst du es dann bei dir?«

»Es ist doch nur ein Andenken, weiter nichts.«

»Und hast du es gern?«

»Wenn du willst, schenk ich's dir. Riech mal dran: es duftet noch so, wie ich es bekommen habe.«

Mein Blick bohrte sich mit ungehaltenem Zorn in seine Augen, und ich antwortete ihm grob: »Nein, behalt es.«

»Wie du willst.«

Und er steckte es wieder in die Tasche. Dann sagte er: »Gehen wir jetzt, es muß schon spät sein.«

Er hakte sich wieder bei mir unter, aber wir hatten uns nichts mehr zu sagen.

Der Regen wurde immer stärker, und wir gingen immer

schneller. Die Tischchen auf dem Trottoir vor einem Café waren naß vom Regen. Die Farben der Plakate schienen intensiver, und die elektrischen Laternen verströmten ein blaßviolettes Licht über das Straßenpflaster.

Als wir uns an der Piazza Venezia verabschiedeten, sagte er: »Wahrscheinlich komme ich nicht mehr in unsere Trattoria zum Essen!«

»Und wann sehen wir uns dann wieder?«

Er antwortete nicht und sprang im Laufen auf eine Straßenbahn. Von diesem Augenblick an liebte ich jene Frau.

Die Römische Campagna

Lieber Cavacchioli,
Du bittest mich um ein paar autobiographische Anmerkungen. Ich danke Dir aufrichtig, aber ich beiße nicht an. Bestenfalls kann ich Dir und einigen Lesern erzählen, wie ich den vergangenen Sommer in Rom verbracht habe.

Ich kehre inzwischen nur noch selten in die Toskana zurück und dann auch nur für wenige Tage. Daher versuche ich, sofern ich mich nicht aufs Fahrrad schwinge, mit ein paar Freunden die freie Luft zu atmen, und lasse mich niemals vom urbanen Leben in einen Rausch versetzen. Diesen Sommer sind wir nach Maccarese gefahren, zwischen Rom und Civitavecchia. Noch vor Tagesanbruch mußten wir aufstehen, und am Bahnhof Termini sahen wir, während wir unsere Fahrkarten kauften, im noch unsicheren Licht des frühen Morgens Scharen von Mädchen, die ihrerseits aber Ladispoli oder Santa Marinella wählten. Schneiderinnen, Stenotypistinnen, Angestellte gingen paarweise oder in Gruppen an uns vorbei, in seltenen Fällen begleitet von ihren Verwandten, und trugen Handtücher und Badeanzüge unterm Arm. Unter ihnen gab es viele blutarme Geschöpfe, aber auch einige wirklich ansehnliche oder gar attraktive. Wir folgten ihnen mit unseren Blicken und einer irrwitzigen Lust, ein Gespräch mit ihnen anzufangen und die zwei oder drei der hübscheren und bereitwilligeren von ihnen mit uns zu nehmen.

Da kam Orio Vergani wie immer mit seinem Vorschlag an, beim nächsten Mal einen Haufen Zettel zu verteilen, auf denen wie auf einem Reklameprospekt steht, daß die Bäder von Maccarese, schon allein aus gesundheitlichen Gründen, allen anderen Stränden vorzuziehen wären. Und während er das noch sagte, mischte er sich, jung und schön wie er war, unter die Mädchen, um herauszufinden, ob es unter ihnen welche gab, die gegen männliche Gesellschaft nichts einzuwenden hatten.

Doch nachdem wir erst einmal in den Zug gestiegen waren, dachte keiner mehr daran; und das war auch besser so. Am Bahnhof von Maccarese stiegen wir als einzige aus, ausgenommen ein paar Rinderhirten, und nach einem kleinen Glas Aquavit, das auch die letzte Schläfrigkeit vertrieb, machten wir uns auf den Weg.

Die Luft war zum Schneiden dick und die Straße lang. Aber wir nahmen eine Abkürzung durch die Felder, die man vom Bahnhof aus sieht, bis zu der Stelle, wo die Macchia beginnt; dort wächst nämlich das Gras nicht schnell genug nach, und der Erdboden ist derart weich, daß man, wenn man nicht aufpaßt, mit den Absätzen darin versinkt. Endlose Reihen von Ulmen, mehr schwarz als grün, kreuzen einander ständig überall und schließen Sümpfe ein, in denen die Wildbinsen so dicht wachsen, daß man zwischen ihnen nicht durchkommt. Da endlich, als Müdigkeit und Schweiß anfingen, uns lästig zu werden und zu entmutigen, hörten wir, inmitten riesenhafter Wacholdersträucher, das langanhaltende, nahezu finstere Grollen des Meeres. Unsere Kräfte erwachten wieder, und durch den ausgetrockneten Sand torkelnd, in dem wir stolperten und bis zu den Waden einsanken, gingen wir weiter. Zuletzt sahen wir endlich das Meer: eine türkisfarbene, ruhige Linie, die höher als wir zu liegen schien. Die Luft ließ sich wieder leichter atmen, und wir sahen uns froh und vergnügt an. Wir liefen um die Wette bis zu einer Art Hütte, die aus vier Holzpfählen und einem Dach aus vertrockneten Zweigen bestand.

Ich zog mich sofort aus und genoß das eisige Prickeln auf meinem Körper. Michele Abramich machte die Tüten mit dem Proviant auf und holte aus einem Militärbrotbeutel für jeden von uns ein hartgekochtes Ei hervor. Ich grub mit meinen Händen ein Loch in den Sand und steckte die Chiantiflaschen bis zum Hals da hinein. Abramich sah mir lachend zu, bereit allerdings, mich zurechtzuweisen, wenn ich die Dinge nicht so machte, wie es sich gehörte; die letzte Handvoll Sand, der den Chianti mit Kühle bedeckte, stand immer ihm zu, weil niemand von uns ihn zufriedengestellt hätte.

Ohne Michele Abramich, Direktor des Museums von Aquileia, bin ich nie nach Maccarese gefahren. Außer dem Bildhauer Ercole Drei und Orio Vergani, der unter seinen zwanzigjährigen Altersgenossen vielleicht der intelligenteste ist, ist Stefano Pirandello einmal mitgekommen. Drei verließ sich möglicherweise ein bißchen zu sehr auf seine romagnolischen Nerven, und abends lachte er weniger laut als am Morgen. Vergani wollte auch nachts nicht auf Cafés und Mädchen verzichten, und in der Sonne brummte ihm sofort der Kopf. Manchmal kam Alessandro Salvini mit auf die Jagd, der dann einen Tag lang vergaß, daß er ein Film- und Theaterschauspieler war. Doch kommen wir zu unserer Geschichte zurück!

Der Strand war menschenleer und erwärmte sich bereits; die Wellen glitzerten. Ich war splitternackt und machte einen Dauerlauf von einem halben Kilometer, dann kehrte ich um und bekam zu hören, daß ich wie ein ziemlich dicker Faun aussähe. Abramich hatte bereits einen kleinen Haufen Zweige und Holzstücke aufgeschichtet und zündete ihn an, damit der vom Wind unter das Dach gewehte Rauch uns vor Mückenstichen und dem damit verbundenen Geschenk einer Malaria schützen sollte.

Zu einer bestimmten Stunde ließ die Sonne den neuen Häuserblock von Ladispoli aufleuchten, ja fast erstrahlen, und Nebelschwaden traten zwischen den Ulmen und dem großen, einsamen Pinienwald hervor, der sich fünf bis sieben Kilometer dahinzog. Von dieser wunderbaren Einsamkeit immer ungeduldiger geworden, ging ich ins Wasser. Abramich wartete gewissenhaft ab, bis es elf Uhr war.

Nach dem Schwimmen machten wir, einer neben dem anderen herrennend, noch einen Dauerlauf. Der reichte aus, daß wir trocken wurden; danach legten wir uns in den Sand und aßen. Und da wir immer Appetit hatten, mußten wir die Bissen, ohne allzuviel zu kauen, hinunterschlingen, denn es ging darum, wer der Schnellste war. Zuerst aßen wir rohen, dann gekochten Schinken, dann Oliven. Im Handumdrehen war alles weg. Und es war durchaus nicht selten, daß fünf ausgestreckte Finger mit anderen fünfen um die letzte Scheibe oder die letzte Olive kämpfen mußten. Manchmal garten wir den Schinken auch selber, indem wir ihn in einem angeschlagenen alten Kessel kochten, den Abramich aus irgendeiner Fischerhütte geholt hatte. Unterdessen wurde auch der Wein zusehends weniger.

Abramich öffnete die Dosen mit den Sardinen in pikanter Soße, und ich, der ich diese ölige Brühe für mein Leben gern mochte, ließ sie mir, als die Dosen leer waren, in den Mund träufeln oder tunkte ein Stück Brot hinein, das ich dann unter Fluchen wieder herausfischen mußte.

Man mußte mit einer gewissen Sorgfalt vorgehen, weil der Wind alles sofort mit Sand bedeckte und man es sonst zwischen den Zähnen knirschen hörte. Wenn wir beim Obst angelangt waren, begann der Hunger sich zu legen. Doch erinnere ich mich, wie wir, in Ermangelung etwas Besseren, lange Zeit sogar noch die Pfirsichkerne auslutschten oder Apfel- und Birnenschalen verschlangen. Danach ging es an die Verteilung von Zigaretten. Aber schon ließen uns Müdigkeit und Hitze schläfrig werden, und es war ein feierlicher Genuß, die Augen allmählich zu schließen und den schweren, weinseligen Kopf zu senken. Allerdings war es nicht leicht, eine günstige Lage zu finden, bei der man keine Schmerzen in den Hüften oder in den Armen bekam; auf dem Bauch zu liegen, was am bequemsten gewesen wäre, hätte bedeutet, nicht mehr atmen zu können, weil Sand in Mund und Wimpern gelangte. Am Ende sorgte der Schlaf dafür, daß sich die Dinge ins Lot rückten, und wir schliefen bis zu drei Stunden an einem Stück. Weh dem, der zuletzt aufwachte, denn der bekam einen Tritt in den Hintern! Manchmal, wenn wir die Augen so halb aufmachten, sahen wir Herden von Büffelkühen oder Rindern dicht an uns vorüberziehen, die uns neugierig beschmupperten. Die Büffelkühe mit ihren schwarzen, scharfblikkenden Augen zeigten eine Beharrlichkeit, die uns überhaupt nicht behagte, doch Müdigkeit und Wein verhinderten, daß wir uns vom Boden aufrichteten, und daher hatten wir nie wirklich Angst. An Vipern fehlte es ebenfalls nicht, und die von Maccarese sind ja berühmt, aber, um die Wahrheit zu sagen: sie sind niemals in unsere Nähe gekommen.

Mit immer noch schläfrigen Augen blickte ich aufs Meer, das sich zunehmend türkis gefärbt hatte und zunehmend schöner geworden war, und sah einen Schwarm Eisvögel auffliegen, was aussah, als wären sie von den immer gleichmäßigen und ungleichmäßigen Wellen hochgeworfen worden. Über der Macchia dagegen flogen Raben und Falken herum.

An der Mündung des Arrone, wo sich zur Zeit der Etrusker –

nur um auch ein wenig Geschichte zu erwähnen – die Stadt Fregenae befunden hatte und wo die Luft und die züngelnde Hitze jetzt gemeinsam flimmerten, konnte man eine gewaltige Staubwolke erkennen: bei genauerem Hinsehen wurde dann klar, daß sich Büffelkühe und Rinder zum Trinken dorthin begaben.

Bevor die Sonne unterging, warfen wir uns noch einmal ins Wasser, und wenn das Meer sehr bewegt war, ließen wir uns die Wellen gegen Schultern und Nacken schlagen, wobei wir uns an den Händen hielten, um nicht fortgerissen zu werden. Trotzdem war Ercole Drei einmal Gefahr gelaufen, zu ertrinken.

Gegen Abend, wenn warme, schwere Feuchtigkeit von allen Seiten aufkam, und der Strand nicht mehr glänzte, zogen wir uns wieder an und gingen zum Bahnhof zurück. Und da es inzwischen Zeit für das Abendessen war, gingen wir in ein Imbißlokal hinter dem Barockschloß von San Giorgio. Der Arrone, vom Braccianer See kommend, sah durch die hellen Mückenschwärme über seiner Oberfläche fast weiß aus. Kam eine Büffelkuh vorbei, schwebte eine Wolke von Mücken auch über ihr. Die Eukalyptusbäume verströmten ihren Duft längs der Straße, auf der man wegen der hohen, von Wagenrädern angehäuften Staubwälle ins Stolpern geriet.

Zu jener Zeit gab es in Porta San Giorgio viele deutsche und österreichische Kriegsgefangene, und diejenigen, die von der Malaria befallen waren und ganz gelb und abgemagert, sahen wir am Ufer des Arrone sitzen, die Schulter gegen einen Eukalyptusbaum gelehnt. Irgendwann einmal brachen unter ihnen auch die Pocken aus, und sie verbrannten die Strohsäcke der Toten und warfen sie in den Fluß, der sie, schon halb verkohlt und aufgelöst, allmählich bis zum Meer trieb.

Das Imbißlokal bestand aus einem großen Raum mit gewölbter Decke und wurde von einem Wirt und seiner Frau betrieben; alle beide hatten die Malaria.

Wenn wir dort eintrafen, zündete der Wirt eine Talgkerze an und steckte sie auf einen Flaschenhals, obwohl das nicht vorsichtig war, weil es die Mücken anzog. Nachdem wir eine Stunde nahezu im Dunkeln gewartet hatten, kamen endlich die Nudeln mit Tomatensoße, schwarz vor Pfeffer. Jeder von uns verschlang zwei Portionen: es gab nichts anderes, und wir mußten uns anpassen. Der mächtige, schwere Wein entfachte Feuer in unserem Blut. Und obgleich wir bedauerten, keinen Chianti mehr zu haben, tranken wir ihn literweise. An den anderen Tischen dieses Raumes saßen die Gutsarbeiter, Schäfer und Rinderhirten. Und ständig kam irgend jemand mit Fieber, das ihn während des Tages befallen hatte; der setzte sich dann ein wenig abseits, in die Nähe der Türe. Das schwache Licht machte es unmöglich, die Gesichter genauer zu sehen, und zwischen den Beinen hatte man immer fünf oder sechs streunende Hunde, die aber nie dieselben waren.

Der Wirt war unfreundlich und lustlos, und um ihn zu einer Antwort zu bewegen, mußte man ihm eine Frage mehr als einmal stellen. Es war, als fehlte ihm ein Stück vom Hinterkopf und als wäre seine Stirn durch vieles Schrumpfen schließlich so klein wie eine Nuß geworden. Seine magere und wachsbleiche, hölzerne Frau bekam kaum genügend Luft, sich auf den Beinen zu halten, und wenn sie gezwungen war, ihm zu helfen, setzte sie sich gleich darauf wieder hin, wobei sie ihren Blick um ihre Füße kreisen ließ, wie jemand, der vor Müdigkeit völlig erschöpft ist. Weder er noch sie sahen uns jemals an, das heißt, sie sahen überhaupt nichts und sprachen nur, wenn es sich gar nicht mehr umgehen ließ. Nur der Wirt fluchte von Zeit zu Zeit mit einem Bekannten auf Maccarese, und dann antwortete ihm seine Frau mit einem Seufzer. Die Schäfer waren gesprächiger und konnten immer berichten, wie viele Schafe während des Tages an geplatzten Bäuchen gestorben waren, weil sie schlechtes Wasser getrunken hatten. Wenn die Rinderhirten eintraten, lehnten sie hinter der Türe ihre Stöcke an, mit denen sie von ihren Pferden aus auf die Herden einschlugen, wenn diese in die falsche Richtung liefen; ihre Stiefel reichten bis über die Knie, und sie kauften, da sie mehr Geld zur Verfügung hatten, den Käse gleich pfundweise. Die Landarbeiter saßen mit gesenktem Kopf, steifem Hals, ausgebreiteten Ellbogen und ineinanderverschränkten Händen da. Besonders nach dem Essen verharrten sie in dieser Stellung und machten den Mund nur dann auf, wenn sie sich über die Plackerei und das Elend beklagten. Manchmal, wenn eine Eule in einem Eukalyptusbaum schrie, drehten sich ihre Köpfe in Richtung Türe.

Ein letztes Stück Straße mußten wir noch bis zum Bahnhof zurücklegen, und es war dann bereits dunkel. Der Mond stieg dünn und groß hinter den nebelverhüllten Ulmen auf und gab genügend Licht. Ich empfand kein geringes Bedauern darüber, in den Zug steigen zu müssen, weil Rom mir nichts mehr bedeutete und dieser Tag, an dem ich einmal nicht an Literatur und an Bücher denken mußte, mir gutgetan hatte.

Michele Abramich wandte sich dem Mond zu, und während er mit einer Hand die Kupfermünzen in seiner Tasche klimpern ließ, hielt er ihm mit der anderen einen kleinen bronzenen Priapus, den er bei Ausgrabungen gefunden hatte, entgegen; das war ein heidnischer Ritus. Danach sah er den Mond ganz glückselig und zufrieden an, und in der nächtlichen Helligkeit sah ich seine Augen in dem von der Sonne gerösteten Gesicht funkeln. Voller Begeisterung sagte er zu mir: »Tu du das doch auch!«

Aber ich ging widerwillig weiter und überlegte mir insgeheim einen Plan, wie ich es hätte anstellen können, nicht nach Rom zurück zu müssen. Die Ulmenreihen waren schwärzer als die Nacht, und die Ebene wurde kleiner. Ein brennender Wald auf einem niedrigen Hügel sprühte mit närrischer Boshaftigkeit Funken. Es war, als würde der Mond mir sagen: »Warum gehst du nicht zurück zum Meer? Ich leiste dir Gesellschaft.«

Und während ich einen Schritt vor den anderen setzte, tat es mir leid zu wissen, daß mir am nächsten Tag jemand meine traurigen Ambitionen ins Gedächtnis rufen würde. Wie war mir am Meer doch alles unnütz und lästig vorgekommen! Wie hatte ich die Schriftsteller, die Zeitungen, die Bücher bedauert und Ekel vor ihnen empfunden!

Nach Hause zurückgekehrt, konnte ich keinen Schlaf finden. In glühenden Alpträumen sah ich die Büffelkühe wieder vor mir, die Vipern, die Smaragdeidechsen, und es war mir, als flöge ich in Gestalt eines garstigen Vogels auf einen von meinen eigenen Gedanken errichteten Berg zu.

Aber wir gingen auch auf den Monte Soratte. Nachdem wir am Bahnhof von Sant'Oreste aus der Trambahn gestiegen waren, stiegen wir bergauf durch einen dunklen, reglos dastehenden

Olivenhain, der sich unterhalb des rauhen, scharfkantigen Felskogels erstreckte. Zunächst muß man das Dorf Sant'Oreste erreichen, dessen Häuser die gleiche Farbe haben wie das Gestein, auf dem sie sich steil erheben; unter ihnen erstreckt sich eine Talebene, soweit das Auge reicht. Um ins Dorf zu gelangen, muß man durch das Tor gehen, wo jedoch eine Holztafel hängt, auf der steht:

Das Mitbringen und Herumlaufenlassen
von Schweinen innerhalb des Dorfes
ist verboten

Wir sahen uns daher verblüfft an und blieben draußen.

Statt dessen verzogen wir uns in die gleich daneben liegende Trattoria. Die Wände sind in einem Türkiston gestrichen, und hinter dem Tresen steht zwischen zwei großen Rinderhörnern auf einem grünen, mit Konservendosen vollgestapelten Regal eine Gipsbüste von Vittorio Emmanuele II.

Die Wirtin antwortet zuerst nicht, dann brummelt sie, die Flucht ergreifend, leise etwas vor sich hin; schließlich versteht sie uns falsch und endlich, nachdem sie uns einen Blick zugeworfen hat, demzufolge sie uns am liebsten bei lebendigem Leib fressen würde, entschließt sie sich zu sprechen. Da wird klar, daß sie ein herzensguter, gemütlicher Brummbär ist.

Nachdem wir etwas gegessen und uns mit Proviant eingedeckt hatten, begannen wir mit der Besteigung des Monte Soratte. Sie dauert eine Stunde oder etwas mehr, aber wir schafften es sogar in weniger als einer, weil wir uns mit den Ausrutschern und Knieabschürfungen nicht lange aufhielten. Die Luft wurde mit beinahe jedem Schritt leichter, und das Tibertal, das auf der anderen Seite jenes Tales liegt, aus dem wir zum Dorf hochgestiegen sind, beginnt sich verschwenderisch vor einem wunderbaren Blick auf die Berge zu entfalten; es gibt so viele davon, daß man, wenn man alle erfassen will, ohne einen auszulassen, jeden einzelnen betrachten muß. Doch je länger man hinsieht, desto mehr werden es, und jeder scheint den Wunsch zu haben, als der schönste zu gelten. Himmel und Luft stehen über ihnen, als hätten sie Angst, sie zu berühren, und nur der Wind wagt es – glaubt man zumindest, wenn man ihn dicht an den Ohren vorbeiwehen fühlt –, bis zu ihnen hinüber zu sausen, ohne sich zu verirren.

Im Sommer steht der Soratte voller Blüten. Rotes Heidekraut bricht aus Geröllvertiefungen hervor, und manchmal findet man auch bestimmte blasse Glockenblumen, die sich wie Girlanden winden. Strauchförmige Zwergeichen wachsen an dem Berghang, der dem Tiber zugewandt ist, und ihre Farben, wie auch die der Haus- und Bergminze, werden nach und nach dunkler, je weiter sie ins Tal hinunter gelangen. Der Schatten des Berges reicht so weit, daß die Sonne sich nur auf der anderen Seite des Flusses ausbreitet, der, von hier oben aus gesehen, stillzustehen scheint.

In Richtung Rom und Meer dagegen leuchtet und glitzert, wenn leichte Nebel aufziehen, die Talebene mit ihren Einbuchtungen in jeder denkbaren Größe.

Die Stille macht die eigenen Gedanken hörbar.

Als ich das letzte Mal hier hochstieg, hatten die Stuten gerade gefohlt und grasten auf dem Steilhang des Bergrückens. Ich erinnere mich auch daran, die Schreie eines Esels unten aus dem Tal gehört zu haben, und diese Schreie erschienen mir wunderschön und sogar musikalisch, weil die Entfernung ihnen das Zuviel und alles Harte nahm.

Auf dem Soratte standen zu einer bestimmten Zeit einmal vier Klöster, eines auf jeder Erhebung: San Silvestra, Santa Maria delle Grazie, Sant'Antonio und Santa Lucia.

Jetzt sind nur noch das Kloster von Santa Maria delle Grazie und die Ruinen des Klosters von San Silvestro übriggeblieben. Dorthin führt der Pfad.

Auf halber Höhe des Weges liegt inmitten eines Steineichenwaldes eine kleine Kapelle; in ihrem Inneren gibt es an den Längsseiten zwei Stühle: und ein mit Kohle gezeichnetes Kreuz an der Stelle, wo sich ein Bildnis befinden sollte.

Wenn wir weitergehen, stoßen wir auf die Umfassungsmauern des Klosters der Heiligen Maria, die aus unvermörtelten Steinen aufgeschichtet sind und unterhalb eines von Klatschmohn rotgefärbten Hanges verlaufen, der sich ewig im Wind wiegt. Und unter den Klostermauern eine Pergola aus Rebstöcken, die einem breiten, krummen Kornstreifen Schatten spenden.

Das Kloster ist seit vielen Jahren unbewohnt, aber Frater Camillo Coppini, gebürtig aus Grassina in der Umgebung von Florenz, ist dort hingezogen.

Es ist nicht unwahrscheinlich, daß er das Tor öffnen kommt, ohne Schuhe und Strümpfe, die schwarze Kutte geschürzt und eine Sense in der Hand, mit der er gerade Heu mähte, als wir an der Glocke zogen. Nach den ersten Worten erklärt er sofort, daß er ein ›historischer‹ Mensch sei, das heißt, daß er inzwischen zu einem Stück Geschichte geworden ist. Und weil er uns davon überzeugen will, wirft er die Sense auf die Erde, faßt sich in den Ausschnitt und zieht das Buch hervor, das er gerade schreibt. Der von ihm selbst mit einem Gänsekiel und dem Saft reifer Brombeeren geschriebene Titel des Buches lautet: »Der Triumph der natürlichen Humanität und die Zerstörung der ›Fisumana‹, worin es um die Befreiung der wahren Philosophie mit dem wahren Schutz des Lebens geht; oder: das Schatzkästlein für jedes Zeitalter und jede Zeit.«

Und um uns klarzumachen, daß es sich bei diesem Buch um eine tiefernste Angelegenheit handelt, weist er darauf hin, daß Dante Alighieri und weitere fünf oder sechs Leute von seiner Statur es gelesen hätten. Doch damit nicht genug. Aus seiner Brust holt er noch weitere von ihm verfaßte Bücher hervor, unbedeutendere, die als Kommentare zu diesem einen zu verstehen sind. Damit wird begreiflich, warum seine Kutte, die voller Flecken und schmutzig ist, sich oberhalb des Gürtels so aufbläht, als wäre er schwanger.

Sein mageres Gesicht, das nur aus Falten besteht, wird aufmerksam und beginnt zu strahlen. In seinen schwarzen, sanften Augen zeigt sich ein hellwacher, ungeduldiger Fanatismus.

Einer von uns fragt: »Was bedeutet das Wort ›Fisumana‹?«

Er erklärt mit energischer Betonung: »Die ›Fisumana‹ ist die Schlechtigkeit der Menschen, und ich habe den Weg gefunden, wie man dieselbe unschädlich machen kann.«

Unterdessen betreten wir eine grüne Wiese, in deren Mitte nur ein Maulbeerbaum steht. Fra' Camillo geht hinter uns her und beobachtet uns aufmerksam, um herauszufinden, was wir für Leute sind. Nachdem sein Mißtrauen verflogen ist, wird seine

Stimme freundlicher, und es ist offensichtlich, daß er sich uns gern mitteilen möchte. Wir aber haben, wie immer, Hunger und sagen ihm das auch.

Das läßt er sich nicht zweimal sagen: beinahe im Laufschritt eilt er ins Kloster, um einen kleinen Tisch und ein paar Stühle zu holen. Dann fragt er respektvoll, aber würdevoll: »Möchten Sie vielleicht ein Glas frisches Wasser trinken?«

Nach zwei oder drei Ausflügen auf den Soratte war er unser Freund geworden. Und an dieser Stelle möchte ich mich eines Besuchs erinnern, der länger dauerte als gewöhnlich.

Ich überspringe die Ankunft und komme gleich zum Essen. Während wir die letzten Krümel Thunfisch aus dem zusammengeknüllten, fettgetränkten Papier herauspicken, bietet Fra' Camillo sich an, einen Salat für uns zu machen. Er steht auf und geht in das Gemüsegärtchen. Um eintreten zu können, muß er zunächst jeden einzelnen Stein von einem Haufen abtragen, den er an dem völlig demolierten Gartenpförtchen aufgeschichtet hat. Zwischen zwei flachen, ausgehöhlten Steinen, wo eigentlich die Türangeln sitzen sollten, zieht er eine Sichel hervor und beginnt, Gras und Salat gleichzeitig zu schneiden. Als es ihm genügend erscheint, ruft er uns zu: »Ich gehe jetzt waschen, was ich abgeschnitten habe.«

Unser Protest, daß wir kein Gras mögen, ist völlig unnütz; er versichert uns, daß es genauso gut schmeckt wie Salat. Und um uns zu überzeugen, steckt er sich ein Büschel in den Mund. Doch das Öl stinkt wie Maschinenöl. Als wir ihm das sagen, bleibt er, überrascht und enttäuscht von unserem Geschmack, stehen, während ihm das Gras halb im Mund steckt und halb am Kinn herunterhängt. Wir können nicht mehr weiteressen, und tief gedemütigt ißt Fra' Camillo Coppini alles alleine auf. Arm und rechtschaffen lebt er von dem, was das Gärtchen und ein kleines Stück Land abwerfen, die er selbst bestellt.

Unterdessen kommen zwei Jungen herbei, die ihre Ziegen außerhalb der Umfassungsmauern grasen lassen. Einer hält einen jungen, noch nackten Falken an den Füßen. Dieser sieht aus, als sei er in grauen Flaum gehüllt, und läßt, wenn er den Schnabel öffnet, seine Zunge heraushängen. Er schlägt mit den Augenlidern, ohne dabei die Augen zu schließen, und er verdreht seinen Hals, soweit er nur kann, um uns anzusehen. Der Hirtenjunge wirft ihn auf ein Mäuerchen und macht seinem Freund den Vorschlag, ihn durch Steinwürfe zu töten, um zu sehen, wer von ihnen beiden besser trifft. Ich sage, daß ich das nicht will, und Michele Abramich fragt sie mit dem Frohlocken der Hoffnung, das in seinen blauen Augen funkelt und sein stets gerötetes Gesicht noch röter werden läßt, ob sie ihm nicht wenigstens einen Liter Milch oder ein paar Kilo Ricotta beschaffen könnten. Die beiden Jungen verschwinden sofort, um die Ziegen zu melken.

Da nimmt Fra' Camillo den Falken, steckt ihn in einen Eimer und sagt, daß er ihn abends zum Essen für uns braten wird.

Aber wir möchten, daß er eine Rede hält, und er kommt unserem Wunsch auf der Stelle nach. Er klatscht in die Hände und springt auf eine steinerne Bank, die im Schatten einer Steineiche steht. Er hustet und räuspert sich, dann streckt er einen Arm nach vorn. Unsere stille Aufmerksamkeit beflügelt ihn, und er lächelt, weil er sicher ist, daß wir ihm Beifall spenden müssen. Er beginnt: »Ich, Fra' Camillo Coppini, ein armer Klosterbruder und Eremit, habe das bedeutende Buch über die ›Fisumana‹ geschrieben. Und jetzt sage ich noch zwei Worte, ganz schlichte, einfache Worte, wie sie mir gerade in den Sinn kommen.«

Er starrt zur Seite, schnippt mit den Fingern, sieht gequält aus. Doch mit einem stolzen, nahezu majestätischen Ruck hebt er dann den Kopf und fährt fort: »Das Paradies des Satans, Luzifers Fegefeuer und die Vorhölle aller maßvollen Menschen, wie ich dies in meinen Meditationen schon mehr als einmal gesehen habe...«

Aber da fehlen ihm die Worte, zumindest für den Augenblick, und er macht uns mit Hilfe einer deutlichen Geste der Verwünschung klar, was er sagen möchte. Er lacht eine Weile, weil er seine Nerven behalten muß, aber dann klart sein Blick wieder auf, die Gesichtszüge glätten sich, sein ganzer Ausdruck hat etwas Asketisches, die Worte brechen mit einer ungestümen, wirkungsvollen Beredsamkeit aus ihm hervor. Irgendwann einmal schreit er: »Die Niederwalzung der Gräber, der Könige, der Königreiche, der Berge und aller feigen Memmen auf der Erde soll der Menschheit den Triumph der Guten und Aufrichtigen verkünden. Mein Buch ist das Windzentrum des Universums, und ich, Fra' Camillo Coppini, werde das Bewußtsein aller nähren. Alles, was wir auf der Erdoberfläche sehen, muß eines Tages zu Asche und Staub werden. Nur fünf oder sagen wir sechs Dinge sind ewig: das Tageslicht und das der Nacht; die Winde, das Wasser und die Erde; und der Herr und Meister über den Antrieb dieser Welt, und das heißt: Gott!«

Seine phantastischen, klaren, ungestümen Worte haben inzwischen einen Anlauf genommen, und es hagelt Urteile und Belehrungen. Nachdem wir ihm applaudiert haben, tragen wir ihn auf unseren Schultern herum. Fra' Camillo lacht aus vollem Munde und bedankt sich, und wir lesen in seinen Augen, wie dankbar er uns ist, daß wir ihn verstanden haben und ihn ernst nehmen.

Inzwischen ist der Tag schon halb vergangen, und der Tiber liegt noch immer zusammengeknäuelt in seinem Bett aus Brachland. Auf viele Kilometer glitzert er stellenweise auf, je nachdem, welche Windungen er macht, und ein ganz dünner Nebel, durchsichtiger als ein sich auflösender Schleier, folgt ihm weithin, wo ihn unsere Augen dann nicht mehr wahrnehmen können. Dieser dünne Nebel liegt auch am Fuß der Berge, und es hat den Anschein, als gelänge es ihm, sie aufzulösen; denn man könnte schwören, daß sie weicher und flauschiger sind als die türkisfarbenen Schatten, die die Wolken in die Talebene hinunterfallen lassen. Doch ganz kurz vor Sonnenuntergang lassen die Berge für etwa eine halbe Stunde ihre Dörfer aufgleißen, die sie dann im verblassenden Dämmer des Abends wieder in sich verschließen. In dieser Stunde erscheint der Braccianer See wie ein matter Spiegel, der umbrische Apennin trägt ein ruhigeres Himmelblau, und der Gran Sasso tritt klar hervor.

Ich weiß nicht, warum uns Fra' Camillo auf seine Art von dem »Pech« des Kalvarienbergs erzählt, während wir uns auf einem nicht immer ebenen Pfad von der Bergspitze von Santa Maria zu der von San Silvestro begeben und der Wind uns beinahe zu Boden wirft. Unterhalb von uns erkennt man zwischen den klingenartigen Felsvorsprüngen die abgrundtiefe Schlucht, was die

Wirkung hat, daß man sich hinuntergezogen und mit dem Kopf aufschlagen fühlt. Doch während wir dort stehen und diese Überlegungen anstellen, kommt ein Falke mit ausgebreiteten Flügeln ganz langsam durch die Luft gesegelt und bleibt dann stehen. Als wir etwas genauer in die Ferne blicken, sehen wir noch zahlreiche andere, die allesamt in diesem Stillstand verharren.

Unterdessen sind wir in die Kirche des Heiligen Sylvester eingetreten, die ein Nationaldenkmal ist. Von Blitzen und Gewittern aufgerissen, verliert sie Jahr für Jahr ein weiteres Stück ihrer Mauern, die auf dem Felsgestein verwittern. Früher flüchteten sich Hirten mit ihren Schafen dort hinein und machten Feuer; doch jetzt hält Fra' Camillo Coppini sie sauber und verschließt sie mit einem Schlüssel. Wir steigen hinunter, um in einer dunklen Grotte unter dem Altar den eingemauerten Stein zu sehen und mit den Fingerknöcheln zu betasten, auf dem der Heilige Sylvester geschlafen hat. Dort, wo der Putz abgeschlagen worden ist, sind die Wände mit Fresken aus dem vierzehnten Jahrhundert bemalt, und in der Krypta sind noch einige Reliefs aus romanischer Zeit und aus dem antiken Apollon-Tempel aufbewahrt, auf dem später diese christliche Kirche errichtet wurde.

Von dieser Bergspitze aus ist der Horizont noch größer, und man kann sogar den Monte Amiata an der Grenze zum Sienesischen erkennen. Wir bleiben bis nach Einbruch der Dunkelheit dort oben, nachdem die Sonne sich in einem Netz aus Wolken verfangen hat.

Beim Abendessen gelingt es uns, Fra' Camillo davon abzuhalten, dem Falken den Hals umzudrehen, doch während wir im Refektorium essen, weil es draußen zu kalt ist, hören wir, daß sich der Falke mit einer Art ersticktem Pfiff beklagt und in seinem Eimer mit den Flügeln schlägt. Das Refektorium ist voller Staub und hat vier grobe, wurmstichige Tischchen. Wir sitzen in der Nähe eines vergitterten Fensterchens, das über der Talschlucht liegt. Eine Fledermaus krallt sich an einem Balken fest und schwingt hin und her.

Eigentlich sollen wir ein Omelette hinunterschlucken, aber wir schaffen es nicht. Fra' Camillo hat zuviel Salz hineingetan, und da er es mit Zwiebeln machen wollte, hat er auch noch die Stiele mit hineingeschnitten, und die sind roh geblieben. Da auch kein Wein mehr da ist, schlägt er uns vor, etwas Essig ins Wasser zu geben, wie er es immer macht. Die Dunkelheit droht die Befürchtung zu bestätigen, daß der Tag nicht heiter enden wird, und selbst die Tatsache, daß wir lauthals singen, verhindert nicht, daß wir allzu nervös lachen. Dem immer aufmerksamen Einsiedler entgeht das nicht, und er bringt zwei angezündete Kerzen. Daraufhin unternehmen wir den letzten Versuch, ausgelassen zu sein, doch unser Freund bleibt weiterhin beunruhigt, und wir gelangen schließlich zu der Überzeugung, daß es besser sei, schlafen zu gehen. Unterdessen erfahren wir, daß unser Freund einmal Laienbruder gewesen ist und betteln ging und sich jetzt aus alter Gewohnheit so kleidet.

Er begleitet uns in ein Kämmerchen, in welchem sich nichts anderes befindet als eine Lage Stroh, das nach Mäusen und Moder riecht, und tatsächlich haben wir auch eine schwarze Ratte über die Treppe huschen gesehen. Bevor wir uns hinlegen, öffnet er ein kleines Fenster und zeigt uns Rom: ein ferner Schein, sonst nichts.

Nachdem wir eingeschlafen sind, ohne die Kerzen zu löschen, die auf einen Eisendorn gesteckt worden waren, kommt er und weckt uns irrtümlich eine Stunde zu früh. Es ist erst halb vier, aber trotzdem gehen wir los und begeben uns zum Bahnhof. Der Nebel ist undurchdringlich und dunkel und blinkt genau in Höhe des Klosters.

Damit wir nicht denselben Weg zurückgehen müssen, führt uns Fra' Camillo auf eine Abkürzung, die auf der steilsten Hangseite aus dem Berg herausgehauen worden ist. Wir können nicht sehen, wo wir unsere Füße hinstellen, und helfen uns mit den Händen, um nicht nach hinten abzurutschen. Er aber hüpft in Sprüngen und mit weitgeöffneten Armen abwärts und läßt dabei Steine hinunterkollern, so daß man hören kann, wie sie schließlich unten aufschlagen. Da überfällt uns die Angst, daß wir kopfüber abstürzen könnten, und bevor wir einen Schritt weitergehen, versuchen wir immer, uns an einem Vorsprung oder an einem Strauch festzuhalten. Wenn der Frater nicht auf uns wartet, sehen wir ihn nach zwei Metern nicht mehr. Während wir langsam hinuntersteigen, fliegen die Falken auf, und wir hören das Rauschen ihrer Flügel. Der Frater sieht aus wie eine düstere Vogelscheuche, als er mit den Armen fuchtelt und schreit; dann macht er sich über unsere Unbeholfenheit lustig. Ab einem gewissen Punkt haben wir den Eindruck, daß auch wir dabei sind, wahnsinnig zu werden: der Steilhang hört und hört nicht auf. Es ist, als drücke der Nebel auf unsere Schultern, und wir empfinden so etwas wie Verzweiflung und Entmutigung. Überall steigen Falken auf; das Felsgestein macht unter unseren Tritten ein trockenes, hartes Geräusch. Am Ende müssen wir noch über eine große Wiese gehen, auf der nur eine einzige Kuh grast, dann sind wir ganz in der Nähe des Bahnhofs.

Fra' Camillo muß sich von uns verabschieden und beklagt sich über seine Einsamkeit. Er sagt: »Man wird mich tot auffinden, wie einen Falken, mitten unter Steinen, und dann ist alles vorbei!«

Auch dieses Jahr plane und hoffe ich, nach Maccarese und auf den Soratte zurückzukehren. Was die Literatur angeht, werde ich mich von ihr so fern wie nur möglich halten. Ich will nicht einmal, daß man in meiner Gegenwart über sie spricht, auch wenn es sich um Freunde handelt. Und mein größter Stolz ist es, wenn ich mich ganz von meiner Arbeit ausgefüllt fühle, ohne mich je mit dem Mist von Schaben zu besudeln; die kommen nämlich von ganz allein und lassen sich unter den Schuhen zertreten.

Zum Werk Federigo Tozzis

Am 21. März 1920 starb der siebenunddreißigjährige in Siena beheimatete Federigo Tozzi in Rom an den Folgen einer Lungenentzündung. Der größte Teil seines literarischen Werks war zu diesem Zeitpunkt noch unveröffentlicht. Einige seiner Erzählungen hatte der Schriftsteller zwar bereits in verschiedenen Zeitschriften publiziert, aber eine erste von ihm unter dem Titel *Giovani (Junge Leute)* zusammengestellte Novellensammlung, die er noch einige Monate vor seinem Tod für den angesehenen Mailänder Treves Verlag zum Druck vorbereitet hatte, konnte erst postum erscheinen. Die Witwe, Emma Palagi Tozzi, setzte, von dem mit ihrem Mann befreundeten Giuseppe Antonio Borgese (er wurde später Schwiegersohn Thomas Manns) unterstützt, die Herausgabe des Nachlasses fort.

Seit 1961 betreut Glauco Tozzi, der Sohn des Schriftstellers, für den Florentiner Verlag Vallecchi eine inzwischen auf sechs Bände angewachsene Gesamtausgabe, die mit den Romanen *(I Romanzi)* begonnen, mit den Erzählungen *(Le Novelle)* und den Dramen *(Il Teatro)* fortgesetzt wurde. Dann folgte in einem Band die gesammelte kurze Prosa mit den frühen Entwürfen *Cose e Persone (Dinge* und *Menschen)*, eine Neuausgabe der Dichtungen *(Le Poesie)* und die von der Witwe bereits 1925 herausgegebenen, an sie gerichteten Briefe. Schließlich erschien 1987 in der repräsentativen Bibliothek moderner Klassiker *I Meridiani* des Mailänder Verlags Mondadori ein *Opere, Romanzi, Prose, Novelle, Saggi* betitelter Band, den Marco Marchi betreute und mit einer umfassenden, wenn auch ergänzungsbedürftigen Bibliographie versah.

Seit dem Tod Tozzis ist langsam, aber immer deutlicher, klar geworden, daß er einer der großen Prosaschriftsteller der italienischen Literatur des zwanzigsten Jahrhunderts ist. Um so erstaunlicher ist die Tatsache, daß 1970 und 1983 von der Stadt Siena organisierte Tagungen, in deren Mittelpunkt seine Persönlichkeit und sein Werk standen, von den deutschsprachigen Fachzeitschriften für Literaturwissenschaft ignoriert wurden und bei uns auch jedes Echo ausblieb, als in Italien 1972 nicht weniger als vier dem Sienesen gewidmete bedeutende Monographien erschienen.

Federigo Tozzi, der Vater des Schriftstellers, stammte aus der toskanischen Maremma, jenem um die Jahrhundertwende noch malariaverseuchten Schwemmland zwischen Arno und Ombrone, das in Dantes Hölle mehrfach erwähnt wird, um Grauen, Entsetzen und die Vorstellung von Wildnis zu evozieren. Federigo Tozzi war aus dem gebirgigen Hinterland der Maremma nach Siena gekommen und hatte dort dank eines kleinen Vermögens die Gastwirtschaft ›Ghiso del Sasso‹ gekauft. Er wird geschildert als ein drei Zentner schwerer Mann, »dessen Hände, wenn er sie zusammendrückte, zu Schraubstöcken wurden«.

Nach dem frühen Tod der ständig kränkelnden Mutter und der Wiederverheiratung des Vaters, wuchs der künftige Schriftsteller neben der Stiefmutter und einer intriganten Geliebten des Patriarchen auf. Diese biographischen Hinweise sind unerläßlich, weil Tozzi die Personenkonstellation der Familie in kaum verschlüsselter Form in zahlreichen seiner literarischen Werke dargestellt und verarbeitet hat. So etwa in dem Roman *Con gli occhi chiusi (Mit geschlossenen Augen*, Piper 1988), wo gleich eingangs der Gastwirt Domenico Rosi, Vater des Protagonisten Pietro, in seiner ganzen brutalen Kraft gezeichnet wird: »Obwohl er schon früh den Beruf gewechselt hatte, war er Bauer geblieben und in der Lage, mit den Fäusten auf jemanden einzuschlagen, der kein Vertrauen in seine Ehrlichkeit zeigte. Und er meinte, Gott habe, um ihn zufriedenzustellen, gemeinsam mit ihm für seinen Erfolg gesorgt.«

In einem Brief vom 13. Juli 1907 an seine Verlobte Emma beschrieb Tozzi, wie sein vom Gedanken an die eigene Tüchtigkeit und Leistungskraft besessener Vater mit Beschimpfungen und Schlägen seine Enttäuschung über einen Sohn entlud, der in der Schule versagte, künstlerische Ambitionen hegte, die lange Zeit ohne Ergebnis blieben, und dessen Versuch, sich in Rom als Journalist niederzulassen, im Jahre 1907 scheiterte. Die Handgreiflichkeiten und die Drohungen des Vaters, den Heimgekehrten totzuschlagen, endeten in der Beschimpfung: »Du bist nicht mein Sohn. Nein, du bist es nicht. Du bist degeneriert. Du bist ein Feigling.« Eindeutig handelt es sich hier um die für die archaische Struktur mediterraner Bauernkulturen typische Figur des »Padre padrone«, des seine Familie tyrannisierenden Vaters, wie ihn der Sarde Gavino Ledda in seiner Autobiographie beschrieb.

Wenige Monate vor dem Tod des Gastwirts am 15. Mai 1908 gelang es Tozzi, nach einer Aufnahmeprüfung eine Anstellung bei den Staatlichen Eisenbahnen zu finden, zunächst in Pontedera bei Pisa, dann in Florenz. Es blieb eine kurze, dem postum erschienenen Tagebuchroman *Erinnerungen eines Angestellten* (Piper 1988) zugrundeliegende Episode, da der Schriftsteller nach dem Tod seines Vaters zum Erben von zwei Gehöften geworden war. In einem der beiden, Castagneto, nicht weit von der Porta Camollia im Nordwesten von Siena, ließ sich Tozzi für mehrere Jahre nieder. Bald veröffentlichte er erste, freilich kaum beachtete Werke. 1914 zog er mit Frau und Sohn nach Rom, um in einer weniger provinziellen Umgebung arbeiten zu können. Im Jahre 1915, nach dem Kriegseintritt Italiens, arbeitete Tozzi in der Hauptstadt für die Presseabteilung des Roten Kreuzes. Als er 1917 bei dem Mailänder Treves Verlag seine unter dem Titel *Bestie (Tiere)* gesammelte kurze Prosa veröffentlichte, war ein erster Schritt getan, um die Aufmerksamkeit der Kritik auf sich zu lenken.

Einen Einblick in die literarischen Anfänge Tozzis vermitteln die von der Witwe 1925, also fünf Jahre nach dem Tod des Schriftstellers, unter dem Titel *Novale (Brachfeld)* veröffentlichten Briefe, deren Gattungsbezeichnung auf dem Buchumschlag »romanzo« lautet. Wie Glauco Tozzi in der Vorbemerkung zu der als Band VI der von ihm betreuten *Opere di Federigo Tozzi* erschienenen Neuausgabe von *Novale* bemerkt, hatte Luigi Pirandello diesen Titel vorgeschlagen. Auch heute noch ist ungeklärt, wie viele der erhaltenen Briefe von Emma Tozzi veröffentlicht, inwieweit sie von ihr gekürzt oder gar zensiert wurden: ganz abgesehen davon, ist eine historisch-kritische Ausgabe des gesamten bis heute unveröffentlichten Briefwechsels nach wie vor ein dringliches Desiderat.

Die Korrespondenz zwischen dem Schriftsteller und seiner späteren Frau war zustande gekommen, als Tozzi im November 1902 auf eine von dieser aufgegebenen Annonce (»Junge Signorina wünscht Briefkontakt. Begründete Zuschriften. Annalena, postlagernd, Siena«) geantwortet hatte. Die zahlreichen veröffentlichten Briefe erlauben mehr als nur sporadische Rückschlüsse auf die kunterbunten Bildungskomponenten des Zwanzigjährigen. Offensichtlich suchte dieser der persönlich immer noch unbekannt gebliebenen Korrespondentin zu imponieren, als er in einem Brief (14. 1. 1903) bekannte: »Mein Sozialismus? Ich hänge Ferris revolutionärer Theorie an, bin jedoch nicht auf wissenschaftlichem Weg auf sie gestoßen (was besser wäre), sondern auf gefühlsmäßigem: das heißt, ich spüre, wie ich durch meine Natur zu offener, vielleicht sogar brutaler Rebellion hingetrieben werde. In Augenblicken der Exaltation erscheinen wie Wetterleuchten kriminelle Anarchistenvisionen vor meinen Augen. Ich hasse die Mächtigen, die Pfaffen und die Soldaten. Es ist ein unerbittlicher Haß, der erst mit mir enden wird.«

Es gehört zu dieser unausgegorenen Ideenwelt Tozzis, daß er auf seiner Suche nach starken Eindrücken auf Edgar Allen Poe stieß und sich die Adressatin seiner Briefe (sie war die Tochter eines kinderreichen verwitweten Gymnasiallehrers) von ihm belehren lassen mußte, die von ihr hochgepriesenen *Verlobten* Manzonis seien lediglich gut geschriebene Prosa: »Poe ist großartig. Oh, ganz etwas anderes als Manzoni mit seinem romantisch verbrämten Klassizismus.«

Diese und ähnliche Briefstellen zeigen, daß der Schriftsteller, der sich später auf die mittelalterliche Mystik seiner engeren Heimat berief und sie in Gedichten feierte, zunächst durchaus Anregungen fremder Literaturen aufgriff, »indem er mehr als eine Kerze bei der Lektüre ausländischer Texte verbrauchte«. Die spätere Rückbesinnung auf die lokale Tradition Sienas erscheint daher wie eine Reaktion auf seine wahllosen frühen Leseerfahrungen.

Wer um 1900, das heißt in den Jahren der alles beherrschenden literarischen Autorität Gabriele D'Annunzios, seine schriftstellerischen Weihen suchte, konnte eine direkte oder indirekte Stellungnahme zu Nietzsche, zum Übermenschenkult und zum Anarchismus nicht umgehen. Dies zeigt ein Brief vom 3. Februar 1903, in dem Tozzi seiner Brieffreundin gesteht: »Zugegeben, ich bin anormal, und meine Seele ist wie ein atemberaubender Wirbel, der zerstörend und tötend vorbeifegt: sie zerstört und tötet meine Jugend.«

In den Monat März des Jahres 1903 fiel das Ende einer längeren Liebesbeziehung des Schriftstellers zu einem jungen Mädchen, das auf einem der beiden väterlichen Gehöfte arbeitete. Dieses Verhältnis sollte dann den autobiographischen Hintergrund zu seinem 1913 auf der Besitzung Castagneto bei Siena verfaßten Roman *Con gli occhi chiusi* bilden, den der Mailänder Treves Verlag im Jahre 1919 veröffentlichte. Am 28. März 1903 berichtete er seiner Brieffreundin »Annalena« über die später in seinem Roman verarbeitete »schreckliche« Entdeckung: »Als ich – nach viermonatiger Abwesenheit – überraschend meine Verlobte Mimi aufsuchte, fand ich... fand ich sie... Und ich hatte sie immer wie eine Schwester respektiert!«

Pietro, der Protagonist des Romans *Mit geschlossenen Augen*, ist ein die Wirklichkeit seiner Umgebung nicht durchschauendes, dumpfen Impulsen ausgeliefertes Subjekt. Im Mittelpunkt seiner Erfahrungen stehen seine spätpubertären Lehrjahre des Gefühls. Das Wahrnehmungsvermögen Pietros wird durch Halluzinationen und Visionen expressionistisch verfremdet: Die Silhouette von Siena gerät dabei in Bewegung, Häuser und Gassen der durch ihre abrupten Höhenunterschiede geprägten Stadt türmen sich übereinander, überlagern sich und werden gegeneinander verschoben.

Ähnlich ergeht es Giulio, einem der drei Brüder Gambi, deren Geschicke in dem Roman *Tre croci (Drei Kreuze*, Piper 1986) erzählt werden: »Als erstes springt einem ein dichter Schwarm von Häusern in die Augen, und mitten darin der Dom. In Fontebranda dagegen gabeln sich die Häuserreihen und lassen einen leeren Raum zwischen sich. Die ersteren stehen da wie unter den Dom geklebt und gedrückt, steil über den Gärten und dem freien Land. Dann werden sie immer niedriger, bis sie hinter einem Steilhang verschwinden, so daß man nur noch ihre Dächer sieht. Die größeren stützen die anderen, und man kann nicht erkennen, wo die Straßen sein sollen, denn die Häuser scheinen nur durch Risse voneinander getrennt und durch fast bizarre, wirre Schnitte, kreuz und quer, von allen Längen und Arten. Und die Dächer treten in diesem Gewirr und zusammengeballten Durcheinander, diesen Zerstückelungen jeglicher Form, immer seltener hervor, je weiter sich die Häuser die Abhänge hinunter verteilen.«

Tozzis Siena erinnert hier an die Stadtbilder des ungefähr gleichzeitig entstandenen expressionistischen Films. Nirgends kann sich der Blick bei der Betrachtung dieser Straßen, Plätze und Häuser beruhigen. Das Auge gerät in den Sog von bewegten Konturen, die für den Betrachter keinen Halt bieten. Die Stadtlandschaft wird von innerer Dynamik auseinandergetrieben, aufgestapelt oder in die Tiefe geschoben.

Am 6. November 1913 veröffentlichte Tozzi mit Domenico Giuliotti die erste Nummer einer zweimal monatlich erscheinenden Zeitschrift mit dem Titel *La Torre (Der Turm)*, die bereits am 6. Februar 1914 ihr Erscheinen wieder einstellen mußte. Unüberhörbar ist hier das Bemühen, durch grobschlächtige Direktheit zu schockieren und sich in der eigenen Provinz abzukapseln und einzuigeln. Die Stoßrichtung geht gegen den Modernismus der Futuristen und gegen die kosmopolitische Aufgeschlossenheit der Intellektuellen, die sich seit 1908 in Florenz um die international ausgerichtete Zeitschrift *La Voce (Die Stimme)* gesammelt hatten. Der Name *La Torre* sollte nach dem Willen der Herausgeber hingegen ein »Symbol der Macht, königlicher und aufrechter Haltung« sein. Die präfaschistischen Anklänge in der Nachfolge der *Action française* sind offenkundig.

In dem im Herbst 1917 begonnenen Roman *Gli Egoisti (Die Egoisten)*, den Tozzis literarischer Protektor Giuseppe Antonio Borgese aus dem Nachlaß veröffentlichte, wird der Kontrast Metropole–Peripherie aus Anlaß der Begegnung zweier Freunde formuliert. Als der aus der toskanischen Provinz nach Rom verschlagene Protagonist Dario Gavinai in der Hauptstadt von seinem Jugendfreund Ugo Carraresi (es ist leicht, ihn als Domenico Giuliotti zu identifizieren) besucht wird, ergeht sich dieser in blindwütenden Ausfällen gegen die Verstädterung: »Ich hasse diese Stadt. Sie macht auf mich den Eindruck einer riesigen Abortgrube. Die Frauen, ich meine die Damen, sehen aus wie Luxusdirnen. [...] Hier könnte ich nicht leben! Diese halbnackten Frauen, diese Männer mit Ringen an den Fingern! Diese rasenden Automobile!«

Nachdem Tozzi mit den 1911 in Ancona publizierten Gedichten seiner Sammlung *Zampogna verde (Grüner Dudelsack)* den generationsbedingten Tribut an die dionysische Manier D'Annunzios entrichtet hatte, bekannte er sich 1913 in zwei Publikationen zu seiner Heimatstadt: in der epischen Dichtung *La città della Vergine (Die Stadt der Jungfrau Maria)*, in deren Mittelpunkt Episoden aus Sienas großer Vergangenheit stehen, und in der *Antologia d'antichi scrittori senesi. Dalle origini fino a Santa Caterina (Anthologie alter sienesischer Schriftsteller. Von den Anfängen bis zur Heiligen Katharina)*. Tozzi folgte hier irrationalistischen Strömungen und prangerte den modernistischen Zeitgeist als Widersacher der Seele an.

Die Protagonisten in Tozzis Erzählungen und Romanen werden fast ausnahmslos von ihren Instinkten gesteuert und dadurch zu Opfern ihrer eigenen Impulse oder der ihrer Mitmenschen. Diese ständige Gegenwart des Emotionalen liegt auch den kurzen Prosatexten seiner ersten bedeutenden Veröffentlichung *Bestie (Tiere)* zugrunde. Unvermittelt, auf rationaler Ebene meist nicht erkennbar, werden hier Mensch und Tier einander gegenübergestellt. Ähnlich verfährt er auch in seinen Romanen und in einigen seiner Erzählungen. In *Il Crocifisso (Das Kruzifix)* wird ohne erkennbaren Grund das christliche Symbol eingeführt. Ausgangspunkt des Textes ist die Vision einer vor dem Abschluß der Weltschöpfung in unfertigen Formen und Gestalten steckengebliebenen Welt.

»Ich habe gedacht, es gäbe eine Welt, die Gott nicht zu Ende geschaffen hat. Die Materie ist weder tot noch lebendig. Die

Pflanzen dort sind sich untereinander fast gleich, und die Tiere grobe Entwürfe, die sich aus ihrem Schlamm nicht lösen können, weil sie weder Beine noch Augen haben.

Die Pflanzen dieser Welt wären nicht von ihren Farben her erkennbar, weil sie nämlich keine haben. Nur wenn sich ein Anflug von Frühling einstellt, könnte man ihren Duft wahrnehmen, der aber etwas Schlammiges an sich hat. Es gibt auch den Entwurf zu einem Adam, allerdings ohne Seele. Er kann weder sprechen noch sehen, nimmt aber wahr, daß sich der Schlamm um ihn herum bewegt; und davor hat er Angst.«

Die plötzlich aus ihren Lebensgewohnheiten geworfenen kleinen Angestellten und Landarbeiter oder die verkommenen Stadtstreicher, Prostituierten, Behinderten, Alkoholiker und Heranwachsenden aus den Erzählungen und Romanen versagen bei dem Versuch, der Fatalität ihrer gesellschaftlichen und charakterlichen Determiniertheit zu entgehen, beenden dann aber durch einen unvermittelten Anfall von Raserei, durch Totschlag und Selbstmord eine unerträglich gewordene Situation.

In dem postum erschienenen Roman *Il podere (Das Gehöft,* Piper 1985) ist der kurz vor dem Tod seines Vaters zurückgerufene Remigio Selmi nicht in der Lage, das ihm von diesem vererbte Anwesen zu verwalten. Das Gericht, das ihn zur Zahlung einer Abfindung an die Geliebte des Vaters verurteilte, wird ähnlich wie dieser zu einer Instanz, die ihn geradezu erdrückt. Aus dieser Sicht ist der aufrührerische Landarbeiter Berto, der Remigio mit einer Axt erschlägt, lediglich Vollstrecker eines längst über ihn gefällten Urteils.

Nicht zu Unrecht verglich einer der kongenialsten Interpreten Tozzis, Giacomo Debenedetti, den sienesischen Schriftsteller mit Franz Kafka, dessen Protagonisten in ähnlicher Weise die an sie gestellten Forderungen nicht einzulösen vermögen.

Versager wie Josef K. sind auch die drei Brüder Gambi in dem Roman *Drei Kreuze*, die ihre vom Vater geerbte Buchhandlung verschleudern und in orale Lust (Niccolò) oder parasitäres Phlegma (Enrico) regredieren, während Giulio, der die Verantwortung für die Unterzeichnung und Fälschung eines fatalen Wechsels trägt, sich in dem Laden erhängt.

In der Erzählung *Das Kruzifix* erscheint die Welt als die mißratene Schöpfung eines sein Werk nicht zu Ende führenden Demiurgen. Bei der Beschreibung der Heuernte im *Gehöft* stellen sich die von den Sensen der Schnitter aufgescheuchten Tiere als unübersichtliches und beängstigendes Gewimmel dar: »Hinter den Männern hüpften die aufgeschreckten Insekten nach allen Seiten, grüne, schwarze oder graue, während Spinnen mit langen, dünnen Beinen die Furchen entlangrannten, im Dunkel einer Spalte verschwanden und gleich darauf wieder oben auf einer Scholle auftauchten. Die Eidechsen flohen immer nach vorn; manchmal riskierte es eine Smaragdeidechse, nicht gleich wegzulaufen, um dann nur um so schneller zu verschwinden. Selten kam es vor, daß eine Viper in Stücke gehauen wurde; aber die riesigen dunklen Kröten, die wie blöde sitzen blieben, wurden von der Sensenspitze aufgespießt und zerschlitzt; dann schleuderte sie einer der Mäher mit einem Fußtritt aus der Bahn. Hin und wieder wurde ein Spinnenloch aufgerissen, und die zahllosen kleinen Spinnen rannten in alle Richtungen. Man fand Nester mit federlosen kleinen Vögeln, leere Wespennester. Die Raupen rollten sich zusammen, blieben für kurze Zeit unbeweglich liegen und versuchten dann, sich davonzumachen.«

Ähnlich wie *Das Gehöft* findet der von Glauco Tozzi aus dem Nachlaß seines Vaters veröffentlichte frühe Romanentwurf *Adele* durch den Selbstmord der Titelheldin ein gewalttätiges Ende: »Und sie begriff, daß alles von allein geschah, außerhalb von ihr.« Dieser Satz bietet einen Schlüssel zum Verständnis von Tozzis gesamtem Werk.

Im Fall des Romans *Das Gehöft* existiert eine vielleicht von der Frau des Schriftstellers zusammengestellte Liste, in der die fiktiven Personen des Werks mit ihren realen Vorbildern in Beziehung gesetzt werden. Tozzi begnügt sich jedoch nie mit einer bloßen Chronik des Geschehens. Eine einfache Identifizierung der konkreten Fakten und Personen mit ihren Entsprechungen im Roman würde den Blick auf die Tatsache verstellen, daß autobiographischen Erzähler-Projektionen die Funktion einer Katharsis zukommt.

In einer Zeit, als in Italien die Kunst des Prosafragments den

Roman verdrängte, suchte Tozzi wie Italo Svevo und Luigi Pirandello diese Gattung zu erneuern. Bewundertes Vorbild war ihm dabei der um 1920 in seiner Bedeutung verkannte, inzwischen achtzigjährige Giovanni Verga, »der in der Prosa von zwei oder drei Büchern alles vereinigt hat, was eine menschliche Gesamtheit zu geben vermag. Er hat sich nicht verzettelt: er ist kompakt geblieben.«

Diese Äußerung zu Verga charakterisiert zugleich Tozzi selbst. Nicht die auf sensationelle Effekte angelegte Literatur, wie sie D'Annunzio verfaßte, und nicht die oft in leeren Formulierungen endende Kunstprosa der Mehrzahl seiner Zeitgenossen war das erklärte literarische Programm des Sienesen, sondern eine auch noch in knappen Darstellungen angestrebte Totalität der Aussage. Trotz dieser Affinität bleibt der Unterschied zwischen dem Toskaner und dem Sizilianer jedoch unverkennbar. Verga schildert aus der Distanz eines veristischen, um Objektivität bemühten Erzählers. Tozzi ist dagegen ungleich subjektiver: Bei den in seinen Novellen und Erzählungen berichteten Ereignissen handelt es sich nicht so sehr um Registriertes und Beobachtetes, als vielmehr um die Verarbeitung von Erlebtem und Erlittenem.

Die hier versammelten Prosatexte stellen ein knappes Drittel der seit etwa 1908 entstandenen *Novelle* dar. Die vorwiegend in Siena, in anderen toskanischen Orten oder auch in Rom spielenden Erzählungen verzichten sowohl auf detaillierte realistische Beschreibungen als auch auf idyllische Verklärung im Stil der Heimatliteratur oder der Dorfgeschichte. Die Schwierigkeit einer Übersetzung Tozzis ergibt sich unter anderem daraus, daß seine Sprache aus dem spezifischen Reservoir der sienesischen Provinz schöpft und sowohl in ihrem Wortschatz als auch in ihrer Satzkonstruktion recht eigenwillig ist.

Die Personen leben in einer scheinbar unveränderlichen ständisch gegliederten Welt. Eben diese Tatsache war wohl der Grund dafür, daß Tozzi in der neorealistischen Nachkriegsphase der italienischen Literatur relativ wenig interessierte. Der konservative und nicht selten geradezu reaktionäre Katholizismus des Schriftstellers war in einem Augenblick, in dem gesellschaftskritisches »linkes« Engagement die literarischen Diskussionen beherrschte, kaum gefragt.

Ähnlich wie im Bewußtsein von Tozzis Figuren das Stadtbild Sienas seine vertrauten und verläßlichen Umrisse verliert, werden auch die scheinbar festen Personenkonstellationen ohne sichtbaren Anlaß und ohne rational nachvollziehbaren Übergang plötzlich gestört und irreparabel verändert. Dies gilt nicht nur für die gewalttätigen und abrupten Wutausbrüche aus heiterem Himmel in den im Wirtshaus oder auf dem Bauernhof sich abspielenden Szenen zwischen Familienangehörigen, sondern auch für die intimeren Beziehungen zwischen Liebespaaren. Typisch für dieses prekäre Gleichgewicht zwischen Partnern ist ein kurzer Text aus der Prosasammlung *Tiere:* »Ich kann mir nach acht Jahren immer noch nicht erklären, warum meine Geliebte einmal, als sie ihr Bier ausgetrunken hatte, mit dem offenen Fächer eine Wespe einschloß, die in ihr Glas gekrochen war. Zuvor war die Wespe in meines gekrochen und meine Geliebte hatte sie nahezu belustigt lächelnd beobachtet.

Ich versuchte ihren Arm zu bewegen, aber mit aller Kraft widerstand sie mir. Sie sagte: ›Reden wir von anderem.‹«

Ein scheinbar nichtiges Ereignis offenbart die latente Spannung zwischen den beiden Partnern. Der Sadismus der Handlung wird durch die Wahl des hier im Mittelpunkt stehenden Tiers unterstrichen. Die Freundin und die Wespe werden einander emblematisch zugeordnet.

In der in Rom spielenden Erzählung *Marito e moglie (Mann und Frau)* hat Vittorio Landi plötzlich das Gefühl, wahnsinnig zu werden, während seine Frau Enrica für einige Minuten zum Einkauf aus dem Haus gegangen ist. Nach wenigen Augenblicken spürt die Zurückgekehrte, daß die Beziehung zu ihrem Mann innerhalb weniger Augenblicke zerbrochen und zerstört wurde. Am ehesten noch liefert der erste Abschnitt der Erzählung in der kurzen Schilderung der meteorologischen Situation eine naturwissenschaftlich plausible Erklärung für den Umschlag im Verhältnis der Ehepartner. Etwa zwanzig Jahre später hat Natalie Sarraute in vergleichbarer Weise psychische »Tropismen« beschrieben.

Um die Veränderung einer Beziehung zwischen einem Paar geht es auch in der Erzählung *Elía e Vannina (Elía und Vannina)*. Der Wandel verläuft hier zwar nicht mit dramatischer Schnelligkeit, aber dennoch nicht weniger unaufhaltsam. Die Bindung zwischen den Partnern verliert an Intensität und Spannung, sie wird matt und glanzlos, so daß die beiden schließlich zu einer einzigen Person zerfließen, die kaum noch zu reagieren vermag.

Federigo Tozzi machte während seines langjährigen römischen Aufenthalts die Bekanntschaft mit Luigi Pirandello. Beide Schriftsteller nahmen öffentlich zu den Werken des anderen Stellung. Pirandellos Personen, schrieb Tozzi, zerbrächen plötzlich an irgendeinem Punkt ihrer Existenz: »Sie müssen alle in dem Augenblick, in dem sie begriffen haben, wie unnütz und eitel ihre Gefühle sind, untergehen.« Pirandello unterstrich seinerseits als Kennzeichen für Tozzis Figuren, daß wir ihr Schicksal mit Angst verfolgen, »da wir nie voraussehen können, was aus ihnen in kurzer Zeit geworden sein wird oder geworden sein kann«.

Die beiden Autoren verbindet die gemeinsame antinaturalistische Position. So geht Tozzis Erzählung *Miseria (Elend)* aus von der Betrachtung verschiedener Gegenstände durch den sich im Augenblick einer Sinnesänderung befindlichen und im Mittelpunkt der Erzählung stehenden Lorenzo Fondi. Der Leser wird damit vorbereitet auf den Entschluß des Protagonisten, seine Frau Corrada zu verlassen. Lorenzo sieht sich außerstande, seine hoffnungslose Situation zu bewältigen. Aber nun erfolgt ein neuer Umschlag: Durch die pralle Sinnlichkeit der Tochter eines seiner Landarbeiter wird der gefaßte Entschluß wieder hinfällig. Unkontrollierte und unbeherrschbare Instinkte machen alle auf Überlegung beruhenden Entscheidungen alsbald wieder zunichte.

Die soziologische Bestimmung »Elend« bezeichnet bei Tozzi nicht nur die deterministische Wechselwirkung von gesellschaftlichen Verhältnissen und subjektivem Handeln, sondern auch das aus unbewußten psychischen Zonen aufbrechende Verhalten, das persönliche Bindungen durch scheinbar unmotivierte Bosheit plötzlich gefährdet. So amüsiert sich der im Mittelpunkt der Erzählung *Il cieco (Der Blinde)* stehende Emilio Palai schon als Kind damit, den im Haus lebenden Tieren die Augen auszureißen, bis er schließlich in einem Wutanfall auch ein Auge seiner Mutter zerstört. Und der Ich-Erzähler der Novelle *Mia madre (Meine Mutter)* erinnert sich daran, wie er seine Mutter als Kind kurz vor ihrem Tod aus bloßer Bosheit einmal ansah, als wolle er sie totschlagen. Typisch für die zerstörerische Aggressivität in Tozzis Erzählungen ist schließlich auch jene sadistische Lust, mit der in der Erzählung *Ozio (Das Mittagessen)* die Tischgenossen nach einem üppigen Gelage im Freien ein aus dem Nest gefallenes Vögelchen einfangen, das einer von ihnen aus purem Mutwillen erwürgt.

In seiner programmatischen Erklärung *Come leggo io (Wie ich lese)* formulierte Tozzi seine Auffassung von Literatur, die auch einen Schlüssel zum Verständnis dieser Erzählungen darstellt: »Die meisten interessieren sich für einen Mord oder einen Selbstmord. Aber auch die Intuition und daher auch die Erzählung irgendeiner unserer geheimnisvollen Gesten ist genauso interessant, wenn nicht sogar interessanter, wie es zum Beispiel die Gebärde eines Mannes sein kann, der in einem bestimmten Augenblick auf seinem Weg stehenbleibt, um einen Stein aufzuheben, und dann seinen Spaziergang fortsetzt.«

Herbst 1989 *Johannes Hösle*

